던전에서
만남
안 되는 걸까

19

오모리 후지노 지음 | **야스다 스즈히토** 일러스트 | **김민재** 옮김

KB086309

시르 플로버   SYR FLOVER

주점【풍요의 여주인】의 점원. 우연한 만남으로 벨과 친해졌다.

류 리온   RYU LION

원래는 뛰어난 모험자였다. 현재는 주점【풍요의 여주인】에서 점원으로 일한다.

아냐 프로멜   ANYA FROMEL

【풍요의 여주인】점원. 조금 바보스러운 캣 피플. 시르와 류의 동료.

클로에 로로   SCHLOE LOLO

【풍요의 여주인】점원. 신들의 언동을 따라하는 캣 피플. 벨의 엉덩이를 노린다.

루노아 파우스트   LUNOR FAUST

【풍요의 여주인】점원. 상식적인 것 같으면서도 무서운 일면을 가진 휴먼.

미아 그랜드   MIA GRAND

주점『풍요의 여주인』의 점주. 드워프임에도 매우 키가 크다. 모험자가 울며 도망칠 정도로 힘이 장사.

헤르메스   HERMES

【헤르메스 파밀리아】의 주신. 파벌들 속에서도 중립을 자처하는 여리여리한 남신. 행동력이 뛰어나고 빈틈이 없다. 누군가에게서 벨을 감시하도록 의뢰를 받고 있는지도……?

아이즈 발렌슈타인   AIS WALLENSTEIN

아름다움과 강함을 겸비한 오라리오 최강의 여성모험자. 별명은【검희】. 벨에게는 동경의 존재. 현재 Lv.6.【로키 파밀리아】소속.

오탈   OTTARL

파밀리아 단장을 맡은 오라리오 최강의 모험자. 보어즈.

아렌 프로멜   ALLEN FOMEL

【프레이야 파밀리아】소속 캣 피플. Lv.6 제1급 모험자이자『도시최속』이라는 별명을 가졌다.

회그니 라그날   HOGNI RAGNAR

헤딘의 숙적이기도 한 다크엘프. 별명은【다인슬레이프】. 사실은 말을 하는 것이 서툴다……?

헤딘 셀란드   HEDIN SELLAND

프레이야도 신뢰하는 영명한 마법검사. 별명은【힐드슬레이프】.

알프릭 걸리버   ALFRIGG GULLIVER

파룸으로서 Lv.5에 이른 모험자. 네쌍둥이의 장남으로 드바린, 베링, 그레르 세 동생이 있다.

회른   HELUN

프레이야에게 충성을 맹세한 여신의 시종. '여신의 이름 없는 심부름꾼(네임리스)'이라는 별명으로 알려졌다.

레온 버덴베르크   LEON VERDENBERG

『학구』의 교사.【발두르 클래스】소속

발두르   BALDER

【발두르 클래스】주신.『학구』를 설립한 장본신이며 최고책임자.

헤스티아
HESTIA
인간과 아인을 넘어선 초월존재인, 천계에서 내려온 신. 벨이 속한 【헤스티아 파밀리아】의 주신. 벨이 너무 좋아!

벨 크라넬
BELL CRANEL
본 작품의 주인공. 할아버지의 가르침 때문에 던전에서 멋진 히로인과 만날 날을 꿈꾸는 신출내기 모험자. 【헤스티아 파밀리아】 소속.

니이나 튤
NINA TULLE
『학구』의 학생이며 【발두르 클래스】에 속한 하프 엘프.

에이나 튤
EINA TULLE
던전을 운영하고 관리하는 『길드』 소속 접수원. 벨과 함께 모험자 장비를 구입하는 등 공사 양면에서 도와준다.

벨프 크로조
WELF CROZZO
벨의 파티에 들어온 스미스 청년. 벨의 장비 【강총이 Mk-Ⅱ】의 제작자. 【헤스티아 파밀리아】 소속.

릴리루카 아데
LILIRUCA ARDE
'서포터'로 벨의 파티에 들어온 파룸(소인족) 소녀. 보기보다 힘이 장사. 【헤스티아 파밀리아】 소속.

산죠노 하루히메
SANJONO HARUHIME
벨과 환락가에서 마주친 극동 출신 르나르(여우 수인). 【헤스티아 파밀리아】 소속.

야마토 미코토
YAMATO MIKOTO
극동 출신 휴먼. 한번 미끼로 삼았던 벨에게 용서를 받은 데에 은혜를 느끼고 있다. 【헤스티아 파밀리아】 소속.

CHARACTER & STORY

미궁도시 오라리오── 통칭 『던전』이라 불리는 장대한 지하미궁을 보유한 거대도시. 모험자가 되려는 소년 벨 크라넬은 이 도시에서 여신 헤스티아와 만나 【헤스티아 파밀리아】에 입단한다. 동경하는 【검희】 아이즈 발렌슈타인에게 인정받고자 던전 탐색에 매진하는 가운데 서포터 릴리, 스미스 벨프, 극동 출신 미코토, 르나르 하루히메도 같은 【파밀리아】의 일원이 되었다.

프레이야의 『매료』를 넘어서서 【프레이야 파밀리아】와의 『워 게임』에 참가한 【헤스티아 파밀리아】와 파벌연합.

에인헤랴르의 전략과 힘에 농락당하면서도 마침내 벨, 류, 미아, 헤딘은 오탈을 타도하고, 프레이야 앞에 도착한 벨은 그녀의 가슴에서 꽃을 거머쥐어, 『워 게임』에 결판을 낸다──.

커버 그림, 본문 일러스트 　 | **야스다 스즈히토**

프롤로그 바다에서 찾아온 이야기

© Suzuhito Yasuda

"굉장했어!!"

미샤가 외쳤다.

에이나가 벌써 몇 번을 들었는지도 모를 갈채를, 그야말로 목청껏.

"【헤스티아 파밀리아】랑【프레이야 파밀리아】의 워 게임! 진~~~~짜로 굉장했어어!!"

"미, 미샤, 이제 좀 목소리를 낮춰야⋯⋯."

모험자들이 던전에 내려가『길드 본부』를 찾아오는 자도 줄어든 오후.

접수창구와 인접한 사무실에서 소란을 떠는 동료 미샤 플로트에게, 업무용 책상에서 서류를 정리하던 에이나는 손을 내밀며 말렸지만 결국은 허사로 끝났다.

"다들 응응 끄덕끄덕하고 있으니까 괜찮아! 그만큼 굉장했는걸!"

주위를 둘러보면 다른 길드 직원들도 접수원들도 미샤의 말대로 연신 고개를 끄덕이며, 틈만 나면 한 가지 화제만을 꺼냈다.

그 화제란, 겨우 닷새 전에 개최되었던『워 게임』.

『파벌대전』이라는 이름이 붙은, 파벌 연합과 최강 파벌【프레이야 파밀리아】가 펼친 세기의 일전이었다.

"어느 장면을 봐도 굉장했고, 제1급 모험자는 다들 괴물 같고! 게다가 그중에서도 특히, 에이나네 동생군네가【맹자】를 쓰러뜨렸던 건!!"

복숭아색 머리카락을 찰랑거리고 손짓 몸짓을 더해가며 미샤는 어린아이처럼 설쳤다.

그 가공할 대전을 본 후로는 계속 이런 분위기였다.

지금도 흥분이 가시지 않았는지,

"【질풍】이 원군으로 온 다음에는 이렇게 콰쾅――!! 하고!"

"【힐드슬레이프】의 행동은 놀랐지만 짜릿했지~!"

"【맹자】는 너무 강하고!"

"그치만 그치만 역시 에이나네 동생군이 제일 멋있었어~!"

등등.

당시의 광경을 돌이켜보면서 연신 감상을 늘어놓을 정도였다.

미샤의 마음도 이해는 간다.

실제로, 지금도 온 모험자와 도시 주민들이 그 격전에 대해 떠들어대고 있을 것이다. 어쩌면 도시 바깥의 외국에서도.

그 【프레이야 파밀리아】를 타도했다는 위업은 그 정도로 열광할 만한 것이었다.

에이나도 그 점은 이해한다.

이해는 하지만.

"동생군이 대활약해서 에이나도 콧대가 높아지지 않았을까?"

"콧대가 높아지긴…… 난 딱히, 한 것도 없고."

"없긴 왜 없어~! 분명 이번 결과 덕분에 담당인 에이나 월급도 올라갈 거야! 부러워~!"

악의라고는 한 점도 없이 미샤는 에이나까지 칭찬해댔다.

다른 접수원들도 "여, 출세자 대표!"라고 칭찬을 섞어 놀려댔다.

에이나는 쓴웃음으로 대답할 수밖에 없었다.

"난, 기뻐하거나, 응원하거나, 그럴 여유도 없었는걸."

"에이나……?"

"지금도 눈을 뜨면 전부 꿈이었던 거 아닐까……하고 겁이 난달까, 불안해진달까…… 아무튼 그런 기분."

그것이 솔직한 심정이었다.

에이나의 담당 모험자는 일련의 소동이 일으킨 회오리의 한복판에 있던 인물이고, 그『파벌대전』에 이르기까지, 정말로 너무나도 많은 일이 있어 몸도 마음도 전혀 쉴 틈이 없었다.

심장이 요동을 치는 바람에 밤에도 잠을 이루지 못했다.

막상 위 게임이 시작된 후에는, 절망적인 싸움에 시종 낯을 새파랗게 물들였으며, 몸 어딘가는 항상 떨고 있었다.

눈물도 몇 번을 흘렸는지 모른다.

벨 일행의 승리가 확정된 순간에는 그 자리에 주저앉아 버렸을 정도였다.

그리고 모든 것이 끝난 지금도, 언젠가 그랬듯 **기억을**

조작당하고 있는 건 아닐까 하는 의심이 드니…… 아무튼 미샤나 다른 동료들처럼 떠들어댈 기력은 텅 빈 채였다.

쉽게 말해 긴장에서 온 피로 상태에 빠져버린 것이었다.

"으음~ 그런가? 뭐 에이나는 동생군을 사랑하니까~!"

"사, 사랑한다니…… 미, 미샤!"

그런 에이나의 마음을 아는지 모르는지 미샤는 깔깔 웃었다.

에이나는 얼굴을 새빨갛게 물들이며 목소리를 높였지만,

"그치만 그렇다면 역시 축하해줘야지! 에이나가 힘내~ 하고 계속 응원했던【래빗 풋】을!"

자못 그럴듯한 대답이 돌아오는 바람에 화를 낼 기력도 빠져나가 버렸다.

"아이참……."

뽀로통 입술을 내밀고 싶었지만…… 표정은 이내 풀어졌다.

'실제로 힘이 쭉 빠져서 그럴 겨를도 없었는데…… 다음에 벨을 만나면, 많이 칭찬해줄까?'

싸움이 끝난 후, 당사자인 벨도, 길드 직원인 에이나도 워 게임의 사후처리에 너무나 바빠 전혀 만나지 못했다.

다음에 만났을 때, 그에게 할 말을 생각해두는 게 좋을 것 같다.

무난하게 『수고했어』?

아니면 『걱정했어』?

혹은 『굉장했어』?

그게 아니라면─.

『잘했어.』

『두근두근했어.』

『멋있었어.』

『사랑해─.』

"─는 뭔데?!"

"에이나?!"

두 손으로 머리를 붙들고 책상에 엎어지는 에이나를 보며 미샤가 깜짝 놀랐다.

다른 직원들도 그 기행에 흠칫했다.

마지막 부분은 너무 비약이 심해 뭐가 뭔지 모르겠지만, 그래도, 뭐, 응, 지금 벨과 가까운 거리에서 서로 마주 본다면 입을 잘못 놀려버릴 가능성, 이라기보다 확신이 있었다. 자칫하면 감격해서 끌어안아 버릴지도 모른다.

만약 정말로 벨이 프레이야의 것이 되었더라면 에이나의 마음은 꺼낼 수도 없는 후회가 되어 앞으로의 인생을 따라다녔을 것이다. 그러니 포옹과 고백 같은 말도, 뭣하면 둘만의 디너에 불러내는 루트가 존재한다 해도 어쩔 수 없지 않을까.

'아, 아무튼 이상한 짓을 하지 않도록 생각은 해둬야겠어.'

뾰족한 요정의 귀와 뺨을 발그레 물들인 에이나는 안경의 위치를 고치며 겨우 고개를 들었다.

"게다가 우물쭈물하면 『학구』가 와버릴 테고."

그때.

소년에 대해서만 생각하던 에이나는 미샤의 그 말에 우뚝 동작을 멈추었다.

"『학구』가 오면 오는 대로 우린 또 바빠질 거니까~!"

"……."

들떴던 모습은 어디로 갔는지 우와앙 하고 이상한 소리를 내기 시작하는 미샤.

동작을 멈추었던 에이나는 말없이 창밖을 보았다.

"그렇구나……. 벌써 그런 시기였어."

계절은 이미 입동 직전.

대륙 서쪽 끄트머리에 위치한 오라리오도 기온이 떨어지기 시작해 겨울의 기척을 두르고 있었다.

얼마 남지 않은 가을 햇살이 푸른 하늘에서 내리쪼이는 가운데, 에이나는 안경 너머로 먼 곳을 바라보듯 에메랄드색 눈을 가늘게 떴다.

"오라리오에 오는구나…… 그 아이가."

『탑』이 보인다.

창공을 꿰뚫을 것처럼 하늘을 찌르는 백색 거탑이.

신의 탑이라는 이름을 가진, 세계에서 가장 높다고 하는 건조물은 **바다 위**에서도 똑똑히 보였다.

　저 탑 아래에 펼쳐진 것은『영웅의 도시』.

　이 하계에 하나밖에 존재하지 않는 미궁도시이자『세계의 중심』.

　무언가가 달라지지는 않을까 기대했던, 그러나 본심으로는 찾아오고 싶지 않았던『그녀』의 목적지.

　"저곳이, 오라리오……."

　대해를 웅대하게 이동하는『거대한 배』.

　그 갑판 위에 서 있던 소녀는 애절한 표정으로 에메랄드색 눈을 가늘게 떴다.

　"언니……."

축축축축하
장
회

태양의 빛이 서쪽 산맥으로 잠겨버린 밤.

머리 위에서 반짝이는 별들에게 지지 않을 정도로 마석등의 빛을 범람시키며, 오라리오는 잠들지 않는 도시라 불리는 이유를 보여주었다. 여느 때보다도 소란스럽고 눈부신 것은 어떤 『대전』의 영향이 아직 남아있기 때문이리라.

도합 8개의 대로를 중심으로 그치지 않고 울려 퍼지는 노성이며 비명, 그리고 환호성.

마시고 먹고, 마시고 웃는 모험자들과 신님을 상대로, 수많은 주점은 자기네가 자랑하는 술과 요리를 유감없이 대접하며 도시의 떠들썩한 분위기에 한몫을 더했다.

우리가 있는 『풍요의 여주인』도 그중 하나였다.

"그러면 워 게임의 승리를 축하하며—— 건배에——!!"

『우오오오오오오오오오오오오오오오오오오오오오오오오오오오오오오오오오오오오오!!』

헤스티아 님의 선창과 함께 무수한 술잔이 소리를 내며 겹쳐졌다.

가게 안을 가득 메운 사람, 사람, 사람. 그리고 수많은 신님들.

오늘 밤 풍요의 주점은 【헤스티아 파밀리아】, 그리고 우리와 친한 다른 파벌들이 대절한 상태였다.

말할 필요도 없이 워 게임의 승리를 축하하는 연회였다.

"마시고 있냐【리틀 루키】이~~~~~~?!"

"아뇨, 이제 막 시작했는걸요……! 그보다 몰드 씨, 이젠 제 호칭은【래빗 풋】……."

"멍청아~!! 지금 안 마시면 언제 마시려고 그래에에?!"

목에 굵은 팔이 감기는 바람에 꽉 잠긴 목소리로 대답하자, 이미 술 냄새 나는 입김을 얼굴 전체에 뿜어내는 몰드 씨.

불쾌하게 취한 몰드 씨는 나를 붙든 채 잔을 든 오른손을 높이 치켜들었다.

"우린 말야, 그【프레이야 파밀리아】에게 이겼다고오오오오오오오!!"

𝆪𝆪𝆪이예에에에━━━!!𝆪𝆪𝆪

몰드 씨의 크고 걸걸한 목소리에 가일 씨와 스코트 씨가, 보르스 씨와 리빌라의 주민들이, 거기에【마그니 파밀리아】의 도르무르 씨 일행과 드워프들이 나란히 환호성을 질렀다.

『파벌 대전』에서 힘을 빌려주었던 수많은 모험자들은 처음부터 완전히 들떠 있었다.

그만큼 기뻐하고 싶은 것은 잘 안다.

그만한『위업』을 이루었단 것을 단단히 머릿속에 담아두어야만 한다.

【로키 파밀리아】와 어깨를 나란히 하는 도시 최대 파벌, 프레이야 파밀리아의 타도. 도시 밖에서는 전 세계가 발칵 뒤집어졌다고 들었으며, 모험자 경력이 길고 리빌라의 대

표이기도 한 보르스 씨가 저렇게 기뻐하는 모습도 본 적이 없다.

싸웠던 사람들 모두가, 거머쥔 영광에 도취할 권리가 있다.

……조금, 고삐를 많이 풀어버린 것도 같지만.

"오늘은 이 몸께서 쏜다아아아!! 왜냐면 【프레이야 파밀리아】한테 받은 돈이 산더미처럼 있거든~~~!! 너희도 팍팍 먹어! 그리고 처마셔라아아아아아아!!"

"우오오오오오!"

"역시 보르스야!!"

분배된 【프레이야 파밀리아】의 자산── 워 게임의 보수에 들떠 보르스 씨도 몰드 씨 일행도 완전히 지갑 끈을 풀어버렸다. 콧대가 하늘을 찔러 술을 들이붓듯 마시는 보르스 씨 일행의 모습에 내가 쓴웃음을 짓고 있으려니.

"저 분위기로는 보상금도 눈 깜짝할 사이에 다 써버리겠군. 머리를 쥐어뜯는 모습이 벌써부터 눈에 선해."

"아…… 루비스 씨."

"놈들은 신경 쓰지 마라. 우리는 우리대로 승리를 곱씹는 게 어때. 엘프의 맹우여."

다가온 엘프 루비스 씨가 얼음과 『알브의 정수』가 든 잔을 내밀었다.

나는 조금 멋쩍음을 느끼면서도 내 잔을 가볍게 부딪쳤다.

승리의 미주라는 것에 취할 만큼 아직 어른은 아니지

만…… 함께 싸웠던 사람들과 기쁨을 나누는 것은 지금의 나도 할 수 있다.

"요리 나왔다냐~!"

"그보다도 술!! 술이 모자란다옹~!"

루비스 씨의 손을 빌려 몰드 씨 일행 틈에서 빠져나오 자, 캣 피플 점원들이 내 앞을 바쁘게 가로질렀다.

오늘 『풍요의 여주인』은 평소와는 달리 입식 뷔페 형식 이었다.

의자는 전부 치워져 개방감이 넘쳐나는 공간을 연출한 다──기보다, 이런 형식이 아니고선 사람이 다 들어갈 수 없었던 것이다.

참가자는 【헤스티아 파밀리아】와 친한 파벌, 이라고는 했지만 리빌라의 주민들도 있고, 상당히 절조가 없었다. 워 게임에서 함께 싸웠던 사람 중에서도 우리와 면식이 있 는 사람과 신님들이 들러주셨다고 해야 하나. 신님들이 출 석하시는 신회 같은 걸 제외하면, 이렇게 서로 다른 파벌 의 단원들이 뒤섞이는 일도 드물지 않을까.

"오우카 씨, 치구사 씨, 그리고 아스카 씨랑 다른 분들 도. 워 게임에서 도와주셔서 정말 고맙습니다!"

"아니에요! 오히려 중요한 순간에 힘이 되지 못해서…… 죄송해요!"

"맞아. 우린 【라우루스 푸가】의 명령에 따라 베여 쓰러졌 을 뿐이니까."

"이봐! 내가 죽인 것처럼 말하지 마! 나도【다인슬레이프】한테 열심히 썰렸단 말이야!!"

"다, 다프네, 진정해~!"

【타케미카즈치 파밀리아】쪽으로 가서 감사를 전하자 치구사 씨가 황급히 두 손을 내젓고, 오우카 씨는 떨떠름한 얼굴로 원통함을 표현하고, 곁에 있던 다프네 씨가 술을 뿜을 것 같은 표정으로 외쳤다. 필사적으로 말리는 카산드라 씨에게 웃음을 참느라 조금 고생한 후, 나는 그 옆을 보았다.

"저기, 나자 씨, 미아흐 님…… 망가진 의수는 어떻게 됐나요……?"

"괜찮아…… 우리도 나눠 받은 돈으로, 새『아가트람』, 만들 수 있을 거 같아……."

"예전 것의 대출금도 아직 다 못 갚았다만 플러스마이너스 제로니까. 뭐, 이웃에게 도움이 되었다면 충분한 이득이었지."

오른팔 쪽의 소매를 묶어놓은 나자 씨는 미아흐 님과 함께 조용한 웃음을 머금고 있었다.

워 게임 도중 의수『아가트람』이 파괴되었다는 말을 들었으므로, 나는 나도 모르게 안도했다. 만약 그대로였더라면 던전에 틀어박혀 의수를 변상할 생각이었으니까.

"아미드네 파벌에 돈 갖다 주는 건 아니꼽지만…… 미아흐 님 말씀대로, 대가는 충분. 나, Lv.3로【랭크 업】했어."

"네에?! 정말요?!"

"응. 그러니까 축하해줘. ……뭐, 몬스터랑 싸우지 못하는 시점에서 별 도움은 안 되겠지만."

『레벨 부스트』 중에는 획득할 수 있는【엑세리아】가 반감된다고 했는데!

나자 씨의 말에 따르면, 그 밖에도 사미라 씨나 레나 씨 등등 바벨라를 중심으로【랭크 업】한 사람들이 꽤 있다고 한다. 워 게임의 배상금이나 명성 외에『커다란 전과』는 이런 데서도 존재했던 것이다.

생각도 못 했던 보고에 놀란 나는, 다시금 우리가 싸웠던 상대가 얼마나 엄청난 존재였는지를 실감하고 말았다.

"벨 크라넬? 그렇게 인사나 하고 돌아다닐 필요는 없어."

"그렇다. 네가 가장 많이 다치고 누구보다도 오래 싸웠으니."

"비틀비틀 돌아다니지 말고 듬직하게 앉아 계시게나!"

"어어…… 하지만 힘을 빌려주신 분들께 고맙다는 말씀을 전하고 싶어서요……. 그만큼 엄청난 싸움이었는걸요."

헤파이스토스 님, 타케미카즈치 님, 그리고 츠바키 씨에게는 가슴속의 기분을 정리해 확실한 말로 전했다. 의무적으로 하는 것이 아니라, 그저 지금의 마음을 전하고 싶다는 것을.

그런 내게 헤파이스토스 님은 흐뭇한 표정을 짓는가 싶더니, 이내 눈썹을 날카롭게 치켜세우면서 말씀하셨다.

"그런 건 헤스티아한테 시켜! 주신이니까!"

"네, 넷!"

무력한 나는 차렷 자세로 대답했다.

껄껄 웃는 타케미카즈치 님과 츠바키 씨 앞을 떠나, 다시 인사를 하러 이동했다.

모험자를 중심으로 한 수많은 사람 중에, 에이나 누나의 모습은 없다.

모험자, 라기보다 파벌의 이런 모임에 관리기관인 길드 사람이 있는 것은 좋지 않다. 그리고 헤르메스 님 일행도 없었다. 워 게임에는 직접 참가하지 않았다는 이유로 거절하셨다. 그 대신 비싼 술과 함께 『승리의 연회를 즐겨 줘!』라는 메시지를 받았다.

헤르메스 님 이외에도 펠즈 씨, 핀 씨, 티오나 씨와 티오네 씨…… 이곳에는 없는 사람들에게도 많은 힘을 빌렸다.

『아이즈도 있지, 목이 터져라 응원했어! 지금은 목소리가 이상해져서 만나기 창피하대! 그러니까 다 나으면 아르고노트 군한테 갈 거야!』

……아이즈 씨의 안부도, 티오나 씨가 들려주었다.

시야에 펼쳐진 이 광경은 그런 분들 덕분에 얻은 것임을 잊어서는 안 된다.

역시 우리의 힘만으로 이겼다고 자만할 수는 없을 것 같다.

"정말로【프레이야 파밀리아】한테 이겨버리다니, 지금도

믿어지질 않습니다! 눈을 뜨면 전부 꿈이 되어 물거품처럼 사라지는 건 아닌지……!"

"재수 없는 말씀은 하지 마세요 미코토 님! 터무니없는 줄타기를 하염없이 반복하면서 지옥과 명계를 네 번쯤 왕복할 정도였다구요?! 이젠 두 번 다시 안 해요! 릴리는 그런 짓은 절대 안 할 거예요!! 절대로 절대로 절~~~~~~~~~~대로!!"

"지, 진정하시옵소서 릴리 님!"

한바탕 인사를 마치고 주점 한복판의 테이블로 돌아오니, 흥분이 가시지 않은 미코토 씨가, 히스테릭하게 떠들어대는 릴리가, 필사적으로 말리는 하루히메 씨가 목소리를 높이고 있었다.

워 게임에 이기고도 매일 밤마다 『사투의 악몽』에 시달리는 릴리도 오늘만은 술에 취할 수 없는 것을 원망스러워하는 듯했다. 『신주』 사건으로 술을 피하게 되었다고는 하지만 그야말로 『안 마시고 배기겠냐!』 하는 심경일 것이다.

"우물우물, 움움…… 음하~! 그 정도로 굉장한 싸움이었으니 말이다! 누가 뭐라 해도 이겨야만 한다고 진짜로 목숨을 걸었지!"

빨리 먹는 사람이 임자라는 양 요리에 손을 뻗으며 고개를 끄덕이는 주신님에게, 나는 쓴웃음을 한층 짙게 머금었다.

응. 하지만, 뭐…… 릴리 말도 이해가 간다.

나도 가능하다면…… 떠올리고 싶지 않고.

오탈 씨에게 뽀작뽀작 빠작빠작 자근자근 두들겨 맞았던 탓에 트라우마가 생겨버린 것 같았다. 구체적으로는, 지금 짓고 있는 웃음이 경련을 일으킬 정도로 조건반사가…….

"뭐, 그건 상관없는데……."

"상관없긴 뭐가 없어요오!!"

릴리가 대들거나 말거나, 잔을 기울이던 벨프는 시선을 옆으로 돌렸다.

"……왜 진 놈들이 여기 있어?"

그쪽을 결코 보지 않으려 하던 릴리가, 그리고 우리도, 벨프의 시선을 따라갔다.

그리고 그곳에 있던 것은, 커다란 접시와 대량의 술병을 끌어안은 파룸 4형제였다.

"그냥 봉사다만?"

"그냥 굴욕이다만?"

"이 치욕 영원히 잊지 않으리."

"""*용서 못해 벨.*"""

"왜 저예요?!"

4중으로 겹쳐진 똑같은 목소리와 똑같은 어조에 나도 모르게 『프레이야 파밀리아』의 벨 크라넬』이었던 시절의 분위기로 딴죽을 걸고 말았다.

걸리버 4형제, 그러니까 알프릭 씨 일행은 살벌한 모래 색 갑옷과 투구를 장착한 채 그 위에 하얀 에이프런을 걸치고 절찬『급사』일을 하고 있었다.

아니, 알프릭 씨 형제만이 아니라——【프레이야 파밀리아】전체가.

"패자의 결말이자 대가, 이것이야말로 우리의 죄…… 말로는 만찬의 노예. 후, 후후후, 숱한 눈빛에 굴욕을 감내하지는 않으리. 이 몸은 신성한 주방으로 도피하리라……! ……하, 하면 안 될까?"

"안 돼요~. 주방은 이미 다 찼어요~. 그보다도『워 게임』때만큼이나 중노동이라니 이 주점 좀 이상한 거 아닌가요……."

낯가림이 폭발해 갈팡질팡의 극치에 빠진 다크엘프 회그니 씨의 애원을 딱 잘라 거절하며, 힐러 헤이즈 씨가 두 팔에 얹은 요리 접시를 스스슥 옮겼다.

익숙한 것처럼 보이는 헤이즈 씨도, 언젠가『폴크방』에서 봤던 것처럼…… 응, 뭐랄까, 지쳐버린 노인 같은 눈을 하고 있었다.

"야~ 평소에 비하면 일이 편하구만~! 아주 쬐끔이지만!"

"그렇고말고~! 손에 넣은 노예 덕에 어느 때보다 쬐끔, 지이이이인짜아 쬐끔이지만 편하다냐! 어허 이 꼬랑지 만개들, 우리 대신 일해라옹!"

바쁘게 돌아다니는 알프릭 씨 형제와 회그니 씨, 헤이즈 씨를 루노아 씨와 클로에 씨가 느물느물 재미나다는 듯이 바라보고 있는데………… 뭐, 그렇게 된 것이다.

【프레이야 파밀리아】는, 하필이면 워 게임에 승리한 파벌 연합의 축하회에, 강제노동 임무를 부여받았다.

【프레이야 파밀리아】의 **사실상 해체**를 받아들여, 미아 씨는 기회를 놓치지 않겠다는 양 단원들──── 특히 헤이즈 씨를 비롯한 안드흐림니르를 강제노동자로 주점에 끌어왔다. 아니, 억지로 소속시켰다고 하는 편이 맞을까. 그녀의 말에 따르면,

『그 멍청이 여신은 제멋대로 굴었고, 바보 권속들은 우리 바보 딸내미들을 한껏 괴롭혔으니 말이야. 대가는 치러 줘야지!』

────라나.

미아 씨의 성격으로 봤을 때 당연하다면 당연한 말이지만, 에인헤랴르도 제1급 모험자들도 태연히 부려먹다니······ 정말 무시무시하다. 여기서는 보이지 않아도 헤이즈 씨 이외의 안드흐림니르가 바쁘게 일하는 주방선 엄청난 광경이 펼쳐지고 있겠지. 참고로 남성용 제복은 준비가 덜 되어 회그니 씨 같은 제1급 모험자를 포함한 남성 단원들은 평소의 배틀클로스, 여성 단원들만 『풍요의 여주인』의 트레이드마크인 떡잎 색 제복을 입고 있다.

최강 파벌 분들이 점원 노릇을 하는 모습을 보며 가게 안의 반응은 제각각.

벨프처럼 진저리를 치거나, 아니면 겁을 먹거나.

혹은 몰드 씨네처럼 느물느물 웃으며 좋아하거나.

미신의 권속인 만큼 미목수려한 여성 단원들의 급사 차림에 기분이 좋아진 사람들도 많지만, 손을 댔다간 즉각 나가떨어지기 때문에 술에 취한 보르스 씨네조차 선을 넘지 않도록 주의하고 있었다. 헤벌쭉 웃으면서 식은땀을 머금는 요령 좋은 행동을 하고 있을 정도로.

"——헤벌쭉 웃으면서 뭘 빤히 쳐다보는 겁니까, 오물. 정말 끔찍한 생물이로군요. 당장 눈알을 파버리고 지옥에 떨어지십시오, 짐승."

"안 웃었어요! 안 웃었거든요?! 그러니까 노려보기만 해도 사람을 해치워버릴 것 같은 살기 풍기지 마세요 회른 씨……!"

그 직후 섬뜩할 정도로 차가운 목소리가 뒷목 언저리에 꽂혀, 얼굴을 보지 않고도 상대의 정체를 알아차린 나는 돌아보며 그녀의 이름을 외쳤다.

얼굴 오른쪽 절반을 가린 회색 장발에 극한의 냉기를 머금은 아름다운 얼굴.

『마녀의 제자』라는 말이 딱 어울리는 회른 씨는 헤이즈 씨네와 마찬가지로 주점 제복을 입은 채 내 바로 뒤에 서 있었다.

평소에는 검은색 드레스 같은 차림이니, 지금 입은 귀여운 떡잎색 제복이 신선하게 보여 넋을 잃을—— 여유 따위 없이 목덜미에서 땀을 흘린 나는 뺨 언저리를 경련시키며 그녀의 눈빛에 압도당한 채…… 어떻게든 서툰 사교성

웃음을 머금을 수 있었다.

"회……회른 씨도, 잘 어울리는데요? 그 차림……."

그러자 회른 씨는 눈을 크게 뜨더니, 화악~~~! 하는 소리가 들릴 것 같은 기세로 얼굴을 붉혔다.

"짐승! 짐승! 짐승!!"

"왜요?!"

"천한 눈빛으로 내 꼴사나운 모습을 시간(視姦)하다니, 그만 하세요!! 우우, 왜 나까지 이런 차림을……! 시르 님이라면 몰라도 나한테는 어울릴 리가……!"

"당신의 배신 탓에 진 거나 마찬가지니까 솔선해 벌을 받는 건 당연하죠—. 그보다도 빠릿빠릿하게 일해주세요~ 회른."

"헤이즈……! 크으으으~~~~~~~~~!!"

내가 비명을 지르거나 말거나, 까만 타이츠에 싸인 늘씬한 다리를 필사적으로 감추듯 회른 씨는 별로 짧지도 않은 무릎 아래 길이의 스커트 자락을 열심히 늘렸다. 그리고 그런 그녀를 헤이즈 씨가 무자비하게 저버렸다. 연홍색 머리카락의 동료를 노려보려다 결국 실패하고, 한 마디도 받아치지 못한 회른 씨는 새빨개진 채 떨고 있었다.

파벌 내에서『배신자』취급을 받던 회른 씨도 **주신의 한 마디** 덕에 용서를 받았다고 한다. 용서를 받기는 했지만, 헤이즈 씨 같은 분들은『대가는 제대로 치르세요~』라며, 누구보다도 먼저『풍요의 여주인』의 점원으로 밀어 넣어버렸다나.

어지간해서는 남들 앞에 모습을 드러내는 일이 없었던 『여신의 수행원』이기에 아까부터 호기심 어린 시선을 받고 있다. 『쿨타입 얀데레 미소녀 프리티 CG 떴다―!』라며 주로 남신님들을 중심으로 떠들썩한 칭송이 솟는다……

"역시 전부 다 하나에서 열까지 당신 탓이에요!! 전부 당신이 살아있는 탓이에요!! 부끄러운 줄 아세요오오오!!"

"히이이이이이이이이이이익?!"

지금은 머리 뒤로 틀어 올린 장발을 찰랑거리며 왼쪽 눈에 눈물을 머금고는 나를 몰아붙이는 회른 씨. 나도 필사적으로 울부짖었다.

포크를 들고 당장이라도 동반 자살을 시도할 것 같은 그녀는 "네 네 그만 가죠~"라며 헤이즈 씨에게 질질 끌려가기는 했지만, 그 후로도 계속 나를 쏘아 죽일 듯이 노려보고 있었다.

"암만 봐도 이 인선 잘못된 거 아냐……? 저놈들 신경 쓰여서 술기운도 안 오른다."

이러저러해서 얼굴이 새파랗게 질린 나를 불쌍하다는 듯 한 팔로 지탱해준 벨프가 한숨을 쉬자,

"뭐 좋잖아. 『점원』 말고도 저 녀석들은 쓸모가 있고."

"맞아맞아~! 워 게임이 끝난 후로 하루히메는 계속 표적이 되고 있으니까~! 【프레이야 파밀리아】가 『호위』로 붙어주지 않으면 어떻게 됐을지 모를 정도로!"

바벨라 사미라 씨가 웃고, 같은 아마조네스인 레나 씨가 손짓몸짓 섞어가며 호소했다.

그녀들의 말은 다름 아닌—— 하루히메 씨의『레벨 부스트』에 관한 것이었다.

"워 게임에서『레벨 부스트』가 드러나자마자 어디의 자객이 찾아오는 게 일상다반사가 돼버렸으니까. 그래서 까발리지 말라고 했지, 멍청한 여우."

"아우우우~~ 죄송하옵니다아아……!"

아이샤 씨가 금발과 함께 머리를 마구 헤집는 바람에 하루히메 씨는 몸을 한껏 움츠렸다.

온 오라리오가 관전하던 워 게임 도중에 몇 번이나【도깨비 방망이】를 행사하는 바람에, 하루히메 씨의『레벨 부스트』는 이미 주지의 사실이 되어버렸다. 일정 시간 내라고는 하지만 Lv.을 한 단계 올려주는 반칙적인 요술의 존재를, 역시라고 해야 하나, 아무도 내버려 두지 않아…… 유괴, 납치, 혹은 스카우트 등 온갖 악의와 소동이 하루히메 씨에게 모이고 있었다.

나와 미코토 씨, 그리고 아이샤 씨와 사미라 씨를 비롯한 바벨라들도 철저한 경비태세를 세우고 있지만…… 그럴 때『호위』로 배치되었던 것이【프레이야 파밀리아】였다.

"모든 것은 숙명…… 가엾은 여우는 공물의 제단에 바쳐질 운명. 그렇다면 그 인과의 나선을 끊는 것도 화근을 자아낸 우리의 죄……."

"넌 뭐라고 하는 거냐."

곁을 지나치던 회그니 씨가 소곤소곤 중얼거리자 벨프가 어이없다는 표정으로 쳐다보았다.

어, 『하루히메 씨가 표적이 된 건 우리랑 싸운 탓이니까 책임지고 지킬게』라고 하시는 거겠지, 아마도⋯⋯.

"저, 회그니 씨? 참고로 하루히메 씨가 위험에 빠진 게 몇 번쯤 되나요⋯⋯?"

"글쎄⋯⋯. 오늘까지 나랑 헤딘이 교대로 지키고 있었는데⋯⋯ 내가 파악한 것만 70하고도 한 번은 없었어."

"히엑."

워 게임이 끝나고 아직 일주일도 지나지 않았는데, 미수라고는 하지만 어마어마한 습격 횟수에 괴상한 목소리를 내고 말았다.

하루히메 씨의 『레벨 부스트』가 엄청난 능력인 탓도 있지만, 역시 오라리오는 무서운 곳임을 재인식했다. 아마 외부 세력도 개입하고 있겠지⋯⋯.

"⋯⋯사미라 씨네도 그렇지만, 회그니 씨. 하루히메 씨를 지켜주셔서 정말 고마워요."

"으음⋯⋯ 멋쩍으니까 그렇게 정색하지 않아도, 괜찮아."

내 앞에서는 이상한 말투를 별로 쓰지 않게 된 회그니 씨는 뺨을 슬쩍 물들이며 눈을 다른 곳으로 돌렸다.

"게다가⋯⋯ 감사할 거라면 우리가 아니라 그분에게 해줘. 전부 그분이 부탁하신 거니까."

그의 시선을 따라가지 않아도 그곳에 누가 있는지는 알 수 있었다.

아까부터 주점 내에서 가장 바쁘게 일하는, 회색 머리카락을 찰랑대는『여자아이』다.

"시르~! 이 토마토 파이 더 갖다 줄 수 있을까~?"

"네에~ 데메테르 님~!"

"시르 아가씨, 술 추가~!"

"네~ 뇨르드 님~!"

"""시르~! 우리한테 한 잔 따라줘~!"""

"우우~~~! 알았어요오오!"

참가한 신님들의 거듭되는 주문에 파닥파닥 이리저리 뛰어다니던 시르 씨는, 지금도 허공을 우러러보며 탄식할 듯이, 숫제 자포자기한 대답을 했다. 그 광경에 헤파이스토스 님은 꼴좋다는 양 짓궂게 웃고, 타케미카즈치 님과 미아흐 님은 쓴웃음을 머금었다.

오라리오를 뒤틀어버렸던『미의 신』은 이제 없다.

이미 어딘가로 떠나버렸다. **그런 것으로 처리됐다.**

규모가 방대하고도 강력했던『매료』의 반동인지, 오라리오가『상자정원』으로 바뀌기 전후의 기억을 유지한 하계 주민은 거의 없다고 한다. 다시 말해『프레이야 님』이『시르 씨』임을 아는 사람은, 우리를 포함해 얼마 되지 않는다.

반면 신님들 사이에서는 시르 씨의 정체가 이미 널리 알려졌다.

미궁도시가 더 이상『매료』의 위협에 겁을 먹지 않는 가운데, 신님들만은 태연한 표정으로 시르 씨를 놀리고 짓궂게 대하는 것이다. 파벌 연합의 대표였던 헤스티아 님이『시르 씨의 존재』를 용납했다고는 하지만, 이 정도의 치욕은 받아야 한다나.

그리고 시르 씨도, 그것을 받아들였다.

오늘까지 수많은 사람에게 사과하고, 수많은 사람의 불만을 듣고 ──때로는 뺨을 실룩거리면서── 그녀는 지금도 벌을 받는 중이다.

부족하다고 말하는 사람도, 여신님들을 중심으로 상당수 있다고 하지만…… 저 사람은 이미 지위와 명예, 재산까지도 전부 잃었다.

그렇다면『여신』이 아니라 한 명의『소녀』로서 대가를 치러야 한다.

【프레이야 파밀리아】사람들도, 이 주점에서 노동을 하는 이유는, 미아 씨의 명령을 따르는 것도 있겠지만, 시르 씨의 부담을 조금이라도 줄여주고 싶어서가 아닐까.

지금도 충성을 다하는 권속으로서 벌을 함께 나누기 위해.

"시르~~~~~~~!! 오라버니 어디 있어냐?! 오늘에야말로 제대로 얘기 냐눠야겠어냐! 그리고 제대로 가족으로 돌아갈거냐~!"

"어, 지붕 위에 있지 않을까? 나쁜 사람이 다가오지 않게 망을 보고 있을 거야."

"알았다냐! 그럼 냐는 오라버니한테 갈 테니까 땡땡이냐! 냐 몫까지 부탁해냐 시르!"

"어?! 아냐 잠까안! 나 이제 한계거든?! 부탁이니 진짜 잠깐만, 아냐~?!"

아냐 씨가 가게 안을 다다닷! 질주하더니 쿵쾅쿵쾅쿵쾅! 하고 천장에서 고양이라고는 여겨지지 않는 발소리를 냈다. 그리고 고양이 울음소리로는 여겨지지 않는 두 목소리가 들려오기 시작했다.

"붙지 마!"라든가 "안기지 마!"라든가 "오라버니~!"라든가, 그런 것들이.

목소리는 금방 멀어졌으므로, 아마 지붕을 타고 두 마리의 고양이가 서로 쫓고 쫓기고 있지 않을까.

시르 씨 덕분에 아냐 씨도 완전히 기운을 되찾았다.

모든 것이 원래대로 돌아갔다고, 그렇게 변죽 좋은 소리를 할 수는 없겠지만…… 『풍요의 여주인』은 예전의 일상을 되찾아가고 있었다.

"……시르 씨, 저도 도와드릴까요?"

너무 바빠 보이는 모습에 쓴웃음도 다 떨어져 내가 말을 걸자,

"안 돼요 벨 씨. 벨 씨는 저를 감시하기로 약속했잖아요?"

시르 씨는 부드럽게 거절했다.

"『착한 아이』가 될 수 없는 저는 벨 씨가 없어지면 또 나쁜 『마녀』가 되어버릴지도 모르는걸요. 그러니까 열심히

일하는 저를 계속 지켜봐 주셔야 해요."

약속한 거예요.

나의 기사님.

시르 씨는 그렇게 말했다.

명랑하게 웃었다.

여신 같은 건 모르는, 진짜 여자아이처럼.

……지켜야만 하는 웃음이다.

비네와, 제노스와 나누었던 약속과 마찬가지로, 결코 어겨서는 안 될, 나만의 위선이다.

잔치 분위기로 달아오르기만 하는 주점에서, 나와 시르 씨는 어느샌가 처음 만났던 그 날처럼 웃음을 나누고 있었다.

"──그렇고말고 벨!! 이렇게 속이 시커멓고 귀찮기만 한 발렌아무개 군보다도 훨씬 성가신 시르아무개 군의 어리광 같은 건 받아줘선 못쓴다!!"

"크허억?!"

그때, 옆구리에 고속 태클을 당한 나는 창졸간에 주신님의 몸을 받아 안았다.

"시르아무개 군도 정신 바짝 차리도록!! 벨은 너의 반려 어쩌고가 아니라 나아! 마안! 의~!! 벨이니까아안!! 맨날 속고만 다니는 이 아이를 유혹하려 했다간 또~ 내가 혼쭐을 내줄 테니까아안~!!"

어머니에게 매달린 어린아이처럼 나와 합체한 주신님

은, 프레이야 님의 이름을 말하진 않았지만, 대놓고 상대를 『시르아무개』라 부르는 점에서 열심히 악의를 드러내고 있었다. 심지어 혀까지 꼬인 채로.

으스대는 웃음을 짓는 헤스티아 님에게 시르 씨도 울컥했다.

"콜록, 콜록…… 주, 주신님, 시르 씨도 반성하고 있으니까, 그런 식으로 말씀하시는 건……."

"물렁하구나 벨! 갓 튀겨낸 감자돌이 속살만큼이나 물렁해에에! 이 시르아무개 군은 제일 위험한 끝판왕이나 마찬가지란 말이다!! 틈을 보였다간 손가락이라도 따악 튕겨선 그 맹자 군을 부추길 게 뻔해!! 또 납치당할 거다!"

"아하하. 그럴 리가 있나요."

"우후후. 그럼요~. ──아, 손가락이 미끄러졌네요."

주신님의 험악한 분위기에 나도 모르게 웃음을 짓자, 따악 하고.

만면의 미소와 함께 시르 씨가 예쁜 손가락을 튕겼다.

"──추가 요리입니다. 오래 기다리셨습니다."

그 직후 멧돼지 거인이 순간이동과도 같이 우리 눈앞에 우뚝 섰다.

"우와아아아아아아아아아아아아아아아아아아아악?! 진짜로 부추기는 놈이 어디 있느냐───?! 게다가 그 덩치로 웨이터라니 무슨 말도 안 되는 짓이냐 맹자 군 너느은?!"

"───────────────── (뿌골뽀골뽀골뽀골뽀골뽀골뽀골뽀골뽀골뽀골뿌골)!!"

"으아앗벨구우우우우우우우우우우우우우우우우우우우우우우우우우우우우운?!"

눈앞에 쟁반을 든 바위 같은 거구가 출현한 순간, 나는 가급적 신속히 의식을 어둠 속으로 떠나보냈다. 주로 플래시백하는 일격필살이라든가 세례라든가 무한사투 같은 뽀작뽀작 빠작빠작 자근자근 악몽 때문에.

"뭐 하는 거예요 헤스티아 니임?!"

"벨 공께서 흰자위를 까뒤집으며 거품을?!"

"완전히 트라우마 됐잖아 야?!"

"베, 벨 니임──?!"

주신님의 절규에 이어 릴리, 미코토 씨, 벨프, 하루히메 씨의 비명이 들린 것도 같았지만 바닥에 벌렁 나자빠진 내가 확인할 방법은 없었다.

"어머 벨 씨가 큰일이네! 숨을 안 쉬어요! 이럴 때는 제가 인공호흡을!"

"그렇게 둘까보냐 짜샤아───!! 역시 하나도 반성하지 않았잖느냐 시르아무개!"

"프, 프레이──시르 님! 그런 오물과 입맞춤을 하셔서는 안 됩니다! 그, 그런 저질스럽고 끔찍한 죄는 죄인인 제가 짊어져야……!!"

"회른, 괜찮아요. 힐러라면 여기 있으니까요. 자아 벨~

뽀오~ 할까요~."

"여러분까지 은근슬쩍 뭘 하려는 거예요?! 벨프 님, 이 마녀 일동을 재도 남기지 말고 다 태워버리세요!!"

"퍽이나 가능하겠다……."

경련하며 꼴사납게 기절한 나는 그 뒤의 일은 모른다.

무슨 소동이 있었고 무슨 싸움이 있었는지, 전혀.

"언제까지 자고 있을 거냐, 멍청아."

"커흐윽?!"

내가 깨어난 것은 뺨에 가차 없는 충격이 꽂혔을 때였다.

신발 끝이 파고든 것을 깨닫고 강제로 눈을 떠 튕겨나듯 몸을 일으켰다.

휙휙 좌우를 살피고, 바로 눈앞에서 나를 내려다보는 눈동자를 발견했다.

"아, 마스터……."

"냉큼 일어나. 날 번잡하게 만들지 마라, 우둔한 토끼."

평소와 같은 마스터에게 크게 안심한 것과 동시에, 쭈뼛거리며 주위를 둘러보았다.

축하회는 아직도 이어졌으며, 보르즈 씨 일행이 몇 번째인지 모를 건배를 나누고 있었다.

기절한 후로 꽤 시간이 흐른 걸까.

내가 드러누워 있던 곳은 벽 근처였으며, 곁에 있던 것은 마스터 한 사람…….

"어…… 왜 마스터가, 저를…… 그, 가, 간호? 비슷한 것을 해주시는지……?"

"다들 내가 네놈에게 가장 중립적이라고 판단했기 때문이다. 귀찮은 일을 늘리지 마라, 우둔한 놈."

중립……? 무슨 뜻이지? 그냥 잔학한 거 아닌가……?

"무슨 생각을 하는 거냐 네놈."

다시 발길질을 당해 한바탕 신음한 나는 그제야 뒤늦게 깨달았다.

여성처럼 고운 마스터의 얼굴에 상처가 가득하다는 것을.

"저, 저기…… 그 상처는, 어떻게 된 건가요……?"

"간부진, 그리고 안드흐림니르가 한 짓이다. 그분의 얼굴에 먹칠을 한 벌을 받았을 뿐."

"네엑?!"

"그리고 두 방부터는 반격했다."

"에엑……."

"첫 한 방은 감내했다만 그 이후까지 허용할 이유는 존재하지 않지."

으응…… 그럴 법해. 마스터라면. 그래서 격화되어 폴크방이 재현되고…… 응, 그럴 법해.

갑옷으로 가려져 있긴 했지만 알프릭 씨 형제도 이상하게 상처가 많다 싶었더니, 그런 이유였구나…….

'하지만…… 맞아. 마스터가 있었던 덕에…….'

마스터가…… 헤딘 씨가, 이렇게 【파밀리아】에 원한을

사고 상처를 입을 정도로 헌신해주신 덕에 우리는 워 게임에 이길 수 있었다.

물론 그것만으로 승리를 거머쥘 수는 없었겠지만, 이 사람이 없었다면 우리는 패배해, 그 사람을 구할 수 없었을 것이다.

"……마스터, 고맙습니다. 저희에게 힘을 빌려주셔서."

"착각하지 마라, 얼간이 놈. 네놈들을 이용했을 뿐이다. 도와준 게 아니야."

"그래도 고맙습니다."

나는 바닥에 주저앉은 채로, 마스터는 곁에 선 채로.

주점 한복판에서 소란을 떠는 헤스티아 님이라든가, 그리고 여기에 말려든 시르 씨를 벽에 기대 바라보았다.

지금도 부조리한 명령에 따르며, 그래도 웃고 있는 그 사람을.

"마스터가 없었다면…… 시르 씨는 저렇게 웃을 수 없었을 거라고 생각하니까요."

눈도 마주하지 않고, 둘이서 그 사람을 바라보며, 얼마 안 되는 침묵의 시간이 생겨났다.

곧 마스터는 코웃음을 쳤다.

"우둔한 토끼 주제에."

작게, 정말로 작게.

한 요정이 웃은 것 같은 기분이 들었지만, 앞을 보고 있던 나는 알 수 없다.

다만 마스터는 진저리가 난다는 듯, 기대 서 있던 벽에서 등을 떼었다.

"네놈과 있으면 바보가 옮겠다. 나는 그만 간다."

"네."

"그녀와 나눈 맹세, 절대 어기지 마라."

"……네."

그렇게 말하고, 금색 장발을 찰랑이며 마스터는 주방으로 향했다.

그 괴롭고도 가혹했던 대전이 진정한 의미에서 지금, 겨우 끝을 맺었다.

그런 기분이 들었다.

"다들 술잔 들었나?! 다음에는 이 몸의 무용담을 들려주지이이이!"

『이예에에에에에에에에에에에에에에에에에에에에에에!』

모험자들과 신님들의 연회는 끝나지 않는다. 여전히 승리의 여운을 곱씹으며, 몰드 씨를 필두로 술을 마시고는 웃음을 터뜨렸다.

이건…… 아침까지 가겠구나~.

여전히 고삐를 풀어놓은 모험자와 신님들을 곁눈질하며 천천히 일어날 때.

"벨."

청량한 목소리가 들렸다.

돌아보니 그곳에 있던 것은 주점의 제복이 아닌 여행복 차림의 엘프였다.

"류 씨······."

지금 막 **주점에 돌아온** 것으로 보이는 그녀에게 나도 모르게 눈을 크게 뜨고 있으려니, 하늘색 눈동자가 가만히 물었다.

"지금, 시간을 내주실 수 있겠습니까?"

"류 씨, 이젠 괜찮으신 거예요? 그······『주신님』쪽은······."

『풍요의 여주인』을 나와 잠시 걸어나온 뒷골목.

주점의 웃음소리도, 대로의 소란도 멀어진 가운데, 잠시 말을 더듬던 나는 그녀의 등에 대고 물었다.

"예. 아스트레아 님과는 작별을 마쳤습니다."

류 씨는 걸음을 멈추고 돌아보았다.

지난『파벌대전』을 위해 달려와 주었던, 류 씨의 주신 아스트레아 님.

지금은 미궁도시에 살지 않는 여신님을 배웅하기 위해——라기보다는 아스트레아 님의 현재 홈까지 배웅하기 위해—— 류 씨는 잠시 오라리오를 떠났다.

제2대【아스트레아 파밀리아】와 함께.

"무사히 검제도시 졸링겐까지 배웅할 수 있었습니다. 이 것이 제게 허락된 효도였지요."

헤르메스 님네의 힘을 빌려, 도시 밖으로 나가서.

'이것이 마지막 어리광이자 마무리'라고 덧붙이며.

의리 있는 그녀는 주신님 일행을 호위해 마지막 여행을 함께 했던 것이다.

어쩌면 두 번 다시 돌아오지 않을지도 모른다는 생각도 해버렸기에, 류 씨가 돌아와 주어 안심했지만, 나는 도저히 묻지 않을 수 없었다.

"정말로 괜찮으시겠어요? 아스트레아 님 곁으로 돌아가지 않아도……."

류 씨의 등에는 아직도 아스트레아 님의『은혜』가 새겨져 있다. 아무리 괴로운 과거가 있다 해도, 이 사람은 아직 정의의 권속이니 여신님을 따라갈 수도 있었을 것이다.

나 자신을 류 씨의 처지와 바꿔 생각해보면, 분명 마음이 흔들렸을 것이다.

헤스티아 님과 작별해야만 한다니…… 허락만 된다면, 나는 틀림없이 주신님과 함께 있기를 택했을 거라고, 그렇게 생각했다.

"네. 이러면 된 겁니다. 저는 한 번『정의』를 버린 몸. 자기본위로 아스트레아 님을 멀리했으니, 다시 받아들여 달라고 하는 건 지나치게 뻔뻔하죠."

"하, 하지만! 그건!"

"게다가 아스트레아 님은 새로운 보금자리를 만드셨습니다. 그분을 흠모하는 새로운【파밀리아】를."

무의식중에 몸을 내밀려는 나에게, 마치 누나처럼 타이르듯, 류 씨는 조용히 웃음을 지었다.

"저 또한 다른 보금자리를 찾았습니다. 시르와 동료들, 그리고 당신의 곁이지요. 저는 선택한 겁니다, 벨. 이곳에 있고 싶다고."

"류 씨……."

"저를 구해준 여러분의 곁에."

멈춰 서서 뒤를 돌아보지 않고 『미래』를 선택했다고, 류 씨는 또박또박 말했다.

전에는 연두색으로 물들였던 그녀의 머리.

지금은 등까지 자란, 전혀 꾸미지 않은 드러낸 원래의 금색 머리카락이 대답인 것 같았다.

"게다가 이것이 결코 평생의 작별은 아닙니다. 문득 그리워져 만나러 갈 수도 있으니까요. 오늘부터 다시 편지를 주고받기로 약속도 했고요."

──아스트레아 님, 그리고 알리제와 동료들과의 유대는 지우려야 지울 수 없다고.

여신님의 신혈이 깃든 자신의 등을 부드럽게 바라보며, 류 씨는 말을 맺었다.

그녀의 옆얼굴은 내가 모르는 류 씨의 얼굴이었다.

그늘 따위 없었다. 망설임도. 다른 그 누구도 아닌 류 씨가 아스트레아 님과 결정한 것이다.

그러므로 나도 이러쿵저러쿵 나서지 않기로 했다.

그러므로 내가 해야 할 말은 하나다.

자세를 바로 하고, 그녀를 향해 웃음을 지었다.

"잘 돌아왔어요, 류 씨."

"⋯⋯다녀왔습니다, 벨."

마석등의 부드러운 빛을 받으며 웃음을 나눈다.

어두워야 하는 둘만의 뒷골목은 어딘가 밝고, 매우 따뜻했다.

"벨. 그래서 본론입니다만."

"아, 그랬죠. 하실 말씀이 있으신 것 같았는데, 뭐였나요?"

한 차례 웃음을 나눈 후, 류 씨가 정중하게 전제를 깔아준 덕에 나도 다시 기억이 났다.

단둘이서만, 일부러 주점에서 멀리 떨어지다니. 엄청나게 중요한 이야기일까?

누구에게도 들려주고 싶지 않은 건지도 모른다고 ——
거기까지 생각한 순간.

헉!

나는 어깨를 떨고 말았다.

『벨. 먼저 전해두어야만 하는 것이 있습니다.』

『네.』

『저는 당신을 좋아합니다.』

『네. ⋯⋯⋯⋯⋯⋯⋯⋯⋯⋯⋯⋯네?』

너무 많은 일이 있다 보니 잊어버리고 있었지만—— 나류 씨에게 고백받았어!

『한 명의 남성으로서…… 저는 당신을 좋아합니다.』

친구라든가 애완동물로서라든가, 그런 착각도 용납되지 않을 만큼 결정적으로!!

콰악! 하고 얼굴 전체의 온도가 급상승했다. 그 순간 너무나 아름다운 연상의 엘프와 이렇게 단둘이 있다는 것을 의식하면서 심장이 미쳐 날뛰려 했다.

——그리고 그와 동시에 낯빛이 새파랗게 물들었다.

여신제에서 시르 씨를 거절했던 일련의 광경이 되살아났다.

구제할 길 없는 바보 벨 크라넬은 동경을 저버릴 수 없다.

그 고백의 답을 원하는 것이라면, 내가 제시할 답은 하나밖에 없어!

『이성의 호의』에 겁을 먹게 되었다는 것을 똑똑히 알 수 있었다. 이런 말은 절대 해선 안 되고 그럴 자격도 없지만, 시르 씨의 사건을 통해『호의를 거부하는』것이 트라우마가 되고 말았는지도 모른다.

할아버지가 이곳에 있었다면『건방 떨지 말고 나랑 바꿔라 부럽괘씸한지고!!』라느니 뭐라느니 했을 것 같지만 괴로운 건 괴로운 거야!!

류 씨의 하늘색 눈이 나를 빤히 보고 있어!!

도망칠 곳이 없어! 아니아니아니도망칠곳이있어도도망

치면안되지만!!

"……원래 같으면 당신만이 아니라 헤스티아 님께도 동석을 청했어야 하겠지만……."

부모(신)가 공인하는 사이까지 요구하실 생각으로——?!

멍청한 생각이 폭주하는 가운데, 내 낯빛을 알아차렸는지 아닌지, 류 씨는 더할 나위 없이 심각할 정도로 나를 바라보았다.

석조 뒷골목에 단둘이.

비밀 이야기를 하기에는 안성맞춤인 상황에서, 그 얇은 입술을 벌린다.

"벨——."

"자, 잠시만 기다려 주세요! 마음의 준비가악——?!"

한심하기 짝이 없는 내 목소리도 허무하게, 류 씨는『본론』을 밝혔다.

"저를 당신의【파밀리아】에 넣어 주십시오."

"……………………………………………………………네?"

내가 얼빠진 표정을 지었음은 말할 필요도 없는 일이었다.

"류 공께서【헤스티아 파밀리아】에?!"

이튿날 아침.

맑게 갠 하늘로 미코토 씨의 경악성이 빨려 들어갔다.

"네. 아스트레아 님께는 컨버전 허가를 받아왔습니다."

또박또박 대답하는 류 씨에게, 미코토 씨만이 아니라 릴리와 벨프, 하루히메 씨, 그리고 주신님까지도 놀라고 있었다.

장소는【헤스티아 파밀리아】의 홈, 『화덕관』의 안뜰.

단장인 내가 중개를 맡아 교섭의 자리를 마련했다.

"네가 엄청나게 강하고 심지가 곧은 엘프인 것은 잘 아니, 나야 주신으로서 대환영이다만⋯⋯."

"주점을 그만둔다는 거잖아? 그 드워프가 용케 허락했구만⋯⋯."

"시르가⋯⋯ 아니, 미아 어머니께서 전에 말씀하셨습니다. 『가고 싶은 곳이 있다면 냉큼 가게를 나가라』고."

무서운 드워프 여주인을 떠올리는 헤스티아 님과 벨프에게 류 씨가 전부터 ――제노스 사건 무렵부터―― 들었다는 『통달』에 대해 말했다.

『정의감같이 귀찮은 걸 가지고 있으니 한곳에 가만히 있질 못하는 성미야.』

우리를 돕기 위해 몇 번이나 주점을 떠났던 류 씨에게, 미아 씨는 한숨과 함께 투덜거리셨다고 한다. 그 거듭되는 출장은 우리 탓이기도 했으니 그 점은 죄송스럽지만⋯⋯ 워 게임이 끝난 후에 류 씨가 자신의 의지를 미아 씨에게

밝혔을 때,

『있을 곳을 찾았으면 냉큼 나가버려, 바보 딸내미.』

드워프 주인은 얼굴도 보지 않은 채 음식 준비를 하며 그렇게 말했다고 한다.

류 씨 또한 깊이 고개를 숙여 인사했다고 한다.

"지금은 안드흐림니르 덕에 일손도 충분합니다. ⋯⋯게다가 그녀들은, 저보다도 솜씨가 좋은 것 같으니까요."

덧붙여 말하면서도 부끄러웠는지 시선을 발치로 떨어뜨린 채 약간 어깨를 늘어뜨리는 류 씨에게 쓴웃음을 짓고 있으려니, 그녀는 마음을 다잡은 것처럼 고개를 들었다.

"아스트레아 님의 손으로 이미 재계는 마치고 왔습니다. 과오를 되풀이해온 엘프이오나, 만일 받아들여 주실 수 있다면⋯⋯ 저를 이【파밀리아】에 들여 주십시오."

그녀의 등에 새겨진『은혜』는 이미 아스트레아 님과의 작별을 마친 상태였다.

【스테이터스】의『봉인』이 없는, 말하자면『컨버전 대기』상태.

그리고 컨버전을 하더라도 아스트레아 님의 신혈은 류 씨의 등에 계속 남아있다.

알리제 씨를 비롯한 소중한 옛 동료들과의『정의』는, 유대는, 결코 사라지지 않는다.

오른손으로 왼쪽 어깨를 가만히 안은 류 씨는 우리를 똑바로 바라보았다.

여기에 가장 먼저 대답한 것은 미코토 씨.

"물론입니다! 류 공과 같은 파벌에서 같이 모험을 할 수 있다니 영광입니다!"

제18계층에서 『검은 골라이아스』와 싸웠을 때부터, 『병행영창』을 능수능란하게 구사하는 엘프의 모습을 통해 높은 경지를 보았던 미코토 씨는 어린아이처럼 흥분으로 뺨을 물들였다.

"제1급 모험자가 스스로 와줬는데 거절할 수 있는【파밀리아】가 어디 있겠어. 안 그래?"

"예! 게다가 류 님께는 몇 번이나 도움을 받았으니 거절할 이유가 없사옵니다!"

"Lv.6의 가입, 벨 님도 Lv.5…… 파벌의 랭크가…… 길드의 과세가…… 으윽, 머리가……!"

벨프와 하루히메 씨도 웃음을 지으며 찬성해주었다. 대략 1명, 두 손으로 머리를 끌어안고 끙끙거리는 참모가 있지만…… 분명 괜찮겠지.

나는 물론 말할 것도 없었다.

새로운【파밀리아】멤버의 가입은 만장일치였다.

"좋아, 결정! 컨버전 의식은 나중에 하고── 잘 왔다, 엘프 군. 우리의【파밀리아】에!"

마지막으로 주신님이 목소리를 높여 환영했다.

미코토 씨를 필두로 신이 난 우리에게, 류 씨는 눈을 가늘게 떴다.

"릴리루카."

"네? ……아, 네!"

갑작스럽게, 이제까지처럼 경칭을 붙인 『아데 씨』가 아닌 이름을 불리자 릴리는 흠칫 놀랐다.

그것은 우리도 마찬가지였다.

"벨프, 미코토, 하루히메…… 벨. 그리고 헤스티아 님. 앞으로 잘 부탁드립니다."

그것은 류 씨의 마음속에서 내려진 결론이었는지도 모른다.

같은 지붕 아래에서 사는 【파밀리아】. 가족에게는 경칭을 붙이지 않고 같은 눈높이에서 이름을 부른다.

과거 알리제 씨 같은 동료들, 【아스트레아 파밀리아】에게 그렇게 했듯, 우리의 이름을 소중히 불러주는 류 씨에게 우리는 무의식중에 멋쩍어져 활짝 웃었다.

이 순간부터 정말로, 강하고 아름답고, 누구보다도 올바른 이 사람이 동료가 된다.

류 씨의 【헤스티아 파밀리아】 입단.

우리의 【파밀리아】는 또 한 차례 커졌다.

"엘프 군. 너는 정말 좋은 아이구나아! 아스트레아의 권속이었던 것도 이해가 간다! 어느 도둑고양이와는 달리 너라면 두 손 들고 벨을 돌봐달라고 부탁할 수 있겠구나!"

"왜 저를 보시면서 말씀하세요, 헤스티아 님!"

"틈만 나면 나를 제쳐놓고 새치기를 하려 드니 그렇지!

하루히메 군은 하루히메 군대로 악의 없이 순수하게 사고를 치니 더 악질이고!"

"캥?!"

"그 점에서 예의 바르고 겉과 속이 다르지 않은 그녀는 훌륭하지 않느냐. 엘프 군, 무슨 일이 있으면 사양 말고 말해 다오! 난 너를 높이 평가하니까!"

"취급의 격차가 너무하잖아요!"

결벽한 류 씨를 높이 평가하며 칭찬하는 주신님께 릴리가 대들고, 어째서인지 하루히메 씨에게도 불똥이 튀어 금세 평소와 같은 옥신각신이.

미코토 씨가 당황해 말리려 하고 벨프가 어이없어하는 가운데, 성실하기 짝이 없는 류 씨가 이 분위기에 적응할수 있을까 내가 조금 걱정하고 있으려니.

"……그러면 이야기가 나오자마자 황송하오나, 한 가지 말씀드려도 되겠습니까?"

우뚝 동작을 멈춘 모두를 향해, 류 씨가 그렇게 말했다.

"제가 입단하며 생길 만한 문제 사항……이라기보다는 길드의 요망이온데, 저의 이름을 바꾸었으면 한다는군요."

"으응? 그게 무슨 말이냐?"

"【질풍】은 공식적으로는 사망한 것으로 되어 있기에."

주신님이 고개를 갸웃거리는 가운데, 그 말을 듣고 나는 어느 정도 이해했다.

저거노트 사건에서 【질풍】은 이미 사망한 것으로 처리되었다. 하지만 온 도시에 중계된 워 게임에서 류 씨는 대놓고 대활약을 해버렸으니…….

"사실상 유야무야되긴 했지만…… 공식적으로 발표해버렸던 길드의 체면상, 진명으로 모험자 등록을 하지는 말아 달라고 그러더군요."

신들이 재미있어하며, 그리고 리빌라 주민들이 감싸주어, 『질풍』은 이미 죽었으니까 저건 당연히 【질풍】이 아니지 뭔 소리야!』라고 넘어가긴 했다지만, 아무리 그래도 적지 않은 사람이 눈치를 챘다. 사망 처리와 함께 말소되었다고는 해도 블랙리스트에 올랐던 사람이 당당하게 활보한다면, 길드의 입장에선 상당히 민망할 것이다.

『암흑기』의 진압에 공헌했던 공적, 그리고 초 귀중한 Lv.6을 놀려둘 이유는 없다는 정치적인 이유에 따라 『하다못해 이름만이라도 바꿔달라』고 길드에서 부탁했던 모양이다.

"요컨대 길드에 등록할 모험자 명부의 이름을 속여달라는 거네요. 【아스트레아 파밀리아】에서 이적한 게 아니라, 어디까지나 경력을 알 수 없는 신출내기 모험자로서."

"Lv.6 **신인** 모험자라니, 그것도 참 무지막지한 말이군요……."

"하지만 뭐, 그 정도라면 괜찮지 않겠느냐? 서류상으로만 다를 뿐, 딱히 너의 진명이 달라지는 것도 아니고."

릴리가 수긍하고, 미코토 씨가 식은땀을 흘리고, 주신님이 이해를 보였다.

우리도 반론할 이유가 없었으므로, 고맙다며 고개를 숙이는 류 씨와 함께 새로운 입단자의 이름을 생각하기로 했다.

"어, 이름을 전부 바꿀 필요는 없는 거죠?"

"그렇지. 가문명만 바꾸는 게 타당하지 않을까? 나도 가능하다면 크로조를 버리고 싶은데……."

"류 리온 님에서 가문명만 변경한다면……."

"미아 공에게서 빌려와 류 그랜드 공은 어떻사옵니까……?"

"음~ 좀 우락부락한 느낌이네요……."

"엘프 군, 뭔가 희망 사항은 있느냐?"

안뜰의 잔디밭에 둥글게 둘러앉은 나, 벨프, 하루히메 씨, 미코토 씨, 릴리가 없는 머리를 쥐어짜 내고 주신님이 가볍게 물으셨다.

정좌한 류 씨는 문득 가만히 움직임을 멈추더니…… 내 쪽을 흘끔 보고는, 어째서인지 갈팡질팡했다.

연신 시선을 좌우로 돌렸다가는 뺨을 물들이더니, 불쑥.

"음, 류………… 류 크라넬…………."

철써억!!

주신님은 신속(神速)으로 류 씨의 등 뒤로 돌아가 초속(超速)으로 오른손에 샌들을 장비하더니 뒤통수에 경쾌한 일격을 날렸다.

© Suzuhito Yasuda

"너만은 그런 녀석이 아닐 거라고 생각했더니이이!!"

"아, 아닙니다. 【파밀리아】에 들어간 이상 신의 이름을 빌리는 것은 지나치게 황송한지라 단장의 이름을 빌려야 하지 않을까 하고……!!"

"사념이 뻔히 보인다, 이 못난이 엘프 군아!!"

"진정하세요 헤스티아 니임?!"

샌들을 휘두르며 고함을 질러대는 주신님에게 류 씨가 뒤통수를 문지르며 필사적으로 변명했다.

앞뒤는 맞는 것 같으면서도, 응…… 어째, 역시 궁색하지…….

기껏 입단했는데 추방하겠다는 말씀을 꺼낼 것 같은 주신님을 미코토 씨가 필사적으로 말리고, 릴리가 주신님 편을 들고, 하루히메 씨가 쭈뼛쭈뼛 우왕좌왕해 금세 소란스러워진 홈의 안뜰.

지금도 필사적으로 변명하는 류 씨는, 뭐랄까, 이제까지 엄청 늠름하고 멋있고 아름다웠는데…… 갑자기 못난이티가 팍팍 난다.

"……생각보다 금방 적응할 것 같다."

"응……."

약간 현실도피하며, 나는 벨프의 말에 고개를 끄덕였다.

※

"『류 아스트레아』…… 이런 말은 뭣하지만, 이젠 정말 숨길 마음이 없구나."

나에게서 **신인** 모험자의 서류를 받아든 에이나 누나는 쓴웃음과 함께 그렇게 말했다.

길드 본부의 면담용 부스.

워 게임의 뒤처리가 겨우 일단락되어, 나는 여러 가지 보고와 의논을 겸해 에이나 누나를 찾아왔다.

"네. 결국 첫 주신님인 아스트레아 님에게서 따오는 게 낫지 않겠느냐는 얘기가 돼서……."

이제까지 오랫동안 신세를 졌던, 방음 성능이 뛰어난 부스. 그곳에 들어와 책상을 끼고 마주앉은 다음, 둘뿐인 공간에서 한바탕 헛웃음을 짓다가, 다시금 자세를 바로잡았다.

"에이나 누나. 그래서…… 앞으로 우리【파밀리아】는……."

"……응. 이게 길드의 정식 통달서."

재판에서 판결을 기다리는 피고인 같은 표정을 짓고 있으려니 에이나 누나가 두 손으로 든 양피지 한 장을 내밀었다. 길드의 도장이 단단히 찍힌 거기에 적힌 내용은——.

"【헤스티아 파밀리아】의 랭크는 B로 승격했습니다. 축하합니다."

……B라.

……랭크 D에서, 갑자기 B라아…….

"우리【파밀리아】는 류 씨가 들어와도 6명밖에 안 되는

데요……."

"응, 그건 알지만…… 제1급 모험자가 2명, 그것도 Lv.6가 있는 파벌을 C 이하로 간주하기는 역시 어려워서……."

일말의 희망에 매달리듯 조심스레 물어보자, 정식 통달이기 때문에 처음에는 예의를 갖추었던 에이나 누나도 완전히 난감한 표정을 지었다.

"B가 아니라 A로 해야 한다는 의견도 엄청 많았는걸?"

그런 말까지 들으면 이제는 아무 소리도 할 수 없다.

도시 최강 파밀리아인【로키 파밀리아】가 S, 지금은 사라지고 없는【이슈타르 파밀리아】가 A라고 하면 랭크 B라는 평가가 얼마나 무거운 것인지 이해가 갈까? 로키 님의 파벌도 이슈타르 님의 파벌도 하나같이 대규모에, 구성원의 숫자와 질은 보통이 아니다.

『초 소수정예 파벌』.

【헤스티아 파밀리아】는 아무래도 현재 그런 위치에 있는 모양이었다.

'얼마 전까지만 해도『초 영세 파벌』이었는데……'

지금도 엄청난 빚(주신님은 한사코 자신의 빚이라고 주장하신다)을 지고 있는데…….

아, 아무튼 이제 길드에 납부할 세금도 단숨에 늘어났다. 절망하며 울부짖는 릴리의 얼굴을 쉽게 상상할 수 있는 것이 괴롭다.

단장인 나도 최근에는 파벌의 장부를 살펴보고 있는

데…… 헛웃음밖에 나오지 않는 상황이었다. 미아흐 님네의 의수 값을 비롯해, 워 게임의 보수 자체는 대부분 다른 파벌에 양보해버렸고.

"단원의 Lv. 구성도 그렇지만 역시 가장 큰 이유는…… 그 왜, 신 프레이야가 신 헤스티아의『종속신』이 되어버렸으니까……."

아무도 엿들을 수 없는, 방음 성능이 뛰어난 부스라는 것을 알면서도 에이나 누나는 얼굴을 가까이하며 자연스레 목소리를 낮추었다.

그랬다.

표면상【프레이야 파밀리아】는 해체되었지만, 사실은 프레이야 님── 아니, 시르 씨가 그대로 헤스티아 님 산하에 들어왔다는 표현이 맞다.

오라리오의 입장에서 보자면 에인헤랴르라는 막대한 전력은 절대 놓칠 수 없다.

하지만 도시 전역을『매료』시켰던 프레이야 님은 무섭다.

그런 절실한 두 가지 본심의 절충안이『헤스티아 님의 종속신』으로 만든다는 것이었다.

『상자정원』을 태워버린 헤스티아 님이라면 또 무슨 사고가 일어나더라도『미의 신』의 안전장치가 될 수 있다. 또한 형식상으로나마 시르 씨가 주신님의 말씀을 들어준다면 오탈 씨를 비롯한 인재가 도시 밖으로 유출되는 일을 막을 수 있을 뿐만 아니라 미궁탐색에도 공헌할 것이다. 어디까지나 표면상으로는『무서운 주점 종업원』이라든가, 스카우트를 절대 받아들이지 않는『컨버전 대기 상태의 권속』이라는 위치지만…… 아무튼 길드 상층부는 그런 판단을 내렸다, 고 한다. 정치에 관한 일이니 나는 절반도 이해할 수 없었지만.

결국, 관점을 바꿔서 보면【프레이야 파밀리아】라는 대전력은【헤스티아 파밀리아】에 흡수되어버린 셈이다. 물론 명령은 고사하고 함께 싸우는 것조차 불가능하겠지만…… 아니, 그렇다기보다 우리가 무서워서 못한다.

그러므로 정확히 말하자면,【헤스티아 파밀리아】는 랭크 B(S)라고 한다.

공식 정보는 B고, 길드 내부(상층부)에서는 S 취급.

무슨 소린지 좀 이해가 안 가지만, 그렇게 됐다고 한다.

"라키아 왕국 같은 국가계【파밀리아】에는 흔히 있는 시스템이라는데, 오라리오에는 별로 없다……기보다 나도 금시초문이야.【프레이야 파밀리아】가 그만큼 대단했다는 뜻이겠지만."

"그러고 보니 같은 미의 신인 이슈타르 님 때도, 길드는 여러모로 다루기 곤란해했다고 들었어요."

"맞아. ……그래서 결국, 어때?【프레이야 파밀리아】와의 관계는?"

에이나 누나가 조금 걱정스러운 듯 물었다.

나는 그녀를 안심시키기 위해 눈꼬리를 늘어뜨리며 웃

음을 지었다.

"던전 탐색에 같이 가는, 그런 일은 없겠지만요…… 그래도 그 이외의 면에서, 정말로 엄청 도움이 돼요."

가장 많은 신세를 지는 부분은, 그저께의 축하회에서도 화제에 올랐던『호위』.

시르 씨가 회그니 씨와 마스터, 알프릭 씨 형제들에게 부탁해 홈 주위를, 특히 하루히메 씨의 곁을 24시간 경비해주고 있다.

게다가【질풍】이 살아있다는 걸 알고 류 씨에게 원한을 가진 사람들도 정기적으로 나타나고 있다는데…… 이것도 시르 씨의 당부로 마스터와 다른 분들이 전부 박멸해준다는 것이다. 우리가 모르는 곳에서, 말끔히.

다시 말해【헤스티아 파밀리아】는 제1급 모험자를 포함한 에인헤랴르들에게 항상 보호를 받고 있다는 뜻이다. 길드 관할이 되어『폴크방』을 쓰지 못하게 된 반 씨 같은 에인헤랴르들은 주요 전장을 던전으로 옮겨, 매일 미궁을 탐색할 겸 교대로 비어있는『화덕관』을 지켜주는 ──정확하게는 잠복경비── 역할까지 맡아줄 정도였다.

솔직히 말해 지금의『화덕관』은 세상에서 가장 안전한 장소라 해도 과언이 아니다.

그리고 틀림없이 세상에서 가장 무서운 경비태세일 것이다.

"속죄도 뭣도 아니고, 그저『책임』을 지는 것뿐이에요."

시르 씨는 그렇게 말하며 내 감사를 받아주지 않았지만…… 그 사람 덕분에 하루히메 씨도 류 씨도 햇빛이 드는 곳에서 일상을 보낼 수 있다.

극단적으로 말해, 시르 씨와 에인헤라르들이 없었다면 류 씨가 【헤스티아 파밀리아】에 입단하기는 어려웠을 것이다.

"그러니까 걱정하지 마세요. 시르 씨 덕분에 다툼은 절대 일어나지 않으니까요."

"그래? 그렇다면 다행이지만……."

『시르 씨』라는 말에 에이나 누나는 조금 복잡한 표정을 지었다.

『상자정원』 때도 포함해 아직 응어리가 남았기 때문이리라. 딱 잘라 선을 그을 수 없는 심정은 이해한다. 나도 에이나 누나도 성인군자는 아니니까.

그러므로 나는 역시, 그런 에이나 누나에게 사죄의 의미를 담아 웃음을 지었다.

"……미안해. 너희가 이해하고 결정했으니까 내가 간섭할 일은 아니겠지. 그럼 앞으로 어떻게 할지를 이야기해 볼까?"

"네! 부탁드려요!"

마음을 다잡고 미궁도감을 책상 위에 펼치는 에이나 누나에게 나는 힘차게 고개를 끄덕였다.

앞으로 어떻게 할지란── 물론『던전 탐색』의 방침을

말하는 것이다.

"【파밀리아】의 의향은 어때?"

"여신제 이후 미궁에서 꽤 오래 떠나 있었으니까, 우선은『중층』언저리에서 몸을 풀자고 동료들과 얘기했어요. 18계층에 거점을 두고, 한동안 던전에 내려가 있는 것도 괜찮겠다고."

나와 릴리, 하루히메 씨가【랭크 업】하고 여기에 Lv.6인 류 씨가 들어왔다.

여신제 ──정확히는 엘레지아도 포함한『양대 축제』── 전후로【헤스티아 파밀리아】의 파티 사정은 크게 달라졌다. 우리의 역량에 더해, 할 수 있는 일과 할 수 없는 일을 재확인하기 위해서라도 안전한 층역에서 탐색을 하자는 것이 【파밀리아】의 현재 방침이었다.

『새로운 멤버가 파티에 들어올 때마다 전술과 연계를 재검토하고 갱신할 필요가 있습니다.』

이것은 역전의 모험자인 류 씨의 이야기였다.

지휘관인 릴리도 크게 찬동했다.

"응. 나도 그게 제일 좋다고 생각해."

에이나 누나도 긍정했다.

"리온 씨……가 아니라, 아스트레아 씨의 역할은 뭐야? 역시『마법검사』?"

"그게요오…… 부족한 포지션이 있으면 **어지간해선 다 맡을 수 있으니까**, 그걸 하겠다고 그러셨어요. 전열도, 후열도…… 과도한 기대는 말라고 그러시면서도, 아마 힐러까지, 가능할 거라고…….”

"으, 으~~음………… 진짜 엄청난 모험자구나.”

나는 나도 모르게 말을 흐려버리고, 깃털 펜으로 메모를 하던 에이나 누나도 흘러 떨어지려 하는 안경을 몇 번이나 붙잡았다.

원래 류 씨는『회복마법』을 가지고 있었는데, 새로 발현한 계승마법【아스트레아 레코드】덕에 알리제 씨를 비롯한 옛 동료들의 모든 마법을 구사할 수 있게 되었다. 그야말로 힐러로서『광범위 치유마법』까지도.

단어를 고르지 않고 표현하자면, 류 씨는 정말로 혼자 뭐든 다 해치워버리는 것이다.

같은 제1급 모험자라도, 앞으로 돌진하는 것밖에 못 하는 나와는 확실히 말해 격이 다르다.

그녀의 가입으로【헤스티아 파밀리아】의 포진은 반석이 되었다 해도 과언이 아니다.

'욕심을 부리자면, 류 씨가 자유롭게 움직일 수 있도록 순수한『마도사』나『힐러』가 있으면 좋겠다고, 릴리는 그렇게 말했지만…… 역시 거기까진 너무 과한 욕심이겠지.'

아무튼. 류 씨 덕분에 원거리 화력도 회복도 충실해졌다.

벨프의『마검』이나 나자 씨네의 아이템으로 보완하면 그야말로 빈틈이 사라질 정도다.

그러므로.

내 견해로도, 릴리의 계산으로도, 【헤스티아 파밀리아】는 다음 단계로 넘어갈 수 있다.

"벨, 너 자신의 생각은 어때?"

그런 속내를 간파한 것처럼 묻는 에이나 누나에게, 또박또박 전했다.

"저는 새 계층…… 27계층 아래로 내려가 보고 싶다고, 그렇게 생각해요."

저거노트 사건도 있고 해서 『물의 미궁도시』는 완전히는 탐색하지 못했지만, 갈 수 있을 것이다.

하루히메 씨가 전체 레벨 부스트를 사용하면 파티를 Lv.3 이상으로 꾸릴 수 있다. 길드가 규정한 각 층역의 도달 기준── 권장 Lv.을 참고해봐도 『심층』 직전인 **36계층**까지는 어려움 없이 진출할 수 있을 만큼 충분한 전력.

【아스트레아 파밀리아】당시 41계층까지 도달했던 류 씨의 지식과 경험이 있으면, 아무리 처음 가는 계층이라 해도 문제가 일어나지는 않을 것이다. 나와는 달리 제노스와 함께 37계층까지 **자력으로 답파한** 다른 동료들은 누가 뭐라 해도 『하층』의 분위기를 알고 있을 테고.

물론 무리를 할 생각은 없다.

나만이 조바심을 내 동료들을 위험에 빠뜨리는 짓은 할 수 없다.

그러니까 확실하게 준비하고. 던전에서 파티의 연계도 재검토하고.

그 후 다시금 안전하게, 확실하게—— 그리고 착실하게 앞으로 나아가고 싶다고, 에이나 누나에게 내 뜻을 밝혔다.

"……그렇구나. 전력은 합격 수준, 아니, 과도할 정도야. 너도 포함해『제1급 모험자가 둘이나 있다』는 건 그런 뜻이니까. 28계층의 세이프티 포인트를 넘어서 29계층으로 진출하는 건 문제없다고 봐."

29계층부터 시작되는 층역의 이름은『밀림협곡』.

『거목미궁』과도 다른 정글이 펼쳐져 있으며, 『블러드 사우루스』를 비롯한 공룡 계통의 강한 개체가 출현하기 시작한다. 공략에는 Lv.3이 절대조건인 투쟁지대.

강의에서도 들었던 계층의 정보를 떠올리며 내가 고개를 끄덕이고 있으려니—— 잔잔한 표정을 짓고 있던 에이나 누나가 문득 웃음을 지었다.

"네가 5계층에서 미노타우로스에게 쫓겨 다녔다고 소란을 피운 게 반년 전이라니…… 믿을 수가 없어."

……그건 눈 깜짝할 사이라는 뜻일까?

아니면 훨씬 옛날처럼 느껴진다는 뜻?

그 질문은 할 수 없었지만, 에이나 누나는 천천히 말을 이었다.

"온갖 일이 있었고, 내가 모르는 일도 너한테는 잔뜩 일어났고…….『모험자』구나, 벨은. 정말로, 어엿한."

조용하면서도 어딘가 약간 서운해하는 듯한 그 눈빛은, 뭐랄까, 동생의 성장을 기뻐하는 누나와도 다른…… 마치

독립해 부모의 곁을 떠나가는 아이를 보는 눈, 이라고 해야 할까.

정신이 들고 보니 나는 그 에메랄드색 눈에 빨려 들어가고 있었다.

"제1급 모험자에게 이런 말을 하면 실례일까?"

"아, 아뇨……! ……저도 솔직히, 제1급 모험자가 됐다는 실감이 안 나서……."

"후훗…… 사실은 나도."

살짝 웃은 에이나 누나는, 이윽고 자신의 속마음과 절충을 한 것처럼 내게 말했다.

"내 어드바이스는 이제, 네게는 필요가 없을 거야."

"!"

"정확하게는, 힘이 되지 못한다고 해야 할까. 책에 실린 지식을 가르칠 수는 있겠지만…… 제1급 모험자가 된 지금의 너는, 혼자서도 잘 생각하고 답을 낼 수 있을 테니까."

──그러니 내가 생각하는 건 분명 너도 생각하고 있겠지.

자신은 무난한 말밖에 해줄 수 없다고, 에이나 누나는 행간으로 그렇게 말했다.

"그렇지는──!!"

"아냐, 맞아. 왜냐면 나는 모험자가 아니니까."

"!!"

"모험자들과는…… 너희 제1급 모험자와는, 보이는 게 달라."

웃음을 머금은 채 들려준 그 말을, 나는 얼른 부정할 수 없었다.

모험자가 아닌 에이나 누나와 우리—— 특히 상급 모험자의 생각 사이에는 큰 『고랑』이 있을 것이다.

『모험자는 모험을 해서는 안 된다』.

하급 모험자에게는 금언이자 명언이 분명했던 에이나 누나의 말도, 높은 경지에 올라간 모험자들에게는 점차 들어맞지 않게 된다.

왜냐하면 우리는 반드시 언젠가 『모험을 해야만 하는 날』이 온다는 것을 알아버렸으니까. 목표를 가지고, 던전 깊이, 깊이 내려가고 또 내려가는 이상, 그것은 피해갈 수 없음을 그동안 길러온 본능으로 깨달아버렸으니까.

지금의 나와 에이나 누나는 보고 있는 광경이, 그리고 보이는 경치가 결정적으로 다르다.

"그래서, 는 아니지만……."

그 사실을 나보다도 확실히 이해하고 있는 에이나 누나는 마지막으로 『참견』을 하듯, 다음 말을 입에 담았다.

"조금만 쉬어보면 어때, 벨?"

"네……?"

"너무 많은 일이 있었고, 분명 누구보다도 모험을 해온 너니까…… 느긋하게 지내주었으면 좋겠다고, 나는 그렇게 생각해."

눈을 크게 뜬 나에게 에이나 누나가 말을 이었다.

"너에게 목표가 있다는 건 알아. ⋯⋯⋯⋯발렌슈타인 씨를 동경하고, 쫓아가고 싶다고, 내가 제일 먼저 의논을 들어주었는걸. 잘, 알아."

"⋯⋯."

"그러니까, 조금만이라도 좋아. 계속 노력만 하고 있으면, 정말로 스스로도 깨닫지 못하는 사이에 마음이 망가져 버리는 때가 오니까. 목표를 계속 갱신하면서 승승장구할 때는⋯⋯ 특히."

제노스 사건이 있었던 후에도, 『심층』에서 돌아온 후에도, 던전에 내려갈 때까지는 시간을 두고 휴식을 취했지만── 그런 뜻이 아닐 것이다.

에이나 누나가 하고 싶은 말은, 좀 더⋯⋯.

"자신에게 상을 준다거나⋯⋯ 혹은 『새로운 일』을 해본다거나."

"『새로운 일』⋯⋯."

"응. 이건 내 경험담. 일이 잘 풀리지 않을 때라든가, 많이 노력하고 있을 때야말로 다른 일을 해보는 거야. 그러면 시야가 넓어져서, 신기하게 목표하고도 이어지곤 하니까."

『던전 이외의 일』에도 눈을 돌려보면 어떨까?

에이나 누나는 그런 말을 하고 싶은 것이다.

"랭크 B가 된【헤스티아 파밀리아】에게는 앞으로 『원정』 미션이 몇 번이나 나올 거고, 던전에는 반드시 도전하게 돼. 그러니까 그때까지는 여유를 가지고, 시야를 넓히고, 천천히. ……난 그렇게 느꼈어."

파벌의 랭크가 올라간 지금은 세금 문제도 있으니, 던전 탐색에서 완전히 멀어지기는 어려울 것이다. Lv.5가 되었기에—— 멀었던 동경의 등이 보이기 시작하는 지금이기에 달려나가고 싶다는 욕구도, 역시 있다.

하지만 그런 지금이기에, 잠시 심호흡을 하고 주위를 둘러보는 데에 의미가 있을지도 모른다.

『파벌대전』을 마치고, 『제1급 모험자』라는 이름을 짊어지고, 무의식중에 달려나가려 하고 있던 자신을 그제야 돌아볼 수 있었다.

"미안해. 기껏 힘을 내려고 하는데 왠지 찬물 끼얹는 소리를 해버렸네."

"……아니에요. 그렇지 않아요."

송구스러운 듯 눈치를 살피는 에이나 누나에게 나는 고개를 가로저었다.

아까도 말했듯, 에이나 누나는 제1급 모험자가 된 나에게 가르쳐줄 것은 없다고 부담감을 가지고 있는지도 모른다.

하지만 그렇지 않다.

아무리 Lv.이 올라도, 내가 모험자가 된 지 반년밖에 안되었다는 사실에는 변함이 없다.

아이즈 씨를 비롯한 제1급 모험자들과 비교해도, 아니, 한 사람의 인간으로서 봐도 지식과 경험이 압도적으로 부족하다. 내가 배워야만 할 것은 아직도 잔뜩 있다.

누구보다도 미숙한 나를 가장 많이 생각해주는 것은, 에이나 누나다.

"에이나 누나는…… 제게 많은 걸 깨닫게 해줘요."

주신님과 비슷할 정도로, 나보다도 나에 대해 잘 아는 에이나 누나의 말이다.

분명 그럴 것이라고 신뢰하고 수긍할 수 있다.

"에이나 누나하고 의논하길 잘했어요, 역시."

나는 속마음을 그대로 말로 바꾸며 웃음을 지었다.

에이나 누나는 안경 속에서 에메랄드색 눈을 크게 떴다가 활짝 웃었다.

한동안 마주 보고 있던 우리는 누가 먼저랄 것도 없이 웃음을 터뜨리고, 멋쩍게 몸을 꼬았다.

"하지만 새로운 일이라……. 뭐가 좋을까요?"

"억지로 하려고 할 필요는 없어. 관심이 동하는 분야가 있으면 슬쩍 살펴보는 정도가 딱 좋을 거야."

당분간은 컨디션을 조정하고, 파티의 연계를 확인하고. 구태여 다음 목표는 설정하지 않는다.

방침을 정한 나는 에이나 누나와 함께 면담용 부스에서 나왔다. 오후의 길드 본부는 많은 모험자가 던전에 내려가 있으므로 사람이 적어 평소보다 넓게 느껴졌다.

당장 고민을 시작한 나를 에이나 누나가 흐뭇하다는 듯이 바라보고 있을 때——.

"!"

"벨? 왜 그러니?"

어떤 『소리』를 느낀 나는 창밖으로 시선을 돌렸다.

"……『경적』소리? 아니, 이건……."

오라리오에 온 후로 한 번도 들어본 적이 없었던 소리에, 나는 나도 모르게 중얼거렸다.

에이나 누나에게는 들리지 않고, 【랭크 업】을 거듭한 제1급 모험자의 청각만이 그 희미한 중저음을 포착한 가운데── 수인 길드 직원이 입구에서 달려왔다.

카운터의 접수원에게 귀엣말을 하자 다른 직원들이 일제히 움직였다.

드문드문 있던 모험자들도 그 대열에 끼었다.

무언가를 알아차리고, 마치 구경이라도 가려는 것처럼 뛰어나가 길드 본부를 떠나간다.

"무슨 일일까요……? 왠지 갑자기 바빠진 것 같은데……."

갑작스러운 변화에 내가 당황하고 있으려니 에이나 누나가 "아아……" 하고 중얼거렸다.

"『학구(學區)』가 돌아온 거야."

──『학구』?

낯선 단어…… 아니다, 어디선가 들어본 적이 있다.

분명, 처음 다이달로스 거리의 고아원을 찾아갔을 때 아이들이 말했던 것 같은데……?

"보러 갈래?"

"네?"

"『학구』의 귀항은 오라리오에게도 축제나 마찬가지니까. 분명 시벽 위도 지금은 개방돼 있을 거야."

귀, **귀항**?

그런데 시벽 위?

내가 전혀 이해하지 못하는 표정을 짓자 에이나 누나가 웃었다.

"나도 마중을 나가야 하니까."

그것은 스스로도 마음을 주체하지 못하는 듯, 어색한 웃음이었다.

내가 아이즈 씨와 몇 번이나 훈련을 했던 ——아이즈 씨가 봉쇄되지 않은 샛길을 알고 있었던—— 시벽 상부는 북서쪽 방향.

그리고 지금 길드가 개방시킨 시벽은 남서쪽 방향이었다.

"보인다! 이제 보인다!"

"3년 만이야!"

도시 북서쪽에 있는 『길드 본부』에서 에이나 누나와 함께 남쪽으로 향해 거대 시벽의 긴 계단을 다 오르자 수많은 사람의 환호성이 귓전을 두드렸다.

무소속 일반인, 모험자, 길드 직원, 그리고 상인이며 여행자까지.

　도시 가장자리에 몰려든 인파에 놀라며, 겨우 흉벽 앞까지 나아갔다.

　"저건······!"

　시선이 향한 곳은 사람들이 가리키는 방향, 이 시벽에서 남서쪽으로 더 멀리 떨어진 곳.

　커다란 항구도시 너머에 있는 거대한 기수호.

　그리고 그 너머로 펼쳐진 대해원.

　그 수평선에, 일반인의 눈으로도 확실히 알아볼 수 있을 정도의『거대한 윤곽』이 존재했다.

　"도시가 떠 있어?!"

　모험자의 시력이『윤곽』의 세부까지 포착해 나는 큰 목소리를 내고 있었다.

　태양의 빛을 반사하는 금속의 광채.

　세 개의『대원반』이 겹쳐진 것 같은 압도적인 거구와 위용.

　그 원반 상부에 밀집된 것은 틀림없는 건물들과 거대한『탑』.

　무기질적인 구조체 속에서 이채를 발하는『푸른 날개』, 혹은『날개옷』을 두른 모습은 마치 해룡의 등에 사람의 도시가 지어진 것만 같은──

　저건 시가지?

　도시?

　아니면 **나라**?

설마……『배』인 거야?!

"저『배』의 이름은『흐링호르니』. 무엇과도 견줄 수 없는 **세계 최대의 배**."

말을 잃은 내 곁에 나란히 선 에이나 누나가, 마치 또 다른 고향을 바라보듯 눈을 가늘게 떴다.

에이나 누나의 말에 숨을 삼키면서, 나는 깨닫고 말았다.

길드 본부에서 들렸던『소리』란『경적』이 아니라──『뱃고동』.

규격부터 다른『마석제품』에서 울려 나오는 거대한 기적!

"공식 명칭은『해상학술기관특구』── 통칭『학구』야."

그 말과 거의 동시에, 시벽 상부에 모여 있던 사람들의 열광이 폭발했다.

"『학구』가 돌아왔다아아아아아아아아아아아아아아아아아아아아아아아아아아아아아!!"

미궁도시가 환호로 맞이하는『초거대선』.

눈을 크게 뜬 나는 그때 틀림없이 두 뺨을 흥분으로 물들이고 있었다.

모험자의 본성일까.

처음 보는『미지』때문일까.

자신이 모르는 세계가 도래했다는 데에 심장 고동을 드높이고 말았다.

2장 학원천지옥

© Suzuhito Yasuda

항구도시 멜렌.

오라리오에서 남서쪽으로 3K 정도 떨어진 호숫가에 세워진, 말 그대로 『항구도시』.

바다로 통하는 거대 기수호 『로로그 호수』와 인접했으며, 대륙의 서쪽 끄트머리에 있는 오라리오에게는 『바다의 현관』이다.

매일같이 셀 수도 없는 이방의 배가 입항해 수많은 사람과 물자가 『세계의 중심』으로 흘러든다. 대신 바다로 떠나는 것은 『마석제품』을 가득 실은 수송선. 오라리오가 독점하는 마석제품 무역의 주요 루트는 육로가 아니라 해로라고 들은 적이 있다. 그런 점을 생각하면 전 세계의 배가 이 항구도시에 모여든다 해도 결코 과언이 아닐지 모른다.

나 자신도 멜렌에 오는 것은 이번이 처음이 아니지만, 언제 봐도 『외국』에 왔다는 착각이 들고 만다.

민물과 바닷물이 섞인 기수호의 냄새는 바다 냄새보다는 덜 자극적이라고 들었지만, 산골 마을 출신인 나에게는 아무래도 비일상의 입구와 같은 냄새였다.

바자르(이국시장)를 방불케 할 정도로 북적이는 대로도 그렇다. 수많은 가게에 늘어선 신선한 해산물도 그렇다. 볕에 그을린 어부, 섬나라나 사막세계 등 외국에서 온 사람들, 그리고 신들은 이곳이 소위 『바다 도시』임을 알려준다.

거대 시벽에 에워싸여 있어 ──말 그대로 바깥세상과 차단된── 잊어버릴 것 같지만 오라리오는 이렇게나 바다와 가까웠다.

평소 같으면 그야말로 시골뜨기처럼 주위를 연신 둘러보며 항구도시의 경치에 눈길을 빼앗겼을 것이다.

하지만 이번만은 사정이 달랐다.

"우와아······!!"

『초거대선』은 예술적인 조타로 호협(湖峽)을 빠져나와 『로로그 호수』로 진입했다.

그 광경은 압권이었다.

갓 출항한 작은 배——사실은 전장이 **40M**이 넘는 갈레온 선——가 황급히 진로를 바꾸는 가운데, 푸른 날개를 치며 그야말로 우아한 해룡과도 같이 항구로 진입한다.

호반을 따라 무수히 늘어선 석조 창고며 집들을 뒤덮어가는 터무니없이 거대한 그림자.

고개가 아플 정도로 올려다봐야 하는 높이.

수백 척이 정박할 수 있을 만한 서쪽 항구를 단 한 척이 통째로 점령해버리는, 너무나도 거대한 선체.

내가 입을 벌리고 얼빠진 표정을 짓는 동안, 항만이 환성으로 폭발했다.

"어서 와 『학구』!"

"이번에는 무슨 모험을 하고 왔어—?!"

"멜렌에 잘 왔다! 새로운 아이들아!!"

춤을 춘다.

사람들의 기쁨이 손을 맞잡고 항구도시의 푸른 하늘에

서 춤춘다.

『학구』가 기수호에 들어온 후로 계속 이어졌던 환영의 목소리가 맞이하는 절정.

항만을 따라 모여 있는 것은 그야말로 온 멜렌의 주민들이 다 나온 것 아닌가 착각이 들 정도의 사람들이었다.

수많은 휴먼과 데미휴먼이 손이며 깃발을 흔들고, 개중에는 악기를 연주하는 사람들도 있었다.

뛰어다니다 폴짝폴짝 점프하는 아이들도 있었지만, 군중 속에서 멀거니 서 있던 나는 여전히 넋이 나간 채였다.

"굉장하네요……. 정말 축제 같아요."

"딱히 틀린 말도 아니야. 3년에 한 번 돌아오는 『학구』 귀항은 오라리오에서도 일대 이벤트 중 하나니까."

그런 내 감상에, 곁에 서 있던 에이나 누나가 설명해주었다.

시벽 위에서 초거대선을 본 후.

『지금이라면 항구에도 갈 수 있어.』

에이나 누나의 그 말에, 나는 이곳 멜렌까지 찾아왔다.

정확하게는, 아이처럼 눈을 빛내는 나를 보다 못해 에이나 누나가 쓴웃음을 지으며 제안해주었다고 해야겠지만.

원래 오라리오 도시문의 검문은 엄격해서 ——특히 『도시전력』으로 간주되는 【파밀리아】의 권속이나 주신님들은—— 매우 오랜 시간 동안 번잡한 절차를 거쳐야만 밖으로 나갈 수 있는데…… 이 『학구』 귀항은 『특별』하다나.

아직 자세히 듣지는 못했지만 이 기간만은 멜렌과 직통으로 이어진 남서쪽 도시문만 상시 개방된다고 한다. 아무리 그래도 모험자는 【가네샤 파밀리아】의 문지기가 막아서서 심사를 하지만, 내 경우 이번엔 길드 직원의 수행원 자격으로 아무 일 없이 넘어갔다.

오라리오에서 달려 나온 수많은 시민과 함께 이곳까지 온 것이다.

"어…… 근데 애초에 『학구』란 뭔가요?"

"그건 말이지, 간단히 말하자면…… 전 세계를 여행하는, 이 하계에서 가장 큰 『학교』랄까."

서쪽 항구로 입항한 초거대선을 한참 바라본 후에도 여기저기에서 환영하는 목소리는 끊이질 않았다.

잠시 후, 이동을 개시한 군중의 파도를 타듯 우리도 걷기 시작했다.

저 거대한 『학교』로 가기 위해.

"『학구』는 길드의 지원을 받아 운영되는 이동형 교육기관이야. 배울 뜻을 가진 6세에서 18세의 아이들을 향해 도중 전 세계에서 모아 적극적으로 받아들이고 있어."

"저, 전 세계에서요? 왜 그러나요?"

"우선은 투자자인 길드의 의향. 『세계의 중심』이라 불리는 오라리오에는 많은 사람과 신들이 모이지만, 그것만 가지고는 부족해. 도시의 운영…… 무엇보다 3대 퀘스트 달성을 위해, 길드는 항상 우수한 인재를 원하고 있어."

완전히 무지를 드러낸 나에게 에이나 누나는 어딘가 기뻐하는 눈치였다.

마치 손이 가지 않게 된 아이를 다시 돌보게 된 것처럼, 검지를 척 세우고 수업을 진행했다.

"그리고『학구』를 이끄는 신들의 신의…… 아니,『열의』라고 해야 할까?"

"네? 신들, 이라니…… 혹시 저 배는……."

"맞아.『학구』는 여러 개의【파밀리아】가 운영하고 있는, 말하자면 파벌동맹…… 파밀리아 유니온이야."

파밀리아 유니온. 그 말을 듣고 나는 나도 모르게 눈을 크게 떴다.

그와 동시에 이해가 가기도 했다.

【파밀리아】의 체계 중에서는 던전계, 상업계 등이 잘 알려져 있지만, 여기에『아카데미계』라는 종류도 있다고 한다. 무소속인 사람, 특히 아이들에게 다양한 지식을 전달하는 대신 학비를 징수해 파벌을 운영하는 것이다. 수업을 받게 하고, 유능한 아이들은 그대로 스카우트해 단원으로 삼는 일도 드물지 않다나.

아카데미계【파밀리아】는 지역밀착형이라고 해야 하나, 아무튼 우수한 인재를 발굴하고 고용을 창출하기 때문에, 홈이라는 이름의 학원이 설치된 도시나 국가에서는 매우 좋아한다고 들었는데, 지도를 맡을 우수한 단원——『인스트럭터』를 갖춰야 하는 만큼 다른【파밀리아】보다도 훨씬 경영이 어렵다고 한다. 신흥파벌이 손을 댔다간 매우 높은 확률로 실패하는【파밀리아】의 필두일 것이다.

이것은 아무 것도 없는 마을에서 태어나 자란 시골뜨기인 내 편견일지도 모르지만,『학교』라는 건 유복한 사람들, 그야말로 귀족들만 다니는 거라는 선입견이 있다. 하지만 아카데미계【파밀리아】가 있고, 돈을 비롯한 대가만 준비할 수 있으면 배울 기회가 주어지는 것이다.

오라리오에는 유감스럽게도 그런 아카데미계 파벌이 존재하지 않지만──

아니지.

반대인가?

저 거대 교육기관 때문에 아카데미계【파밀리아】가 저기 모여 있는 걸까?

『학구』는 아카데미계【파밀리아】의 집합체……?

"종족도 빈부도 경력도 상관없어. 필요한 건『배우고자 하는 의지』."

우리 바로 옆을 달려나가는 아이들을 바라보며 에이나 누나는 그렇게 말했다.

"자신은 무엇이 될 수 있을지 끊임없이 추구하는『탐구심』그 자체. 그것만이『학구』의 학생이 되기 위한 조건이야."

출신도, 자라난 환경도 상관없다.

돈조차 필요 없다.

그야말로 미숙함을 인정하고『학생』이 되고자 하는 자들

만이 문을 들어설 수 있다고, 에이나 누나는 어딘가 자랑스럽게 말해주었다.

"……에이나 누나는 『학구』에 대해서도 정말 잘 아시네요. 대단해요."

"후후. 나도 『학구』 재학생이었는걸?"

"네에?! 그, 그랬어요?"

생각도 못 했던 대답에 깜짝 놀라 괴상한 목소리를 내고 말았다.

길을 가는 사람들의 시선이 모여들어 얼굴을 붉혀버렸지만…… 이렇게 신세를 지고 있는 에이나 누나에 대해 아무것도 몰랐다는 게 어쩐지 죄송하고 창피해…….

하지만, 그렇구나.

에이나 누나가 이렇게나 박식한 건 결코 길드 직원이어서만은 아니었다.

저 거대한 학교가 가르치는 수많은 것들은, 에이나 누나를 통해 우리 모험자들을 몇 번이나 구해주고 있었을 것이다.

그렇게 생각하자, 『학구』에 감사하고 싶은 마음과 함께 강한 흥미가 솟아났다.

나는 모험자고, 이제 학생은 될 수 없지만…… 저 배는 과연 어떤 곳일까?

"그래, 재학생이었으니까……『학구』의 귀항에 맞춰서, 길드에서도 주요 절차를 진행해주도록 지시를 받았는데……."

"……에이나 누나?"

그때였다.

자랑스러워하던 에이나 누나의 옆얼굴이, 어딘가 흐려진 것 같다는 기분이 든 것은.

낯빛을 살피고 있으려니, 갑자기 사람들의 흐름이 멎었다.

군중과 함께 도착한 서쪽 항구.

아니, 거대한 조선소라고 하는 편이 맞을까.

접안한 『학구』를 바로 앞에서 보려는 군중이 밀려들고 있다. 그리고 에이나 누나 이외의 길드 직원이나 【가네샤 파밀리아】가 규제를 하고 있었다. 아무래도 지금 저 초거대선에는 일반인은 물론이고 모험자, 그리고 신들도 쉽게는 다가갈 수 없는 모양이었다.

"다녀왔습니다아 멜렌!"

"돌아왔어어어어!"

"저는 처음 뵙겠습니다! 멜렌, 그리고 오라리오!!"

아직까지 사람들의 환호성이 그치질 않는 가운데, 『학구』 측도 높이가 60M이 넘는 가장자리——이 경우 『뱃전』이라고 해야 하나——에 수많은 휴먼과 데미휴먼 소년소녀가 모여들어 이쪽을 향해 손을 흔들고 있었다.

남녀가 비슷한 교복을 입었으며, 나와 나이가 비슷한 사람도 많은 것 같았다. 저게 『학구』의 학생들일까?

"…………."

그런 학생들을 올려다보며 에메랄드색 눈을 가늘게 뜬

에이나 누나는 어딘가 애절한 분위기였다.

아니, 이건…… 무언가를 망설이고 있나?

곤혹스러워하던 나는 그래도 용기를 내 무슨 일이 있었는지 물어보려다——

"——우읍?!"

불쑥! 하고 뒤에서 튀어나온 손에 입을 막히면서 인파 속으로 끌려 들어갔다.

"……벨, 미안해. 이제부터는 일이 있어서 나도 가봐야…… 어, 어머? 벨? 벨~?"

"후구국~~~?!"

한 손으로는 입을 막고 반대편 손으로는 어깨를 잡힌 채 억지로 인파를 가르고 나아간다.

발이 꼬이려 하면서도 필사적으로 넘어지지 않으려고 뒷걸음질을 치던 내가 풀려난 것은 인파의 밖으로 튀어나온 후.

"푸하아?! 헤——헤르메스 님!!"

"아아, 벨! 이런 데서 만나다니 이건 그야말로 운명이라고 해야겠는걸!"

피잉! 하고 튕기는, 트레이드마크인 깃털 달린 모자의 챙.

과장된 몸짓으로 감격하는 헤르메스 님의 모습에 나는 놀라고 말았다.

"아마도 도시에서 『학구』를 보고, 『미지』에 이끌린 모험자처럼 너도 모르게 이곳까지 찾아와버렸다는…… 그런 걸까? 네가 여기 있다는 건."

"웃……! 어, 네, 맞아요……."

은근히 풍기던 신위 때문에 거칠게 뿌리치지 못했던 나는 신의 관찰력에 순순히 자백했다.

현재진행형으로 눈을 깜빡거리며 의문을 입에 담았다.

"헤르메스 님은 왜 여기에……?"

"『학구』가 돌아왔으니까 그야 당연히 직접 보러 와야지. 【파밀리아】를 가진 신들이라면!"

내 어깨에 팔을 감은 헤르메스 님은 비밀 이야기를 하듯 소곤소곤 속삭였다.

"주위를 좀 봐봐, 인파 속에도 있고, 저기 건물 옥상에도…… 아이들 틈에 섞여서 드문드문 신과 모험자들이 보이지?"

"아, 정말이네……."

헤르메스 님이 가리킨 방향에는 정말로 【파밀리아】의 주신님으로 보이는 신물들이나 그들의 권속들이 있었다. 하나같이 『학구』를 바라보며, 무언가 꿍꿍이를 꾸미는 듯한 표정으로 소곤소곤 이야기를 나눈다.

그것을 『소동의 전조』라 느끼는 것은 완전히 오라리오의 분위기에 물들어버렸다는 증거일까…… 무언가 불길한 예감을 받고 있으려니, 헤르메스 님이 『답』을 가르쳐주었다.

"저건 다들 【파밀리아】의 스카우트를 위해 찾아온 거야."

"스, 스카우트……? 혹시 『학구』 학생들을, 말인가요? 하지만 왜…….

"그야 물론『학구』는 인재의 보고니까!"

주먹을 부르쥐고 역설한 헤르메스 님은 잠시 이야기를 나누자며 장소를 옮겼다.

그래봤자 건물과 건물 사이, 『학구』가 시야에 들어오는 뒷골목의 입구 부근이었지만.

"『학구』가 전 세계를 여행하는 교육기관이라는 건 알아?"

"아, 네. 에이나 누나가 가르쳐줬어요…….

"그럼 이야기가 쉽겠네. 아무튼 유명한『학구』는 여러모로『귀찮은 일』에 말려들기 십상이거든. 도시에서 의뢰를 받으면 몬스터도 퇴치하러 가고, 때로는 국가 사이의 **분쟁**에도 개입하고."

"부, 분쟁?"

"『의지를 검으로, 지식을 지팡이로, 그리고 실패를 왕관으로 삼으라』라고 하면서 말이지. 오히려 스스로 끼어들 정도야.『실습』이란 명목으로, 학생을 성장시키기 위해서."

어째서일까. 갑자기『학구』가 살벌한 곳처럼 여겨지기 시작하는데……!

"그런 배경도 있고 해서, 오라리오만큼은 아니라 해도 『학구』는 경험을 쌓기에 부족하지 않은 환경이야. 학생들의【스테이터스】는 Lv.2는 당연하고 최근에는 가끔 Lv.3도 배출할 정도라고 들었어."

"Lv. 3?!"

아까부터 놀라기만 하는데, 그것도 어쩔 수 없었다.

오라리오에 있으면 감각이 이상해지기 십상이지만,【랭크 업】을 이룬 권속이란 원래 **파격적**인 존재다. 마을이나 도시에 한 명만 있어도 지상의 몬스터 정도는 대군으로 몰려온들 확실하게 격퇴할 수 있다고 하면, 그들이 얼마나 비상식적인지 전해질까?

신들이 강림한 후로『양보다 질』이라는 말이 퍼졌듯, 단한 명의 레벨 랭커가 전황이든 뭐든 뒤집어버리는 것이 지금의 시대다. 그러니 두 번의【랭크 업】── Lv. 3는 도시 밖의 세계라면 그야말로 절대적인 강자로서, 수많은 조직에서 앞을 다퉈 모서 가려 한다나. 상급 모험자가 수백 명 있는 오라리오가 이상할 뿐, 충분히 규격을 벗어난 존재인 것이다.

그러므로 던전이라는 절대적인 환경이 없음에도 Lv. 2나 Lv. 3를 보유했다는『학구』는 단순한 전력 면에서도 분명 『인재의 보고』라 말할 만했다.

"현역 상급 모험자 중에도『학구』출신자가 많이 있고 말이지.【로키 파밀리아】의【사우전드 엘프】가 그 대표적인 예야."

【사우전드 엘프】…… 황금빛 머리카락의 엘프…… 으, 머리가……!

"『학구』는 어디까지나 교육의 장. 학생들 대부분은 반드시 졸업해서 각자의 진로를 가. 당연히 모험자를 지망하는 아이도 있고. 신들은 그런 아이들을 꼭 스카우트하고 싶다! 는 거야."

"그, 그렇구나……."

그건 정말로…… 신님들이 혈안이 될 만하네.

아니, 헤스티아 님부터 이 이야기를 들으면 눈빛이 바뀌어 스카우트하러 오실 거 같아…….

"저 규제도 일반인의 열광을 억누르기 위해서만이 아니라, 오라리오 측의 신들과 권속들을 학생들에게 접촉시키지 않으려 하는 목적이거든."

"그, 그랬어요?"

"그래. 『리크루트』나 『인턴』도 새치기는 금지. 그런 규칙이 있어."

『리크루트』? 『인턴』?

처음 들어보는 단어에 내가 고개를 갸웃거리고 있으려니 헤르메스 님은 주먹을 불끈 쥐었다.

"하지만! 앞날 유망한 아이들에게는 역시 침을 발라놓고 싶은 법! 【파밀리아】의 주신으로서! 너도 이해하지?!"

"어, 네……."

느닷없이 시작되는 열변에 압도당하면서도 간신히 고개를 끄덕였다.

별로 상관은 없지만, 남의 눈을 피해 대화를 나누는 탓인지, 딱히 수상한 짓을 하는 것도 아닌데 뭔가 불편해…….

"그렇게 됐으니 벨! 이제부터 나랑『학구』에 잠입하자 꾸나!"

"뭐가 어떻게 해서 그렇게 되는데요?!"

앗, 갑자기 수상한 전개가!

"우리【헤르메스 파밀리아】는 항상 경력자 채용, 이 아니라 즉시 전력이 될 수 있는 단원을 원한단다!『학구』라는 인재의 금맥을 앞에 두고도 다른 세력의 뒤통수만 바라볼 수는 없지!"

"제가 도와드릴 이유가 전혀 없는데요?! 저, 저 말고 아스피 씨한테 도와달라고 하시면……!"

"아스피는 말이지…… 휴가를 줬어. 계에에속 일만 하고 있어서……."

아…………

먼 곳을 보는 표정을 짓는 헤르메스 님의 설명에 나도 시선을 돌리고 말았다.

힐러 헤이즈 씨도 그랬지만 유능하기에 혹사당하는, 항상 죽은 생선 같은 눈을 가진, 고생만 하는 오라리오 모험자의 필두……

"정확하게는 휴가를 안 주면 내가 아스피한테 죽을 것 같았어. 사실은『여신제』무렵에 휴가를 주긴 했는데…… 그 왜, 프레이야 님이『그런 일』을 저질렀잖아?"

"윽……!"

"아스피는 말 그대로 동분서주했으니까 슬프게도 쉴 거

를이 없었어."

내가 발단이라고도 할 수 있는 사건을 언급하시니, 썩은 과일을 한 입 베어 문 것 같은 목소리가 새어 나오고 말았다.

듣자 하니 아스피 씨의 휴가가 발단이 되어 다른 단원들도 일제히 휴가를 내기 시작했다나.

적어도 이번에 헤르메스 님의 귀찮은 일, 이 아니라 부탁을 들어줄 사람은 전혀 없었던 모양이다.

"이런 말은 하고 싶지 않지만, 권속도 없이 내가 혼자 쓸쓸하게 여기 있는 건 벨에게도 원인이 있지 않을까나~."

"으윽?!"

"나『파벌대전』때도 헤스티아 꽤 많이 도와줬는데~."

위, 위험해⋯⋯!

이건 화술의 신 헤르메스 님의 페이스⋯⋯!

"그런데 벨? 난『시르』가 오라리오에 남을 수 있도록, 『프레이야 님』을 눈엣가시처럼 여기는 여신들을 설득하느라 물밑에서 애를 많이 썼다만⋯⋯ 그런 나를 **누군가가** 조금은 격려해줘도 좋겠다는 생각 안 들어?"

헤르메스 님은 생긋 웃으며 한쪽 눈을 찡긋했다.

나는 풀썩 고개를 꺾었다.

벨 크라넬이『신의 부탁』을 거절하지 못한다는 것은, 말할 필요도 없다.

『학구』는 원래 외부인 **절대** 금지.

배에 속한 학생이나 교사, 신들이나 관계자를 제외한 다른 파벌, 다른 세력, 무소속인 사람의 출입을 엄격히 단속한다고 한다.

그 이유는 세계에서 가장 단단한 정제금속——『마스터 잉곳』이라 불리는『오리할콘』의 생산을 비롯해, 아무튼『학구』그 자체가『기밀』덩어리이기 때문이다.

우수한 졸업생—— 마술사, 연금술사 등의 기술직을 다수 보유한『학구』는 독자적인 노하우와『장치』라 불리는 것들을 축적하고 있어서, 그런 것들을 악용당하지 않도록 정보 유출을 철저하게 막는다고 한다. 외부 사람이『학구』에 발을 들이려면 오라리오 수준의 복잡한 절차와 많은 시간이 필요하다. 아무리 지체 높은 왕이나 유력자, 그야말로 오라리오의 제1급 모험자라 해도 예외는 아니다——라는 것이 헤르메스 님이 말씀해주신 내용이었다.

무슨 말을 하려는 건가 하면,『학구』에 침입하기는 매우 어렵다는 뜻이다.

항구에서는『학구』의 관계자들만이 아니라【가네샤 파밀리아】의 정예 상급 모험자들이 눈에 불을 켜고 있어, 설령『투명화』를 쓴다 해도 기척으로 무조건 들켜버린다. 수송되는 물자의 검사는 더욱 철저하다. 육지로 침입하기란 거의 불가능하다.

　그렇다면 바다의 루트라면 어떻게든 되지 않을까 생각해도, 이 또한 역시 어렵다.

　보트라도 준비해 다가가봤자 들키지 않을 리 없고, 운이 좋아 초거대선에 달라붙는다 해도 까마득히 높은 선체를 기어 올라간다는 건 현기증이 날 정도다.

　나도 일단은 Lv.5지만, 신 하나를 업고 몰래 잠입하는 것은 역시 무리가 아닐까……하고 내가 매달리는 듯한 심정으로 의견을 제기하자, 헤르메스 님은 씨익 웃으며 선선히 대답했다.

　그럼『하늘』로 가자고.

　"──── 으으으으으아아아아아아아아아아아아아아아아아아아아아아아아아아?!"

　헤르메스 님을 안고 **상공에서 낙하하고 있는** 나는 한심할 정도로 비명을 질렀다.

　『학구』측에 들켜서는 안 된다는 것도 잊고, 무시무시한 바람 가르는 소리 속에 절규를 터뜨렸다.

　"아스피의 방에서『하데스 헤드』랑『탈라리아』를 슬쩍해 오길 잘 했구마아아안!"

　"그걸 잘한 일이라고 하시는 거예요오오오오오?!"

　"당연하지이! 이렇게『하늘』에서 침입할 수 있었으니까!

이젠 조종만 잘 해줘 벨 구우우우우우우우우우우운!!"

"아니조종이고뭐고하나도모르겠거든요오오오오오오오오오오오?!"

청각을 집어삼키려 하는 바람 소리에 지지 않을 만큼, 아무튼 큰 목소리로 대화를 나누는 가운데, 억지로 아스피 씨의 『탈라리아』──의 예비──를 신게 된 나는 절찬 추락 중이었다.

사용법도 모르는 매직 아이템을 장착한 것이 지금으로부터 약 10분 전.

수상한 투구까지 쓰고 헤르메스 님과 함께 『투명』해진 후, 어떻게든 하늘로 비실비실 날아올라 아무에게도 들키지 않고 『학구』의 까마득한 상공까지 도착은 했지만── 기적은 거기까지.

밀랍으로 만든 날개가 녹아 추락했던 어리석은 이처럼, 나와 헤르메스 님은 상공 500M은 될 것 같은 장소에서 떨어지고 있었다!!

"우리한테는 비밀로, 헤스티아랑 아스피는 둘이서 하늘여행을 즐겼잖아! 그럼 우리도 남자 둘이 두근두근☆랜딩을 즐겨보잔 말이지이이이이이이이!!"

"그런 소리 하고 있을 때냐고요오오오오오오오오오오오오오오오오오오오!!"

옆으로 안아든 헤르메스 님은 귓가에서 웃음을 터뜨리고, 앞머리와 옷은 풍압 때문에 어떻게 할 수가 없어!!

『중층』의 거대 폭포 그레이트 폴에서 떨어졌을 때와는 또 다른, 그야말로 원시적인 공포 같은 것이 뱃속에서부터 치밀고 눈가에는 커다란 눈물이! 그것도 고이자마자 하늘로 날아가지만!!

그런 공황에 빠지려 하던 나를, 천상의 신들께서 굽어살피며 뱃살을 잡고 웃고 있었는지, 인공의 대지가 쑥쑥 다가오고————

"으아아?!"

나무상자 같은 것이 쌓인『학구』의 한 곳—— 자재 적하장에 무사히 추락했다.

격돌하기 직전, 나의 비명에 반응한 것처럼『탈라리아』에서 네 개의 날개가 전개되어 급제동을 가했지만 그 정도로는 어림도 없었다.

기세를 다 죽이지 못한 채 두 다리부터 나무상자 무더기에 돌진해, 그야말로 요란한 소리를 냈다.

"…………사, 살아있어………."

"이야, 과연 Lv.5! 짐짝인 나한테 상처 하나 입히지 않다니 성장했구나 벨!"

신은 지켜야 한다고 온몸을 바친 결과, 헤르메스 님께는 찰과상조차 없었다. 오히려 기분이 좋아 보이기까지 했다.

박살이 난 나무상자의 잔해 속에서 몸을 일으키며 네가 메마른 웃음을 지으려 했을 때,

"지금 그 소리는 뭐지?!"

"분명 또 오라리오의 침입자일 거야! 서둘러!!"

삐삐익―――!! 하고 드높은 『경적』 소리와 함께 주위가 단숨에 소란스러워졌다.

"이이익?! 이, 이건 혹시나가 역시나……?!"

"침입한 게 들켰군. 뭐, 그렇게나 큰 소리를 냈으니까."

그야 그렇겠지!

마음속으로 얼굴을 감싸쥐며 절규한 나는 황급히 일어났다.

"이, 이대로 『투명』 상태를 유지한 채 도망쳐요! 그러면 들킬 걱정은……!"

"아, 사실은 꽤 오래 전에도 하데스 헤드를 써서 침입한 적이 있어서 말이지. 투명인간을 간파하는 매직 아이템, 『학구』 측이 개발해버렸어."

"뭘 하셨던 거예요?!"

벌써 전과가 있었냐고요?!

그야 항구를 포함해 『학구』의 경비가 엄중해질 만하지!

그런 식으로 소란을 떠는 사이에, 이 자재 적하장으로 인기척이 몰려오고 있었다!!

"그렇게 돼서 벨, 미끼 작전이다!"

"부, 불길한 예감밖에 안 들지만, 어떤 작전인데요?!"

"네가 미끼가 되고 나는 도망친다! 이상!"

"헤르메스 니임——?! 어라, 아아아—?!"

이의를 제기할 틈도 없이 헤르메스 님은 내가 쓰고 있던 투구——하늘에서 추락하던 중에도 『투명 상태』를 유지했던 매직 아이템——를 벗기더니 터엉! 하고 가슴을 떠밀었다.

나무상자 파편을 넘어 금속질의 지면에 엉덩방아를 찧은 내게 "미안"이라고, 투명 상태인 헤르메스 님의 사과가 들리는가 싶더니.

"그럼 뒷일은 잘 부탁해!"

그 말과 함께 순식간에 기척이 멀어져간다! 심지어 『탈라리아』까지 회수하고 내 신발을 던져주시기까지!!

헤르메스 니임~?! 하고 마음속으로 처량한 비명을 지르고 있으려니.

"이봐, 너!"

그 직후 교복 차림의 남녀 학생들이 처형인과도 같이 나타났다.

간신히 신발을 고쳐 신기는 했지만 숨이 멎고 땀이 솟아났다.

낭떠러지에 몰린 도적 같은 심경!

그리고.

"폭발에 말려들었어?! 다친 데는 없고?!"

"아, 네에…… 괜찮아요."

"**수상한 사람 못 봤어**?! 어디로 갔는지 알아?!"

"어, 그게…… 봤어요! 저……저쪽으로…………."

황급히 일어난 나에게 휴먼 여학생이 험악한 기세로 다가와서는 **걱정하고**, 수인 남학생은 먼지투성이인 나를 **챙겨주며** 침입자의 행방을 물었다.

나는 될 수 있는 대로 눈을 마주치지 않고자 얼굴을 아래로 향하며 헤르메스 님이 갔던 방향과는 반대쪽을 가리켰다.

"저쪽이란 말이지!"

"고생했어! 너 얼른 보건실에 가봐!"

"분명 또 【헤르메스 파밀리아】일 거야! 하늘에서 침입하는 건 【페르세우스】의 매직 아이템 말고는 불가능하니까!"

학생들은 나를 수상하게 여기지 않고, 오히려 걱정해주며 내가 가리킨 방향으로 달려갔다.

몇 명이나 되는 데미휴먼이 완전히 사라진 후, 나는 이번에야말로 힘이 빠져나간 것처럼 주저앉았다.

"사, 살았다……."

극도의 긴장에서 풀려난 해방감이 큰 한숨이 되어 입에서 새나왔다.

주저앉은 채 푸른 하늘을 올려다보기를 한동안. 느릿느릿 일어난 나는 내 몸을 내려다보았다.

"헤르메스 님이 내게 『교복』을 입히셨던 건…… 이때를 위해서였구나."

내 지금 차림은 익숙한 평상복도 탐색용 배틀 클로스도 아니고.

조금 전의 학생들과 같은 『학구의 교복』 차림이었다.

옷의 베이스는 흰색이며, 목깃에는 헤르메스 님이 매주신 와인 레드 컬러의 넥타이.

허리 뒤쪽은 예전 아폴론 님의 연회에서 입었던 연미복처럼 길게 갈라져 있었다.

긴소매에 긴바지의 형태는 산뜻해서, 신들이 말하는 소위 『밀착계』의 조형을······

아니, 까놓고 말하자. 내 몸에 딱 맞는다.

혹시 헤르메스 님은······ 처음부터 입힐 생각이었다고 해야 할까, 날 **끌어들일 작정이셨나?**

안 그러면 이런 교복을 미리 준비할 수 있을 리 없지 않을까, 하고 식은땀을 삐질삐질 흘리며 생각하다가, 이내 흠칫했다.

어떻게든 의심을 사지는 않았다고 하지만, 불시착 지점에 언제까지고 혼자 서 있는 것은 아무리 그래도 너무 수상하다. 만약 누가 물어보기라도 하면 발뺌할 자신이 없었다.

나는 재빨리 그 자리에서 이동을 시작했다.

그리고 『경탄』했던 것은 그 직후.

"우와아······!"

복잡하게 얽힌 오솔길—— 아니, 학구를 빠져나온 내

시야 가득 펼쳐진 것은 배 위라는 것을 잊게 할만한 경치였다.

하얀 석재에 푸른 지붕을 가진 수많은 건물. 좌우대칭형 구조는 그 자체로도 예술품처럼 아름다워 교회나 성당이 떠올랐다.

『학구』라고 했으니 저 건물이 전부 『학교』일까?

보도블록으로 덮인 인기척 없는 길을 걸으며, 몇 번이나 고개를 좌우로 돌렸다.

길가에 세워진 마석 가로등은 오라리오의 것에도 꿀리지 않을 만한 디자인이었으며, 학생의 작품인지 《42기 공예학과 졸업제작》이라는 문자가 새겨져 있었다. 다른 건물이나 아름다운 아치, 여신님의 조각상에도!

지금의 모습을 목격당한다면 『이놈은 절대 학생이 아닐 거다』라고 여겨질 정도로, 나는 신기하게 주위를 바라보며 감탄성을 내고 말았다.

"어딘가의 도시를 잘라다 그대로 가져왔다고…… 그렇게 말해도 믿어버릴 거 같아."

그만큼 『학구』는 넓고 질서정연했다.

한정된 선체에 건물이 꽉 들어차 있을 텐데도, 건축의 묘를 살렸는지, 조금도 답답한 느낌이 없었다. 인공물만이 아니라 군데군데 심어진 상록수도 눈을 부드럽게 달래준다. 지금은 닫혀있지만, 틀림없이 『학교』가 아닌 『점포』 같은 것도 있었으며, 이제까지 인연이 없었던 의류점 거리라든가 고급 주택가를 걷는 기분이 들었다.

이것이……『학구』.

이게 배 위라니!

"읏……!"

가슴속에서 점점 치미는 흥분을 이기지 못하고, 나는 달려나갔다.

그야말로 반년 전, 오라리오를 처음 찾아왔을 때처럼, 새로운 세계의 포로가 되어서!

상황도 잊고 거리를 달려나가, 계단을 뛰어올라, 약간 높은 곳으로 나왔다.

난간에 두 손을 짚고 바라보는『학원』은, 절경이었다.

"굉장해……!"

시야 가득 펼쳐진 하얀 건물과 푸른 지붕.

시인할 수 있는 것만 해도 50채가 넘는 우아한 학교 건물.

그야말로 바다와 하늘의 낙원이라 부르기에 손색이 없는 광경이었다.

중앙지대를 기점으로 대로가 방사형으로 펼쳐져 각 구역을 분단한다. 하나같이 흰색과 푸른색의 아름다운 대비를 그리는 건물들 속에서 특히 눈길을 끄는 것은 아레나로 보이는 시설. 던전에서 채굴되는 광석이자 무기의 소재이기도 한 백강석(白剛石)으로 지어져, 모험자인 내 눈에는 아름다운 거리 속에서 그곳만이 살벌하게 비쳤다.

시야 저 멀리, 선미 언저리에 보이는 녹색의 풍경은……

설마 공원일까?

그 면적만 해도 조금 전의 아레나가 세 개는 들어갈 만큼 넓다.

'하지만 제일 굉장한 건…….'

중앙에 우뚝 솟은, 가장 큰 존재감을 자랑하는 저 『탑』일 것이다.

아무리 그래도 『바벨』만큼은 아니지만, 그래도 까마득히 올려다봐야 할 정도의 거탑이 하늘을 찌르고 있었다.

다른 학교 건물처럼 푸른 지붕을 갖춘 아름다운 흰색 탑은 장대하다기보다는 장려(壯麗)하다는 표현이 잘 어울렸다.

이렇게 보고 있으니 『학구』는 거대한 중앙탑을 기점으로 세워진 성하마을처럼 느껴지기도 했다. 저 『탑』이 이 초거대선 내에서도 중요한 역할을 가지고 있으리란 정도는, 아무 것도 모르는 나라 해도 쉽게 상상할 수 있었다.

그와 동시에 기시감도 들었다.

"이 구조는…… 오라리오랑 비슷하지 않나?"

추락하기 전, 하늘에서 내려다보았던 『학구』의 전모를 떠올렸다.

거대선 본체를 에워싼 수많은 『푸른 날개옷』——아마도 『돛』을 대신하는 부품——을 제외하면 『학구』의 구조는 완전한 원형. 거대 시벽에 에워싸인 오라리오와 같은 구조다.

에이나 누나 말로는 길드에서 지원을 받고 있다고 하니, 중앙에 우뚝 솟은 거탑도 그렇고, 중앙에서 뻗어 나간 메인 스트리트도 그렇고…… 오라리오를 모델로 삼아 만들었을 거라는 내 추리는 그리 엇나가진 않았을지도 모른다.

작은 미궁도시. 혹은 오라리오의 형제.

하지만 진짜보다도 훨씬 청결하고 세련된 곳.

그런 주석이 붙는 것은 역시 『모험자의 도시』와 『학생의 도시』라는 차이 때문일까?

나는 난간에서 몸을 한껏 내밀려 하는 자세로 『학구』의 경치에 눈을 고정하고 말았다.

"역시 대단해 니이나!"

"쪽지시험 1등이라며? 『낙오자 소대』 같은 건 얼른 그만두고 교양학과로 돌아와~!"

그때.

귓전에 와 닿는 소란에 문득 눈길이 끌렸다.

높은 곳의 계단에 인접한, 보도블록이 깔린 길. 내 바로 눈 아래를.

다른 종족의 여학생들이 담소를 나누며 가로지르고 있던 참이었다.

"우연이야. 예상했던 출제 범위가 맞았을 뿐."

그리고 화제의 중심에 있는 『그녀』를 보고, 나는 눈을 크게 떴다.

등 언저리에서 리본으로 한데 묶은 갈색 장발.

귀는 휴먼보다도 가늘고 길지만, 엘프처럼 뾰족하지는
않다.

하프엘프이면서도 몸에 흐르는 혈통이 고귀함을 나타내
듯, 앞머리 한 다발은 에메랄드색이었다.

눈동자 색 또한 에메랄드.

그 옆얼굴은 멀리 떨어진 내 위치에서도 알아볼 수 있을
정도로 고우며 청초했다.

하지만 그런 진부한 감상 이상으로.

나는『그 사람』의 얼굴을 그 소녀와 겹쳐보지 않을 수 없
었다.

"……에이나 누나?"

안경은 끼지 않았고, 키도 다르다.

머리 모양도 분위기도 다르다.

그래도 나는 그 사람의 이름을 입술에 싣고 있었다.

"_____ ."

그 목소리가 들렸을 리는 없다.

하지만 그녀는 발을 멈추고, 바다를 달려나가는 바람에
이끌리듯, 내 쪽을 돌아보았다.

내려다보는 내 루벨라이트색 눈동자.

올려다보는 그녀의 에메랄드색 눈동자.

투명하리만치 푸른 하늘 아래, 두 시선이 얽혔다.

『── 긴급방송! 긴급방송! 학구 내에서 침입자의 흔적
발견!』

그때.

두 사람 사이에서 투명해졌던 공기를 찢어버리듯, 귀를 후려치는 듯한 확성이 『학구』 내에 울려 퍼졌다.

『연금학과의 조사에 따르면 침입자는 2명! 그중 하나는 신, 나머지 하나는 권속! 후자는 풍기위원대의 보고에 따르면 교복을 입고 학생을 가장했을 가능성이 높음!!』

방송이 나오는 곳은 건물이며 기둥에 설치된 마석제품 확성기.

성역에 발을 들인 괘씸한 자에게 천벌을 내리려는 양, 여성 방송자의 노성은 계속해서 높아지고, 그에 비례하듯 내 안면은 창백해졌다.

『종족은 휴먼, 성별은 남성! 특징은 흰 머리에 붉은 눈! 반복합니다. 발정 난 토끼처럼 흰 머리에 변태처럼 충혈된 새빨간 눈알의 휴먼!!』

그건 너무 중상모략 아닌가요——?!

하지만 그런 항의의 목소리를 낼 틈도 없었다.

나를 쳐다보는 시선은 하프엘프 소녀의 것은 물론이고, 지금 이 순간에도 도열한 중장보병의 창날과도 같이 증식해 온 사방에서 꿰뚫을 듯한 양상을 띠었다.

"하얀 머리에, 빨간 눈……."

"얘, 그거 혹시…… 저거……."

길을 지나가던 학생들이 술렁이는 데에 5초.

내 뺨에서 턱으로 땀이 흘러내리는 데에 1초.

주위에서 심상찮은 기척이 솟아나는 데에 0.5초.

""""침입자 발견————————————!!""""

포효가 터져 나온 것은 그 직후였다.

학생들이 지른 함성에 놀란 하프엘프 소녀의 어깨가 흠칫 오르내리고, 나는 얼른 등을 돌렸다.

왈칵! 하고 얼굴에서도 등줄기에서도 땀을 쏟으며 전속력으로 도주했다!!

"목표 도주 중!!"

"제6구역에서 제9구역으로 북상! 스카이 라운지에 있는 녀석들을 미리 보내!"

"감독생에게 가서 학내 무장 및 마법행사 허가를 신청해!

"거기 서—!!"

당연하다는 듯이 쫓아오는 학생들의 수는 20명쯤 될까.

길을 달려나갈 때마다 옆길에서 추가되는 학생들의 수에 현기증을 느끼면서, 그래도 지면을 박차는 두 다리는 멈추지 않았다. 덤으로 식은땀도, 발작하는 심장 고동도 멈추지 않고!

단숨에 『학구의 수배자』가 된 이 상황에, 온몸에서 핏기가 빠져나간다!

"오라리오의 모험자가 또 혼이 덜 나서 침입했어!"

"규칙을 어기고 또 우리랑 접촉하는 너희의 스카우트 따위 누가 받아들인다고!"

"신병을 구속해! 오라리오에 넘기고 【파밀리아】의 관리 책임을 물어!"

이거 이젠 완전히 범죄자 취급 아냐?

설령 도주에 성공한다 해도 『학구』에서 항의하면 길드의 감옥에 끌려가지 않을까?!

멈추지 않는 비관과 절망에 졸도할 것 같은 나는 그때 문득 흠칫했다.

"멈춰어어어어어——!!"

모퉁이를 돌아 다른 길로 접어든 순간 시야에 펼쳐진 것은 학생들의 벽.

학생들의 밀집 장소로 뛰어든 건가?

아니다—— 유도당한 거야!!

"지시대로! 【발두르 클래스】가 우회해 벽을 쳤다!"

"몰아넣었다! 확보해!"

틀림없다. 날 포착한 학생들이 거리를 둔 채 따라오며 배후를 위협하고 주위와 빠르게 지시를 나누면서 이곳으로 유도해 포위망을 구축했던 것이다.

몇 분도 안 지났는데 학생들의 연계가 너무 대단해!

일사불란한 움직임에 ——【파밀리아】의 벽을 좀처럼 넘기 힘든 오라리오와 비교해버리고—— 존경의 마음마저 들었다.

그리고 그 존경이 더할 나위 없이 내 위험으로 직결하고 있어!

"흐읍!"

그러므로 강제로 몸을 굴렸다. 아니, 『대도약』을 감행했다.

"엑──."

"날았어?!"

달리던 보도블록을 박차고 곡예를 방불케 하는 동작으로 몸을 틀어, 대로를 따라 늘어선 10M은 되는 학교 건물의 담을 크게 뛰어넘으며 옆 블록으로.

앞뒤에서 협공하려던 학생들이 포물선을 그리며 학교 건물 안쪽으로 사라져가는 나를 망연자실 올려다보는 모습이 시야 끄트머리에 비쳤다.

"……쪼, 쫓아가아아아아아아아!"

"저 자식 뭐야?!"

"학교 건물을 뛰어넘었어?!"

운 좋게 아무도 없었던 길에 착지하고, 약 5초.

건물을 사이에 둔 건너편 길에서, 잠시간의 공백을 두고 당혹감의 노성이 폭발했다.

그 소리가 막무가내로 포위망을 회피해 이미 달려나가기 시작한 내 등을 다시 두드린다.

공허함의 극치지만, 던전의 몬스터나 【아폴론 파밀리아】, 【이슈타르 파밀리아】에게 쫓기면서 본의 아니게 함양되었던 집단 상대 도주술이 유감없이 발휘되고 있어! 『도주』 어빌리티까지 발현된 벨 크라넬의 이야기란 도주의 역사 이하생략!!

그리고 Lv.의 차이도 있다.

헤르메스 님께 듣기는 했지만, 쫓아오는 학생들의 신체 능력은 정말로 상급 모험자 수준이다. 학생 간의 막힘없는 연계도 맞물려 위협이 되기에는 충분했다.

하지만 지금의 나는 Lv.5다.

다소의 무리가 **아주 잘 통하게 된** 지금은 ——도시 최속을 자랑하는 아렌 씨와의 목숨을 건 추격전도 경험했던 지금은—— 단순한 술래잡기 정도에서는 절대 지지 않는다. 자신감이 아니라 『사실』이다.

옆길에서 튀어나온 2인조 학생을 발견하고, 몸을 앞으로 기울이며 바로 옆을 스쳐 지나갔다.

그것만으로도 학생들은 나를 놓치고 주위를 몇 번이나 둘러보았다.

상황은 이렇지만 정말로 『제1급 모험자』가 되었다고 새삼 실감할 수 있었다.

지금의 나라면 전에 있었던 【아폴론 파밀리아】나 【이슈타르 파밀리아】와의 추격전도 혼자 돌파할 수 있을지 모른다.

"저 휴먼, 혹시 벨 크라넬 아니야?!"

"【래빗 풋】?! Lv.5가 됐다는 바로 그?!"

"하얀 머리에 빨간 눈…… 틀림없어! 레코드 홀더다!"

'들켰다——?!'

이름을 떨친 모험자의 숙명이란 것을 대가처럼 지불하고 있었다.

교복의 변장 따위 지금 상황에선 의미가 없는 거나 마찬가지였다.

도주와 병행해 학생들이 갑자기 술렁거리기 시작했다.

"오라리오에 와서 만날 수 있을까 기대했는데!"

"조금 동경했는데!"

"사람 잘못 봤어!"

"실망이야!"

"불법 침입자!"

"범죄자!"

"""""역시 똑같은 모험자였어!!"""""

'으, 으아아아아아아아아—?!'

뒤에서 울려 퍼지는 노성과 매도에 흰자위를 까뒤집으며 마음에 상처를 입었다!

제노스 사건 당시 고아원 아이들을 상처 입혔을 때와 같다고 해야 할까, 아무튼 여러 가지 의미에서 정신이 깎여나가 쓰러져버릴 것 같았다. 눈물을 머금은 채 어떻게든 『학구』 안을 이리저리 도망쳐다녔다.

아니 그보다, 난 언제까지 도망쳐야 하는 거야?!

이젠 바다에 뛰어들어 탈출하든가 해도 될까?!

하지만 헤르메스 님을 남겨놓고 혼자 도망치는 건……?!

양심의 가책과 갈등에 시달리며 타고난 우유부단을 발

휘하기를 몇 분.

그저 도망쳐다니기만 하는 나에게 인내심이 한계에 달했는지, 원군처럼 새로운 학생들이 학교에서 뛰어나왔다!

"""""거기 서어어어어어어어어어어어어어어!!"""""

"히이이이이이이이이이익?!"

안 되겠어!

수가 너무 많아서 이젠 도망갈 데가 없어!

보도블록이 깔린 길에서도 지붕 위에서도 학생들이 쇄도해 『학구』의 중앙으로 몰리고 있다! 이젠 뱃전에서 바다로 뛰어들지도 못해!

포위망 일각을 강행돌파하는 건 가능할지도 모르지만⋯⋯ 이런 곳에서 학생들에게 부상을 입혔다간 그거야말로 진짜 범죄자행 일직선이지!

난폭한 짓을 할 수는 없는 나에게 남은 길은, 『학구』 중앙에 설치된 『탑』으로 도망치는 것이었다.

"『브레이다블리크』로 도망쳤다!"

활짝 열린 탑 안으로 뛰어들어 곁눈질도 하지 않고 거대한 나선계단을 뛰어오른다.

당연하다는 듯이 학생들도 밀려 들어와, 나는 위로 위로 몰렸다.

층마다 있던 학생이며 교사로 보이는 사람들이 엄청난 속도로 계단을 올라가는 나에게 비명을 질렀다. 마음속으로 미안해요! 하고 몇 번이나 사죄하며 입으로는 큰일 났다고 중얼거리고 있었다.

혹시나가 아니라 역시나, 이대로 가다간 막다른 곳에 몰리게 돼!

이렇게 된 이상 어딘가에 숨을 수밖에는……!

학생들을 저 멀리 떼어놓은 채 제일 먼저 최상층에 도달.

아무도 없던 복도를 달려나가 안쪽에 있던 물푸레나무 재질의 쌍여닫이문을 활짝 열었다.

"──아."

그리고.

방 안에 발을 들인 내 시야에 들어온 것은── 한 명의 『신』이었다.

"응? 당신은……."

그 신은 아름다웠다.

남신님임에도, 여신님처럼 아름다웠다.

아이즈 씨보다도 진한 금색 장발에 뽀얗고 하얀 피부.

이제까지 본 적이 없었을 정도로 가녀린 선은 『여신님처럼 아름답다』고 느낀 이유이기도 했다.

하지만 키는 나보다도 훨씬 크다. 입고 있는 옷은 자락이 긴 신성한 법의였으며, 오른쪽 어깨에서 팔에 걸쳐 맨살을 드러내고 있었다. 머리에 쓴 관은 겨우살이인가?

두 눈은 보이지 않았다.

감겨 있는 두 눈꺼풀에 가려져 있었다.

그럼에도 남신님은 분명히 나를 『보고 있었다』.

그 모습 앞에 망연자실 서 있던 내가 알 수 있었던 것은 단 한 가지.

이 신이 관장하는 사상은 틀림없이 『빛』에 관한 신성한 무언가라는 것.

나를 비추지 않고 있어야 할 눈을 이쪽으로 돌린 채, 남 신님은 부드럽게 미소를 지었다.

"발두르 님!"

한 여학생이 문을 벌컥 열어젖혔다.

무례에 해당할락 말락한 그런 아슬아슬한 최소의 예의를 지켜 입실할 수 있었던 것은 『학구』의 학생이기 때문일까. 비상시라는 양 낯빛을 바꾼 채 큰 목소리로 외쳤다.

"여기에 백발 휴먼이 들어오지 않았나요?!"

"아뇨, 오지 않았습니다만? 무슨 일 있었나요, 아리사?"

"최상층인 이곳에 안 왔다고요? 그럼 중간의 다른 층에 숨어서 우릴 지나쳐 보냈나……?"

팔에 감은 완장을 찰랑거린 소녀는 잠시 생각하는 표정을 짓기는 했지만, 이내 흠칫하더니 자세를 바로 했다.

"죄송합니다! 침입자가 있었습니다! 또 오라리오 세력의 불법 침입을 용납하고 말았습니다……! 하지만 이번 모험자는 그 레코드 홀더, 벨 크라넬이에요!"

"그랬군요."

"반드시 잡겠습니다! 보고를 기다려 주세요!"

『학구』의 위신을 걸고!

당장이라도 그렇게 말할 듯한 표정으로, 여학생은 서둘러 방을 나갔다.

"이젠 괜찮아요."

"고, 고맙습니다……."

──그런 대화를 책상 밑에서 숨죽인 채 듣고 있던 내 몸에서 순식간에 힘이 빠져나갔다.

조금 전 이 방에 뛰어든 나는 눈앞에 있던 남신님의 호의 덕에 몸을 숨길 수 있었던 것이다.

"그, 그래도 왜 저를……? 어, 저기……."

"발두르라고 한답니다. 그리고 당신은 벨 크라넬. 조금 순서가 바뀌어버리기는 했지만, 처음 뵙겠습니다. 오라리오의 새로운 희망."

"희, 희망……? 아, 아뇨, 저야말로! 처, 처음 뵙겠습니다!"

겸연쩍은 표정을 짓고 있으려니, 발두르 님은 미소를 지으며 천천히 인사를 해주셨다.

잠시 당황했던 나도 황급히 고개를 숙이자, 신기하게도, 죄책감이라든가 긴장감 같은 것이 차츰 누그러들었다.

이 남신님의 주위에서만 시간이 느리게 흐르는 느낌이랄까…… 뭐라고 해야 좋을까?

그의 부드러운 목소리와 말을 나누고 있으려니, 어쩐지 마음이 차분해진달까.

내 몸에서 긴장이 빠져나갔을 때를 가늠한 것처럼, 발두르 님은 조금 전의 질문에 대답해주셨다.

"제가 당신을 감싼 이유 말입니다만, 침입자라고 보고를 받기 전에…… 마침 당신 이야기를 하고 있었거든요."

"──바로 나하고 말이지!!"

"으아아아아아?! 헤, 헤르메스 님?! 계셨어요?!"

커다란 융단의 바깥쪽, 석판의 일부를 치우며 나타난 헤르메스 님을 보고 진짜로 간이 떨어질 뻔했다.

아무래도 내가 오기 전부터 바닥 밑에 숨어 있었던 모양이다.

"벨하고 헤어진 후 나도 어쩌다 이 함교……『브레이다블리크』에 도착해서 말이야. 옛 친구인 발두르한테 숨겨달라고 했지!"

"나 원…… 편리할 때만 그렇게 말하지요."

모자를 손가락으로 뱅글뱅글 돌리며 다가온 헤르메스 님께, 발두르 님은 여전히 온화하게 쿡쿡 웃으셨다.

헤르메스 님과 발두르 님의 자세한 관계는 나도 모르지만…… 그 대화만으로도 두 분이 오랜 사이일 거라고 추측할 수 있었다.

"학생의 스카우트 말고도, 발두르하고는 개인적…… 아니,『개신적인 이야기』도 해두고 싶었는데. 마침 잘 됐지 뭐야!"

"편지만 보냈어도 면회 시간 정도는 낼 수 있었을 텐데…… 정말 당신은 언제나 바람처럼 갑자기 쳐들어오는군요."

"어쩔 수 없잖아? 공식 루트로 편지를 보내봤자 뒷전으로 뒷전으로 밀린 끝에 만날 수 있는 건 한 달 후, 라고 길드에서 말할 게 뻔한데. 이 시기의『학구』는 그만큼 바쁘게 돌아가고……『교장』을 맡은 신이라면 더더욱 그렇겠지."

볼일이 있으셨다는 헤르메스 님과 발두르 님과의 사이에서 시선을 왕복시키며 장식물로 변해버렸던 나는, 문득 들려온 단어에 "네?" 하고 중얼거리고 말았다.

"교, 교장이라뇨……?"

"말 그대로야. 발두르는 여기서 제일 높은 신이거든. ……그리고 거슬러 올라가면 이『학구』를 세운 신이기도 해."

그건…… 다시 말해 이『학구』를 만들었단 말씀?!

놀라움을 드러내며 시선을 향하자, 발두르 님은 눈을 감은 채 마치 쓴웃음을 짓듯 슬쩍 입술을 구부러뜨렸다.

"제일 높다는 말은 조금 어폐가 있군요. 이『학구』는 어디까지나 아카데미계【파밀리아】의 유니온. 각 주신의 발언권은 평등하지요. ……하지만 유사시에 모두를 통솔하고 책임을 지는 존재라는 의미에서라면, 저는 분명『학구』의 최고책임자이기는 합니다."

이렇게 높은 중앙탑에 신실이 있다는 시점에서 그만한 지위의 신물일 거라고 눈치를 채야 했는데…… 그 직함을 듣고 다시 몸에 긴장이 돌았다.

새삼스럽지만 우리에게 무슨 벌을 내리실지 몰라 갈팡

질팡했다.

한번은 감싸주셨지만, 불법 침입해 여기 있는 거니까……!

"그래서, 어때 발두르? 아까 내『부탁』, 들어줄 수 있을까?"

뻣뻣하게 긴장한 나를 내버려 둔 채 헤르메스 님은 아무 일도 없었다는 양 물었다.

『부탁』……?

내가 오기 전에 무슨 이야기를 나누셨던 걸까. 애초에 발두르 님이『당신의 이야기를 하고 있었다』고 하셨는데, 왜 나를 화제로 삼으셨던 걸까.

"그렇군요……."

아무것도 못한 채 서 있으려니 발두르 님이 내 쪽을 보았다.

당혹감도 찰나, 남신님은 눈썹을 부드럽게 구부리며 다음과 같은 말을 하셨다.

"좋습니다── 벨 크라넬,『학구』의 학생이 되어보지 않겠나요?"

시간이 멎어버렸다는 착각을 느끼기를 한동안.

굳어버렸던 나는 그 말의 의미를 이해한 것과 동시에 힘껏 소리를 지르고 있었다.

"네에에에에에에에에에에에에에에에에?!"

"『학구』에 입하악?! 벨 님이요?!"

또 귀찮은 일에 말려 드셔선!

그런 노기까지 담긴 릴리의 고함에 나는 나도 모르게 몸을 움츠리고 말았다.

"길드에 간 후로 돌아오질 않는다 싶었더니, 그런 스카우트를 받아들인 거냐?"

"아, 아니, 스카우트는 아니고오…… 『교환조건』이라고 해야 하나…… 헤르메스 님이 멋대로 이야기를 진행하셨달까……."

"진짜! 또~ 헤르메스 님 짓이냐고요!"

밤 시간대로 접어들려 하는 『화덕관』의 대식당.

『학구』에서 있었던 일을 모조리 털어놓자, 식탁에서 옆자리에 앉아있던 벨프가 어이없다는 표정을 짓고, 정면의 릴리가 지금이라도 쾅쾅! 두 손으로 테이블을 두드릴 것 같은 기세로 소리쳤다.

어느새 그런 이야기가 되고 말았어요, 하고 얼빠진 설명을 늘어놓은 나는 민망한 심정으로 가득했다.

"벨, 확인하겠다만 『리크루트』나 『인턴』은 아니지?"

"어…… 미안한데, 헤르메스 님도 말씀하셨지만 그 『리크루트』랑 『인턴』이란 게 뭐야……?"

"리크루트는 『권속모집』. 인턴은 『파벌체험』…… 말하자면 【파밀리아】의 시험 입단이죠. 둘 다『학구』의 우수한 인재를 자기 파벌에 끌어들이기 위한 시책이에요, 벨 님."

던전에 대해서 말고는 여전히 아무것도 모르는 나에게 벨프와 릴리가 설명해주었다.

『리크루트』란, 말하자면 정해진 일정 기간 동안 개최되는 오라리오 소속 파벌의 스카우트 대회라나. 물론『학구』도 공인하는 행사다.

각 【파밀리아】의 대표가『학구』에서 파벌 설명회를 열고 학생들에게 입단하도록 선전하는 것이다. 오라리오 측은 우수한 인재를 확보할 수 있고,『학구』측은 학생들에게 많은 진로를 제시해줄 수 있다.

『세계의 중심』으로 명망이 높은 오라리오의 【파밀리아】는 던전계가 아니라도 고수준의 파벌이 많으며 다른 도시나 국가와는 차원이 다르다. 그러면『학구』에서 입단을 희망하는 사람도 당연히 많아진다. 오라리오에게도『학구』에게도 이점이 있는 이 행사는 오래전부터 이어져 왔다고 한다.

"그런『리크루트』중에서도『학구』에서 요청을 받은 【파밀리아】는 장기적인 단원의 출장……『리크루터』의 파견이 가능해요. 학생들과 깊이 교류하면서 자기 파벌의 활동을 더욱 널리 홍보할 수 있는 거죠. 벨프 님이 물어보셨던 건 이『리크루터』일 거예요."

"그렇구나."

릴리의 보충설명에 나도 고개를 끄덕였다.

『리크루터』로 뽑히는 대상은 '당신네 【파밀리아】의 입단을 희망하는 학생이 많으니까'라는 『학구』 측의 이유로, 대형 【파밀리아】일수록 쉽게 채용된다고 한다.

한편 『인턴』은 더욱 단순해서, 『학구』의 학생이 오라리오 측의 【파밀리아】 활동에 종사해보는 것이다.

이렇게 해서 오라리오의 【파밀리아】는 자기네 파벌에 대해 알릴 수 있고, 반대로 『학구』의 학생들은 "이럴 줄은 몰랐어!" 하는 입단 후의 실패를 겪지 않도록 조심할 수 있다.

일반적인 일자리를 찾는 것과는 달리, 『팔나』를 새기는 【파밀리아】 입단은 특히 중요한 선택이고 ——1년 동안은 같은 파벌에 있어야만 하며, 옛날의 릴리처럼 퇴단이나 컨버전이 어려운 상황도 생길 수 있으므로—— 나도 이해하기 쉬웠다.

그와 동시에 **매우 정중하다**는 생각도 들었다.

내가 헤스티아 님을 만날 때까지 겪은 고생을 들먹일 생각은 없지만, 매우 친절하고 우대를 받는 느낌이랄까…… **고상한 것이다.** 그런 감상이 드는 시점에서 나도 오라리오의 모험자가 되고 말았다고 해야겠지만.

아니, 그만큼 『학구』의 인재가 우수해 쟁탈전이 극심하다는 뜻일지도 모른다.

그야말로 어디인지도 모를 시골 출신의 농민과 비교하

는 것은 가소로울지도.

아무튼 『리크루트』와 『인턴』은 오라리오와 『학구』를 잇는 중요도가 높은 이벤트라고 한다. 그리고 어디까지나 『학생』으로서 권유를 받은 지금의 나에게는 해당되지 않기 때문에, 벨프와 릴리에게는 확실하게 부정했다.

"애초에 왜 『학생』이 되어야 하는 거야? 모험자로서 가도 딱히 상관은 없잖아?"

"그건…… 내가 『학구』에 침입했다고 완전히 소문이 퍼져버려서래……. 다들 좋지 않게 본달까, 환영받지 못한달까…… 틀림없이 반대할 것 같달까……."

"【래빗 풋】에게도 【헤스티아 파밀리아】에게도 악감정을 품게 됐다는 거군요."

"윽……! 미, 미안해 릴리!"

벨프의 질문에 애매하게 대답하자 탄식하는 릴리에게 조건반사로 사과해버렸다.

단장인데도 또 문제를 일으켜버렸다는 죄책감, 그리고 『리크루트』 같은 이야기를 듣고 새삼스레 자신이 저질러버린 사건의 중대함을 깨달아 고개를 숙이고 말았다.

"진짜 미안해……. 나 때문에 【헤스티아 파밀리아】의 리크루트가 어려워지기라도 하면……."

"아아, 그건 괜찮아요. 아무래도 상관없거든요."

"어…… 아, 아무래도 상관없다고?"

"네. 초대형 반칙급 신인인 류 님이 입단하신 시점에서

『학구』의 리크루트……라기보다 스카우트 그 자체를 일단 중지하자고, 헤스티아 님하고 이미 이야기를 마쳐놨으니까요."

"그, 그랬어?"

"안 그래도 랭크가 B가 되어버리고 쓸데없는 명성을 얻어버렸으니까요. 지금은 워 게임 소동도 있고 해서 다들 치켜세워주는 것 같지만…… 물밑에서 다른 【파밀리아】는, 특히 유력 파벌들은 분명 곱게 보지 않을 거예요."

전혀 신경도 쓰지 않는 듯한 릴리의 대답이 의외여서 몇 번이나 눈을 깜빡였다.

듣자 하니, 릴리나 주신님의 방침은 『이미 Lv.6가 입단해서 우리는 배불러요~ 그러니까 『학구』의 스카우트 경쟁에는 안 낄래요~』라고 한다.

좀 더 자세히 말하자면, 『Lv.2 이상의 레벨 랭커는 양보할 테니까 미워하지 마세요~ 하지만 학생이 지명했을 때는 너그럽게 봐주세요~』정도라고나 할까.

주신님의 대출금 소동으로 입단 희망자가 멀어졌던 사건으로부터 시간이 꽤 흘렀으니, 이번 워 게임의 승리를 계기로 염원하던 단원 모집을 시작할 거라고 생각했던 나는 당황했다. 하지만 설명을 듣고 수긍도 갔다.

초 영세 파벌이었던 【헤스티아 파밀리아】는 내가 입단한 후로 눈부시다고 해도 좋을 정도로 성장해왔으니, 옛날부터 꾸준히 애써왔던 다른 파벌도 생각하는 바가 있을 것이다. 그야말로 분하다거나, 혹은 눈에 거슬린다거나 하는 감정도.

"적어도 이 이상 세력을 확대하려 들면 성가신 존재로 취급받을 게 틀림없어요. 릴리네 뒤에 있는 에인헤랴르들에게 알아서 겁을 내니까 『항쟁』 같은 건 일어나지 않겠지만…… **시비** 정도는 얼마든지 걸 수 있으니까요. 그야말로 던전 안에서라도."

쓸데없는 파벌 사이의 충돌, 알력을 일으키고 싶지는 않다고, 릴리가 딱 잘라 말하자.

"튀어나온 못이 망치질을 당한다. 분명 극동의 격언이었죠."

"아, 류 씨."

주방에서 나타난 류 씨가 대화를 나누던 우리 앞에 솜씨 있게 저녁을 늘어놓았다.

오늘 【헤스티아 파밀리아】의 요리 담당은 류 씨와 미코토 씨.

자신의 요리 실력은 시르 씨 다음으로 빈축을 살 정도였다고 솔직하게 털어놓은(그리고 송구스럽게 사과도 했다) 류 씨는 배식 담당을 맡고, 직접 요리한 것은 미코토 씨였다. 도우미로 지금은 하루히메 씨도 있다.

『풍요의 여주인』에서 단련된 류 씨의 동작은 하나하나가 아름다워, 실내복에 에이프런만 걸쳤을 뿐인데도 그 모습은 나도 모르게 넋을 잃을 정도였다.

류 씨는 미궁 탐색을 비롯한 【파밀리아】의 활동이 없을 경우 『풍요의 여주인』의 임시 도우미로 들어가게 됐으므로 ——류 씨에게는 그 풍요의 주점은 소중한 장소여서 앞으로도 미아 씨나 시르 씨에게 은혜를 갚고 싶다고 한다—— 사실상 현역 주점 점원이 홈의 식탁을 장식해주는 거나 마찬가지다.

매우 사치스럽달까…… 너무 화려해서 나도 모르게 자세를 바로잡고 말았다.

"이 【파밀리아】에 이적한 지 얼마 되진 않았는데…… 벌써 다음 소동이 일어나다니. 당신은 정말로 화제가 끊이질 않는군요."

"죄, 죄송합니다……."

벨프의 몫을 배식하고, 내 앞에도 밥의 양이 약간 적은 채소 덮밥(엘프인 류 씨를 위해 미코토 씨가 고안한 요리로, 고기도 생선도 들어가지 않지만 엄청나게 맛있다)이 놓이는 가운데, 처량하게 사죄하자 류 씨가 살짝 웃었다.

"아닙니다. 이건 벨이 아니라 주위에 원인이 있었으니까요. 제1급 모험자…… 그리고 레코드 홀더라 불리는 당신의 숙명 같은 것이겠지요."

당신은 그런 별 아래에서 태어났는지도 모른다고. 별의 소녀 중 하나였던 류 씨가 그렇게 웃으며 말하니 농담으로 들리지 않아…… 나는 헛웃음을 지을 수밖에 없었다.

"그런데 실제로는 어떻습니까? 모험자가 『학구』의 학생이 된 전례가 있었는지요?"

"반대의 경우는 산더미처럼 많지만…… 적어도 저는 이제까지 들은 바가 없군요."

주방 안에서도 귀를 기울이고 있었는지, 하루히메와 함께 벨프가 희망하던 생선 통구이와 된장국을 놓던 미코토 씨가 대화에 끼어들었다.

누구보다도 모험자 경력이 긴 류 씨가 대답하자 오라리오 태생인 릴리 또한 눈을 감고 음음 고개를 끄덕였다.

"애초에 헤르메스 님이 제멋대로 꺼낸 이야기일 뿐이고 아직 결정이 난 건 아니잖아?"

"맞아요! 우리한테 별 이익이 있는 것도 아니고, 『학구』의 신들이 무슨 꿍꿍이인지도 모르는걸요! 거절해버리세요 벨 님!"

벨프의 지적은 정곡을 찔렀고, 릴리의 말도 지당했다.

실제로 이 이야기가 결정될 경우 길드에는 비밀로 추진된다고 한다.

어쩌다 그렇게 됐다고는 해도, 길드가 제1급 모험자를 놀려두도록 허락할 리가 없으니까.

……하지만.

"……벨 님께서는 어떻게 생각하시는지요?"

식탁에 요리가 놓이고 류 씨와 미코토 씨가 착석한 가운데, 그 뒤를 따라 앉은 메이드복 차림의 하루히메 씨가 내게 물었다.

다른 사람들도 마찬가지였다.

동료들의 시선을 받은 나는, 지금도 이야기를 나누고 계실 주신님과 헤르메스 님을 생각하며 천장을 올려다보았다.

"나는……."

"하아…… 정말 계속해서 계속해서 귀찮은 일을 가져다 주는구나."

"이봐 이봐 헤스티아, 설명했잖아? 이건 귀찮은 일이 아니라고."

소파에 앉은 헤스티아가 투덜거리자 맞은편의 소파에 앉아있던 헤르메스는 손짓을 섞어가며 호소했다.

"『학구』는 온 하계를 돌아다니는 지식의 정원이야. 오라리오를 포함해 작은 세계밖에 모르는 벨에게는 이제까지 느껴본 적이 없는 자극이 될 거라고."

"그 아이의 성장을 어떻게든 촉구하겠다는 전제로 이야기를 하지 말아 달라는 거야……. 신의 따위로 휘둘러대지 말고 마음대로 하도록 내버려 두면 되잖아?"

"난 계기를 줄 뿐인걸. 게다가 이건 벨이나 헤스티아를 위해서이기도 해."

알바를 마치고 지쳐 귀가했을 때 그녀를 기다리고 있었

던 헤르메스의 방문.

　2층의 빈방으로 안내하기는 했지만, 피곤하기도 해서 다소 가시 돋친 태도가 된 헤스티아는 한 차례 한숨을 쉰 다음 다시금 질문할 태세를 취했다.

　"헤스티아. 벨은 Lv.5가 됐어. 그것도 이례적인 속도로. 이젠 꼼짝도 못 하는『영웅 후보』야. 길드에서도 채근하고 있지 않아?"

　"……맞아. 우라노스가 불러내서 그러더라. 한동안은 쉬게 해주겠지만, 그다음에는 지금보다도 던전 탐색에 매진시킬 거라고."

　워 게임이 끝난 직후의 일이었다. 길드의 지하제단에서 노신과 이야기를 나누었던 것은.

　【프레이야 파밀리아】를 둘러싼 사건 때문에 분주했던 벨과 헤스티아에게 감사를 표하고 치하하는 의향을 보이면서도, 우라노스는 한층 전진하라는 뜻을 확실히 보였다.

　『파벌대전』을 계기로 ──그리고 결정적일 정도로── 도시 안팎에서 주목을 받기에 이른【헤스티아 파밀리아】는 이제『하계를 둘러싼 시대의 소용돌이』에 편입되고 말았다.

　길드의 창설신은 행간으로 그렇게 말한 것이다.

　"미궁도시에 부여된『3대 퀘스트』, 그 중 마지막 하나. 『흑룡』의 토벌에 벨은 반드시 차출될 거야."

　"……."

"그러기 위해서라도 던전만이 아니라 오라리오의 바깥에도 눈을 돌려줬으면 해, 나는. 견식을 넓게, 그리고 깊이 가져줬으면 해. 종말의 용이 군림한 곳은 오라리오의 바깥이니까."

말로 하지는 않았지만, 벨을 『이 시대의 영웅』으로 삼고자 획책한다는 사실을 헤르메스는 이제 숨기지도 않았다.

반년 전, 벨 일행이 『중층』에서 조난당해 구조대가 편성되었을 때부터 이미 관심이 있다는 분위기를 풍겼다. 헤스티아는 비난의 눈길을 보낼 수밖에 없었다.

『세계는 영웅을 원한다』.

그 말의 진의는 헤스티아도 알고 있지만.

"……그 견식인지 뭔지를 넓힐 실마리가 『학구』라는 거야?"

"적어도 거기에 가면 대부분의 세계정세를 알 수 있어. 여행의 신인 나와 함께 전 세계를 여행하며 돌아다니는 것보다 훨씬 효율적이야. ──현재 하계의 참상을 알기에는 말이지."

공기가 아주 살짝 무거워졌다.

헤스티아가 입을 다물고 있자, 헤르메스는 추가타를 가하듯 『본심』을 밝혔다.

"무엇보다 또 한 사람의 『Lv.7』. 그와 벨에게 접점을 만들어주고 싶어."

그 『Lv.7』이라는 말에, 헤스티아는 이 대화가 시작된 후

가장 큰 놀라움을 드러냈다.

"그 맹자 군 말고도 있단 말이야, Lv.7이? 그것도 『학구』에?"

"그래. 난 벨이 『그』에게서도 자극을 받았으면 해. 『현대의 영웅』이라고도 불리는 걸물에게."

천계에서 강림한 지 아직 얼마 안 된 헤스티아는 하계의 정세를 잘 모른다.

다른 이도 아닌 오탈과 동등한 『오버스펙』이 있다는 것을 알고 적잖은 충격을 받았다.

심지어 『현대의 영웅』이라니, 벨이 안다면 눈을 빛낼 것 같았다.

"게다가, 벨에게는 이번이 마지막으로 『숨을 돌릴』 기회가 될지도 모르니까."

"⋯⋯⋯⋯재수 없는 말은 하지 마."

한참의 침묵을 거쳐 헤스티아는 지친 것처럼 간신히 대꾸했다.

하지만 실제로 그럴 것이다.

헤르메스의 말대로, 오라리오가 모든 것을 건 용의 토벌에서 벨은 이제 벗어날 수 없다.

소년은 이제 피할 수 없는 격동 속을 살아가야만 하는 것이다.

『제1급 모험자가 되었다』는 것은, 다시 말해 시대의 중심에 놓였다는 뜻.

"뭐, 마지막에는 벨의 뜻에 달렸지. 나도 그가 싫어하는 걸 떠넘길 마음은 없어."

확신범 주제에.

헤스티아는 그를 째릿 노려보았다.

이 방에 헤르메스를 데려오기 전, 오늘 있었던 일을 벨에게서 보고 받은 헤스티아는 소년의 속마음도 이미 들었다.

『어……『학구』에 가보고 마음이 두근두근하지 않았다고 한다면, 거짓말이 될 거예요.』

『에이나 누나하고도 얘기했지만, 새로운 일을 할 거라면 지금이 기회가 아닐까 하고.』

복도에 헤스티아와 단둘이 서서, 쭈뼛거리며, 그래도 솔직하게 자신의 뜻을 밝혔던 것이다.

『만약 잠깐 **돌아가도** 된다면…… 저는『학구』에 가보고 싶어요.』

【파밀리아】에 폐를 끼친다면 거절하겠다고, 벨은 단장으로서 그렇게 말했다.

이제는 어린아이로 있을 수 없게 된 벨에게는, 허락된 시간과 장소가 있다면 어린아이로 있게 해주고 싶다는 것이 헤스티아의 솔직한 심정이었다. 게다가 솔직히 코앞에 닥친 난제가 있는 것도 아니다. 오히려 적극적으로 쉬면서 던전에서 떨어져 있어 줬으면 할 정도였다.

그거야말로 본인에게 자각은 없겠지만, 벨 크라넬은 모

험중독자가 되어가고 있었다.

모험자 약력에 『특기: 던전』이라고 써내기라도 한다면 헤스티아는 하늘을 우러러보며 비장함을 관장하는 여신에게 직업을 변경해달라고 할 것이다.

'게다가, 벨이『학교』에 다니고 싶다고 한 건…… 감개무량한걸.'

부모 같은 심정을 가진 주신으로서도, 그를 사모하는 한 명의 여신으로서도.

헤르메스의 말이 맞다는 것은 지극히 아니꼽지만, 제1급 모험자가 된 지금, 벨에게『축적의 시기』가 필요하다는 것은 분명했다.

"『학구』…… 발두르 쪽은 뭐라고 했어?"

"학생으로서 받아들이는 건『교환조건』. 내밀하면서도 특별한 입학을 허가해주는 대신, 그쪽의『문제아』들을 맡아달라고 하던걸. 이건 벨에게는 아직 말하지 않았지만."

기브 앤 테이크란 것이다.

그 맹자 오탈과 동등한 괴물이 존재한다는 말을 듣고, 『학구』가 위험한 용사들의 집단【프레이야 파밀리아】처럼 여겨졌다고 생각하면 좀 그렇지만…… 교장을 맡은 발두르나 다른 신들의 신격은 잘 알고 있다.

분명 벨을 맡겨도 서운하게 대하지는 않을 것이다.

'나도 정말, 내 아이에게는 물러터졌구나.'

어쩌면, 그것이 아이를 가진 올바른 신의 감정인지도 모른다.

싱긋 웃는 헤르메스에게는 여전히 눈을 흘기면서도, 다시 한번 한숨을 내쉬고, 헤스티아는 아이의 의지를 존중했다.

"알았어. 벨의 『학구』 입학을 인정할게."

🔥

다시금.

그 『교복』을 입은 순간, 심장이 두근두근 뛰었다.

"하하하! 잘 어울리는데, 벨!"

"네. 잘 어울리는걸요."

헤르메스 님, 그리고 발두르 님께서 칭찬을 받은 나는 뺨을 붉히며 부끄러워했다.

『학구』 입학 이야기를 들은 사흘 후의 아침.

주신님과 동료들에게서도 허락을 받은 나는 『학구』를 방문해 중앙탑에 있는 발두르 님의 신실── 아니, 교장실에서 막 옷을 갈아입은 참이었다.

흰색을 기조로 한 『학구』의 교복은 역시 기품이 있어서 평소 복장에 별로 신경을 쓰지 않던 나는 조금 불안했다.

그래도 지금은 그 이상으로──.

"저기, 앞이 잘 안 보이는데…… 정말 괜찮은 건가요, 이 『변장』?"

눈앞까지 늘어진 『갈색 앞머리』를 몇 번이나 손가락으로 만지작거리며 거울에 시선을 돌렸다.

반들반들한 거울 앞에 선 것은 백발 휴먼이 아니라, 놀랍게도 『갈색머리 수인』.

갈색 가발에 달린 **토끼**의 긴 귀에, 교복 바지에는 북슬북슬한 짧은 꼬리.

루벨라이트색 눈은 긴 앞머리에 가려질락말락했다.

헤르메스 님이 준비해주신 『변장 세트』를 장착한 벨 크라넬은 놀랍게도 토끼 수인, 『휴 바니』로 변모했다.

"전날의 소동은 전교생이 다 알게 됐거든. 이제 와서 벨 크라넬로 편입하겠습니다~라고 해봤자 다들 냉담하게 대할 거야. 그렇게 돼서 『벨 크라넬이 아닌 다른 사람으로 변장 대작전』이다!"

손가락을 퉁기는 헤르메스 님에게 뻣뻣한 웃음을 지으며 거울 안의 자신을 관찰했다.

척 봐서는 『벨 크라넬』이라고는 알 수 없다. 그럴 것이다. 아스피 씨가 전에 만들었다는 특제 매직 아이템——아니, 커스 아이템 『수인의 가발』이 나의 특징을 잘 덧칠해주었다. 듣자 하니 가벼우면서도 대가가 없는 인식장애의 커스가 걸려 있다고 한다.

오래 알고 지낸 상대에게는 어떨지 몰라도, 최소한 어제 숨바꼭질을 벌였던 학생들에게는 간파당하지 않겠다……고 믿고 싶다.

『학구』에 가고 싶다고 주신님과 동료들에게 말해놓고 이런 소리는 뭣하지만, 남을 속이는 짓에 죄책감이 든다고 해야 하나 꺼림칙하다고 해야 하나, 아무튼 민망해지는 기분이라…….

　"오늘부터『학구』에 있는 동안 당신의 이름은『라피 플레미슈』입니다.

　"라피 플레미슈………… 아, 알겠습니다!"

　"오라리오에 귀항하기 전에 있던『벨라 시』에서 입학시험에는 합격했지만, 가정 사정 때문에 이곳 멜렌에서 합류하게 됐다는, 그런 설정이지요."

　몇 번이나『라피』라는 새 이름을 곱씹으며 긴장해버린 내 심경을 아는지 모르는지, 발두르 님은 온화한 미소와 함께 입술 앞에 검지를 세우셨다.

　"정체도, 힘도 잘 숨겨주시기 바랍니다. 이 일이 들통 난다면 교장인 저도 혼이 나니까요."

　발두르 님의 존안은 여전히 신성했지만, 동시에 장난기도 있었다.

　어쩐지 발두르 님도 즐기고 있는 것 같아…….

　"그러면 다시금…… 환영합니다, 벨. 아니, 라피. 자신이 어떤 존재고 될 수 있을지 추구하는 당신을『학구』는 환영합니다."

　헤르메스 님이 지켜보는 가운데, 미소를 지은 남신님은 내 왼쪽 가슴에 문장을 달아주셨다.

그것은 빛과 거대한 배를 모티프로 한 학교의 문장——
아니, 『학구』의 엠블럼.

어딘가 빛을 내는 것 같은 문장 밑에서 긴장과 흥분으로
심장을 떨었다.

"실례합니다."

그때, 가벼운 노크 소리가 울렸다.

발두르 님이 "들어오세요"라고 말하자, 물푸레나무 문을
열고 입실한 것은 한 남성이었다.

목덜미를 덮은 사자 색 머리카락. 그리고 같은 색의 눈
동자.

키가 크고, 언뜻 가녀려 보이지만 몸집에는 미덥지 못한
구석이라고는 한 점도 없었다.

엘프와도 다른 단아한 얼굴은 정한함과 수려함의 사이
에 있었다.

20대 후반으로 보이는 풍모.

같은 남성인 나에게 『장래에는 이런 사람이 되고 싶다』
는 생각이 들게 만드는 『어른 남성』.

분명 미장부라는 말이 딱 맞아떨어지겠지만, 뭐랄까, 그
런 게 아니었다.

그를 표현하기에 딱 맞는 수식어는 좀 더 올곧고 청렴
한—— 그야말로 『기사』라는 말.

'——강해.'

두 눈을 크게 뜨고 있었던 나는 그것만은 제대로 직감했다.

"그에게는 모든 사실을 말했어요. 당신에게는 이해자이자 특별한 『담임』이라고나 할까요."

그렇게 웃는 발두르 님과 헤르메스 님에게 고개를 숙이고, 그는 내 앞으로 걸어 나왔다.

윗도리, 신발, 바지의 왼쪽에 새겨진 검의 황금색 문장.

오른쪽 허리의 홀스터에 꽂힌 것은 몇 개나 되는 분필과 완드처럼 가느다란 **교편**.

예복처럼 보이기도 하는 검은색 의상——『교사』의 제복을 걸친 남성은 웃음을 머금고 손을 내밀었다.

"레온 버덴베르크다. 잘 부탁해, 라피."

넋이 나간 채 손을 내민 나는, 오늘.

벨 크라넬이 아니라 라피 플레미슈로서 『학구』에 입학했다.

3장 이세계 학원 생활

"레온 선생님 안녕하세요!"

"안녕하세요~!"

푸른 하늘 아래 인사하는 목소리가 울려 퍼진다.

하얀 석재로 포장된『학구』의 대로. 그곳에는 여러 종족으로 이루어진 사람들이 오가고 있었다.

가방과 책을 든 휴먼이며 드워프.

옷을 약간 허름하게 입은 수인과 아마조네스.

카페테라스에서 서둘러 아침을 먹는 파룸, 그 모습을 나무라는 엘프.

그들 그녀들의 공통점은 학생복을 입고 적포도주색 넥타이를 맸다는 것.

분명 이것은 내가 한 번도 본 적이 없었던 **등교** 풍경.

『학원도시』는 아침 햇살을 받으며 오라리오와도 다른 활기를 보이고 있었다.

"안녕, 님, 인더. 오늘은 수업에 늦지 마라."

"*"네~!"*"

그런 가운데 스커트 자락을 펄럭이며 우리 옆을 스쳐 지나간 여학생들은 버덴베르크 씨가 인사를 받아주자 기쁜 듯이 흥분했다. 그것은 마치 동경의 대상을 만난 팬의 목소리처럼 들리기도 했다.

발두르 님의 교장실—— 중앙탑에서 밖으로 나온 후, 이런 광경을 몇 번이나 보았다.

남성, 여성, 휴먼, 데미휴먼 상관없이 모두가 말을 건다.

확인하지 않아도 지금 내 옆에 있는 사람이 인기인임을 알 수 있었다.

"얘, 저 아이는 누굴까? 【발두르 클래스】 배지를 차고 있는데."

"처음 보는 얼굴인걸. 아직 멜렌에서 입학시험은 안 쳤으니까 신입생은 아닐 텐데."

……그리고 조금 전 스쳐 지나간 여학생이 이쪽을 살피며 소곤소곤 귀엣말을 나누는 것도 손에 잡힐 듯이 알 수 있었다.

제1급 모험자가 된 폐해, 아니, 특권이랄까.

【랭크 업】의 지각강화 덕에 타인의 시선은 물론이고 목소리를 죽인 비밀 이야기도, 뒤에 있지만 다 들리고 말았다.

그들만이 아니다. 주위에 있는 학생들도 버덴베르크 씨의 옆을 걷는 휴먼에게—— 아니, 『수인 학생』에게 호기심 어린 시선을 보내고 있다.

오라리오에서 받게 되었던 상급 모험자에 대한 응원과도 다른, 순수한 호기심.

『귀여운 전학생이 주목을 받는 건 학원물의 정석~』이라고 할아버지가 옛날에 그랬던 것 같은데…… 그, 그거랑 비슷한 일인가?'

제노스와의 사건 이후로 곧잘 얼굴이 달라졌다. 성장했다는 말을 듣게 됐지만, 『모험자』나 『던전』이라는 분야에서 멀어지자 타고난 약한 심성이라고 해야 할까, 긴장감이나 멋쩍음 같은 것이 솟아나 스스로에게도 좀 실망하고 말았다.

아니 뭐, 정체가 드러나지 않을까 조마조마한 것도 큰 이유지만…….

그래도 자신이 모르는 환경에 내팽개쳐지면 누구나 크든 작든 비슷한 심정이 되지 않을까?

아무튼 묘하게 불안해져서 어깨를 굳히고 있으려니,

"긴장되나?"

"……! 네, 네에, 죄송합니다…… 버덴베르크 씨…….."

바로 옆에서 목소리가 들렸다.

내가 나도 모르게 사과하자, 사자색 머리카락을 찰랑이는 씨는 발을 멈추고 이쪽을 돌아보았다.

"아직도 조금 딱딱한걸, **라피**. 넌 지금은 『학구』의 학생이잖아?"

웃음을 머금은 채, 구태여 학생으로서의 『내 이름』을 불러주는 눈앞의 남성을 보며 아차 싶어졌다.

"『학구』에 온 네게 첫 문제를 내주지. 『교사 레온 버덴베르크는 지금 어떻게 불리고 싶어 할까??』. 자, 대답해보렴."

그런 다정한 물음에 나는 나도 모르게 **뺨**을 붉히고 말았다.

막상 말하려 하니 목 언저리가 근질거리는 감각을 받으며…… 용기를 내, 첫 학교의 문제에 답해보았다.

"…………『레온 선생님』."

"정답이야. 넌 우수한 학생이 되겠어, 라피."

싹싹한 웃음과 함께, 빈말도 되지 않는 농담을 건네셨다.

얼굴을 붉힌 채 눈을 연신 깜빡이던 나는 키득 웃음을 터뜨리고 말았다.

덕분에 어깨에서 힘이 빠졌다. 그 모습을 보고『레온 선생님』도 한층 밝은 웃음을 머금었다.

이 사람이 수많은 학생에게 흠모를 받는 이유를 조금 알 것 같았다.

"봐봐, 벌써부터 레온 선생님이 처음 보는 학생을 매료시키고 계셔!"

"역시 기사인데 종자 같은 분……『울트라 페이지』……!"

"눈도 안 보이는 심약한 토끼랑 레온 선생님의 조합…… 괜찮은데!"

……뭔가 들려온 것도 같았지만 나는 최선을 다해 안 들리는 척했다.

머릿속에 있는 릴리의 환영도『들으면 안 돼요!』라고 소란을 떨어댔으므로 고분고분 따르는 것이 정답이다. 분명 그럴 것이다.

"발두르 님께 책가방은 받았지?"

"아, 네. 교복이랑 같이요."

"그럼 나중에 내용물을 확인해봐. 학원 생활을 보내는 데 필요한 지침서가 있을 거야. 수업선택을 포함해서 모르는 게 있으면 곧바로 물어보고."

이동을 재개한 레온 선생님의 곁에서 걸으며, 두 어깨에

띠를 걸어 멘 가방을 고쳐 짊어졌다.

얇은 구조의 네모난 책가방. 릴리가 없었을 때 썼던 백팩과 조금 비슷해서, 보기보다는 물건이 훨씬 많이 들어갈 것 같았다.

"자, 가는 길에 설명을 하게 되겠지만 그 점은 용서해줘. 우선 네 학적번호는 4646B3333, 전공은 『전투기술학과』. 소속처는 나도 몸담고 있는 【발두르 클래스】다."

"하, 학적번호? 『전투기술』? 그리고 【발두르 클래스】……?"

레온 선생님의 설명에 귀를 기울였다.

하지만 단어의 대부분을 알아들을 수 없었다.

매우 민망하게 느끼면서도, 과감하게, 모르는 건 물어보기로 했다.

"어어, 이것저것 모르는 게 많아 죄송하지만…… 우선 【클래스】란 뭔가요?"

"좋은 질문이야. 【클래스】란 『학구』 특유의 체계지."

『학구』에 입학하기를 희망했던 주제에 무지한 내게, 레온 선생님은 언짢은 표정 하나 하지 않고 꼼꼼히 설명해주셨다.

"『학구』에 속한 학생들은 『배우는 자』이며, 언젠가 이곳에서 『독립할 자』. 리크루트가 좋은 예지만, 진로를 결정한 학생들은 다른 파벌, 혹은 길드 같은 조직에 입단해. 그때 『이전에 【파밀리아】에 속했다』는 이력을 남기지 않기 위한 조치야."

"아아, 그렇구나……."

파벌에 입단한 후에는 잊기 십상이지만, 세간은【파밀리아】라는 이력을 매우 중요하게 본다.

권속은 일반인 이상의 신체 능력을 발휘하므로, 무소속인 사람들이나 직장에서는 아무래도 위험하게 여겨지게 마련이다(오라리오는 유래 때문에 위험한 일이 일상다반사고 주민들도 익숙해진 경향이 있지만). 경력에【파밀리아】라는 단어만 보여도 과도하게 반응해버리는 사람 또한 있을 것이다. 그리고 이것이 파벌 사이의 컨버전이 되면 최악의 경우 첩자로 여겨지는 사례도 있다고 한다.

그러므로 구태여 신의『파벌』이 아닌 학구의『학급』이라는 명칭을 쓰는 것은, 그만큼 학생들을 소중히 여기는『학구』의 배려일 것이다.

그 외에 심증의 문제도 있을지 모른다.

다른 파벌에서 이적한 것이 아니라, 어디까지나『학교』에서 여러 가지를 배운 학생을『자기 파벌로 스카우트』하는 편이 외부인이라는 인상도 줄어들 테니까. 주신님이나 단원들도 부담이 적을 것이다.

『학구』는 어디까지나 인재를 육성하는『교육기관』의 입장을 관철한다……는 걸까?'

내가 그런 식으로 나름대로 해석을 하고 있자, 레온 선생님이 보충해주었다.

"『학구』는 소수의 신과 나 같은 교사, 그리고 많은 학생의 손으로 운영되지. 그 운영을 위해서라도『팔나』는 반드시 받아야 해. 교사나 학생은 예외 없이 받고 있어."

"발두르 님만이 아니라 각각의 신들께 말인가요?"

"그래. 이런 시스템은 국가계【파밀리아】와도 비슷해.『학구』의 대표로서 발두르 님은 교장이라는 이름을 쓰고 있을 뿐이고, 각【클래스】는 모두 대등하지만."

국가계【파밀리아】라는 비유를 듣고 더 구체적으로 이해하게 되었다.

언뜻 봐도 학생들의 숫자만 천 명은 거뜬히 넘을 것 같으니, 단 한 명의 신이 이『학구』를 관장하기란 ——특히【스테이터스】갱신을 비롯한 작업은—— 거의 불가능하다. 그야말로 국가계【파밀리아】의『주신과 종속신』같은 시스템으로 역할을 분담해야만 운영할 수 있을 것이다.

다만, 헤스티아 님과 시르 씨가 맺은『종속신』이라는 시스템에는 주종관계가 있다.

지금 레온 선생님께 들은 대로, 각 주신님 및 각【클래스】의 발언권은 균일할 것이다.

덧붙여【발두르 클래스】외에는【이둔 클래스】와【브라기 클래스】등 10개의【클래스】가 있다고 한다.

소속【클래스】를 분간하는 방법은 교복 왼쪽 가슴에 다는 배지.

이것은 소위【파밀리아】의 엠블럼 같은 것으로, 내 가슴에 있는 것은【발두르 클래스】를 나타내는『빛과 배』의 배지였다.

"【클래스】의 관계를 알기 힘들다면 【파밀리아】로 바꿔 생각하면 돼. 나 같은 교사가 단장을 비롯한 파벌 간부, 학생들은 단원이라는 식으로."

오오, 하고 입 모양을 바꿀 정도로 딱 이해가 갔다.

따라서 그것은 교사와 학생의 역량 차이이기도 할 것이다.

누군가를 이끌어주는 지도자를 맡은 이상, 레온 선생님 같은 교사들에게는 틀림없이 지식과 품격, 그리고 강함이 요구될 것이다.

"학적번호는 『학구』에 속한 학생의 정보를 관리하기 위한 거야. 그리고 네가 전공하게 된 『전투기술학과』는…… 나중에 설명하지."

중앙탑에서 예비종으로 여겨지는 차임이 울리고, 주위에서 오가던 학생들의 모습도 드문드문해졌을 무렵, 길을 나아가던 레온 선생님은 어떤 건물—— 한 『학교』로 들어갔다.

다른 건물과 마찬가지로 푸른 지붕과 하얀 석재로 지어진 건물은 실내도 청결하게 유지되어, 나는 역시 시골뜨기처럼 주위를 연신 둘러보고 말았다.

『폴크방』의 성 같은 내부와도 다른 하얀 복도를 나아가자, 레온 선생님은 어떤 문 앞에서 발을 멈추었다.

"자, 여기야. 너의 『급우』가 될 아이들이 기다리고 있어."

네? 하고 눈을 동그랗게 뜬 나를 내버려 둔 채, 레온 선생님은 웃음을 지으며 함께 가자고 채근했다.

　문을 여는 선생님의 한 발 뒤에서 따라 들어가자——그곳은 그야말로 『교실』이었다.

　"!"

　그곳은 작은 극장을 방불케 할 정도로 넓은 공간이었다.

　실내의 안쪽에 위치한 교단과 칠판을 에워싸듯 마호가니 재질의 긴 책상이 반원형으로 설치되어 있었다. 그리고 좌석은 계단식, 다시 말해 아레나 구조. 작은 극장 같다는 인상은 결코 뜬금없는 것이 아닐지도 모른다.

　그런 『교실』에는 수많은 학생이 자리에 앉아있었다.

　휴먼에 수인, 엘프, 드워프, 파룸, 아마조네스.

　온갖 종족이 모여 있었으며, 틀림없이 모두가 10대. 인원은 50명이 되지 않았다.

　『학구』의 교복을 입은 그들은 입실한 레온 선생님, 그리고 나에게 일제히 시선을 보냈다.

　나도 모르게 몸을 떨었다가, 교실 정면의 교단으로 나아가는 레온 선생님을 황급히 따라갔다.

　"오늘은 예정대로 오라리오 수학 개요 설명을 하겠다. ……만, 그 전에 너희에게 새 동료를 소개하지. **라피**."

　다시 가명을 부드럽게 불러주셔서, 나는 눈치를 챘다.

　여기서 자기소개를 하는 것이다.

　그리고 지금, 여기서부터 『학생인 나』가 시작되는 것이다.

　그 사실을 이해한 순간 긴장감이 확 솟았다. 학생들의

눈이 흥미롭다는 듯 나를 바라본다.

당장이라도 『뭔가 이상한 녀석이 왔네』라는 환청이 들려올 것 같다는 생각은 내 피해망상?

잘은 모르겠지만 다리가 떨릴 것 같았다.

던전과도 다른 두근거림을 품은 나는 그래도 마음을 굳게 먹고.

소리가 나지 않도록 코로 열심히 공기를 들이마시며, 교단에서 한 발짝 앞으로 나섰다.

"⋯⋯⋯⋯⋯⋯⋯⋯어, 음."

학생들의 시선에 에워싸여, 압박감이 든다고 느껴버리는 것도 긴장 탓일까.

적어도 이 장소에서 매일 수업을 하고 있을 레온 선생님 같은 교사들에게, 나는 이미 존경심을 품어버릴 정도였다.

바보 같은 현실도피를 하면서, 잠시 후 입을 열었다.

"벨 크라⋯⋯⋯⋯ 베, 벨라 시에서 온 라피 플레미슈입니다!! 자, 잘 부탁합니다!"

하마터면 본명을 말해 모든 것을 망쳐버릴 뻔한 입술 때문에 목덜미에 땀을 왈칵 흘리면서 간신히 얼버무리고 힘차게 고개를 숙였다.

발두르 님께 프로필을 듣지 않았으면 위험했어⋯⋯!!

레온 선생님이 쓴웃음을 짓는 기적을 똑똑히 느끼면서 조심스레 고개를 들자——.

"잘 부탁해 동포~."

"그렇게 긴장할 거 없는데—?"

"남자잖아. 가슴을 펴!"

수인 사내아이가 한 손을 들고, 휴먼 여자아이가 말을 걸고, 붉은 머리 아마조네스가 농을 던지고, 다른 학생들도 밝은 웃음소리에 싸였다.

꽤, 괜찮은 거 같다…….

제대로 창피한 짓을 하기는 했지만, 적어도 지난번의 불법침입자 벨 크라넬이란 건 들키지 않았어…….

"라피는 전에 정박했던 벨라 시에서 시험에는 합격했지만, 일신상의 사정으로 입학이 늦어져 자기 발로 이 멜렌까지 찾아왔다. 아무것도 모르는 그에게 오늘부터 급우로서 많이들 가르쳐줬으면 해. 너희도 『학구』에 처음 왔을 때 그랬듯."

"""네!"""

레온 선생님이 내 소개를 마무리해주자 학생들도 흔쾌히 고개를 끄덕였다.

단숨에 안도감에 휩싸여 있으려니.

"그러면 라피. 빈자리에 가서 앉으렴."

"네, 넷!"

레온 선생님의 말에 달아오른 목소리로 대답했다. 다시 쿡쿡 웃음소리가 들려와 뺨에 열기를 모으며 교단에서 내려갔다.

계단을 올라 자리를 찾는 동안, 흥미진진한 시선은 계속

해서 내게 모여들었다.

가발 앞머리가 눈을 가려줘서 다행이다…… 아마도.

루벨라이트색 눈을 몇 번이나 이리저리 굴리는 지금의 나는 꼴사나울 정도로 갈팡질팡하고 있을 것이다.

'어, 빈자리…… 빈자리는…….'

멋쩍음 때문에 고개를 숙이고 있느라 제대로 학생들의 착석상황을 확인하지 못했던 탓에, 사람이 모두 찬 대열로 들어가 자리를 찾고 있으려니.

"여기 비었어!"

한 여학생이 손을 들었다.

마침 교실의 한복판 언저리. 정말로 계단 옆의 자리가 하나 비어있었다.

그 말에 감사하면서 이동한 나는—— 그 여학생을 보고 놀라고 말았다.

"너는……."

살짝 뾰족한 귀에, 리본으로 한데 묶은 갈색 장발.

앞머리 한 다발을 물들인 에메랄드색.

무엇보다도, 그 사람을 방불케 하는 에메랄드색 눈동자.

그녀를 본 적이 있다.

처음으로 『학구』에 침입했을 때 보았던, 그 하프엘프 여자아이!

"난 니이나 틀이라고 해. 잘 부탁해, 라피."

틀?

그러면, 역시 이 아이는, 에이나 누나의——.

"……왜 그래? 혹시 이름으로 불러서 너무 친하게 구는 것 같아?"

"어? 아, 아뇨! 안 그래요! 잘 부탁해요…… 튜, 튤 양!"

더듬거리며 간신히 인사했다.

갑작스러운 일에 어떻게 해야 좋을지 알 수 없었던 나는 얼버무리듯 얼른 착석했다.

"레온 선생님도 말씀하셨지만 모르는 게 있으면 말해. 나라도 괜찮으면 도와줄게."

"고, 고맙습니다……."

긴장에서 벗어나지 못하는 나를 배려해주는지, 곁에 앉은 후에도 튤 양은 생글생글 웃으며 말을 걸어주었다.

가슴의 배지는 『빛과 배』 같은 【발두르 클래스】.

고운 얼굴에도 눈길을 빼앗기고 말았지만…… 그래도 역시 에이나 누나와 겹쳐지는 인상에 의식이 끌려가고 말았다.

결벽성이 있다는 평가를 자주 듣는 엘프의 피를 이었으면서도 온화하고 편안한 태도.

어른스러운 분위기 속에 있는 친근함.

안경은 끼지 않았지만, 역시 에이나 누나와 닮았다.

빤히 바라보고 있을 수도 없어서, 흘끔흘끔 쳐다보는 나에게 그녀는 의아하다는 표정을 하면서도 역시 미소를 지어주었다.

지금은 변장을 했고, 시선이 한 번 마주친 정도니까 그녀도 내 정체는 모를 테지만…… 설마 이런 형태로 알게 되다니.

"상냥하게 대해주는 걸 호의라고 착각하면 못써요, 신입. 니이나는 우등생이라 누구한테나 이러니까."

"밀리 선배! 이상한 말씀은 하지 마세요! 레온 선생님의 개요 설명이 시작되잖아요!"

앞자리에 앉은, 금발을 한데 묶은 여학생——그녀도 엘프다——이 뭔가 오해를 했는지 고개를 돌리며 웃음을 지어서 나는 동요해버리고, 튤 양은 앞을 보라고 주의를 주었다.

조, 조심해야지.

신경이 쓰여 견딜 수가 없지만 지금은 눈앞의 수업에 집중해야 해!

"자, 얼마 전의 전교 조회에서도 언급했지만『학구』는 무사히 이곳 멜렌에 귀항했다. 다른 학과 사람들에 비해『전투기술학과』에 속한 여러분에게는 한층 중요한 하루하루가 시작되지."

잘 울리는 목소리가 교단 위에서 퍼졌다.

레온 선생님이 입을 열자 들떴던 교실의 공기가 확 바뀌는 것을 알 수 있었다.

"『전투기술학과』는 말 그대로 싸움을 위한 무예와 그에 관한 마음가짐을 배운다. 이 교실에 있는 사람 대부분이 전투직을 지망하고 있겠지."

　레온 선생님은 마치 학생들에게 초심을 돌이켜보게 하듯『전투기술학과』에 대해 말씀하고 계시지만, 이것은 나에게 해주는 설명이기도 할 것이다.

　이『전투기술학과』에 속하게 된 것은 헤르메스 님의 제안이었을까?

　아무튼 마침 잘 됐다는 생각이 들었다. 뭘 배우고 뭘 성장시키고 싶은지를 묻는다면, 내 첫 번째 대답은 역시 미궁 탐색으로 이어지는『전투지식』이나『전투기술』일 테니까.

　"제국의 기사, 해양국 디자라의 해병, 마도대국 알테나의 궁정마도사…… 그리고 미궁도시 오라리오의 모험자. 진로는 다양하겠지만, 이런 직업을 지망하는 이상『세계 3대 비경』중 하나인 던전에서의 경험은 귀중하다. 우리 교사진도 평가에 큰 비중을 둔다고 할 수 있어."

　그리고『전투기술학과』측의 입장에서도『오라리오를 방문한다』는 것은 큰 이벤트임을 레온 선생님의 말 한 마디 한 마디에서 느낄 수 있었다. 진지한 표정을 짓는 학생들에게 감화된 것처럼 나도 자세를 바로 했다.

　"오늘부터 3일 후,『학구』의 오라리오 입장이 가능해. 그때부터 인턴도 가능하지만,『전투기술학과』여러분에게 우선 요구되는 것은『던전 실습』이다."

　그리고 레온 선생님은 오른쪽 허리에 찬 홀스터에서 분

필 하나를 꺼냈다.

칠판이 또각또각 소리를 냈다.

"각『소대』는【스테이터스】에 맞는 계층을 탐색하고 지정된 몬스터의『드롭 아이템』을 가지고 돌아오기 바란다. 규정한 미궁성과에 따라『학점』을 주겠어."

『소대』니『학점』등 신경이 쓰이는 단어는 있었지만 지금은 의식 한구석으로 밀어놓았다.

레온 선생님은 지금도 말씀을 하면서, 손으로 쓰는 것이라고는 생각할 수 없을 만큼 깨끗한 코이네 공통어와 함께 직사각형을 칠판에 그렸다.

"물론 리포트 제출도 필수야. 그런 사람은 없으리라고 믿지만, 만약 모험자에게서 구입한『드롭 아이템』을 가져온다 해도 탐색 활동의 유무는 즉각 탄로가 날 테니 권장하지 않겠어."

"선생님! 만약 그러면 어떻게 되나요?"

"글쎄. 예전에 그 방법을 썼던 학생이 있었다만, 내가 곁에 붙어서 **3일 밤낮**으로 던전 보충수업을 해주었지. 그 학생은 지상으로 귀환한 후『태양이 이렇게 아름다웠네요』하고 기쁨의 눈물을 흘렸단다."

농담과 함께 들려준 경험담에 일부 학생이 참지 못하고 키득키득 웃음을 흘리는 가운데, 레온 선생님은 사자색 머리카락을 찰랑이며 학생들을 돌아보았다.

필기를 마친 칠판에는 직사각형 도형과 미궁의 각 계층,

그리고 【스테이터스】 기준을 나타내는 간이도가 완성되어 있었다.

【어빌리티】 평가의 기준이 세세하게 설정되어, Lv.1의 【스테이터스】 하위인 사람은 5계층까지, 상위인 사람은 더 세분화되어 최상위는 9계층까지.

10계층부터는 Lv.2 파티만이 허가되는 듯했으며 그보다도 더 깊이 공략할 수 있는 것은 15계층까지였다.

'길드가 규정한 각 계층의 『어빌리티 도달 기준』보다도 상당히 얕게 설정돼 있네…….'

『학구』 학생들은 우수해서 대부분 【랭크 업】을 했다고 헤르메스 님에게 들었다.

그 점을 감안하면 상당히 빡빡한, 아니, 『과보호』에 가까운 제한처럼 보이지만…… 금세 이 교실에 있는 사람들은 『모험자』가 아니라는 사실을 떠올렸다.

던전에서 중요한 것은 【스테이터스】의 수치도 있지만, 그보다도 『경험』의 유무.

얼마나 많은 『미지(未知)』를 경험해 『기지(既知)』로 바꾸었는가. 그것은 비유가 아니라 생사의 명암을 가르게 된다.

Lv.1 서포터였던 릴리가 10계층 언저리에서도 활동할 수 있었던 것이 좋은 예이며, 그 반대로 마찬가지. 도달 기준을 만족한 상급 모험자가 중층 영역에서 금세 죽는 경우도 허다하다고 들었다.

그 점을 생각하면 학생들은 던전 내의 『경험』이 압도적으로 부족하므로, 미궁 탐색을 생업으로 삼고 있는 모험자와 같은 기준으로 헤아려선 안 된다는 것도 지극히 타당하다.

『학구』는 학생의 안전을 제일로 생각해 이 기준을 마련했을 것이다.

"실습 중에는 교사도 각 계층에 배치된다. 너희의 동향을 지켜볼 생각이지만…… 던전은 넓다. 전부 감독할 수 없다는 점을 명심하도록."

"""……!"""

"이상사태는 물론이고 몬스터 이외에도 모험자들과의 다툼 또한 발생할지 모른다. 만약 방심을 초래한다면 그것은 부조리를 부르고 너희를 금세 궁지로 몰아넣을 것이다."

곁에 있던 튤 양이나 다른 학생들이 숨을 멈추는 가운데, 레온 선생님은 교실 안을 둘러보았다.

"너희 『전투기술학과』의 학생들은 특히, 이제까지의 야외조사나 전투 자원봉사에서 심신을 단련해왔어. 【랭크 업】한 사람도 많지. 하지만 확실히 말해두겠다. 던전은 너희가 경험해온 그 어떤 전장과도── **다르다.**"

소리가 완전히 사라졌다.

학생들의 긴장감, 그리고 의욕이 차오르는 것을 확실히 알 수 있었다.

약간의 정적에 이어 레온 선생님이 싱긋 웃었다.

"지금 한 말을 잊지 말고, 오라리오에서의 수학에 임하도록. 괜찮아. 자만심을 버리고 준비만 확실히 하면 반드시 할 수 있으니까. 『학구』의 학생인 너희라면 말이지."

"""네!!"""

그다음에 솟아난 것은 작은 열기.

사기도 아니고 호기심과도 다른…… 이것이 『배우고자 하는 의지』?

나도 거기에 감화되어 몸이 바짝 조여드는 것을 느꼈다.

무언가를 배우고 싶다. 모르는 것을 경험하고 싶다. 막연히 그런 생각으로 『학구』에 왔지만 이 『전투기술학과』에 있는 이상 『던전 실습』에는 나도 참가하게 될 것이다. 지금 들었던 말을 잘 기억해두자.

모험자라는 정체를 숨기면서 던전 공략을 하다니, 조금 이상하기도 하지만.

레온 선생님은 그 후로도 칠판 필기의 상세한 설명에 더해 세세한 일정이나 규칙 같은 것을 설명했다.

"개요 설명은 이상. 원래 같으면 여기서 질문을 받겠지만…… 오늘 우리 클래스에는 새 동료가 있지. 이번에는 성향을 바꿔서 그의 의견을 들어볼까?"

……응?

어째 분위기가……?

"라피. 뭔가 생각한 게 있을까?"

"…………네, 네엣?! 어, 어?"

아직 생소한 이름에 자신을 호명했다는 것을 깨닫기까지 꼬박 시간이 필요했던 나는 엉겁결에 일어나고 말았다.

레온 선생님이 교단에서 이쪽을 보고 있다. 온 교실의 시선이 내게 쏠린다.

진정시켰던 심장이 다시 날뛰기 시작해!

"넌 모험자 지망이었지? 어떻게 하면 이『던전 실습』이 더 풍성한 배움으로 이어질지 네 생각을 들려줬으면 해."

저, 저는 모험자 지망이라기보다 현역 모험자인데요…….

뭐, 다시 말해, 그런『설정』이라고 한다.

나는 나대로, 가짜 경력을 준비해주더라도 제대로 연기할 자신이 없으니 이런『설정』쪽이 그나마 탄로 날 가능성이 적을 것 같다. 분명 레온 선생님이나 발두르 님의 배려겠지.

배려겠지만…… 무, 무슨 말을 하면 좋지?!

"라피. 이『학구』에서 의견의 발언은 중요해. 틀려도 괜찮아. 뜬금없는 소리여도 상관없어. 항상 자신의 답을 가지고, 끊임없이 의문을 품고, 계속해서 자신과 타인에게 질문을 던졌으면 해."

"……!"

"그걸 반복하면서 우리는『배운다』는 걸 알아가지."

내가 모르는 ——주신님의 것과도 다른—— 그『선생님』의 눈빛에 흠칫했다.

레온 선생님은 아마 가르쳐주려고 하시는 것이다.

이 『학구』의 룰, 아니, 『학구』 방식의 가치관을.

나에게 첫 『수업』을 들려주려 하신다.

"네가 모험자를 목표로 삼으면서 소중히 하려는 것이어도 괜찮아. 부디 우리에게 들려줄 수 있을까?"

선생님은 다정하게 물어주셨다.

뻣뻣이 서 있는 내가 문득 옆을 보니, 튤 양도 웃음을 머금고 입 모양으로 힘내, 하고 응원해주고 있었다.

학생들의 시선은 여전히 이쪽을 꿰뚫어 보고 있지만…… 나는 손을 꼭 쥐고, 목을 움직였다.

"모……모험자는! 모험을 해선, 안 된다……."

스스로도 한심해질 정도로, 떨릴 것 같은 목소리를 붙잡으며 했던 말은, 그 한 마디.

마주 보던 레온 선생님의 눈이 크게 뜨였다.

곁에 앉아있던 튤 양이 어리둥절해 하는 것을 알 수 있었다.

내 목소리가 공연히 크게 울리고 조용해지는가 싶었더니, 주위의 학생들이 술렁이기 시작했다.

"무슨 말이야……?"

"모험자인데, 모험을 해선 안 된다니, 그게 뭐야?"

"이상하지 않아? 무슨 말을 하고 싶은 거야?"

【랭크 업】해 강화된 청각이 다시 술렁임의 내용을 정확히 포착해버려 땀이 멈추지 않고 있을 때——.

"——훌륭한걸."

레온 선생님이 미소를 지어주셨다.

"지금 라피가 한 말은 모순된 것처럼 들리지만, 나는 하나의 진리라고 생각해."

학생들의 시선이 나에게서 떠나 다시 교단에 모였다.

"던전에서는 결코 만용이 존중되지 않지. 오히려 『겁쟁이』인 편이 자신이나 동료들의 목숨을 지키게 돼."

"""!"""

"물러날 때를 제대로 판단하는 것, 그리고 위험성을 무릅쓰지 않는 것. 이건 던전이라는 가혹한 환경에서 탐색하는 모험자들에게 가장 중요한 사항이지."

놀라는 학생들의 얼굴에 크고 작은 이해의 빛이 번져나갔다.

이제 교실에 있는 사람들은 모두 레온 선생님의 한 마디 한 마디에 귀를 기울이고 있었다.

"던전에 내려가는 이상 모험자의 가치관에서 배우는 것은 많아. 라피 덕분에 우린 또 조금 더 현명해질 수 있었다. ──제군, 박수!"

──그 순간 온 교실에서 우레와 같은 박수 소리가 터져 나왔다.

놀라 뻣뻣하게 서 있었던 나를 감싸는, 급우들에게서 나오는 칭송의 목소리.

수인 남학생이, 휴먼 여학생이, 붉은 머리 아마조네스가, 처음과는 달리 조금 다시 봤다는 듯한 시선으로 쳐다본다. 옆의 튤 양은 반짝반짝하는 웃음을 꽃피우며 누구보다도 큰 박수를 쳐주고 있었다.

……이것이 『학구』.

기탄없는 의견, 그것도 실속이 있는 견해에는 구별도 차별도 없이 환영해준다.

나는 멋쩍음으로, 그리고 뭔지 모를 고양감으로 가슴이 벅차올랐다.

이 평가는 결코 내 발언이 대단해서가 아닐 것이다.

레온 선생님이 학생들에게 알기 쉽게 조곤조곤 설명해주시고, 모두가 이해하도록 말의 뒤에 숨은 의미를 깨우쳐주셨기 때문이다. 그야말로 나보다도 훨씬 능숙하게.

무엇보다도, 나 같은 신입생이 『학구』에 녹아들 수 있도록 일부러 이런 기회를 마련해주셨을 것이다.

이제 막 만난 분이지만…… 정말 고개를 들 수가 없다.

레온 선생님 같은 사람을 분명 『훌륭한 어른』이라고 하는 거겠지.

내 주위에는 별로 없었던 타입인 것 같기도 해서 솔직히 존경심이 들었다.

"라피. 참고로 조금 전에 했던 말은 네가 스스로 찾아냈던 답일까?"

박수 소리가 멎었을 무렵, 레온 선생님이 물어보셨다.

나는 솔직하게, 그리고 지금만은 가슴을 펴고 털어놓았다.

"아니에요. 제 소중한 사람이 가르쳐준 말이에요."

『모험자는 모험을 해서는 안 된다』.

이것은 에이나 누나의 말이다.

막 모험자가 되어서, 자꾸만 앞으로 달려나가려고 하는 나를 달래고 구해주었던 가르침이기도 하다.

"그렇구나. 과연……."

에이나 누나는 원래 재학생이었다고 하니, 나에게 뿌리내린 이 가르침도 『학구』라는 배움의 연장선상에 있었을지 모른다. 그렇게 생각하고 있으려니 레온 선생님은 턱에 한 손을 가져다 댄 채 작게, 몇 번이나 고개를 끄덕였다.

"조금 더 이 말을 펼쳐서 논의를 해보고 싶기도 하지만…… 다음 수업도 있으니까. 개요 설명 시간은 여기까지 하자. 모르는 게 있으면 개별적으로 내게 와서 물어보도록."

검은색 교원용 제복에서 회중시계를 꺼낸 레온 선생님은 다시 한번 내 쪽을 보았다.

정확하게는 내 옆을.

"니이나. 괜찮다면 라피에게 학원 안내를 부탁해도 될까?"

"네! 오늘은 개요 설명 말고는 수업이 없으니까 괜찮아요."

"고마워. 라피, 방과 후에 데리러 올 테니까 다시 이 교실로 오도록 해."

"아, 알겠습니다!"

"그러면 해산."

칠판을 말끔하게 지운 레온 선생님은 교실을 나갔다.

가버리는구나, 하고 불안하게 생각하지 않은 것은 아니지만, 이다음에도 분명 수업이 있으실 테니까…… 게다가 레온 선생님이 하시려는 말씀도 어느 정도 짐작이 갔다.

교류를 다지고 『학우』를 만들라는 뜻이겠지.

"신입생. 여기 오기 전에는 뭐 했어?"

"어, 어어…… 집안일 돕고, 밭일도……."

"벨라 같은 대도시에 살면서 농민이었어요? 모험자 지망생이라고 했는데 전투경험은요?"

"나, 나름대로……?"

"지금의 Lv.은?"

"………………………레, Lv.1?"

"왜 의문형인데. 발두르 님한테 『은혜』 받았을 거 아냐?"

수많은 질문에 갈팡질팡하면서 애매하게 대답해나갔다.

레온 선생님이 떠나간 직후, 내 자리 주위에는 대여섯 명의 학생이 모였다.

관심을 가지고 말을 걸어준 것은 기쁘지만, 어떡한다, 『라피』의 경력 같은 건 하나도 생각해보지 않았는데……. 아무튼 『제1급 모험자 벨 크라넬』이라는 정체를 숨기기 위해 얼른 Lv.5와는 정반대의 숫자를 말해버리는 등, 거짓말과 사실을 섞어가며 어물어물 대응했다.

그러자 역시나라고나 할까, "이상한 녀석이네"라고 다들 웃어버렸다.

네. 저도 그렇게 생각해요…….

"하지만 대단해 라피. 레온 선생님이 엄청 감탄하셨어!"

아직 옆자리에 앉아있던 튤 양이 밝은 목소리로 그렇게 칭찬해주었다.

"모험을 하지 않는다는 절도…… 욕심을 부리지 않는 자제심, 이란 걸까? 나도 흠칫 놀랐어."

"어, 아뇨, 그건 정말 남의 말을 그냥 따라한 거랄까, 저는 배웠을 뿐이라……!"

내가 황급히 두 손을 내젓자, 이제까지 웃고 있던 주위의 학생들도 그건 그렇다며 고개를 끄덕이기 시작했다.

아마 내가 난처해한다고 생각해 화제를 바꿔준 모양이었다.

'비교하는 건 실례일지도 모르지만…… 에이나 누나처럼 상냥한 사람이네.'

모험자가 아닌 라피가 『가족 중에 길드 직원이 있지 않나요?』 하고 물어보는 것도 이상하니 확신할 수는 없지만…… 튤 양을 통해 오라리오에 처음 왔던 무렵의 기억이 떠올랐다.

모험자로서 아무것도 몰랐던 나를 몇 번이나 도와주었던 에이나 누나의 상냥함이.

"대단하긴 뭐가 대단해. 레온 선생님이 말하면 아무리 바보 같은 의견이라도 『최고의 교재』가 되는걸."

그때.

뒤쪽에서 비웃음을 머금은 목소리가 들려왔다.

돌아본 나는 **깜짝** 놀랐다.

"이글린."

우리에게서 몇 줄 떨어진 자리에는 앞머리를 화려하게 뒤로 쓸어넘기는—— **드워프**가 있었다.

교복을 맵시 있게 입은 남학생. 드워프니까 당연히 세로로는 짧고 가로로는 크다. 게다가 턱에는 덥수룩한 수염. 하지만 가슴에 꽂혀 있는 것은 한 송이 장미꽃.

……뭐지 저거.

튤 양에게 이글린이라 불린 그는 내게 바보 취급하는 듯한 웃음을 보냈다.

"꼴불견인 데다 Lv.도 겨우 1? 왜 전투기술학과에 왔는지 머리가 의심스럽네."

"『학구』의 신입생은 다들 같은 조건이잖아? 왜 그런 소릴 해?"

"그치만 암만 봐도 약해 보이는걸. 『던전 실습』이 눈앞인 이 시기에 생초짜라니, 완전 민폐지."

상대의 비웃음은 끊이질 않고, 튤 양이 눈썹을 곤두세우며 화를 내주기는 했지만, 나는 입을 딱 벌리고 있을 수밖에 없었다.

고압적인 미소년——인 줄 알았더니 수염 덥수룩한 드워프.

이것 또한 실례일진 모르지만, 언동과 종족이 일치하질

않아!

"쟤가 들어갈 『소대』는 진짜 불쌍하다. 제발 우리 발목 잡지 말아줘, 흄 바니."

"어, 네. 조심할게요……."

화려하게 자리에서 일어난 이글린에게, 충격에서 헤어나질 못한 나는 그냥 고개를 숙이고 말았다.

다시 화려하게 앞머리를 쓸어넘기고, 그는 혼자 교실을 나가버렸다.

"시, 신경 쓰지 마, 라피! 이글린은 초면인 사람한테는 늘 저런 식이니까."

"그, 그렇군요……."

옆에 있던 튤 양이 황급히 격려해주었지만, 나는 역시 상처 입기 전에 『미지』와의 조우에 혼란스러워하는 모험자의 심정이 들고 말았다.

이것이 『학구』……. 내가 모르는, 수많은 사람이 있는 인종의 도가니……!!

그렇게 혼란 섞인 바보 같은 생각을 하고 있으려니 예비종이 울렸다.

다른 학생들도 움직이기 시작해, 자리에는 나와 튤 양만이 남았다.

"……그럼 우리도 갈까?"

분위기를 바꾸려는 것처럼 튤 양이 쓴웃음 같은 웃음을 건네주었다.

겨우 마음을 진정시킨 나도 쓴웃음과 함께 고개를 끄덕였다.

✦

　이제까지 있었던 건물을 나와 햇살을 받았다.

　시야에 펼쳐진 것은 푸른 지붕과 하얀 벽의 학교 건물들. 그리고 역시 배 위라고는 여겨지지 않는 넓은 거리. 살짝 피어나는 바다 냄새도 한몫해 창공과 기수호에 에워싸인 『학구』의 경치는 소위 말하는 리조트 관광지처럼 여겨지기까지 했다.

　"『학구』 전체를 돌아보려면 하루 가지곤 부족하니까, 오늘은 아카데믹 레이어(학원층)를 소개할게."

　"아카데믹 레이어?"

　아름다운 푸른색과 흰색의 경치에 다시금 빨려 들어갔던 나는 무의식중에 앵무새처럼 그녀의 말을 따라 했다.

　튤 양은 웃으며 고개를 끄덕였다.

　"응. 『학구』는 크게 컨트롤 레이어(제어층), 라이브 레이어(주거층), 그리고 아카데믹 레이어로 나뉘어."

　"레이어라고요? 그건, 어…… 던전의 계층 같은?"

　"후후. 좀 다르지만 그렇게 생각해도 괜찮아."

　어른스러운 누나처럼 웃은 튤 양이 알기 쉽게 설명해주었다.

그녀의 말을 들어보니,『학구』는『레이어』라 불리는 거대한 원반의 층이 3개 겹쳐진 구조로 이루어져 있다고 한다.

대량의 대형 마석 장치——『바벨』의 엘리베이터에도 이용되는 부력발생장치——가 갖추어진 밑바닥층에 존재하는 것이, 배의 심장이라고도 할 수 있는 기관부와『연구실』이 밀집된 컨트롤 레이어.

한가운데에 있는 것이 학생이나 교사의 거주구가 갖추어진 라이브 레이어.

그리고 마지막으로,

"3단의 레이어 중 가장 위에 있는 게 이 아카데믹 레이어. 그러니까 지금 우리가 있는 곳. 보다시피 수많은 학교 건물이나 실습장이나, 학업을 위한 시설이 모여 있는 장소야."

각 레이어에 역할을 부여한 것이『학구』의 특색⋯⋯이라고 해야 하나, 이 초거대선 흐링호르니가 세계를 계속 여행하는 데에 필요한 구조라고 한다. 조종을 담당하는 승무원을 포함하면 탑승인원은 1만 명이 넘는다고 하니, 배의 구역을 정리해놓는 것은 충분히 이해할 수 있다. 항구에서 봤을 때는 가로로도 굉장했지만 세로로도 목이 아플 정도로 높았으니⋯⋯.

그런 거대한 3개의 레이어가 겹쳐진 장관 때문에 붙은 별명은『3단 팬케이크』.

그 외에도『긴바늘이 튀어나온 시계』,『웅대한 용의 등』

이라는 비유도 있다고 하며, 남다른 규격을 가진 이 거대
선을 부르는 이름은 온 하계에 수없이 많다고 한다.

『긴바늘이 튀어나온 시계』는 왠지 알 것 같아. 헤르메스
님이랑 같이 하늘에서 침입했을 때 엄청 길게 튀어나온 부
분이 있었으니까……. 아마도『함수』일 거야.'

그럼『웅대한 용의 등』이란 뭘 뜻하는가 하면, 아마도 저
것이겠지.

이 아카데믹 레이어의 바깥쪽 가장자리를 에워싸듯 설
치된『푸른 날개』.

에이나 누나와 오라리오의 거대 시벽에서 보았을 때, 그
야말로 거대한 해룡의 등에 사람의 도시가 세워진 것 같다
고 느꼈는데, 다른 사람들도 그랬을 것이다.

바람에 나부끼는 날개옷은 지금도 은은하게, 그리고 환
상적으로 빛나며 마치 이 상공의 푸른색을 한층 진하게 장
식해주는 것 같았다.

'반짝반짝 빛나니까, 마석등이랑 같은…… 아니,『조광기
(調光器)』일까? 나중에 물어봐야지.'

한동안 아름다운 날개옷에 넋이 나갔던 나는 튤 양의 곁
에 나란히 서서 여러 건물이 인접한 대로를 나아갔다.

"아카데믹 레이어만 해도 도시 하나가 들어갈 정도고 대
로도 많이 있어. 처음에는 안내서에 실린 지도를 꼭 가지
고 다니는 걸 추천해! 나도 막 입학한 무렵에는 자주 길을
잃었거든."

"아하하…… 하긴, 정말 넓으니까요."

"만약 지도가 없고 길을 잃을 것 같으면 마석 가로등에 붙어있는 간판을 봐. 3번 대로라든가 17번가라고 현재의 위치가 적혀 있거든. 숫자가 낮은 쪽으로 따라가면 무조건 중앙에 서 있는 **함교**……『브레이다블리크』로 통하게 돼."

농담을 섞어가며 분위기를 누그러뜨려 주는 튤 양이 가리킨 것은, 내가 발두르 님과 처음 만났던 중앙탑. 이 아카데믹 레이어에서 가장 높은 구조물은 짐작한 대로 중요 시설인 모양이었다.

"그리고 선미 쪽에는 공원도 있어."

"아, 그거 역시 공원이었군요."

얼마 전의 불법침입 때 보았던 학원의 경치를 머릿속으로 떠올리고 있을 때.

"니이나~! 뭐 해?"

뒤에서 누군가가 말을 걸었다.

튤 양과 함께 돌아보니 그곳에는 세 명의 여학생이 있었다.

모두 수인이었으며 시앙스로프, 라쿤(너구리 수인), 그리고 카우즈(여성 소 수인).

"베티, 수업은?"

"우리 오늘은 3교시부터야."

"그보다도 니이나, 걔는 누구야~?"

"혹시 니이나의 남자?!"

"아니야!"

다들 친구인지, 친근하게 말을 걸어오는 세 여학생에게 튤 양은 얼굴을 약간 붉히며 부정했다. 나도 깜짝 놀라 조금 갈팡질팡했다.

"얘는 라피 플레미슈. 가정 사정으로 오늘『학구』에 입학했어."

"흐응~ 그렇구나. ……어쩐지 여리여리하네!"

"못 미더워 보여~."

"으구욱?!"

베티라 불린 시앙스로프와 라쿤 여학생이 깔깔 웃음을 터뜨렸다.

"얘, 너희들!"

튤 양이 화를 내주었지만…… 뭐, 이 정도는 상관없달까, 정체가 탄로 나는 것보다는 낫겠지?

"둘이 잘 놀아~."

그리고 튤 양의 친구들은 그렇게 말하며 가버렸다.

이런 별 것 아닌 교류도 학원의 진수……라고 할 수 있는 걸까?

"……?"

"왜 그래, 라피?"

그때 문득 시선이 한곳으로 쏠린 내게 튤 양이 어리둥절 물어보았다.

"……아침부터 조금 궁금했는데요, 저런『매점』도 학생

이 점원을 맡고 있나요?"

우리가 들어선 곳은 부티크라 해도 손색이 없을 만큼 세련된 가게들이 늘어선 거리.

지금은 크리스탈 셔터를 내린 건물이 많았지만, 조그만 가게 한 군데가 문을 열고 영업을 하는 중이었다. 카운터 너머에는 귀여운 에이프런 안에 교복을 입은 수인 여자아이가 있었다.

"응, 맞아. 『상업학과』에서 일정한 『학점』을 따서 자격시험에 합격하면 누구나 가게를 경영할 수 있게 돼."

"누, 누구나? 굉장하네요⋯⋯."

"나도 처음 들었을 때는 깜짝 놀랐어. 하지만 빈 점포가 있어야 가게를 낼 수 있으니까, 선배들의 점포에서 아르바이트부터 시작하는 경우가 많아."

들어보니 이것도 『수업』의 일환이라고 한다.

상업계 【파밀리아】나 경영 관련 일을 진로로 삼은 학생들을 위한 『예행연습』.

『학구』라는 상자정원 속에서 ──탑승 인원이 1만 명이나 있는 환경에서── 『시장』의 분위기를 알아두는 것이 중요하다나.

"월간 매상 랭킹 같은 것도 있고 신님들한테서도 경품이 나와. 그러니까 상업학과 사람들은 언제나 의욕이 넘쳐. 신상품이 매달 잔뜩 나오니까 우리도 엄청 즐거워!"

어쩐지, 생각보다 『학구』는 딱딱하지 않다고 해야 할까,

꽤 너글너글한지도 모르겠다고, 나는 쓴웃음과 함께 생각했다.

지금은 수업 중이어서 종업원인 학생도 적고 대부분의 가게는 닫혀 있었지만, 저녁이 되면 차츰 붐빈다고 한다. 가게의 종류는 요리 관련이 많지만 의복이나 잡화 등등 다양하다고 한다. 지금 시선 너머에서 열려 있는 가게는 무엇인가 하면……

"……감자돌이?!"

"아, 맞아. 감자돌이는 오라리오가 원조랬지? 『학구』에서도 꽤 인기 있어."

눈에 확 들어온 코이네 공통어를 보고 놀라버렸다.

가게의 분위기라든가 장식된 간판은 엄청 세련돼서 도저히 감자돌이같지 않은데!

굉장해! 엄지를 척 내밀면서 『감자돌이는 월드 와이드란다, 벨?』이라고 하시던 주신님의 말씀이 옳았어! 월드 와이드? 가 뭔지는 전혀 모르겠지만!

"기왕 왔으니까 가볼래?"

"어, 네……!"

아직 배가 고프지는 않지만 미궁도시에서 생활하는 사람으로서 엄청나게 흥미가 동했다.

아이즈 씨처럼 흐느적흐느적~ 하고 감자돌이 가게로 빨려 들어갔다.

"어섭셔~."

"안녕 미사. 라피 군은 뭘로 할래?"

"어, 으음………… 튜, 튤 양이 먼저 고르세요!"

세련된 가게의 외관과는 달리 어딘가 맥이 빠지는 인사를 하는 점원에게 식은땀을 흘리면서 나는 주문을 양보했다.

양피지로 만든 메뉴에는 본 적 없는 단어가 가득해서, 뭘 주문하면 좋을지 알 수가 없었다. 미코토 씨가 말씀하신『도시에 가면 도시의 법을 따라야 한다』는 격언에 따라, 일단 튤 양이 뭘 주문하는지 참고하기로 했다.

"으음~ 뭘로 할까나. 점심 먹기 전이니까 너무 많이 먹을 수는 없으니…… 좋아, 결정했어!"

이제까지 정성껏, 완벽한 가이드를 해주었던 튤 양이 가녀린 턱에 손가락을 대고 이리저리 표정을 바꾸었다. 개인적인 인상이지만 이런 모습은 어딘지 학생다워 보기 흐뭇했다.

내가 몰래 웃음을 짓고 있으려니.

"감자돌이 그런데 초콜릿 칩 엑스트라 커피 저지방우유 캐러멜 프라푸치노 위드 초콜릿 소스 맛 하나."

뭐라고요?

갑자기 영창된 주문에 귀를 의심하고 있으려니 "넹~" 하는 느슨한 목소리가 들려오고, 이내 뭔가 엄청난 게 나왔다.

크리스탈 용기에 담긴, 시럽이 듬뿍 뿌려진 크림 음료와 그 안에 꽂힌 감자돌이…….

……………………아니아니, 이건.

이미 감자돌이가 아니라 시럽과 음료 쪽이 본체인 것 같은…….

이런 광경을 보면 주신님도 아이즈 씨도 『이런 건 사도!』라고 나란히 격노하실 것 같아…….

그리고 튤 양, 너무 많이 먹을 순 없다고 하지 않았어요? 단 건 따로 들어가요?

흐뭇함이 전율로 바뀌어 뭐라고 해야 하나, 아무튼 문화적 충격이……!!

"뭘로 할래~?"

"…………감자돌이, 호지차 페퍼 맛 하나요."

점원의 채근에 가장 짧아 보이는 주문, 아니, 무난한 것을 영창했다.

내가 얼굴을 실룩거리고 있으려니 점원은 『뭘 좀 아네』라고 하듯 "훗" 하고 입가를 틀어 올리며 웃었다. 아니, 단걸 못 먹기도 하고, 튤 양의 감자돌이에 이미 속이 메슥거리는 것뿐이지만요…….

"미사, 두 개에 얼마야?"

"200라그나~."

뿌려진 향신료가 신기하기는 했지만 평범한 형상의 감자돌이가 나와 안도하고 있으려니, 튤 양이 귀여운 지갑을 꺼내 두 장의 『종이』를 꺼냈다.

저건 설마 지폐?

『학구』 내에서는 발리스 금화가 아니라 종이 통화로 거래를 하는 걸까?

아, 그치만──.

"자, 잠깐만요, 튤 양?! 돈 낼게요!"

"하지만 라피는 아직 학구 지폐를 받지 못했을 거 아냐? 발리스 금화가 있더라도 뱅크에서 환전해야 하고."

"네, 네에에……?! 자, 잘은 모르겠지만 그래도 여성에게 돈을 내게 할 수는!"

구체적으로는 마스터께 두들겨 맞아요!『그렇게나 개조해줬건만 아직도 모자란 게냐 이 우둔한 토끼 나가 죽어』라고 하시면서 카우루스 힐트당해요!!

"괜찮아! 가자!"

"으왓?!"

점원에게 재빨리 지폐를 넘겨준 튤 양은, 내 발언권을 인정하지 않기 이해서인지 손을 잡고 달려갔다.

손을 흔드는 점원에게 배웅을 받으며, 나는 손의 보드라움과 온기에 이내 뺨을 새빨갛게 물들였다.

"이건 라피의 입학 축하 선물!"

"이, 입학 축하 선물?"

"응! 공원에 가서 같이 먹자!"

아무도 없는 거리를 둘이서만, 종종걸음으로 나아간다.

손을 잡고 이끌며 이쪽을 돌아보는 튤 양의 웃음은 아름다운 푸른 하늘 못지않을 정도로 눈부셨다.

"입학 축하해 라피! 같은【클래스】끼리 열심히 해보자!"

에이나 누나와 닮았지만.

역시 에이나 누나와는 다르다.

어른스럽고, 하지만 아이답고, 순수하다.

난처한 표정을 짓고 있던 나는, 어느샌가 눈앞의 다정한 여자아이에게 이끌린 것처럼 활짝 웃고 있었다.

넓고 조용한 공원에서 둘만의 소소한 입학 파티를 연 후.

『브레이다블리크』에서 종소리가 두 번 정도 울려 퍼졌을 무렵에는 학교 건물에서 수많은 학생이 나타나, 아카데믹 레이어는 춤을 추듯 북적거리는 소란에 휩싸였다.

모두들 배가 고픈 점심시간.

한창 먹성이 좋을 때인 학생들이 기다렸다는 양 식욕의 공략에 나섰다.

"마, 맛있어……!"

"그치! 학식 중에서도 이 스카이 라운지를 제일 추천해!"

보석 같은 물고기 알이 살짝 올라간 소담한 파스타에 충격을 받았다.

파라솔 밑에서 같은 요리를 주문한 튤 양이 행복하다는 듯 면을 입으로 가져갔다.

우리가 지금 있는 곳은 장대한 『브레이다블리크』의 중간 정도에 있는 학생식당.

바깥으로 크게 튀어나온 테라스 측 자리였으며, 우리 이외에도 많은 학생들로 붐볐다.

"학생들이 자율적으로 경영하는 가게는 유료지만,『학구』의 스태프나 신님이 직영하는 학식은 기본적으로 무료야. 그중에서도 이 스카이 라운지는 인기가 많아서 수업이 없는 날에도 못 들어갈 정도야! 오늘은 운이 좋았어~!"

이렇게 맛있는 요리가 무료라니 믿어지지 않지만, 이 스카이 라운지에 한해서는『학구』의 신님이 직접 요리한다는 것이다. 런치는 50끼 한정 선착순이라 먼저 오는 사람이 임자라나.

테이블을 끼고 맞은편에 앉아있는 튤 양의 목소리도 어딘가 높아졌다.

혹시 먹는 걸 좋아하나?

쓴웃음을 지으며 나도 파스타를 호로록 다 먹어버렸다.

참고로 감자돌이를 먹었으므로 두 사람 모두 양은 조금 적게.

"이 스카이 라운지까지 왔으면 아카데믹 레이어의 주요 시설은 다 본 것 같네. 점심시간 동안 서둘러서 안내했는데 괜찮겠어?"

"네. 엄청 도움이 됐어요! 고맙습니다 튤 양."

시야를 가로로 돌리기만 해도 아카데믹 레이어를 다 내다볼 수 있는 테라스에서 보는 경치는 절경이라, 바람은 차지만 기분이 좋았다. 이 스카이 라운지도 포함해서 정말로 즐거운 학 견학이었다.

내가 진심으로 감사를 전하자, 그때까지 생글생글 웃던 튤 양은…… 빠~안히 나를 바라보았다.

"니이나."

"네?"

그리고는 검지 하나를 척 세운다.

"니이나라고 불러. 나도 라피라고 부르고 있잖아. 같은 급우니까!"

이제까지 마음에 걸렸는지 그렇게 제안하는 그녀에게 나는 흠칫 놀라고 말았다.

『학구』── 학원이라는 곳의 분위기도 있어서인지, 생각했던 것을 곧바로 입에 담고 말았다.

"하, 하지만 튤 양은 저보다도 『학구』에 먼저 있었고……
연상의 선배에게는……."

거기까지 말했을 때.

계속 웃고 있던 그녀의 얼굴이 조금 날카롭게 바뀌었다.

"……라피는 몇 살?"

"나이요……? 어, 열넷인데요……."

"나는 열셋."

"네에에에에에?!"

거짓말?!

벌떡 일어나 고함을 질러버린 내게, 자칭 연하의 그녀는 이번에야말로 눈꼬리의 각도를 위로 세웠다.

"아, 라피도 그런 반응이야! 그래, 됐어 뭐. 난 나이에 비해 삭아 보이니까!"

"네에에?! 아, 아니에요!"

에이나 누나와 닮은 것도 내 눈을 어지럽혔다고나 할까……!

나이를 오해받는 일이 이제까지도 있었는지, 본인은 화가 난 듯 눈을 감고 고개를 홱 돌려버렸다.

"아니 정말로, 전혀 이상하다고는 생각하지 않았고요! 그냥 깜짝 놀랐을 뿐이고, 뭐랄까 아이 같지 않고, 저보다 훨씬 어른스럽고…… 예, 예뻐서……!"

기분을 달래주고 싶은 마음으로 얼굴을 새빨갛게 물들이며 본심을 전부 털어놓자.

"……흐응~."

눈을 뜬 그녀는 이쪽을 흘끔 보았다.

금세 장난꾸러기 아이처럼 눈을 가늘게 뜨며, 조금 전과 마찬가지로 밝은 웃음을 지어주었다.

"그럼 용서해줄게."

"휴……."

"그럼 이름으로 불러볼래? 말도 놓고."

"……어…… 니, 니이나."

"좋아."

니이나는 웃으며 고개를 끄덕였다.

어딘가 기분 좋은 멋쩍음이 입가에서 근질근질 새어 나와, 나는 뺨을 긁적이고 있었다.

지금은 식당이지만, 원래 스카이 라운지는 중앙탑 내의 휴게실인지 식사를 마친 후에도 학생들은 자리를 뜨지 않고 저마다 이야기꽃을 피우고 있었다.

이제야말로 급우가 된 우리도, 각자 식기를 치운 후 파라솔 밑에서 내키는 대로 담소를 나누었다.

"……라피. 여기서부터는 어쩌면 괜한 참견일지도 모르지만, 『이수 등록』은 끝냈어?"

"『이수 등록』……?"

"응. 『학구』에서 받는 수업 선택을 말해."

아, 그러고 보니 레온 선생님도 그런 말을 했던 것 같은데…….

의자와 등 사이에 놓아두었던 책가방을 꺼내 내용물을 확인하자, 안내서와 여러 개의 서류와 깃털 펜을 비롯한 필기용품, 그리고 『학구』의 봉랍이 찍힌 스크롤이 나왔다.

니이나가 말했던 건 분명 이거다.

봉랍을 뜯고 펼쳐보니── 그곳에는 빼곡하게 적힌 『수업과목』 일람이.

"우엑?! 이게 전부 『학과』의 수업……?"

"정확하게는 과목이야. 입학 1년차에는 받을 수 없는 것도 있지만……."

괴상한 목소리를 내버린 내가 스크롤을 테이블 위에 펼

치자, 니이나가 손가락으로 가리키며 설명해주었다.

"수업은 크게 필수과목과 선택과목으로 나눌 수 있어. 『전투기술학과』의 경우에는 이 『무학(武學)』하고 『야외조사』, 그리고 『전투임무』 같은 게 필수과목이야. 『야외조사』를 포함한 실습계 수업은 지금은 『던전 실습』으로 대체됐으니까 생각하지 않아도 되고……."

문제는 선택과목인데, 라고 니이나가 말했다.

"『전투기술학과』는 필수 실기랑 실습의 비중이 높지만, 선택과목을 최소 6개 정도는 이수해야지, 안 그러면 학점이 모자라. 관심 있는 분야나 잘할 것 같은 과목을 선택하는 게 제일 무난할 거야."

"어, 참고로, 그 학점이란 게 모자라면, 어떻게 돼……?"

"졸업자격을 얻지 못한달까. 최악의 경우에는 퇴학. 하지만 일부러 『학구』까지 와서 수업을 받지 않는 사람은 없으니까, 나는 그런 사람 못 봤지만."

그, 그렇구나…….

적어도 수업은 착실하게 받아야지 학생으로서 수상쩍게 보이는 일이 없다는 걸까? 얼마나 오래 『학구』에 있을지는 모르지만, 나 자신이 얻을 수 있는 것이 있다면 제대로 배우고 싶으니 과목을 진지하게 골라보자.

어디 보자, 지금 선택할 수 있는 건…………『마법학』, 『영창술』, 『마술발전』, 『정령학』, 『융화학』, 『연금법』, 『조합학』, 『조리학』, 『비약학』, 『단학(鍛學)』, 『괴물조련술』, 『종족사』, 『고대사』, 『현대사』, 『신시대론』, 『종말대론』, 『공통어학』, 『엘프어』, 『드워프어』, 『수인어』, 『수인종별어 A』, 『수인종별어 B』, 『파룸어』, 『아마조네스어』, 『무대학』, 『연극학』, 『연주학』, 『음악학』, 『시학』, 『검술』, 『창술』, 『궁술』, 『부술(斧術)』, 『격투술』, 『장술(杖術)』, 『종합전투』—— 대체 몇 개나 있는 거야?!

두 손에 든 양피지를 내려다보던 나는 금세 어지러워지고 말았다.

"우우우우······?! 뭐, 뭘 골라야 하지······?!"

"너, 너무 깊이 생각해도 안 좋으니까, 그냥 궁금한 과목 같은 것도 괜찮아."

"구, 궁금한 거············ 아, 이 『종합신학』이란 건 뭔가요······?"

"신님에 관한 과목이야. 【히에로글리프】의 의미나 읽는 법 같은 걸 배우는데······."

"네?! 저, 정말요? 그럼 배워볼까······!"

"별로, 추천은 안 해······. 합격률이 1할도 안 된다고 하고············ 【히에로글리프】를 실제로 해독할 수 있게 되는 사람은 더 적어."

"이, 1할?!"

니이나의 조언을 받기는 했지만 신음하고 고민하기만 했다.

아무튼 일람 중에 있었던 『영웅사』란 과목은 선택하기로 하고…… 잘할 수 있을 것 같은 무예 관련 수업을 듣는 게 무난할까? 하지만 정체를 숨긴 처지에 【스테이터스】의 정보가 탄로 날 기회는 최대한 줄여야 하고…… 어, 어떻게 하지?!

명확한 목표도 없이 막연한 마음으로 『학구』에서 공부를 해보고 싶다고 생각했다가 벌을 받은 걸까? 연기가 날 정도로 머리를 감싸고 있으려니——.

"……라피. 이리 줘봐."

니이나가 내 손에서 양피지, 그리고 깃털 펜을 들었다.

"라피, 모험자가 돼서 쓸 무기는 정했어?"

"어? 응…… 나이프, 일까?"

"그럼 단검 카테고리에서 『검술』이 괜찮겠네. 역사는 싫지 않아?"

"으, 응, 아마도……."

"그럼 『고대사』하고 『현대사』는 들어두는 게 좋을 거야. 담당 애들러 선생님은 복습도 겸해서 지난 수업을 잘 정리해 주시니까 중간부터 들어도 따라잡기 쉽거든. 반대로 『신시대론』은 전제 지식이 요구되니까 피하는 게 좋고."

"어? 어?"

"마법 적성이 있다면 『영창술』은 추천하지만…… 이것만은 라피 생각대로 해. 어학을 들을 여유가 있다면 『엘프어』는 내가 도와줄 수 있을 거야."

눈을 껌뻑이는 내 눈앞에서 니이나는 무언가를 적어나

갔다.

이윽고 돌려준 양피지에는 특정한『수업과목』에 물결 밑 줄이 그어져 있었다.

"저기, 이건……?"

"내 추천 과목……일까나. 동계 입학생은 수업 진도가 많이 나가서 주위에 비해 뒤처지는 느낌이 있달까…… 좀처럼 따라잡지 못해서 고생하거든."

그리고 니이나는 조금 멋쩍은 듯 뺨을 붉혔다.

"그리고…… 내가 듣는 수업도 골라놨으니까, 같이 들으면, 어떻게든 되지 않을까 하고."

그 말을 듣고 나는 눈을 크게 떴다.

"왜, 그렇게까지……."

고개를 든 그녀는 이번엔 기쁜 것처럼 활짝 웃었다.

"나도 있지. 라피랑 똑같았거든."

"똑같아……?"

"『학구』에 막 왔을 때, 아무것도 모르고 수업도 이해가 안 되는 게 많아서……. 하지만 도와준 사람도 많았어."

잠시 눈을 감고는 추억담을 계속 들려주었다.

"오늘 아침에 개요 설명에서 내 앞자리에 있던 밀리 선배 기억해?"

"으, 응. 엘프 분 말이지?"

"응. 그때 밀리 선배가 있지, 나한테 많이 가르쳐줬거든. 힘든 일이나 고민이 되는 일도 있었지만, 난 밀리 선배 덕에『학구』를 좋아하게 됐어."

『그래서』라고 덧붙이며 나를 똑바로 바라본다.

"나도 밀리 선배나 다른 사람들처럼,『학구』에 와서 어려워하는 사람을 도와주고 싶었어. ……정말로 쓸데없는 참견일지도 모르지만."

"그렇지 않아!"

마지막에는 쓴웃음을 짓는 니이나에게, 나는 얼른 말했다.

"니이나 덕에 엄청 도움 됐는걸! 난 공부도 별로 잘 하진 못하지만…… 지금부터 열심히 해야겠다고, 그런 생각이 들었으니까!"

이건 본심이다. 거짓말이 아니다.

친절하고도 열정적인 그녀의 모습에 자극을 받아, 불안감 같은 것은 완전히 사라졌다.

반대로 이『학구』를 더 좋아하게 되고 싶다는 생각까지 들었다.

그런 내 마음이 전해졌는지, 니이나의 뺨도 햇님처럼 활짝 밝아지고는 뾰족한 귀를 까닥 움직였다.

"그럼 다행이야! 그렇게 말해줘서 나도 기뻐!"

"응! 맞다, 혹시 시간이 된다면 공부도 봐줄 수 있을까? 어딜 예습하면 좋을지, 그 정도라도 괜찮다면……."

나까지 기뻐져 그렇게 말하자 니이나의 얼굴이 더욱 밝아졌다.

"——정말?! 그럼 지금 하자!"

"어? 지금?"

"내일부터 라피도 수업에 참가해야 하니까! 예습은 엄청 중요하니까!"

"하기야 뭘 공부할지도 모르니…… 니이나만 좋다면, 부탁해도 될까?"

"맡겨만 줘!"

조금 놀라긴 했지만 니이나의 말이 옳다.

던전에서도 장비는 물론 지식도 없는 상태로 탐색하는 것은 자살행위다. 그렇게 착착 진행되는 『공부회』의 제안을 흔쾌히 승낙하자, 니이나는 넋이 나갈 것처럼 예쁘게 웃었다.

"라피는 개요 설명이 있었던 교실에 가 있어! 오늘은 계속 비어있을 거야! 난 도서관에서 참고서 챙겨갈게!"

그리고── 쿠우웅!! 소리와 함께.

책상이 함몰되는 것 아닐까 싶어질 만한, 초중량이라는 이름의 『책무더기』가 눈앞에 내리꽂혀, 나는 눈을 깜빡였다.

"엥?"

"좀 적긴 하지만 이 정도는 봐둬야 해!"

"엥?"

"5시간 정도 야무지게 공부한 다음에 시험도 보자! 난 문제 만들고 있을게!"

"엥?"

엥? 소리밖에 못 하는 망가진 인형으로 변한 나를 둔 채, 니이나는 싱글벙글 웃음을 짓고 있었다.

악의는 고사하고 삿된 마음 한 점 느껴지지 않는 무구한 무적의 웃음이었다.

나는 뒤늦게 대량의 땀을 왈칵 흘리기 시작했다.

"니, 니이나? 아무리 그래도 이 양은 힘들다고 해야 하나 불가능하다고 해야 하나, 나한테는 어렵지 않을까, 싶은데……."

시간은 점심시간 직후. 장소는 약속대로 개요 설명을 했던 빈 교실.

한발 먼저 도착해 혼자 기다리던 내게 니이나가 가져온 것은, 십여 권은 될 것 같은 두꺼운 책의 무더기였다. 어쩐지 굉장히 **기시감이 드는 광경에** 낯을 실룩거리고 있으려니, 한 살 연하의 하프엘프 여자아이는 의아하다는 듯 고개를 갸웃했다.

"어? 하지만 라피도 입학시험은 쳤을 거 아냐? 신님하고의 면접."

"며, 면접……? 어어, 응, 발두르 님하고 만나서 얘기했지만……."

"그럼 괜찮아!『학구』에 들어올 수 있는 사람은『배우고자 하는 의지』가 있는 사람이니까! 없는 사람은 애초에 신님께 거짓말이 들통 나서 입학도 못 하는걸?"

아, 사실은 그런 조건이 있었구나…….

실제로 에이나 누나도 『학구』의 학생이 될 조건은 『배우고자 하는 의지』라고 말했다. 초월존재 데우스데아 앞에서 하계 주민의 거짓말은 모두 탄로가 나니까, 신님의 면접이란 건 어떤 의미에서는 『최고로 군더더기 없는 적성검사』라고도 할 수 있다. 정말로 배우고 싶은 사람들만 모이니까 『학구』는 세계 최대의 학교라고도 불리는 것이겠지.

하지만 배울 열의가 있는 거랑 절망적인 과제의 양에 떨지 않는 건, 꼭 상관이 있다고는 할 수 없는 거 아닐까……?!

"나도 공부는 **그다지 잘하진 못하지만**…… 해놓지 않으면 너무 불안하잖아? 그러니까 힘내자."

무서워.

연하의 여자아이가 지은 미소가 처음으로 무섭게 여겨졌다.

"괜찮아. 내가 잘 가르쳐줄게!"

에이나 누나다!

에이나 누나가 있어!

그 스파르타식 던전 강의랑 똑같아!

길드 명물 하프엘프의 철저지도, 『페어리 브레이크』!

이것이 기시감의 정체!

역시 니이나랑 에이나 누나는 자매인 거야!!

"그럼 시작할까!"

그녀에게 깃털 펜을 받아 쥔 내가 택할 길은 당연히, 비지땀을 삐질삐질 흘리면서 각오를 하는 것뿐이었다.

🔥

"대단해!"

교실 창문 밖에서 이미 해가 저문 후.

책상 위에 엎어져 하얗게 재가 된 내 옆에서, 즉석 답안지를 두 손에 든 니이나는 얼굴을 환하게 빛내며 절찬했다.

"내가 준비한 시험문제, 전부 절반은 맞혔어!"

"그, 그거 대단한 거 맞아……?"

"대단하지! 왜냐면 라피는 하나도 모르는 과목이고 배운 적도 없었는걸?! 그런데도 이렇게 짧은 시간 동안 절반이나 맞히다니!"

바짝 말라붙은 목소리를 내는 나와는 달리 니이나는 흥분한 듯했다.

어쩌면, 아니, 역시나…… 에이나 누나와 공부했던 경험이 있어서겠지.

에이나 누나도 이론 강의를 한 다음에는 꼭 문제를 냈다.

그리고 계산이라든가 고찰 문제가 아니라 역사를 비롯한 암기 문제가 많았기 때문이기도 할 것이다. Lv.5가 되면서 기억력 같은 것도 올라갔을지도…… 아니, 아무리 그래도 그건 아니겠지.

다만 모험자를 하고 있다 보면『떠올리는』작업이란 건 꽤 중요하니까 ——『미지』와 대치할 때 기존의 정보를 바닥까지 참조하는 건 사활이 걸린 문제니까—— 봤던 것을 모조리 긁어모으는 버릇은 들었을 것이다. 그 결과가 절반의 해답, 이라는 거겠지.

"라피, 이 정도면 내일부터 시작될 수업도 금방 따라잡을 수 있을 거야! 잠깐만 기다려. 난 도서관에 책 반납하고 올게!"

자기 일처럼 기뻐해 준 니이나는 대량의 책더미를 아무렇지도 않게 들고 교실을 나갔다. 당연하지만 니이나도 역시 【스테이터스】를 가지고 있구나, 하고 반쯤 넋이 나간 채 생각하고 있으려니…… 교실 밖에서 **계속** 기다리고 있던 기척이 그녀와 자리를 바꾸듯 들어왔다.

"끝났어?"

"레온 선생님……."

사자색 머리카락을 찰랑이는 선생님은 완전히 피곤에 찌든 나를 보고 쓴웃음을 머금었다.

"말을 걸어도 좋았겠지만, 너를 위한 것이기도 하다는 생각에 계속 지켜봤지. ……그랬는데 이런 시간이 될 줄은. 니이나의 공부 습관을 깜빡했지 뭐야."

어두워져 가는 학교 밖을 바라보며 레온 선생님은 미안하다고 사과했다.

방과 후에 만나자는 약속대로 레온 선생님이 와주신 것

을 나도 알아차리기는 했지만, 딱히 책망할 생각은 들지 않았다. 니이나는 나를 위해 그렇게 애써주었고, 레온 선생님이 말리지 않았다는 것은 『라피 플레미슈』에게 필요한 일일 거라고 생각하셨기 때문이니까.

"괜찮아요."

나도 쓴웃음과 함께 대답하자 레온 선생님은 미소를 지었다.

"어땠어? 학원 생활 첫날은?"

"글쎄요…… 처음에는 『라피』라는 이름에 적응이 안 돼서 누가 불러도 저라는 걸 떠올리는 데 시간이 걸렸지만, 지금은 익숙해졌어요. 그리고…… 즐거웠고요. 『학구』에 대해 많이 배워서."

"그렇다면 다행이야."

천천히 고개를 끄덕이는 레온 선생님에게, 나는 부끄럽다는 생각을 하면서도 반성할 점 또한 말씀드렸다.

"학생으로서는 좀 한심했달까…… 긴장만 했지만요."

"하지만 잘 적응하던걸."

"그, 그랬나요……? 다른 학생들이 이상하게 생각하지 않았으려나……."

"아냐, 아무도 너를 『제1급 모험자』라고는 알아차리지 못했어."

"!"

그 말을 듣고.

레온 선생님이 무슨 말씀을 하시려는지 깨달은 나는 앞머리 속에서 눈을 크게 떴다.

"너도 눈치챘겠지만, 수업 도중 틈을 봐서 몇 번인가 너와 그 주변을 관찰했거든. 그 중에서 네 실력을 의심하는 사람은 하나도 없었어."

──그치만 암만 봐도 약해 보이잖아.

──못 미더워 보여~.

오늘 처음 만난 학생들에게서 직접 들은 나의 평가.

그 외에도 바깥의 거리에서, 학교의 복도에서, 수많은 학생과 스쳐 지나갔다.

하지만 나를 『제1급 모험자』라고 알아차리는 사람은 결국 나타나지 않았다.

"알다시피 『학구』의 학생 중에는 【랭크 업】한 자들이 많아. 그들의 눈은 결코 장식이 아니야. 무게중심이나 자세, 몸의 움직임으로 표면상의 실력을 간파할 수 있지."

『팔나』의 성질상, 『어린아이라도 외견으로 판단하지 말라』는 것은 싸우는 자에게는 철칙.

적어도 나이 차이나 체격, 그리고 『약해 보인다』는 인상으로 『학구』의 학생들은 『신의 권속』을 판단하지 않는다고, 레온 선생님은 그렇게 말했다.

그런데도 내가 학생들에게 들키지 않도록 **잘 위장했다**고, 행간으로 그렇게 지적해주신 것이다.

……이 사람 말대로, 나는 오늘 하루 계속 서툰 『연기』를

하고 있었다.

능력의 은폐.

Lv.5라는 사실을 들키지 않도록, 벼락치기 『임시변통』을.

"어떤 생각으로 행동했는지 물어봐도 될까?"

"……이제까지, 많은 분께 배웠던 걸, **반대로** 했어요."

아이즈 씨, 류 씨, 그리고 마스터.

제 몫을 하는 모험자에 다가설 수 있도록 나를 도와주었던 그분들의 금언을 거역하면, 그야말로 반쪽짜리 정도로는 보이지 않을까 하고, 부족한 머리로나마 생각했던 것이다.

특히 마스터에게 배웠던 자세나 행동——데이트용이지만——은 참고가 되었다. 몸에 새겨졌던 스파르타식 가르침에 거역하는 것만으로도 자세는 꼴사납게 흐트러지고, 무게중심은 보통 사람들보다도 치우쳐서 안정되지 않고, 어딘가 못 미더운 분위기를 풍길 수 있었다.

이번에는 그 덕분에 『학구』의 학생들 눈을 어떻게든 속일 수 있었던 것 같다.

경험을 쌓은 오라리오의 상급 모험자, 그야말로 제2급 이상의 사람들은 간파하겠지.

그리고 눈앞의 이 사람도 순식간에 간파했다.

"실력의 위장…… 너는 역시 『허허실실』을 아는 모험자구나."

그렇게까지 대단한 건 아니다. 정체가 탄로 나지 않도록 필사적이었을 뿐.

그런 말이 목에서 나오려 했다.

하지만 이쪽을 바라보는 자연스러운 웃음에—— **전혀 빈틈이 없는** 미소에, 어째서인지 나는 입을 꾹 다물 수밖에 없었다.

"라피. 너는 오늘 『모험자는 모험을 해서는 안 된다』고, 그렇게 말했지."

책상에 놓인 휴대용 마석등이 유일한 광원이 되어 우리의 얼굴을 비추는 가운데, 레온 선생님은 갑자기 화제를 바꾸었다.

"……네."

"이건 『교사』로서가 아니라 『나』 개인의 순수한 흥미로 묻는 건데……."

어딘가 말투에서 묻어나는 분위기가 바뀐 듯해 놀라고 있으려니, 그가 질문했다.

"나는 누가 됐든 반드시 『모험』을 해야만 하는 날이 올 거라고 생각해."

"……!!"

"바라든 바라지 않든 상관없이. 모험자인지 아닌지도 상관없이. ……너는 어떻게 생각하지?"

조금 전까지의 『교사』와는 다른, 마치 날카로운 검과도 같은 두 눈.

그러면서도, 뭘까, 어딘가 나에게 기대하는 듯한 눈빛.

두 사람만의 시선이 얽히는 정적의 시간.

눈을 크게 떴던 나는…… 천천히, 시간을 들여서, 가슴 속의 마음을 말로 바꾸었다.

"……저도, 『모험』에서 도망칠 수 없는 날이 온다고, 그렇게 생각해요."

머릿속에 떠오르는 기억은, 미노타우로스와의 1대1 대결.

18계층에서 충돌했던 검은 골라이아스.

제노스와의 만남에서 시작되었던 그 사람과의 재결전.

재앙과 『심층』의 고행, 그리고 【프레이야 파밀리아】와의 대전.

그 외에도 오늘까지 경험했던 수많은 『모험』을 돌이켜보며 말을 이었다.

"아무리 모험을 피해도…… 안전한 길만을 골라 가더라도, 언젠가는, **도전해야만 해요.**"

에이나 누나의 말을 부정할 생각은 없다.

그것은 욕심과 『미지』에 굶주린 모험자를 꾸짖는 소중한 가르침이 틀림없다.

하지만 그것과는 다른 곳에서, 우리는 『모험자』가 되어야만 하는 날이 반드시 온다.

"그러면 너는 어떻게 하겠어?"

그 질문에 대한 답은, 이미 가지고 있다.

"**준비해두는 것.** 무슨 일이 닥쳐도 대처할 수 있도록, **계속 키워나가는 것.**"

만용과 무모함은 다르다.

하지만 반드시 위험을 무릅써야만 할 때가 온다.

그것이 1년 후가 될지 내일이 될지, 혹은 몇 초 후가 될지는 모르지만, 그때를 넘어서기 위해, 키워나가야 한다. 많은 것들을.

항상 최선을 모색하고, 준비하고, 마음가짐을 새로이 한다.

제1급 모험자라 불리는 사람들은 분명 그렇게 해왔을 것이다. 후회하지 않기 위해.

첫 『원정』에서 하층 최고속이라 불리는 이구아수의 무리와 교전한 후에 얻었던 신념을, 나는 솔직하게 털어놓았다.

"그렇구나. 그게 모험자의, 너의 답이구나."

한순간.

정말로 한순간.

이쪽을 바라보던 레온 선생님의 눈이, 학생 『라피』가 아닌 『벨 크라넬』을 헤아리는 듯한 눈빛으로 바뀐──.

그런 기분이 들었다.

"수업은 어떤 걸 들을지 결정했어?"

"아…… 네."

갑작스러운 물음에 간신히 고개를 끄덕였다.

"봐도 될까?"

오른손을 내미는 레온 선생님에게, 조금 갈팡질팡하면

서도 가방에서 니이나와 함께 결정한 이수 등록서를 꺼내 드렸다.

겨우 몇 초, 양피지에 시선을 돌렸던 레온 선생님은 홀스터에서 깃털 펜을 꺼냈다.

그리고 두 차례, 내 이수 등록서에 펜을 놀렸다.

"『현대사』와『종말대론』. 이 두 가지도 들어두도록 해."

"네……?"

"『오늘 하루 너를 가늠해보겠다』. 그게 발두르 님과 나눈 약속이었지."

무슨 말인지 이해하지 못하고 있는 내게, 레온 선생님은 마치 무언가를 인정해주는 것처럼 『기사』와도 같은 웃음을 머금었다.

"네 말대로 준비를 하자꾸나. 이윽고 우리가 대처해야만 하는 종말에 도전하기 위해."

넋이 나간 채, 돌려준 양피지를 받아들었다.

우리가, 하계가, 언젠가 대처해야만 하는 종말.

무엇을 가리키는지 머리는 알지 못하더라도 마음이 무의식적으로 깨달았다.

의자에 앉아있는 나를 내려다보던 레온 선생님은 다시 『교사』의 웃음을 머금었다.

"나중에 다시 통달하겠다만, 라피. 넌 『소대』에 들어가 줘야겠어."

"『소대』……?"

"그래. 이것도 발두르 님의 말씀대로…… 나도 네게 꼭 맡기고 싶어져 버렸거든."

머리 색과 같은 사자색 눈동자가 마지막에는 확실한 기대를 내비치며 그 말을 고했다.

"소속처는 니이나도 있는 『제3소대』. 부디 그들을 이끌어주었으면 해."

배우고,
돌아보고,
시험하고,
나아간다

4장

© Suzuhito Yasuda

"올해『학구』의 오리할콘 제조량은 작년 대비 4할 증가! 큰 수확이다!"

"로이먼 님의 계획이 단숨에 현실성을 띠기 시작했어!"

"『학구』측은 꺼리겠지만 창설할 때의 계약은 지금도 유효! 우리에게는 거역할 수 없지!"

논의, 라는 이름의 들뜬 목소리가 왁자지껄하게 섞여 나왔다.

희색만면이라 표현해도 좋을『길드 간부』들의 얼굴을, 에메랄드색 눈동자가 멍하니 바라보고 있었다.

'내가 여기 있어도 되나……?'

불편해질 정도로 화려한 의자에서, 몸을 움츠리듯 자세를 고쳐 앉은 에이나는 생각했다.

장소는『길드 본부』의『2층』.

길드장 로이먼을 비롯한『상층부』사람들이 모인, 넓은『결의실』이었다.

"……저, 레메르 팀장님? 왜 저 같은 말단을『2층』에 불러내신 건가요? 저는 팀장님들이나『상층부』의 간부와 함께 앉을 만큼……"

"자네는 단기간에 제1급 모험자를 배출했지. 간부 후보로서 충분한 공적이라 할 수 있지 않을까?"

"엑…… 티, 팀장님~."

작은 목소리로 옆자리에 묻자, 평소 농담을 하지 않는 수인 상사는 쿡쿡 웃음소리를 냈다. 에이나는 자기도 모르게 자신이 담당하는 모험자처럼 처량한 목소리를 내고 말았다.

만신전과도 같은 위용을 자랑하는 거대한『길드 본부』에서『2층』이란 말은 특별한 의미를 가진다.

에이나를 비롯한 길드 직원이 보통 직무를 보는 곳은『길드 본부』의 1층.

그리고 2층 이상은『상층부』및 1층 직원을 통솔하는 팀장 이외에는 출입해서는 안 되는 것으로 되어 있다. 계단을 올라간다면 그것은 로이먼이나 간부들에게 소환되었을 때뿐.

『길드 본부』의 1층과 2층에는 엄연한 경계선으로서 계급의 차이가 존재하는 것이다.

적어도 일개 접수원이 쉽게 발을 들여서는 안 되는 곳임은 분명했다.

"이번 회의는 오라리오에 있어 **중대한 기로**가 되네. 모험자에게 다가서서 가까운 눈높이를 가진 사람이 하나는 있어야 한다고 생각했지. 무엇보다 이번 안건은『학구』도 관련이 있으니까."

수인 상사 레메르는 지금도 계속되는 회의에 눈을 향한 채 옆자리의 에이나에게만 들리도록 말을 이었다.

"자넨『학구』졸업생이지. 참고 의견을 듣기에는 딱 좋아."

"그렇게 따지면 미샤도 저랑 같은『학구』출신인데요……."

"플로트는 안 돼. 회의 그 자체를 혼돈에 빠뜨릴 가능성이 있어."

저항하듯 해본 반론은 조금 심하다 싶은 발언에 봉쇄돼 버렸다.

캐브리올 레그 체어가 에이나의 심경을 대변하듯 살짝 삐걱거렸다.

'그야 동석을 인정받기는 했지만…… 길드장님은『쓸데없는 말은 하지 말라』는 것처럼 노려보던걸…….'

이미 정신적인 피로가 고개를 들기 시작한 에이나는 시선을 옮겼다.

한쪽에 10명이 앉을 수 있는 긴 흑단 테이블의 상석에 앉은 로이먼이 언짢음을 내비치며 입을 열려는 참이었다.

"이 정도면 문제는 없겠지. 드디어 착수할 수 있겠군! 지상과 던전 심층역을 잇는『샤프트 계획』에!"

흥분된 회의의 분위기에, 에이나는 손에 든 자료를 다시 보았다.

그곳에 적힌 내용은 던전에 수직굴을 뚫어 대형 엘리베이터를 설치한다는 것이었다.

다시 말해 모험자들을 위한『지름길』의 건설이다.

"이『샤프트 계획』이 이루어지면 모험자들의 탐색 효율은 극단적으로 상승한다. 나아가서는【로키 파밀리아】의『원정』에도 막대한 은혜를 베풀고, 귀중한 던전 자원의 수집은 물론, 놈들의 성장에도 크게 기여할 거야!"

기고만장한 로이먼의 말은 사실이었다.

던전 탐색, 특히 상급 모험자들의『원정』은 반드시 1계층부터 시작되어, 목표 계층에 도달할 때까지는 시간과 수고, 무엇보다도 비용이 든다.

예를 들면 심층 51계층을 탐색하는데, 50계층까지의 여정에서 물자를 소비하고, 파티도 피폐해져 제대로 활약하지 못하는 사태가 다른 곳도 아닌【로키 파밀리아】에서조차 일어날 수 있는 것이다.『이상사태』하나로 성패가 갈라질 만큼 현재의『원정』은 어느【파밀리아】에도 도박이었으며 비효율적이라 해도 과언이 아니었다.

그러나 이 계획이 실현되면 모험자들은 이제까지 치렀던 막대한 고생을 생략할 수 있을 것이다.

그리고 모험자들의 탐색 효율화는 미궁도시가 풍요로워진다는 것도 의미한다.

대대적인 도박에서, 효율적인 도박으로.

도시의 운영을 맡은 로이먼과 길드 상층부의 입장에서 본다면 어떻게든 가결하고 싶은 의제일 것이다.

"『거대 샤프트』의 소재는『학구』가 연금한 모든 오리할콘! 아다만타이트 따위를 섞은 불순물 전무! 이거라면 몬스터 놈들에게 파괴당할 걱정도 없다! 계층 터주가 출현하는 에어리어를 피해 건설하면 만에 하나의 사태도 발생하지 않겠지!"

그리고 여기에 관여하는 것이『학구』였다.

『학구』의『연금학과』──── 오리할콘을 비롯한 레어메탈을 정제하는『연금학과』의 노하우는 세계 최고 수준. 전 세계를 여행하며 자원과 인재를 모으는 거대한 배는 거듭되는 기술혁신을 거쳐 귀중한 금속정제의 지위를 부동의 것으로 확립하고 있었다. 최강의 정제금속으로 명성이 자자한 오리할콘조차 연간 일정량을 계속해서 생산한다. 그 생산량은 물론 세계 최고이며, 오라리오가『학구』에 거액을 투자해온 이유 중 하나이기도 했다.

『학구』의 오리할콘 공급 없이 던전에 파괴되지 않는『거대 샤프트』완성은 불가능.

그리고 이번의『학구』귀항을 기해, 길드가 계산한 오리할콘의 총량이 마침내 충족되었던 것이다.

"이 계획이 실현되면 이것은『바벨』에 맞먹는 위업이 될 것이다! 모험자들의 성장이 촉진되면 오라리오의 비원에도 이를 수 있다! 제군, 새로운 시대가 찾아온다!"

"""『와아아아아아아아아아!』"""

결의실이 들끓었다.

간부들이 머릿속으로 그리는 거액의 부와 전에 없던 명성이 환영으로 나타날 정도로.

로이먼의 말은 수긍할 만한 면도 있었다.

이 계획을 들어보면 일정 이상의 상급 모험자도 이해를 보일지 모른다.

하지만 그래도 역시, 탁상공론이라는 말이 무서웠다.

에이나는 흘끔 옆자리를 보았다. 잠자코 있는 레메르는, 자신은 관여하지 않겠다는 분위기.

에이나는 그것을 마음대로 해도 좋다는 뜻으로 받아들였다.

"그러면 지금부터 계획의 가결을──."

"죄송합니다. 의견을 말씀드려도 될까요?"

결국 참지 못하고 에이나는 용기를 내 손을 들었다.

기세가 꺾인 로이먼은 매우 의아해하는, 그러면서도 귀찮다는 듯한 눈빛으로 되물었다.

"뭐지, 튤?"

"모험자에게 지름길을 제공해줄 수 있는 샤프트 계획은 분명 매력적이며 획기적입니다. 하지만 역시 안전 면에서는 재고할 필요가 있지 않겠습니까?"

"돌려 말하지 말게. 무슨 소릴 하고 싶은가?"

"……이제까지 수많은 모험자들을 죽였던 던전을, 상급 모험자도 대응할 수 없는 이레귤러의 발생원인『하층』이나『심층』과 지상을 직통으로 연결한다는 건, 역시 두렵습니다."

던전은『미궁의 뚜껑』인『바벨』, 그리고 도시의 창설신 우라노스의『기도』로 간신히 관리하고 운영된다는 것은 대전제다.

아무리 오리할콘 샤프트── 파괴 불가능한『거대 기둥』을 작성한다 해도, 무언가 사고가 생겨 샤프트 내부를 점령당할 경우,『최악』이 일어날 가능성이 있다.

샤프트의 설립은 몬스터가 지상으로 역류할 위험성과 항상 이어져 있는 것이다.

"『이물질』을 삽입 당한 던전이 무언가 무시무시한 사태를 일으킬 가능성도 충분히 있으리라 봅니다."

"그건 이제까지도 한참 협의했어! 그러고도 문제가 없다고 결론이 나온 걸세!『기도』를 바치는 신 우라노스께도 여쭤봤고! 게다가 넌 모르겠지만, 우리에게는 이미 던전이 폭주하지 않으리라는 모델케이스가 있단 말이다!"

길드 내에서도 정보가 규제되어 말단인 에이나는 알 수 없는 일이었지만, 인조미궁 크노소스의 존재도『샤프트 계획』을 뒷받침하는 데 박차를 가했다.

각 계층과 이어져, 인접한 인공 거대 미궁의 존재가 있었지만 던전은 침묵을 유지했다. 그렇다면 새로운『인공물』을 삽입해도 사고는 일어나지 않으리라고, 상층부는 그렇게 생각하는 것이다── 무엇보다도 크노소스에 군데군데 존재하는 오리할콘 문은【고브뉴 파밀리아】의 협력으로 거의 다 떼어내 샤프트에 활용할 예정이었다. 크노소스에서 대량의 자재를 얻으리라 내다볼 수 있었기에 이번 계획이 단숨에 실현으로 다가갔다고도 할 수 있다──.

'길드장님이 말씀하신 모델케이스라는 게 뭔지 구체적으로는 모르겠지만…….'

『무장한 몬스터』의 사건, 그리고 모험자들의 소문을 통해『다이달로스 거리』와 던전을 직통하는 무언가가 있다는 정도는 어렴풋이 눈치를 챈 에이나는 낯을 찡그리며 다른 방향에서 의견을 말했다.

"샤프트 설치에 따라, 모험자들의 계층 왕복 기회가 사라진다는 우려도 있습니다. 지름길의 작성은 탐색의 경험을 앗아가는 사태로도 이어질 수 있는……"

"샤프트의 이용은 【파밀리아】의 랭크에 따라 제한하면 돼! 미션으로 가는『원정』과 통상 탐색을 구별하면 아무 문제도 없어! 우리가 지원해야 할 것은 궁극적으로 제우스, 헤라 때부터 끊어져 버린 71계층 이후의 최대 도달 영역 갱신이다!"

로이먼은 역시 설전에 익숙했다. 게다가 오늘 처음으로 참가한 에이나와는 달리, 분명히 몇 번이나 협의를 했을 것이다. 그러한 우려에도 막힘없이 대답이 날아들었다.

"샤프트를 다짜고짜『하층』이나『심층』과 연결한다는 것도 아니야! 우선『상층』, 다음은『중층』, 그리고 18계층『언더 리조트』! 지나칠 정도로 신중하게 단계를 밟아가며 경과를 관찰할 거다!"

"…………."

"샤프트 및 엘리베이터의 경비에는 【가네샤 파밀리아】를 상주시킬 예정이다! 지상에서의 경비가 허술해지기에 새로운 헌병이 될 【파밀리아】의 선정도 급선무고! 튤, 너희도 계속해서 모험자를 키우고 도시 전력을 확충시켜!"

미궁에 샤프트를 만드는 시점에서『지나칠 정도로 신중하

다』는 말에는 어폐가 있었으며, 주제도 갑자기 바뀌었다.

　잠자코 바라보는 에메랄드색 눈동자가 어떤 생각을 하는지가 전해졌는지, 로이먼이 분노로 얼굴을 시뻘겋게 물들이는 가운데, 에이나는 마지막으로 길드 직원으로서가 아니라『학구의 졸업생』으로서 의견을 전했다.

　"자료에는 모든 오리할콘을 인수해 지금 당장 착공을 추진한다고 되어 있습니다. 그 최강의 정제금속은 초거대선의 장갑 보강에도 쓰이는『학구』의 재산이자 긍지이기도 합니다. ……얼마를 투자했다 한들 부조리한 강요는 반드시『학구』측의 반발을 초래할 것입니다. 특히 다감한 학생들은──."

　"에에잇!! 닥쳐라 튤! 이 계획은 금세기 최대의 사업이다! 오늘 처음 어슬렁어슬렁 나타난 네가 간섭할 수 있는 문제가 아니야!"

　에이나의 설득에 마침내 인내심이 한계를 넘어섰는지 로이먼이 노성을 터뜨렸다.

　다른 이들도 신참이 나서지 말라고 호통을 치기 시작했다. 에이나가 입을 다문 가운데, 그녀의 옆에 있던 레메르만이 변함없이 샤프트 계획에 탄식하듯 한숨을 쉬었다. 동시에 그것은 에이나에게 사죄하는 것처럼 보이기도 했다.

　"무엇보다 이것은 신 우라노스의 신의이기도 하다! 이제는 뒤집을 수 없어!!"

　그렇다.

그것이 가장 큰 문제였다.

 결국, 말단인 에이나가 아무리 과제와 문제점을 지적한들 『길드의 주신이 이미 허락했다』는 무엇보다도 큰 뒷배가 존재하는 시점에서 이 샤프트 계획이 멈출 일은 없다.

 '전지한 신이 인정했다고 한다면, 분명 이건 내 쓸데없는 걱정이고 아무 문제도 없을지 몰라. 하지만 거대한 말뚝에 꿰뚫린 던전이 아무 반응도 보이지 않는다니, 정말 그럴 수 있을까?'

 에이나의 불안은 사라질 줄 몰랐다. 에이나에게서 많은 담당 모험자를 앗아가고 삼켰던 던전이란 그만큼 공포의 상징이었다.

 아무튼—— 이로써 샤프트의 착공은 결정사항.

 에이나를 향해 로이먼이 으스대는 표정을 짓는 가운데, 결의의 도장이 양피지에 찍히고, 간부들의 환호성과 악수가 곳곳에서 오갔다.

 부와 영광에 이르는 길인가, 아니면 저승으로 뚫린 함정인가.

 오라리오는 창설 천 년을 맞아 다음 단계로 나아가게 되었다.

 '우라노스 님은 어째서 이 계획을 허락하신 걸까⋯⋯.'

『정말로 괜찮았던 거야 우라노스? 샤프트 계획을 승인해도.』

팔걸이에 놓인 수정『오쿨루스』에서 목소리가 울려 나왔다.

길드 본부의 지하제단,『기도의 방』.

신좌에 앉은 우라노스에게 통신을 하던 그의 오른팔 펠즈가 충언과도 같은 지적을 했다.

『이 건은 반드시 로이먼을 우쭐거리게 할걸. 무엇보다도 각 방면에서 의심과 불만을 초래하게 돼. 학구가 반발할 것은 틀림없고.』

예견하듯 말하는 펠즈의 음성에는 당신답지 않다는 말도 숨어 있었다. 공교롭게도 같은 시각, 에이나가 결의실에서 같은 생각을 하고 있었던 것처럼.

우라노스는 이제까지와 다를 바 없이 감정을 배제한 목소리로 대답했다.

"일어날 수 있는 장애보다도…… 기다리고 있는『시련』을 내다보고 대비하기로 했다."

『호오?』

"수단은 아무리 많이 있어도 부족한 법."

『신인 당신에게 그런 말을 들으면 걱정거리밖에 안 생기는데.』

못 말리겠다는 듯, 수정 너머에서 탄식하는 기척이 전해졌다.

입으로는 그렇게 말하면서도 펠즈는 더 이상 추궁하려 들지는 않았다. 납득까진 하지 않지만 그야말로 신탁이라도 받은 기분이리라. 주인의 말을 믿고 자신의 작업에 착수하는 소리만이 수정 안쪽에서 새어 나왔다.

『그쪽은 어떤가?』

그런 우라노스의 물음에.

펠즈는 장난감을 받은 어린아이처럼, 아주 약간 들뜬 목소리를 냈다.

"아주 좋고말고. 크로노스 덕분에 생각지도 못한 특대 『아틀리에』를 얻었는걸. 이로써 오래 전부터 구상하던『연구』를 추진할 수 있게 됐어."

길드의 지하제단에서 멀리 떨어진 도시 남동쪽.

『다이달로스 거리』 지하에 존재하는 인조미궁 크노소스에서 펠즈는 설비의 설치에 매진하고 있었다.

"내『연구』에는 거대한 환경이 반드시 필요하니까. 로이먼에게도 엄명을 내려서 봉쇄구역으로 만든 이 플로어를 통째로 준 점, 감사하게 생각해 우라노스."

과거 벨이나 비네 일행을 괴롭혔던 미궁은 완전히 바뀌었다.

아직 하나밖에 설치되지 않은 마석등의 불빛을 받는 어스름한 대형 룸.

벽 쪽에 쌓인 대량의 책 무더기와, 기둥 같은 횃대에서 쉬고 있는 한 마리의 흰 올빼미.

마법대국 알테나의 기술을 이용한 마력계기, 대량의 플

라스크.

그리고 다양한 색조의 정체 모를 용액이 담긴 실린더.

수상쩍은 실험시설이라는 말이 딱 들어맞는, 그야말로 『메이거스의 침상』이라 불리기에 충분한 광경이었다.

"후후후, 더 개조하겠어. 메이거스의 피가 끓는구나……!"

제노스 사건을 계기로 완전제압된 크노소스는 이제 『길드』가 관리하고 있다.

정확하게는 우라노스의 수중에 들어왔다. 노신은 이를 과거의 『현자』에게 주었던 것이다.

『악』의 온상이었던 크노소스의 은혜는 헤아릴 수 없었다.

무엇보다도 던전 『중층』에까지 이어지는 깊이와 규모. 게다가 테이머 쥬라가 다루던 『채찍』을 비롯한 매직 아이템을 개발하기 위해 존재했던 비밀 시설. 모두 펠즈에게는 유용한 것이었으며, 막대한 자산을 확보한 것이나 다름없었다.

던전과도 이어진, 명공 다이달로스의 천 년 역사가 담긴 이곳은 『비밀기지』로도 『자원시설』로도 제격이었다. 앞으로 펠즈는 저절로 약초와 영약의 샘을 만들어내는 플랜트를 만들어야겠다고 결심했다. 훗날 아스피도 초대해 연구에 이용할까도 생각하고 있었다. 지금은 휴가 중인 【페르세우스】의 슈퍼 울트라 하드워크가 약속되려 하고 있었다.

"이런 거대한 『아틀리에』는 생전에도 가지지 못했지. 가증스러운 고향에조차 존재하지 않았어."

『너는 아직 죽지 않았다.』

"하하. 살과 가죽을 잃었는데 새삼 무슨 말을. 반쯤 죽은 거나 마찬가지지."

평소에는 내뱉지 않을 통렬한 자조조차 웃으면서 입에 담을 수 있었다. 지금은 뼈밖에 남지 않은 몸이라지만 원래는 광기의 마술사이자 『현자』였던 본성이 크게 꿈틀거리고 있었다.

크노소스는 던전의 두 번째 출입구가 아닌, 펠즈 전용의 『일대 거점』으로 변모하는 중이었다.

『생성 쪽은?』

"지식과 이론은 내 머리…… 영혼에 있어. 설비 쪽도 크노소스에 남아있는 정령술식을 활용하면 대부분 보완할 수 있을 거야. 알테나의 지하궁정 못지않은 것을 만들고 말겠어."

펠즈는 지금부터 할 일에 모든 것을 동원할 생각이었다.

이곳에 【질풍】이 있었다면 가증스럽게 여겼을, 이블스가 남긴 테크놀로지까지도 이용해서.

"『학구』도 돌아왔지. 레온에게 의뢰했던 각종 소재…… 에인션트 돌퍼, 스텔라스 알비움, 그리고 엘비스의 스파클…… 이런 것들이 보충되면 조건은 모두 달성돼."

그야말로 『학구』 만세라며 흑의를 출렁거린다.

하계의 온갖 토지를 도는 초거대선은 펠즈와 우라노스에게 그야말로 대량의 자원을 가져다주는 배였으며, 『중요한 요인』이었다.

그렇다.

모든 것은『마키아(구제)』를 위해.

"……이미 생성 자체에는 착수하고 있어."

걸음을 내디뎌, 어떤 설비 앞에서 멈춰 섰다.

여러 실린더에서 주입된 용액으로 가득 찬 특대 플라스크── 그 수는 모두 다섯.

그 속에서는 붉은 빛을 발하는『보석』이 요사스러운 광채를 뿜어내며 떠 있었다.

『제때 완성되겠나?』

"당장은 안 돼. 하지만 흑룡 토벌…… 아니,『약속의 시간』까지는, 어떻게든 완성해야만 해."

이미 시대는 움직이고 있으므로──.

흑의의 메이거스가 중얼거린 목소리는 어둠 속으로 빨려 들어갔다.

※

『학구』(가)입학 2일차.

라이브 레이어에 있다는 학생기숙사의 빈 방이 아직 준비가 되지 않았으므로, 레온 선생님의 교원실에서 하루를 묵은 나는 마침내 진짜 학생 생활에 돌입했다.

그렇다. 수업이 본격적으로 시작된 것이다.

아카데믹 레이어 중앙, 『브레이다블리크』 앞에서 니이나와 만나 학교로 향했다.

내가 받을 첫 수업은, 『고대사』———.

"다들——! 청춘하고 있어————?!"

♫이예에에에에에에에에에에에에에에에에에에에에에에에에에에에!♫

——였을 텐데, 어째서인지 마석등이 밝혀진 교실에서 업라이트를 받으며 교탁 위에 선, 깜짝 놀랄 정도로 아름다운 금발 여신님이 아침부터 신이 나 외치고 있었다.

"언제나 몸도 마음도 젊게! 수업도 야무지게, 렛츠 청춘☆"

♫청추운————!!♫

미목수려한 여신님의 윙크와 함께 최고조에 달한 학생들의 포효.

이미 자리에 앉아 진지한 표정을 지었던 나는, 옆에서 고개를 숙이고 있는 소녀를 보았다.

"니이나 씨?"

"아니야아……! 가끔 신님이 와서 수업을 차지해버릴 때가 있어……! 애들러 선생님이었으면 더 평범해! 하필이면 왜 이둔 여신님이야……!"

내가 무의식중에 '씨'를 붙여 불러버리자, 얼굴을 두 손으로 가린 니이나의 두 귀는 뾰족한 끄트머리까지 새빨갛게 물들어 있었다. 좀 불쌍하지만 귀엽다.

긴 머리카락을 찰랑거리는 여신님, 이 아니라 이둔 님은 수많은 학생에게 사랑받는지, 천진난만하고 청춘적인 그 분위기에 모두들 편승해버린다나 뭐라나. 이윽고 분위기를 띄울 대로 띄워놓은 이둔 님은 "그럼 수업할게요~" 하고 이내 조명을 원래대로 돌리더니 평범하게 수업을 시작했다. 분위기 띄울 필요 있었어?

"신의 시대 직전, 대륙 북동쪽에서 다발했던 대기근. 이 것의 원인이 된 것은 뭘까요! 누구한테 대답하라고 해볼까 나~. 그럼…… 제대로 청춘☆예습을 해왔으리라 믿고, 신입생 라피!"

"네?! 어……?!"

'라피 군, 『방룡(訪龍) 문제』.'

"바, 방룡 문제!"

"정다압~! 담엔 혼자서 대답하면 더 좋겠다!"

벌떡 일어난 채 혼란에 빠졌던 나에게 니이나가 작은 목소리로 가르쳐주었지만, 아이처럼 깔깔 웃는 이둔 님은 전부 다 보고 계셨다. 다른 학생들이 쿡쿡 웃는 가운데 얼굴을 새빨갛게 물들이며 자리에 다시 앉아 니이나와 쓴웃음을 나누었다.

수업은 어려웠다.

여신님이 발돋움을 해가며 판서하는 내용을 노트에 옮겨 적었지만, 익숙하지 않은 작업이라 정말로 힘이 들었지만, **모든 것을 아는 신이 들려주는 사실과 하계 주민이 남겨놓은 역사와의 차이는 어째서 일어나는가**, 이둔 님은 항상 신의 관점에서 의문을 건넸다. 나는 적극적으로 질문하면서 수업을 해나가는 니이나와 학생들, 『학구』 학생들에게 뒤처지지 않도록 하는 것이 고작이었다.

"오늘은 『전투기술학과』 학생들이 모아온 야외조사 자료를 토대로 수업을 진행한다."

수업이 끝나면, 잠깐의 휴식시간을 두고 다시 다음 수업.

들을 과목은 레온 선생님에게도 추천받았던 『종말대론』. 마침내 등장한 모노클 드워프, 애들러 선생님은, 『학구』의 『연금학과』가 알테나와 함께 만들었다는 마력영사기를 조작하며 어두운 교실에 여러 가지 화상을 투영시켰다.

"_____."

눈에 들어온 것은 불타버린 도시, 멸망한 엘프 마을.

붕괴된 도시, 그리고 헤아릴 수 없는 난민.

"최근 『용의 계곡』에서 강대한 몬스터가 잇달아 내려온다는 것은 제군도 알고 있을 것이다. 『학구』가 설치한 결계를 뚫는 용종의 피해는 끊이질 않는다. 만일 오라리오로 진로를 생각하는 이가 있다면 지금도 어디선가 일어나고 있을 세계의 참극을 잊지 않고 마음에 담아두길 바란다——."

선생님의 말이 반쯤 한쪽 귀로 들어갔다가 한쪽 귀로 흘러나가는 가운데, 처참한 화상에 눈이 못박혀 있었던 나는 곁의 니이나에게 묻고 말았다.

"……니이나도, 여기 오기 전에는 저런 광경을 봤어?"

"응…… 본 적이 있어. 수많은 사람이 우는데도, 아무것도 못 해서, 괴로웠어."

그렇게 말하며 슬퍼하듯 눈을 가늘게 떴다.

"이게 지금의 세계란 건……『학구』에 와서 처음 알았어."

그건 나도 마찬가지다.

이렇게 레온 선생님께 수업을 추천받기 전까지, 『학구』에 들어오기 전까지는 바깥세상의 자세한 정보 따위는 알지도 못했다. 오라리오에 와서, 모험자로서 살아가느라 바쁘긴 했지만, 나는 처음으로 현재의『하계 정세』를 접했던 것이다.

그것은 더 이상 먼 세계의 이야기가 아니었다.

그런 교실 속에서, 드워프 선생님은 마지막으로 엄숙하게 고했다.

──세상은 영웅을 바라고 있다, 고.

🔥

"라피, 준비됐어?"

"자, 잠깐만!"

아무도 없는 탈의실에서 옷을 갈아입은 나는 문 너머에서 들려온 니이나의 목소리에 황급히 대답했다.

발두르 님이나 헤르메스 님이 준비해주신 토끼 꼬리가 달린 바지를 입고, 갈색 앞머리를 몇 번이나 매만지고, 귀가 달린 가발에 문제가 없는지를 확인한 다음에야 비로소 문을 열었다.

　"와아! 잘 어울린다, 배틀유니폼!"

　내 모습을 보고 니이나는 손뼉을 치며 활짝 웃었다.

　빨간색과 흰색을 베이스로 한 상의와 바지. 재질은 얇고 가볍고 유연성이 뛰어나 『방어구』로서의 성능은 모험자의 배틀클로스 못지않다. 『전투기술학과』 소속 학생에게 지급되는 배틀유니폼이다.

　나이프용 홀스터까지 착실하게 달려 있는 점에서 헤르메스 님의 소행이겠거니 쓴웃음을 짓고 말았다——덧붙여 정체가 탄로 날 만한 물건은 거의 가져오지 않았지만 《주신님 나이프》만은 항상 가방에 넣어 휴대하고 다닌다——.

　니이나의 차림도 같은 빨간색과 흰색 배틀유니폼이며, 내가 입은 남학생용과 달리 스커트 타입이었다. 등에 고정된 무기는 로드(rod). 보아하니 니이나의 역직은 후열인 모양이었다.

　"참고로…… 니이나의 Lv.은 얼마야?"

　"나? Lv.2야."

　"레, Lv.2……!!"

　아직 확실한 것은 아니지만 에이나 누나의 가족이 상급 모험자의 힘을 가졌다는 말에 충격이라고 해야 할지 전율이라고 해야 할지, 아무튼 이상한 기분이 들어버렸다.

벌렁 몸을 젖히는 나와, 이상하다는 표정을 짓는 니이나.

우리는 그대로 마석등이 설치된 통로를 지나 푸른 하늘 아래로 나갔다.

시야에 펼쳐진 것은 앙투카를 방불케 하는 적토색의 광대한 필드, 그리고 사방을 뺑 둘러 에워싼 하얀색 스탠드.

아카데믹 레이어의 한구석에 있는, 백강석으로 지은 아레나였다.

"다 모였군. 그러면『종합전투』를 시작한다."

평소의 교원복을 입은 레온 선생님에게 배틀유니폼을 입은 학생들이 모였다.

이것도 어엿한 수업으로,『실기계』라 불리는 것이라고 한다.

책상 위에서 공부하는 필기과목과는 다른, 요컨대 몸을 움직이는 훈련이다.

『전투기술학과』학생들에게『실기계』과목은 1년 동안 최소 3개는 수강해야 하는『선택필수과목』이다. 니이나의 추천으로 내가 선택한 것은『검술』과『격투술』, 그리고 이『종합전투』였다.

말 그대로 전문적인 기술의 지도는 아니며, 종합적인 싸움의 방법을 배운다고 한다.

"『던전 실습』도 다가왔으니 오늘은 몬스터전의 초심을 떠올려보자. 그 후에는『소대』로 나뉘어 전술을 재검토할 거야. 다들 집중하도록."

레온 선생님이 모두의 앞에서 수업 내용을 설명하는 가운데, 역시 긴장해버리는 나.

여러 가지 종족의 학생이 모여 있으며, 역시 니이나처럼 【랭크 업】을 한…… 실력자의 분위기를 풍기고 있으니, 어쩌면 오라리오의 중견 파벌에도 들어갈 정도는──

"선생님, 발언해도 되나요~?"

"뭐지, 케이토?"

"기왕이니 신입생의 실력을 보고 싶어요!"

"──엑?!"

그런 생각을 하고 있으려니 갑자기 화제로 거론되어 어깨를 흠칫 떨고 말았다.

"저도 알고 싶어요~!"

"이 시기에 『전투기술학과』에 오다니 뭔가 있는 거 아닐까요?"

"관심은 있어."

이내 그런 목소리가 계속해서 울려 퍼지고!

내가 앞머리 속에서 눈을 크게 뜨고 있으려니, 단 한 사람, 니이나만은 모두를 말리고 있었다.

"잠깐만! 실력을 본다니 뭘 하려고? 라피한테 위험한 짓을 시키는 건 난 반대야!"

"『전투기술학과』에 있는 이상 위험은 따르는 거잖아?"

"약해 보이니까 걱정하는 건 알겠는데, 그렇게까지 과보호하면 안 되지, 니이나?"

"그, 그래도……!"

남학생에게, 그리고 여학생에게도 『전투기술학과』의 의미를 지적받자 니이나는 말문이 막혔다. 과보호란 것은 꽤 맞는 말이라, 아마도 니이나는 내 한심한 모습을 몇 번이나 봤으니 필요 이상으로 걱정이 될 것이다. 내버려 둘 수 없다는 말도 분명 했고.

하지만 어쩐다. 뭘 시키려는 건지 모르겠지만 정체는 드러낼 수 없으니 피할 수 있다면 피하고 싶은데……!

"분명 Lv.1이랬지. 모의전은 니이나가 잔소리할 거 같고……."

"신입생, 너 『마법』은 쓸 수 있냐?"

"네? 어, 네!"

질문에 나도 모르게 불쑥 대답했다.

"라피. 넌 발두르 님께 막 『은혜』를 받았는데 아직 『마법』은 발현되지 않았던 것 아니었어?"

"네? 발현은 했는데요……."

나는 의아해하면서도 있는 그대로 대답했다.

레온 선생님은 약간 난처해하는 듯 희미한 쓴웃음을 지었다.

"『마법』이 있어?!"

"뭐야, 그럼 진작 말을 하지! 그걸 보여주면 실력 같은 건 한 방에 알 수 있으니까!"

"『마법』을 쓸 수 있으면 Lv.1이어도 후열에서 도움이 되겠네!"

'……앗?!'

갑자기 들썩거리는 학생들의 반응을 보고 나도 뒤늦게 깨달았다.

『마법』은 원래 필살의 무기. 중요성과 관심은【스테이터스】내에서도 큰 비중을 차지하며, 유용한『마법』을 가지고 있는가 아닌가에 따라 파티 내에서의 **인기** 정도가 확연히 달라진다.

니이나는 이쪽을 보며 깜짝 놀라고 있고, 조금 전까지 재미 반으로 야유하던 다른 학생들도 이제는 큰 호기심을 드러냈다. 더 이상 내 실력 테스트는 피해갈 수 없을 정도로!

아까 레온 선생님의 발언은, 그것은『마법』에 대해 유야무야하려고 도움을 주시려던 거였어!

"흥, 휴먼 주제에……. 발현한 마법의 속성은? 종류는?"

갈팡질팡하는 나에게, 앞머리를 쓸어넘기는 드워프──이글린이 꽉 끼는 배틀유니폼 자락을 펄럭이며 앞으로 걸어 나왔다.

"에, 어, 그게………… 부, 불꽃이요…………."

"그럼 공격마법이군. 내가 결계를 준비해줄 테니 사양 말고 쏴보도록 해."

이제 와서 거짓말이라고 할 분위기가 아니다. 용서받을

수 있는 분위기도 아니다. 나는 뺨을 실룩거리며 작은 목소리로 대답하자, 이글린은 싱글싱글 도발적으로 웃었다.

나에게서 거리를 벌리고 필드 한복판 정도에서 돌아보더니 두 팔을 내민다.

단문영창에 이어 발생하는 흙색 빛의 벽!

"나왔다──!! 이글린의 주특기【록 월】!"

"이번에도 성대하게 깨지고 올 거라는 예감!!"

"정말 학습능력이 없어 저 녀석은……."

"야, 신입생! 빨리해!"

"이글린은 장벽보다 튼튼하니까 걱정하지 마! 진심으로 쏴봐!"

남학생, 그리고 여학생들에게서 채근의 협공에 시달렸다.

앞으로 한 걸음 밀려난 나는 땀을 삐질삐질 흘리며 자신의 손바닥을 내려다보았다.

진심으로 쏘라고 해봤자………….

『우오오오오오오오오오오【아르고노트】발도옹차지개시구우웅구우우웅구우우우웅! 최대차지완료가아라아아아아아아아파이어보오오오오오오오오오오오오오오오오오오오오오오오오올트!!』

『끄아아아아아아아아아아아아아아아아아아아아아악?! 당했다아─!』

『이글린이 날아갔다─!』

『저 위력, 제1급 모험자 같아!』

『아니, 완전히 제1급 모험자 그 자체!』

〃〃저놈은 불법침입자 벨 크라넬!〃〃

…………무리무리무리?! 절대무리!!

진심을 다했다간 여러 가지 의미에서 대폭발! 아웃!

정체가 드러나지 않도록 최대한 힘을 조절할 수밖에 없어!

나는 떨리는 한쪽 팔을 내밀고 장벽을 전개한 이글린에게 겨누었다.

아무튼 부상만은 입히지 않도록, 마력도 마인드도 최대한 줄이고 줄여서……!

"야~ 빨리 영창해! 할 마음이 있긴 한 거야~?"

"……여, 영창?!"

꾸물댄 탓인지 날아든 불평에 나는 괴상한 목소리로 대답했다.

마, 맞다. 『마법』에는 보통 『주문』이 필요하지!

무영창 마법인 파이어볼트를 그대로 발동하면 분명 수상하게 생각할 거야!

새로운 위기에 직면한 내 머릿속은 이미 오버히트 직전이었다. 이제는 니이나의 조마조마한 눈빛을 신경 쓸 여유마저 사라질 정도여서 긴장과 동요와 중압으로 시야가 뱅글뱅글 돌았다.

생각의 처리능력을 넘어선 사태에 땀만 뻘뻘 흘리기를

몇 초, 필사적으로 『가짜 영창』을 생각하던 내가 입에 담은 것은,

　"…………………【부, 불타버려라, 외법의 업】!"

　한심하게도 동료 벨프의 영창을 빌려오는 것이었다.

　그리고 그것이 문제였다.

　불꽃 비슷한 주문을 필사적으로 검색하고, 위력을 줄이고자 마인드의 최저장전에 혈안이 되었던 나는 순식간에 마력의 제어를 잃어버렸던 것이다.

　'아―――.'

　고삐를 놓쳐버린 말처럼 폭주한 마법이 출구를 찾아 단숨에 범람하는 감각.

　처음 맛보는 그것에 『대실패』를 깨달으면서도 주마등처럼 형 같은 동료의 얼굴을 떠올렸다.

　'이거 벨프가 늘 적에게 날리던 거―.'

　다음 순간,

　콰――――――――――――――――앙!!

　"에엥?!"

　"이, 이그니스 파투스?!"

　"거짓말?!"

　"라피?!"

　장벽을 쳤던 이글린도, 다른 학생들도, 니이나도, 솟아

난 폭광과 폭풍에 고함과 비명을 질렀다.

가공할 폭발이 솟고, 발생한 연기가 걷혔을 무렵…… 벌렁 나자빠져 있었던 나는 푸식푸식 연기를 뿜으며 푸른 하늘을 올려다보고 있었다.

'……나, 제1급 모험자 맞아……?'

니이나가 황급히 달려오는 가운데. 무영창 마법인데도 이그니스 파투스를 일으켰다는 전대미문의 실패를 저지른 나는 차라리 저 하늘로 빨려 들어가 사라져버리고 싶다고 진심으로 생각했다.

그리고 그날, 라피 플레미슈는 긴장한 나머지 이그니스 파투스를 일으켜버린 『초(超)초짜』라는 불명예스러운 칭호를 얻었다…….

"그럼 라피를 【발두르 클래스】 『제3소대』 소속으로 한다."

"농담하지 마세요!!"

그런 초초짜인 나는 **파티를 짤 사람들에게는** 크게 빈축을 샀다.

새까맣게 그을린 채 니이나의 치유마법만 받고 『종합전투』가 끝나려 했을 때, 레온 선생님의 발표에 약 3명의 데미휴먼이 맹렬히 항의하기 시작했다.

"왜 제가 저딴 초초짜랑 『소대』를 짜야 하는 겁니까, 선

생님! 전투 중인 것도 아니고 그냥 쏴보기만 하다가 이그
니스 파투스를 일으키다니, 짐짝만도 못하잖습니까!!"

누구보다도 목소리를 높였던 것은 앞머리를 쓸어넘기는
것도 잊어버린 드워프 이글린.

네, 지당한 말씀이에요…….

"우리 이미, 4명……. 짐짝, 필요 없어……. 비상식량이
나, 고기방패……."

작은 목소리로 중얼거린 것은 얼굴의 아래쪽 절반을 방
어구처럼 보이는 마스크로 덮은 다크엘프 여학생.

근데 하는 말이 너무 무섭잖아?!

"아~! 또 와버렸어어, 신의 시련! 내 실력을 질투한 우
리 일족의 피아나 여신님이 고난을 떠넘기시는 거야!"

마지막은 릴리와 비슷할 정도로 조그만 파룸 남자아
이…… 아니, 여자아이? 아니아니 아마 남자아이가, 눈을
감고 웃음을 머금으며 매우 자신만만한 어조로 주워섬겨
댔다.

은근슬쩍 고난 취급하네…….

"저, 정말인가요, 레온 선생님? 라피가 저희『소대』라
니……."

"그래. 부대장인 네 부담은 늘어날지도 모르지만 그 이
상으로 라피를 의지해다오. 그가 너를 지탱해줄 거다, 니
이나."

마지막으로 치료를 마치고 일어났던 니이나가 놀란 표

정을 지었다.

"놀랐어요……. 하지만 조금 알 것 같기도 해요. 레온 선생님은 처음부터 그러실 생각으로 제게 라피의 학원 안내를 맡기셨던 거군요."

그것은 나도 그렇게 느꼈다.

아마도 레온 선생님의, 그리고 발두르 님의 생각이었을 것이다. 다만…….

"……어, 미안한데 니이나. 지금 다들 말하는『소대』란 건……."

전투에서 파티의 단위일 거라고는 짐작하지만.

하프엘프 동급생은 내게 손을 빌려 일으켜주며 조곤조곤 설명해주었다.

"『전투기술학과』에선 야외조사나 전투임무로 학원 밖에 나갈 때 4인 1조를 짜는 게 규칙이야. 인원 문제로 가끔 5인 1조가 되는 경우도 분명 있긴 하지만……."

『학구』내에는 주신님의 수만큼【클래스】가 존재하므로, 그 안에서『소대』를 나누는 것이라고 한다. 같은【클래스】내에서 편성하면『소대』단위로【스테이터스】를 갱신하기도 편하기 때문이라나.

교육 과정상 결원과 보충을 되풀이하기는 하지만, 주신이나 선생님들이 선출하는 만큼 모나고 들어간 곳이 **잘 맞아떨어지도록** 편성된다고는 하는데…….

"……또 폐를 끼칠 것 같네. 미안해 니이나……."

"폐는 무슨! 그렇지 않아. 오히려 안심되는걸. 라피랑 같은 소대라. 네가 다른『소대』였으면 괜찮을까 계속 조마조마했을 거야."

한 다발만 에메랄드색으로 물들인 갈색 장발을 찰랑이며 웃는 니이나에게 나도 모르게 쓴웃음을 지었다.

정말로 남을 잘 돌봐주는구나. 이런 면도 에이나 누나랑 닮은 것 같아.

"다만⋯⋯."

니이나는 조금 난처한 시선을 보내고, 나도 그 눈을 따라갔다.

그녀의 시선 너머에는 이글린을 필두로 아직까지 레온 선생님께 항의하는 소대 멤버들이 있었다.

"힘내라~『워스트 파티』."

"이 이상『학점』날려 먹으면 낙제하는 거 아냐~?"

"그 이름으로 부르지 마! 젠장!"

중앙탑의 차임이 수업 끝의 음색을 울리는 가운데, 아레나를 떠나려 하는 남녀 학생들이『제3소대』멤버의 옆을 지나치며 웃음소리를 던졌다.

들려온『워스트 파티』라는 단어에 눈을 깜빡이고 흘끔 옆을 보니, 니이나도 밝지 못한 표정을 짓고 있었다.

'이 파티⋯⋯ 아니,『제3소대』에는 뭔가 사정이 있는 걸까⋯⋯?'

내가 그런 생각을 하고 있자, 결정을 뒤집을 수 없었던 이글린은 내 앞으로 성큼성큼 다가오더니 굵은 손가락을 척 내밀었다.

"네놈은 서포터로 결정 났으니까 그렇게 알아!!"

네, 이의 없어요…….

⊡

『3단 팬케이크』라는 별명이 있는 3개의 레이어 중 라이브 레이어는 두 번째 층.

컨트롤 레이어와 아카데믹 레이어 사이에 끼인 층 내부는 가로막는 것이 없는 광대한 대공간으로, 엘리베이터 장치도 겸한 많은 거대 기둥이 천장을 지탱하고 있다. 태양이 잘 들지 않는 대신 천장에 설치된 것은 여러 개의 대형 마석등. 아침과 밤 시간대에 맞춰 광량이 조절되기도 해서, 나는 왠지 18계층의 세이프티 포인트를 떠올렸다. 물론 시야에 펼쳐진 것은 던전의 대자연이 아니라 석재와 금속으로 이루어진 건물의 숲이지만.

중앙의 브레이다블리크를 기점으로 원형을 그리는——마치 오라리오 같은—— 구조의 아카데믹 레이어와는 달리, 교사와 학생의 거주구에 해당하는 라이브 레이어는 그물눈 형태.

수많은 학생기숙사와 건물이 규칙적으로, 같은 간격으로 늘어서 있다. 재미있는 것은 어떤 기숙사도 외관의 세부가 서로 다르며, 이따금 예술적이라고 해야 할까, 이상한 형상의 건물이 존재한다는 점이었다.

나를 위해 마련된 빈 방이 존재하는 곳은『제3학생기숙사』로,『제3소대』의 미팅에 이용된 것도 이 기숙사의 휴게실이었다.

"자기소개? 새삼? 이글린이다."

니이나가 간신히 불러모은 멤버들 중에서 이글린이 자포자기한 듯 말했다.

이글린의 키는 나보다도 작으며, 다리가 짧고 굵은 드워프답게 150C 정도. 가슴에 꽂은 장미도 그렇고 차림은 귀공자 같지만 몸은 근육으로 덮여 있다.

니이나보다도 엷은 갈색 머리를 찰랑이며, 지금은 언짢은 표정을 숨기려고도 하지 않는다.

"레기…… 다크엘프……."

그리고 실내에서도 마스크를 벗지 않는 다크엘프 레기.

갈색 피부에 붉은 머리카락이며 키는 160C 정도. 니이나보다 조금 큰 정도.

말수가 적어 감정을 읽기 힘들고, 지금은 교복 스커트를 입고 있으며 의자 위에서 두 무릎을 끌어안은 채 성서 같은 책을 읽고 있다. 도저히 눈길을 향할 수가 없다. 뺨에서 필사적으로 열기를 내보내려 하는 내 인상은『독특한 말투를 사용하는 별난 아이』였다.

"마지막은 나! 크리스티아 엘비아! 크리스라고 불러도

돼! 아직 세상에 알려지지 않은 잠든 사자! 【스테이터스】느으은······ Lv.2!"

밝게 자기소개를 한 것은 파룸 남자아이······ 아니 여자아이······ 아니 역시 남자아이, 인 것 같다. 남자 교복을 입고 있으니. 체격은 종족 관계로 소대 내에서도 가장 작다. 물색 머리카락을 기품 있게 한데 모으며 자신을 비하하는 경향이 강한 파룸과는 달리 자신만만하다.

"근데 Lv.2?! 파룸인데?!"

"응응, 좋아좋아 그 반응! 내가 바로 【브레이버】를 넘어설 인재! 『학구』가 자랑하는 슈퍼스타다! 에헤엠!"

『원정』을 몇 번이나 경험했던 릴리랑 같다고?!

파룸은, 이런 말은 좀 그렇지만, 힘이 약해 최약의 종족이라 불린다.

핀 씨나 알프릭 씨 형제들 같은 제1급 모험자도 분명 존재하지만, 던전도 없는 바깥세상에서 Lv.2에 도달했다니······ 『학구』가 대단한 건지, 아니면 크리스의 재능인 건지. 참고로 이글린과 레기를 포함해 『제3소대』는 전원 Lv.2라고 한다.

놀라버린 내게, 허리에 두 주먹을 척 얹은 크리스는 눈을 감은 얼굴을 반짝반짝 빛내며 가슴을 크게 젖혔다.

"그런 것보다도 초초짜! 던전 실습에선 쓸데없는 짓 하지 마! 저 하프엘프한테나 달라붙어 있어!"

이미 익숙한 것처럼 크리스를 무시하며 이글린이 험악

한 목소리로 내게 못을 박았다. 그 말에 가느다란 눈썹을 곤두세우는 니이나.

"이글린, 라피를 방해되는 사람 취급하지 마. 우린 이미 소대고 동료니까 다 같이 친목을……"

"동료는 무슨! 누가 봐도 방해만 되잖아! 던전에서 제멋대로 자폭이라도 일으켰다간 우리까지 끝장이야!"

니이나에게는 미안하지만 한 마디도 받아칠 수가 없어…….

사고 제대로 쳤구나, 하고 고개를 숙이고 있자 상관하지 않겠다는 양 책을 보던 레기가 불쑥 말했다.

"사이좋게 지내자느니, 새삼……. 우리, 포메이션, 똥……."

"그, 그러니까 그걸 결정해야지……! 그리고 이상한 말 쓰면 안 돼, 레기!"

"다들 안심해! 길은 내가 나아갈 방향에 생긴다! 아무 걱정하지 말고 내 등만 따라오면 돼!"

새빨개진 니이나가 주의를 주고, 크리스가 그야말로 나의 길을 가겠다는 태도로 혼자 떠들었다.

……뭘까. 전부 따로따로 노는 이 느낌.

제3자가 봐도 서로 전혀 맞지 않는 것 같은데…….

"저기…… 워스트 파티라고 불리던데, 그건 무슨 의미인가요?"

내가 큰맘먹고 물어보자 니이나, 이글린, 그리고 레기까지 한 단계 무거운 분위기를 풍겼다. 전혀 변함없는 것은 지금도 반짝반짝 빛나는 크리스뿐.

쓸쓸한 표정으로 이글린이 입을 열었다.

"말 그대로야! 【발두르 클래스】 내에서도, 『전투기술학과』 내에서도 성적은 꼴찌 꼴등 밑바닥! 이것들이 내 발목을 붙드는 탓에……!"

"소대, 해산 안 되는 거, 이해 불가……. 그리고, 발목 잡는 거, 그쪽……."

"다들 싸움은 그만해! 자, 다들 봐. 나에게서 넘쳐나는 빛의 오라를! 반짝반짝~!"

…………내가 할 말은 아니지만, 진짜 괜찮을까.

삼인삼색, 주장을 굽히지 않고 양보하지 않는 그들을 보다, 말없이 니이나 쪽을 살폈다.

친절하고 헌신적인 여자아이는 이제까지 본 적이 없을 정도로 깊은 한숨을 내쉬고 있었다.

⌗

학생 생활이 시작되고, 시간은 순식간에 흘러갔다.

니이나의 도움을 빌려, 어떻게든 필기 수업을 따라잡고 있다.

기숙사에서 아침을 먹기 전에 니이나와 예습복습, 점심에는 수업, 밤에는 또 니이나와 함께 예습복습.

다른 학생들보다도 머리가 나쁘고 요령도 없는 나는 아무튼 양으로 승부할 수밖에 없었다.

일찍 일어나는 것만은 아이즈 씨와의 이른 아침 훈련이나 폴크방에서의 세례 덕분에 익숙하다. 누구보다도 늦게 자고 일찍 일어나고 꿈속에서도 신음하며 공부만 생각했다.

제1급 모험자의 자지도 쉬지도 않는 강인성을 하필이면 이런 데서 활용하게 되다니. 자율학습에 솔선해 함께 해주는 니이나에게는 정말로 고개를 들 수가 없다.

하지만 공부 이상으로 불안했던 것은 『제3소대』의 관계. 『실기』 수업에서 몇 번이나 이글린이나 다른 멤버들에게 말을 걸었지만, 결국 연계는 확인하지 못했다.

니이나가 아무리 호소해도 서슴없이 각자 연습한다고 말했던 것이다. 그런 우리를 레온 선생님은 멀리서 지켜보기만 할 뿐이었다.

그리고 학생 생활 4일차.

마침내 『던전 실습』 당일을 맞고 말았다.

"우와———!! 굉장해————!! 오라리오의 모두가 나를 이렇게 환영해주다니!!"

오라리오 남서쪽 문을 지난 순간, 크리스의 첫마디였다.

『학구』와 미궁도시 쌍방의 허가가 내려와 거대 시벽 안쪽에 발을 들인 학생들을 대량의 꽃보라가 에워쌌다. 멀리서 들려오는 것은 환영의 연주일까? 마치 계절에 어울리지 않는 축제 같은 소동과 함께 온 도시가 장래 유망한 학생들을 맞아주었다.

…………뭐지 이거?

"와아! 오라리오는 이렇게나 화려하구나! 나 처음 와봤는데 정말 굉장해! 그치 라피!"

"그러게……."

빨간색과 흰색 배틀클로스 차림으로 헛웃음을 지으며 마음에도 없는 대답을 하는 내게 니이나는 고개를 갸웃거렸다.

나도 처음 오라리오를 찾아왔을 때는 분명 굉장해 굉장해 연호했지만, 모험자의 도시가 이렇게까지 화려했던가……. 적어도 매일 이런 식으로 축제 같은 소동을 벌이는 곳이 아닌 것은 분명했다.

특제 누가며 벌꿀을 늘어놓은 세련된 과자 가게.

진귀한 책을 놓은 찻집.

내 기억과는 달리 남서쪽 메인 스트리트에는 아무튼 학생들이 좋아할 만한 임대점포가 즐비하게 늘어서 있었다. 옆길을 조금 들여다봐도 세련된 뒷골목이 펼쳐져, 나는 '여기 정말 오라리오 맞나?' 하는 무서운 생각이 들 정도였다.

여러【파밀리아】는 물론이고 미궁도시 그 자체가 『학구』의 우수한 인재를 원한다고 했으니…… 조금이라도 잘 보이려고 하는, 뭐 그런 걸까?

'벌써 물건 사는 학생도 있고……. 학생을 노리는 장사가

목적인 걸까?'

릴리가 여기 있었다면 이것저것 가르쳐줬을 텐데…….

"또 왔구만, 『학구』애송이들."

"올해도 한바탕 난리가 나겠어, 던전은."

……이쪽을 멀리서 에워싸고 바라보는 모험자들에게서 그런 대화를 엿들었다.

흥분한 얼굴로 고개를 이리저리 돌리며 신기한 듯 주위를 둘러보는 니이나나 다른 멤버들과는 달리, 나는 혼자 은근한 불안을 품고 말았다.

"『던전 실습』을 할 때, 학생들은 반드시 『길드 본부』에서 수속을 마쳐야만 하는데…… 라피, 부탁해도 될까?"

"어? 그건 상관없지만…… 니이나는?"

"나는…… 잠깐, 아이템 준비를 깜빡해서. 오라리오의 가게에 들렀다 가고 싶어."

"그럼 나도 라피와 같이 가주지! 미래의 용자를 길드에도 선보여야 하니까! 자아, 함께 가자 라피!"

어째서인지 웬일로 어물어물 대답하는 니이나를 이상하게 여겼지만, 무기상이나 도구상을 보고 싶어 하는 이글린이나 레기의 의견도 있었으므로 소대는 둘로 갈라졌다. 재집합 장소는 『바벨』의 문 앞.

『길드 본부』로 가면서, 여기서도 정체가 드러나지 않도록 ——특히 아는 사람들과 마주치지 않도록—— 조마조마하며 길드의 접수 수속을 마치고 『실습허가증』을 발행받았다. 덧붙여 담당해준 것은 미샤 씨였지만 생글생글 웃으며 "힘내 후배들~"이라고, 전혀 알아차리지 못한 채 응원해주었다.

아무 일 없이 무사히 합류할 수 있었던 우리는 『바벨』로 들어갔다.

미궁으로 이어지는 긴 지하계단을 내려가, 마침내 『던전 실습』이 시작되었다.

던전에 내려갈 때 지상의 공기와 『달라졌다』고 여겨지는 순간이 적잖이 존재한다.

그것은 미궁 탐색을 되풀이할 때마다 익숙해지고 누그러지지만, 대부분 던전을 처음 보는 학생들에게는 완전히 달랐다.

아무리 우수하다 해도 『미지』의 감각에 긴장을 느끼고, 아무 것도 없는 통로를 연신 둘러보고, 당장이라도 몬스터가 벽에서 태어나는 것은 아닌지 경계를 기울인다. 그런 다른 학생들의 모습을 곁눈질하며 나는 대형 백팩을 고쳐 맸다.

"쓸데없는 짓은 하지 마 초초짜! 넌 전리품 회수나 해!"

"네, 알았어요……."

던전 1계층, 『시작길』이라 불리는 거대 통로.

다른 소대를 내버려 둔 채 쑥쑥 나아가는『제3소대』내에서 이글린이 고압적인 명령으로 내게 못을 쾅쾅 박아댔다. 이그니스 파투스 사건 이후로는 이글린에게 위축되는 상황만이 이어졌다.

'니이나가 조금 긴장하고 있을 뿐 나머지 셋은 태연하네. 그렇다기보다 전열 셋이 가로로 나란히 서서 가다니, 엄청난 포메이션이야……'

파티 최후방에 나, 중견 위치에 니이나가 서서 일단은 T자 형태를 이루고는 있지만…….

『제3소대』는 신중한 태세를 무너뜨리지 않는 다른 학생들과는 확연히 달랐다. 어딘가 긴장감이 없다. 대담한 건지, 방심하는 건지. 굳이 따지자면『자연체』인 것처럼 보이기도 했다. 어떤 식으로 싸우는 건지 아직 모르겠지만, 이 긴장감이 결여된 모습은 어떤 의미에서『제3소대』의 강점인지도 모른다.

'레온 선생님은 이『제3소대』를 이끌어 달라고 하셨는데…….'

물론 기대에는 응하고 싶다. 하지만 정체를 숨기면서 내가 그런 일을 할 수 있을까?

시선 너머에는 등에 대형 해머를 진 이글린.

허리에 두 자루의 단검을 찬 쌍검사 레기.

자기 키만큼이나 큰 양손검을 지금도 붕붕 휘두르고 있는 크리스가 있다.

로드를 든 니이나는 힐러인 모양이다.

레벨을 차치하고서라도, 힐러가 있다는 것부터 던전 1계층에서는 파격적인 전력.

『사고』따위 일어날 리가 없다. 그렇게 생각하지만······.

뒤에서 파티의 양상을 항상 확인하는 내가, 어쩌면 가장 긴장하고 있는지도 모른다.

『고브아!』

『워우우우우우우우!』

대통로를 빠져나가 미로를 구불구불 나아가기를 몇 차례.

마침내 몬스터가 나타났다. 느닷없이 『고블린』과 『코볼트』의 무리!

던전의 첫 조우에 소대가 임전태세를 취하는 가운데 이글린이 앞으로 나섰다.

"거기서 보고나 있어, 초초짜! 내 지적인 전법을 보여줄테니!"

"아, 네! 부탁드려요!"

견본을 보여주겠다는 양 이글린은 등의 무기에 손을 뻗었다.

그리고 해머를 쥔 순간── **돌변했다.**

"──우오오오오오오오오오오오!! 간다 이 자식들 아아아아아아아아아아아아아아아!! 쳐죽여버린다아!!"

"에에에엑───?!"

그때까지의 어조도 태도도 깡그리 내팽개친 채 쩌렁쩌렁 터뜨리는 전투의 포효에, 나는 몬스터들과 함께 경악해 비명을 질렀다.

　혼자 돌진한 드워프는 배틀유니폼을 밀어낼 정도로 근육을 부풀리며 해머를 휘둘렀다. 날아가고 분쇄되어 아비규환의 비명을 지르는 『고블린』과 『코볼트』들에게, 아직 멀었다는 양 대형 해머를 내리찍고, 내리찍고, 내리찍는다!!

　지적인 전법 어디 갔어?!

　"저, 저건 뭐야?!"

　"이글린은 해머를 들면 인격이 변해…….."

　"농담이지?!"

　머리가 아프다는 듯이 말하는 니이나에게 고함을 질러버렸다.

　누구보다도 드워프답긴 하지만 이제까지의 신사적인 행동은 뭐였어?!

　"제법인걸 이글린! 하지만 진정한 용사는 나다!"

　"나도, 가."

　이내, 촉발된 것처럼 크리스와 레기도 움직였다.

　그다음부터는, **끔찍했다.**

　"으에에에에에에…………?!"

　서포터의 위치에서, 눈앞에 **펼쳐지고 있는** 너무나도 너무한 광경에, 짓밟힌 개구리 같은 목소리를 내고 말았다.

　"이글린, 너무 나가지 마! 레기, 크리스도 앞서가면 안 돼!"

파티 후방에 있는 소대장 니이나의 목소리가 계속해서 날아갔다.

하지만 아무도 그녀의 말을 듣질 않아!

이글린은『킬러 앤트』무리에게 혼자 돌진하고, 레기는 다른 사냥터를 찾듯 그의 머리 위를 뛰어넘고, 크리스까지 "내가 길을 연다!!"라며 경쟁하듯 역시 앞으로 돌진한다.

『후열 1』에『전열 3』이란 것도 거시기하지만, 지시가 닿지 않을 정도로 대열을 늘리다니, 농담하는 거지?!

심지어 니이나 외에는 죄다 전열공격수?!

이래선 파티 플레이가 아니라 솔로 플레이×4잖아!

"다들, 이 계층은…… 던전은, 정말로 처음이죠?"

"응, 처음인데…… 역시 던전에서도 이렇게 되네……."

얼른 말을 바꾼 내게, 니이나는 이런 광경이 이제까지도 있었던 것처럼 풀이 죽었다.

현재 위치는 던전 **7계층**.

던전 첫 도전에서 하루에 7개 층을 답파!

이곳은『상층』이고 다들 Lv.2여서 그런지도 모르지만, 한나절 안에 도달계층을 **7연속**으로 갱신하다니…… 무서워 무서워?! 처음 오는 계층에서 그건 무섭다구!!

실력 있는 모험자라면 절대 하지 않을 행위에 나는 졸도할 것 같았다.

"이제까지의 야외조사나 전투임무에서도 그랬어. 다들 단독행동을 하고, 그래도 강하니까 어떻게든 되지만……

그러다 이런저런 문제를 일으키는 거야. 세계에서 가장 가혹하다는 던전에서는 그나마 통솔이 좀 되지 않을까, 그렇게 바랐지만……."

'바랐다'는 말과 길 잃은 아이 같은 옆얼굴은 니이나가 이제까지 얼마나 고심하고 얼마나 애를 써왔는지 여실히 말해주었다.

한숨도 다 떨어진 나도 모르게 빤히 바라본 후 시선을 전방으로 되돌렸다.

"비켜 엘프랑 파룸! 밟히고 싶냐!"

"드워프, 진짜, 싫어……."

"두 사람 다 겁먹지 마라! 내가 모~든 적을 쓰러뜨려 줄 테니까!"

우리를 내버려 둔 채 완전히 앞으로 가버린 세 사람의 목소리가 미궁 내에서 희미하게 울려 퍼졌다.

『마석』 처리도 되지 않은 몬스터의 시체가 여기저기 굴러다니는 통로 한복판에 멍하니 선 채, 나는 니이나와 함께 넋이 나가버렸다.

"왜 연계하지 않느냐고? 당연히 이 야만인 놈들이 방해되니 그렇지!"

던전에서 귀환하고, 밤.

통행에 방해가 된다고 다른 모험자들이나 학생들에게 비난을 사, 니이나와 함께 사과하면서 몬스터의 시체를 처리하고 돌아다닌(정확하게는 오늘 하루 종일 그것만 했다) 나는, 라이브 레이어의 학생기숙사에서 겨우 이글린과 레기, 크리스를 붙잡을 수 있었다.

식당 한구석을 빌려, 평상복 차림의 소대 멤버들에게 이야기를 들어보았다.

"툭하면 내 간격에 들어오니까 가보인 해머도 제대로 휘두를 수가 없잖아!"

"야만인도, 방해되는 것도, 그쪽……. 몸집, 크고, 몬스터, 잘 베지도 못하고."

"나는 대단한 파룸이니까 제일 먼저 돌격해야만 해!"

……협조성이 없다고 하면 거시기하지만, 역시 삼인삼색의 주장을 되풀이하는 그들에게 나도 골머리가 아파졌다.

『학구』의 규칙에 따라『소대』단위로 던전에 내려갈 마음은 있어도, 그뿐이다. 몬스터와 조우하면 각자 제멋대로 싸우기 시작한다.

신뢰와 신용. 그리고 배려.

서로 등을 맡기는 파티로서 치명적으로 그것이 부족했다.

'……비교가 극단적일지도 모르지만…….'

릴리나 벨프, 미코토 씨는 역시 대단했다고, 이상한 형태이기는 해도 감탄해버렸다.

모험자들 사이에서도 파티 내의 불화는 항상 생긴다.

저마다 개성이 있고 주장이 있으며 방침이 있다.

이것을 어떻게 절충하고 연대의 강도를 높여나가는가, 모험자와 서포터는 항상 그것을 추구한다. 그 점에서 말하자면【헤스티아 파밀리아】가 얼마나 좋은 환경에 있는지, 나는 새삼스레 통감했다.

"네놈들 때문에 공부할 시간이 없어졌어! 초초짜! 내 대신 리포트 써서 제출해!"

"네?!"

"잠깐, 이글린!"

용지를 떠넘기는 바람에 내가 놀라자 니이나도 역시 화를 냈다.

하지만 이글린은 어디서 바람이 부느냐는 식이었다.

"이놈은 『마석』하고 『드롭 아이템』 모으는 것밖에 못 하잖아! 말하자면 우리한테서 단물이나 얻어먹으면서 『학점』을 따는 거야! 그럼 이 정도는 해야지!"

오히려 같은 소대가 되어서 감사하라는 듯한 말투에 나는 압도되어 아무 말도 하지 못했다. 동료로서 아무것도 해주지 않았던 것은 사실이고.

결국 니이나가 말릴 틈도 없이 이글린은 식당을 나가버렸다.

"나…… 끝났어. 제출, 부탁해."

"난 아직이야! 그러니까 니이나, 또 리포트 쓰는 것 좀 도와주세요 부탁이에요!"

떠넘겨진 용지 위에 레기가 자신의 것을 얹고, 크리스는 어디서 배웠는지 오체투지하며 니이나에게 매달렸다. 떠나가는 레기와 이글린을 쫓아가려던 니이나는 크리스에게 붙들린 꼴이 되고 마는 바람에 어깨를 축 늘어뜨렸다.

워스트 파티.

모험자의 입장에서 보면 **그나마 귀여운 축에 속하지만……** 이름의 유래를 이해한 나는 전도다난하겠다는 생각을 하고 말았다.

"레온 선생님, 실례합니다……. 아, 발두르 님?"

어떻게든 내 몫까지 리포트를 다 쓴 취침시간 직전.

같이 가주겠다고 하는 니이나에게는 괜찮다고 전하고, 혼자 레온 선생님의 교원실을 찾아간 나는 의외의 신물을 보고 눈을 동그랗게 떴다.

"3일 만이네요, 라피. 어떤가요, 『학구』에서의 생활은?"

"어…… 적응하느라 고생하고 있어요."

레온 선생님과 테이블을 사이에 두고 차를 즐기던 ──그렇다기보다 혹시 내가 오기를 기다리셨던 걸까?── 발두르 님이 온화한 목소리로 물어보셔서, 나는 쓴웃음과 함께 본심을 말했다.

"하지만 고생과 비슷할 정도로…… 새로운 것뿐이라 가슴이 두근두근해요."

이것도 본심.

공부는 분명 힘들지만, 모르는 것들을 아는 것은 즐거운 일임을 깨달았다.

흥미가 있는 일이라면 더더욱. 박식한 선생님들과의 교류, 새로운 전법이나 발견에 대한 깨우침, 대도서관이나 아레나를 비롯한 시설 등 『학구』는 자신을 갈고닦고자 하면 얼마든지 그럴 수 있는 환경이 갖추어져 있었다. 에이나 누나의 말처럼 『초심』으로 돌아가기에는 제격이었다.

한정된 학생식당 메뉴를 두고 다투는 점심 투쟁 같은 것도 굉장하고, 【파밀리아】의 생활과도 달라 신선하고 자극으로 넘쳐났다.

이둔 님의 표현을 빌자면 "이거야말로 청춘이지☆"일지도 모른다.

내가 그렇게 털어놓자 발두르 님은 눈을 감은 채 "그렇군요" 하고 미소를 지어주셨다.

"아, 레온 선생님. 여기 레포트요……."

"고마워 라피. 나중에 자세히 살펴보겠지만, 이글린은 내일 아침 일찍 나한테 오라고 전해줘."

들켰네…….

가볍게 살펴보기만 하고도 내가 대신 썼다는 것을 간파한 레온 선생님에게 민망하기도 해서 "네……"라고 대답할 수밖에 없었다.

"오늘 처음으로 던전에 갔을 텐데,『제3소대』는 어땠어?"

"어…… 개, 개성적인 사람들, 이랄까요?"

레온 선생님의 질문에 간신히 단어를 골라 대답하자, 발두르 님이 입가에 손가락을 가져다 대고 어깨를 떨며 쿡쿡 웃으셨다.

"……레온 선생님, 발두르 님. 왜 저를 그 소대에 넣으셨나요?"

궁금했던 것을 물어보았다. 그러자,

"이대로 그들이『던전 실습』을 하다간 **전멸**할 테니까."

너무나도 쉽게.

아무런 비유도 없이 말씀하신 레온 선생님에게, 나는 놀라고 말았다.

어렴풋이 짐작은 했지만 나도 **완전히 똑같은 생각을 하고 있었으므로.**

"『제3소대』의 멤버들은 원래 니이나를 제외하면 다른 부대 소속이었어요. 하지만 어느『소대』에서도 문제를 일으켰기 때문에 계속 옮겨 다니다가 지금 이렇게 모이게 된 경위가 있죠."

"……문제아 취급을 받은 건가요?"

"적어도 학생들에게서는 그래. 우리 교사진들이 보기에는, 평가할 만한 장점은 있지만, 그걸 감안하더라도 협조성이 없었고."

너무나 지나치게 특출하다고, 발두르 님과 레온 선생님이 번갈아 대답하셨다.

그것도 내가 느낀 점이었다. 이글린, 레기, 크리스는 분명 연계는 전혀 취하지 않았지만, 뒤집어서 말하자면『개인의 힘』만으로 던전을 몇 계층이나 답파해버렸다.

그들 한 사람 한 사람의 힘은 같은 Lv.2 권속 중에서도 괄목할 만한 부분이 있었다.

하지만…… 그런『개인의 힘』이 있어도, 던전에서는 늦든 이르든 목숨을 빼앗기게 될 것이다. 다른 상급 모험자들이 걸어왔던 말로처럼.

"나나 다른 교사들이 탐색에 따라가면 특별취급이 되고 말지. 그 아이들에게도 도움이 되지 않아. 게다가 이 시기는 아무래도 일손이 부족해서."

던전 실습 중에는 교사 대부분이 미궁에 배치된다.

던전의 넓이를 생각해도 교사를 배치할 수 있는 것은 정규 루트뿐일 것이다.

학생에게 닥친 이상사태에 대처하기 위해서라도 세부까지 인원을 할애할 수는 없다는 것이 현실이라고 한다.

게다가 말을 들어보니, 소위 엘리트인『학구』의 학생들을 눈엣가시처럼 여기는 모험자들이 시비를 거는 등, 여러모로 다툼도 많아졌다나…….

"『제3소대』를 해체해 다른 부대에 따로따로 분산시켜도 거기서 또 문제를 일으켜버릴 거야. 던전 내에서의 소동이 확산될 위험성은 최대한 억제했으면 해. 그래서 어떻게 할까 생각했을 때…… 네가 이 『학구』에 오게 된 거야, 라피. 아니, 벨 크라넬."

"!"

"헤르메스에게서 당신의 입학을 타진 받았을 때, 사실은 『교환조건』도 있었답니다. 『학구』에서의 경험을 제공하는 대신 『제3소대』를 보살펴 달라고 한다."

레온 선생님의 말에 눈을 크게 뜨고, 발두르 님의 『고백』에 이해했다.

이번 『학구』 입학에 관해 나는 돈도 아무것도 지불하지 않고, 일방적으로 혜택을 받기만 했다. 민망하게 생각했는데, 그런 조건이 있었다면 마음은 조금 가벼워진다.

말하자면, 이것은 퀘스트다.

이미 선물로 지불된 『학구』 입학이라는 보수 대신, 나는 발두르 님과 레온 선생님의 기대에 부응해야만 한다.

"느낌은 어땠을까? 『제3소대』의 안전은 지킬 수 있겠어?"

"아, 네. 위험해지면 **나설 거니까요. 아무도 죽게 하지 않겠어요.**"

그 점은 괜찮다.

괜찮으니까, 말해버렸다.

『중층』 범위에서라면 틀림없이 니이나와 소대 멤버들을 완벽하게 지원해줄 수 있다고.

부담 갖지도 않는 내 대답에 레온 선생님은 눈을 가늘게 떴다.

"의지만 해서 미안하지만, 한 가지 더 부탁해도 될까?"

"뭔가요?"

"이글린과 레기, 크리스 외에 니이나도 『문제』라 부를 만한 것을 안고 있어."

생각지도 못했던 말에, 나는 적잖은 충격을 받았다.

싹싹하고, 누구에게나 사랑받고, 오늘까지 나를 열심히 도와주었던 니이나에게도. 무언가 『고민』이 있다니……?

"혹시 괜찮다면 그녀에게도 힘이 되어줘."

"……니이나에게 무슨 일이 있는지 들어도 될까요?"

"가능하다면 내가 아니라 『급우』로서 그녀의 고뇌를 들어줬으면 해."

그 말에 이해했다.

레온 선생님과 발두르 님은 니이나의 문제를 방치한 것이 아니라, 『같은 눈높이의 누군가』가 이끌어주는 것이 최선이라 판단한 것이다.

"지금의 그녀는 특히 섬세한 시기야. 니이나 자신이 품고 있는 『망설임』도 겹쳐져서, 우리 『어른』이 자칫 손을 쓰면 여러 가지를 잃어버릴지도 몰라."

"강함도 약함도 아는, 같은 시점을 가진 당신이라면 적임이 아닐까 하고…… 헤르메스에게 이야기를 들었을 때, 저는 그렇게 생각했답니다."

레온 선생님의 설명을 이어받듯 발두르 님이 말했다.

"그래서 레온과 이야기를 나누었죠. 당신은 학생으로서, 혹은 모험자로서 그녀를 이끌어 줄 수 있지 않을까 하고."

신의 말씀에, 조금 겸연쩍어하며 머리를 긁었다.

자신이 그런 거창한 휴먼이라고는 생각하지 않는다. 하지만 겸손을 떠느라 그런 건 무리라고 거부할 생각도 들지 않았다.

오늘까지 도와준 니이나를 위해, 나도 은혜를 갚는다.

그뿐이다. 『학교 친구』라면, 분명 그거면 충분할 것이다.

"……알겠습니다. 해볼게요."

레온 선생님은 고맙다고 발두르 님은 이 은혜를 잊지 않겠다고 말씀하셨다.

멋쩍게 생각하면서 나는 두 사람과 웃음을 나누었다.

"원래 같으면 한숨 돌릴 겸 『수학여행』 같은 걸 시험해보는 것도 좋았겠지만…… 『학구』의 교육과정 그 자체가 수학여행을 반복하는 거나 마찬가지니까. 효과가 있을지 조금 의심스럽군."

"『수학여행』요……?"

"다른 환경에서 견문을 넓히고 경험을 얻는, 학생이 주도하는 작은 여행을 말한답니다."

그런 잡담을 나누다 보니 슬슬 기숙사의 취침시간이 다 되었다. 『학구』의 【클래스】에는 대표 학생인 『감독생』──【파밀리아】로 치면 간부후보──이 있어서 규칙 위반을 저지르면 단속의 대상이 된다.

기숙사장이기도 한 그녀들에게 야단을 맞기 전에 슬슬 이 자리를 뜨는 편이 좋겠다.

　"라피, 마지막으로 한 가지만 물어봐도 될까?"

　교원실을 나오기 직전, 레온 선생님이 내 등에 대고 말을 걸었다.

　"『제3소대』는 어디서 **멈출** 거라고 생각해?"

　돌아본 나는.

　계층마다 규정된 『학점 조건』을 떠올리며 대답했다.

　"12계층일 거예요."

　"빌어먹을!!"

　이글린의 짜증 섞인 목소리가 몰려드는 『임프』의 울음소리에 삼켜졌다.

　흰 안개가 피어나는 던전 12계층.

　『상층』의 최하층에 도달한 『제3소대』는 **몇 번째인지 모를** 고전을 겪고 있었다.

　"빨리 저 『용』을 잡아!"

　"무리…… 피곤."

　"슈퍼 강한 나도 중과부적 아닐까나! 미안해 애들아!"

　『임프』 무리에게 에워싸인 이글린과 레기, 크리스의 시선 너머. 안개 너머에 나타난 것은 몸길이 4M이 넘는 『소룡』이었다.

『오오오오오오오오오오오오오오오오오오오오!!』

상층의 레어 몬스터『인펀트 드래곤』의 포효가 초원의 바다와 함께『제3소대』를 쩌렁쩌렁 흔들었다.

강인한 비늘에 덮인 긴 꼬리가 회오리바람을 일으키며 던전의 천연무기인『랜드 폼』── 수많은 굵은 고목을 부러뜨리고, 비명을 지르는『임프』들까지도 쓸어버렸다. 어떻게든 뛰어 물러나며 공격을 회피했지만 전열 3명의 움직임은 아무리 봐도 빛을 잃고 있었다.

"【흔들리는 성륜(聖輪), 토한 숨결은 희게. 꽃이여 꽃이여 노래하라 청정의 언덕】──【마기아 크리스】!"

순백색의 꽃잎── 아니, 흰 마력조각이 바람과 함께 전열 세 사람의 몸을 감싼다.

니이나의 치유마법이다.

후열 위치에서 로드를 들고 어떻게든 세 사람을 지원하지만, 그것도 임시방편밖에 되지 않았다.

체력이 돌아온 덕에 용의 추가공격으로부터 어떻게든 이탈할 수는 있었으나 이글린과 레기, 크리스에게는 피로의 빛이 역력했다.

"……니이나, 후퇴하자. 이 싸움은 더 이상은……."

"……응."

서포터로서 곁에 서 있던 내 말에 니이나는 한순간 괴로워하는 표정을 지었지만, 소대장으로서 금세 마음을 바꿔

먹었다.

"다들 후퇴해! 아까 정해두었던 남쪽 룸까지! 서둘러!"

"뭐야?! 웃기지 마! 난 아직……!"

즉각 반론하려던 드워프의 노성은 마지막까지 이어지지 않았다.

몸을 날려가며 누구보다도 전열에서 계속 싸웠던 이글린이 가장 잘 알고 있었다.

이대로 전투를 속행하면 『사고』가 일어날 가능성이 있다고.

예를 들면, 이 룸 너머에서 다른 몬스터의 대군이 나타난다거나──.

『쿠우워어어어어어어어……!』

"와아! 『오크』 떼다! 못생겼어! 싸우기 싫어!"

"……전략적 후퇴. 어쩔 수 없어."

벽이 밀려오듯 나타난 네 마리의 『오크』를 보고 크리스도 레기도 도주에 들어갔다.

"젠장!"

이글린도 욕설을 내뱉으며 뒤를 따랐다.

『마법』이 필요해.'

쫓아오는 임프와 오크, 무엇보다도 용.

주위를 살피며 이쪽과 저쪽의 간격을 계산했다. 만에 하나의 가능성을 없애기 위해, 나는 달리면서 백팩을 뒤졌다.

그리고 니이나에게서 떨어져, 이쪽으로 달려오는 레기의 곁에 나란히 섰다.

"레기 씨!『마법』준비할 수 있어요?!"

"……영창, 시간, 없어."

"내가 트랩을 준비할게요! 그러니까 3개 너머에 있는 고목 언저리에다! 무리일까요?"

나란히 달리며 한심한 표정으로 웃는 나와 장갑 낀 손으로 쥔『그것』을 보며 다크엘프 여학생이 중얼거렸다.

"……할게."

즉시 전방으로 가속.

나의 주문대로, 세 그루 너머의 고목 밑에 발을 멈춘 후, 한쪽 무릎을 꿇고 앉아 주문을 외우기 시작했다.

그것을 확인한 나는 등 뒤에서 밀려드는 몬스터의 무리를 흘끔 보고 장갑에 쥐고 있던『그것』——『퍼플 모스의 독주머니』를 뿌렸다.

던전에 오기 전에 가게에서 구입했던 아이템.『상층』을 탐색하던 때는 릴리도 자주 썼던, 작은 자루에서 피어나는 그것은 물론『독 인분』.

『켈록, 콜록?!』

『으웨에에?!』

임프를 중심으로『독』의 증상에 괴로워하기 시작하는 몬스터들의 진형이 느려졌다.

이것만으로는 저 대군의 추격은 막을 수 없겠지만, 약속한 대로 시간은 끌었다.

"【다크 마인】! ……완료."

매직 서클을 펼치고 지면에 한쪽 손을 짚은 레기가 다시 달려 나왔다.

나도 서둘러서 ──Lv.1 정도의 전력 질주를 가장하며──고목 주변을 피해 동료들의 뒤를 따랐다.

이내 임프들을 걷어차며 『오크』들이 쿵쿵 맹추격을 시작한 순간.

"【흑폭】. 쫘──앙."

『워어어어어어어어어어어어어어어어어억?!』

레기의 스펠 키와 함께 『지뢰마법』이 발동해, 『제3소대』는 간신히 몬스터들을 뿌리치는 데 성공했다.

"빌어먹을!"

이글린이 머리에 썼던 투구를 벗어 땅바닥에 내팽개쳤다.

조용해진 룸에 그 소리는 잘 울려 퍼졌다. 하지만 그것을 나무랄 사람은 아무도 없었다.

니이나도 포함해, 모두가 숨을 헐떡이고 있었기 때문이다.

"이게 벌써 **4번째**라고!! 또 그 용을 해치우지 못했잖아……!"

이미 『던전 실습』이 시작된 지 **4일째**.

11, 12계층 공략은 이미 도합 3차례가 된 가운데, 『제3소대』는 아직도 『학구』가 『학점조건』으로 지정한 인펀트 드

래곤을 격파하지 못했다. 『학점』에 규정된 몬스터의 『드롭 아이템』을 제출하기 전까지는 이 이후의 계층으로 나아갈 수 없다.

첫날에 7계층이나 전진한 『제3소대』의 쾌진격은 보기 좋게 정지되고 말았던 것이다.

"저 초초짜를 제외하면 우린 전부 Lv.2야! 길드의 정보대로라면 저딴 용 정도는 쉽게 쓰러뜨릴 수 있을 거 아냐!"

후퇴했어도 완전히 임전태세를 해제할 수는 없었는지, 한 손에 해머를 들어 여전히 『성격이 바뀐 이글린』인 그는 다시 "젠장!" 하고 욕설을 내뱉으며 짜증을 드러냈다.

"『제7소대』엘리트 놈들을 제외하면 12계층에 제일 먼저 도착한 건 우리였는데……! 왜 다른 소대한테 계속 추월당하는 거야!"

그건…… 아주 간단하다.

집단전투를 못 하고 있으니까.

『제3소대』는 매우 **효율이 나쁘니까.**

정규 루트를 따라 최단거리로 간다 해도, 12계층 분량의 거리는 생각보다 길다.

중간에 발생하는 교전을 돌이켜보면 소모는 더욱 심해진다. 그리고 연계도 없이 개인의 힘만으로 계층을 돌파해 나가는 『제3소대』는 다른 파티보다 체력과 마인드를 더 많이 빼앗기게 된다.

조금 전의 전투에서, Lv.2인 『제3소대』가 인펀트 드래곤과 몬스터의 무리를 압도하지 못했던 이유는 단순한 스태미나 고갈.

'이번 공략에선 니이나의 제안으로 12계층에 도착한 후 보급을 마치긴 했지만……'

분명 체력은 마법으로 회복할 수 있고, 마인드도 아이템으로 어떻게든 된다.

하지만 『인펀트 드래곤』은 광대한 계층 전체에서 5마리도 나타나지 않는다는 레어 몬스터. 계층 터주가 없는 『상층』에서 보스라 불리는 까닭은 여기에 있으며, 애초에 조우하기가 힘들다.

게다가 여기에 『학구』의 학생끼리 용을 두고 서로 다투게 되면 어떨까.

답은——『쟁탈전』이 벌어져, 운 좋게 발견하는 것도 고생하게 된다.

그리고 그런 고생을 계속하며 용을 찾는 사이에, 기껏 회복했던 체력도 빼앗기고…… 지금의 『제3소대』처럼 된다.

10계층부터는 몬스터 파티도 발생하며, 적의 숫자도, 교전횟수 자체도 상당히 늘어난다.

『인펀트 드래곤』을 에워싼 부하 같은 『임프』의 존재도 은근히 타격을 준다.

'니이나의 『마법』은 회복이나 지원에 치중되어 있다니까, Lv.2라고 억지로 전열까지 내보내는 것도 좋은 작전은 아

니지······.'

전열의 지원과 회복을 포기하는 것도 이 파티에서는 위험성이 크다. 이미 매직 포션은 다 써버렸고, 이 이상 니이나에게 부담을 주는 것은, 귀환까지 고려하면 피해야 한다.

전부 나쁜 방향으로만 돌아간다.

단순히 12계층 답파만이라면『제3소대』도 어렵지 않을 것이다.

하지만 지금의 환경에서『인펀트 드래곤』을 격파하려면 단숨에 난이도가 올라간다.

미궁에 몇 년씩 내려와 익숙해졌던 모험자라면 그나마 소모가 줄었을지도 모르지만, 이들은 던전을 안 지 겨우 4일밖에 안 되는 초심자 중의 초심자. 반대로 겨우 4일 만에『상층』을 완전답파하고 있는 학생들은 역시 엄청나게 우수하다고 해야겠지만······ 아무리 Lv.2라도 이런 식으로 체력과 마인드를 낭비하면 던전 그 자체에 고통을 받게 되는 것이 당연하다.

──그런 내용을, 단어를 골라가며 무난하게 전해봤지만 "이제 와서 뭔 소리야!"라고 야단을 맞았다. 미안해요······!

"······오늘도 철수하자. 아이템도 다 떨어졌고, 이 이상은 위험해."

『인펀트 드래곤』이 출현하는 11계층은『쟁탈전』의 격전지가 되고 있다.

마지막 희망에 매달려 12계층까지 온『제3소대』멤버들

은 니이나의 말에 낯을 찡그리거나, 침묵하거나, 의기소침해졌다.

　반론은 없었으며, 말없는 승낙이 오가려던 그때.

　"……니이나, 미안. 조금만 더 기다려줄래?"

　"어?"

　마음속으로 사과하며 내가 끼어들었다.

　"『제3소대』라면, 아직 더 할 수 있을 거라고 생각해."

　──직감이지만, 아마도, **여기**가 아니면 안 될 것이다.

　체력도 정신력도 다 써버리려 하는 이 상황.

　『극한』이라고까지는 할 수 없어도, 궁지에 몰린 상태.

　여기가 아니면, 분명 『제3소대』는 달라질 수 없다.

　이미 【랭크 업】해 Lv.2가 된 이들은 다소나마 무리를 할 수 있다. 무리가 통하기에 파티 플레이를 경시하고 개개인의 힘으로 밀어붙여 버린 것이다.

　그러니 **무리가 통하지 않게 된** 이 상황에서 새로운 방법을 경험할 수 있다면── 고생 끝의 성공을, 놀라울 정도의 효과를 체험한다면, 그들은 틀림없이 배울 수 있다. 다음부터는 이 경험을 살릴 수 있다. 무기로 삼을 수 있다.

　왜냐하면 그들은 『학구』의 학생이니까.

　'이것도 분명…… 『지식』과 『지혜』겠지.'

　『심층』에서 류 씨와 단둘이 있었을 때, 온갖 수단과 임기응변을 동원해, 강해지지 못하면 살아남을 수 없었던 그 체험을, 다소나마 재현할 수 있다면, 가능하다.

『궁지에 몰린 끝에야말로 성장할 기회도 존재한다』고, 지금의 나는 어렴풋하게나마, 그렇게 생각한다.

뭐, 사실은『아직 할 수 있다』는 던전에서는 가장 위험한 말이기도 하지만…….

"이 파티라면, 아직『모험』이 아니니까…… 괜찮아."

눈을 앞머리로 가린 채, 그렇게 웃으며 말했다.

니이나, 이글린, 레기, 크리스. 모두가 눈을 크게 떴다.

『모험자는 모험을 해서는 안 된다』. 에이나 누나의 말을 떠올리며, 아직『모험』의 범주가 아니라고, 그들에게 힘주어 말했다.

개개인의 힘만으로 여기까지 올 수 있었다.

힘을 합친다면……『제3소대』는 더 나아갈 수 있다. 반드시.

레온 선생님과 발두르 님도 그 사실을 알기에 이 소대를 해산시키는 것을 망설였을 것이다.

"아, 아직 괜찮다니…… 뭘 어쩌겠다고?! 이제까지 아무것도 잘 된 게 없는데!"

"어, 오늘까지 계속, 여러분의 움직임을 보면서,『작전』같은 걸 생각해봤는데요……."

지난 4일 동안, 서포터의 위치에서『제3소대』를 계속 관찰했다.

평소의 내 포지션은 전열. 혹은 미코토 씨와 교대해 이따금 중견으로 물러나기도 하는 정도라, 파티의 후방이라는 시점은 매우 신선했다. 그렇기에 알 수 있는 것이 많았다.

『지금 그 공격이 있었으면』이라든가.

『저기서 비키기만 해도 크리스 씨의 부담이 줄어들 텐데』라든가.

그리고――『지금 내가 전열에 있으면 어떻게 될까』라든가.

여러 가지를 생각하는 동안 파티 멤버의 여러 가지 면모가 보이기 시작했다.

아마 【헤스티아 파밀리아】에서는 이 감각을 맛보지 못했을 것이다. 후열 위치까지 물러나게 됐더라도. 그만큼 【헤스티아 파밀리아】는 훈련도가 높다.

아직도 발전 도중에 있는 『학생』이기에 깨달을 수 있는 것이 많았던 것이다.

"웃기지 마! 초초짜 자식의 작전 따위 어떻게 믿어!! 여기서 자폭이라도 했다간 누가 책임지게!"

하지만 한 손에 해머를 든 이글린은 격렬한 어조로 거절했다.

……어쩔 수 없다, 고 하면 어쩔 수 없기는 하다. 계속 서포터를 맡았던 나는 오늘까지 파티에 아무 것도 공헌하지 않았으니까. 『작전』을 제안하기에, 나에게는 신용이 부족했다.

이것은 명확한 내 잘못이다.

릴리가 여기 있었더라면 『마무리가 허술하네요』라고 한숨을 쉬었겠지.

어떻게 한다. 머릿속으로 고민하고 있으려니.

"난, 좋아."

계속 잠자코 있었던 레기가 그렇게 말했다.

"작전, 들을래."

"뭐…… 무슨 소릴 하는 거야 넌?!"

"아까, 도망쳤을 때 지시, 좋았어……. 꽥꽥대는 드워프보다, 훨씬 나아……."

모두가 놀라는 가운데, 반대한 이글린에게 레기는 까만색 마스크 안에서 담담히 말했다. 이글린이 갈팡질팡하는 한편, 우리 사이에서 시선을 두리번두리번 왕복시키던 크리스도 어째서인지 두 손을 허리에 척 얹으며 가슴을 폈다.

"나도 좋아! 라피의 귀랑 꼬리는 복슬복슬하니까! 분명 좋은 작전일 거야!"

전혀 상관없고, 이 귀랑 꼬리는 변장 도구지만, 어째서인지 크리스도 나를 신용해주었다. 다시 한번 경악하고 있으려니 나와 눈이 마주친 니이나는 빤히 이쪽을 바라보고 ──이제까지의 『라피 플레미슈』를 떠올리듯── 천천히 웃음을 지었다.

"나도 라피의 작전, 듣고 싶어."

나를 제외하면, 3대 1. 파티의 표결에 이글린은 이번에야말로 말문이 막혔다.

으그그극, 하고 한바탕 신음한 그는 체념한 듯 내게 삿대질을 했다.

"한심한 작전이면 말 절대 안 들을 거다!"

파티란 어렵다.

지금까지 릴리와 벨프에게 지탱을 받아왔던 나는 이제와서 깨달았다.

하지만 신용을, 그리고『신뢰』를 맡은 이상── 호응하자.

흔들리는 앞머리 속에서 웃음을 곱씹으며, 그렇게 맹세하고, 고개를 끄덕여 대답했다.

"그러면 라피, 어떻게 할 거야?"

"응. 어려운 일은 아니지만⋯⋯."

자연스레 원진을 짜듯 몸을 맞대고 모인 가운데, 니이나에게 질문을 받은 나는 생각을 정리했다.

나도 릴리와 함께 손으로 꼽을 정도밖에 해본 적이 없지만⋯⋯.

"『사냥』해보지 않을래?"

『지형을 유리하게 활용하는 것』.

에이나 누나와의 이론 공부에서 처음 무렵에 배웠던 기본전술.

나와 『제3소대』는 그런 기본으로 돌아가 보기로 했다.

"야, 정말 괜찮은 거겠지……?!"

안개가 넘실대는 룸 속에서 이글린의 으르렁거리는 듯한 목소리에 아마도, 라는 말을 목구멍 속으로 숨겼다.

나도 저쪽에 가는 게 나았을까? 하지만 준비가 필요한 건 이쪽이고, 『Lv. 1 서포터』에게 큰 역할은 맡겨주지 않았다. 지금은 니이나 일행을 믿을 수밖에 없다.

이윽고 숨을 죽인 채 기다리는 우리의 기도가 통했는지…… 겹쳐지는 땅울림 소리가 룸으로 육박했다.

『쿠워어어어어어어어어어어어어어어어어어어어어어어어!』

통로 입구를 부술 기세로 나타난 것은 『인펀트 드래곤』.

용보다도 먼저 룸으로 뛰어든 것은 하프엘프와 파룸!

"얘들아, **낚였어!**"

"역시 난 대단해! 미끼 노릇까지 완벽하게 해냈어!"

말 그대로 『미끼』를 맡은 니이나와 크리스가 우리 쪽으로 도망쳐오며 외쳤다.

내가 니이나, 특히 크리스에게 부탁한 것은 척후.

파룸이면서 전열에서 싸울 수 있는 것은 대단하지만, 이번에는 종족 특유의 시력을 활용해달라고, 이 계층 특유의 『안개』 속에서 용의 위치를 수색해달라고 부탁했던 것이다. 릴리와 어떤 사건——《주신님 나이프》를 빼앗으려 했던——을 겪으면서, 이 『안개 계층』에서도 파룸의 시력은 마음껏 효과를 발휘한다는 것을 이미 알고 있었다.

안전한 도주 루트 확보는 소대장으로서 빈틈없는 니이나의 일. 둘이 나란히 가서 조금 전의『인펀트 드래곤』을 발견한 후, 이곳까지 유도하도록 부탁한 것이다.

물론 용의 뒤에는『오크』며『임프』를 비롯한 다른 몬스터도 따라오고 있다. 한번 패주했던 상대 앞에서 파티의 상태 자체는 변하지 않는다.

평범하게 싸우면 밀려버렸겠지만——.

"【다크 마인】!"

『크아아아아아아아아아아아아아아아악?!』

이미 이 룸에는 레기의『지뢰마법』이 산더미처럼 설치되어 있다.

크리스와 니이나가『낚시』에 나선 동안 있는 대로 장치해둔 마법의 폭약.

『오크』와『임프』가 숨겨진 매직 서클을 밟기만 해도 칠흑의 섬광이 솟아나고 잇달아 폭발했다. 물론『인펀트 드래곤』은 죽지 않았지만 지뢰를 밟았던 왼쪽 앞발은 이미 못 쓰게 되었다. 니이나와 크리스는 미리 짠 대로 좌우로 갈라지면서 룸의 안전지대로 이동했다.

이것은 아무것도 아니다.

잠시 시간을 두고, 그저 룸을『활용할 수 있는 유리한 지형』으로 바꾸었을 뿐.

"으랏차아!"

『워어어어어어어어어어어어어?!』

지뢰를 면한 몬스터를 이글린이 난폭하게 사냥하는 가운데, 『인펀트 드래곤』이 마치 『동료』를 부르듯 포효를 터뜨렸지만, 소용없다.

이미 룸의 벽면은 파괴해두었다. 미궁은 조성의 재생을 우선시해 새로운 적은 태어나지 않는다. 몬스터 파티는 발생하지 않는다. 내가 이 룸에 남은 이유이기도 했다.

레기가 지뢰를 매설하는 동안 이글린과 함께 미궁벽을 파괴하고 다녔다. 이 룸은 이젠 그야말로 지뢰밭이며 우리의 『사냥터』였다.

유인해, 함정을 치고, 해치운다.

정말로 단순한 사냥.

개인이 각자 알아서 설쳐댈 동안에는 무리였지만, 파티가 연계를 취할 수 있다면 얼마든지 방법이 있다.

'전부 『경험』이지.'

내가 오늘까지 ——제1급 모험자가 될 때까지—— 계속 쌓아왔던 『경험』을 모두 토해냈을 뿐.

아이즈 씨처럼, 다른 모험자들처럼 싸우는 법을 가르쳐줄 수는 없어도, 이 정도의 『길 안내』라면 나도 할 수 있어!

"에워싸, 에워싸아아아아!"

남은 몬스터는 용 한 마리뿐.

안개 대신 까만 불똥이 피어나는 환상적인 공간에서, 『제3소대』가 사방에서 공격을 거듭해, 괴로워하는 『인펀트 드래곤』을 몰아붙였다.

그리고.

"으랏차아아아아아아아아아아아아아아아아아아아!"

니이나와 크리스의 미끼 서포트를 받아, 고목을 도약대로 바꾸어 허공 높이 솟아올랐던 이글린이 용의 등에 해머를 내리찍었다.

『끄워어어어억?!』

비늘과 등뼈를 꿰뚫는 치명타. 적의 『마석』 위치는 이미 전해두었다.

고개를 크게 꺾으며 몸을 젖힌 『인펀트 드래곤』은 단말마의 비명을 지르고, 다음 순간에는 대량의 재가 솟아났다.

제발……!!

몬스터 격파를 지켜본 후에도, 소대 멤버들과 함께 마른 침을 삼키며 지켜보았다.

기도하듯, 재가 되어 사라진 소룡의 폭심지를 바라보고 있으려니…… 데굴, 하고.

소리를 내며, 날카로운 『소룡의 송곳니』가 지면에 굴러나왔다.

"나, 나왔다아————————————!!
인펀트 드래곤의 『드롭 아이템』! 해냈다아아아아아아아!"

"아, 앗싸아아아아아아아아아아아!!"

만세! 하며 두 손을 들고 환호성을 지르는 크리스.

이어서 이글린이 기쁨의 목소리를 내고, 레기는 손가

락으로 잡은 마스크를 내리며 가련한 입술에 웃음을 머금었다.

마지막으로, 멍하니 서 있던 내 곁에 니이나가 달려왔다.

"라피, 굉장해! 작전 정말 딱 맞았어!"

"으, 응, 다행이다……. 아, 니이나. 위험한 일을 맡겨서 미안해."

"아냐, 그렇지 않아!"

처음 볼 정도로 흥분한 니이나는 내 두 손을 꼭 붙들고 붕붕 휘둘렀다.

멋쩍어 나도 모르게 부끄러워하고 있으려니, 『소룡의 송곳니』를 끌어안은 이글린과 크리스, 레기가 달려왔다.

"초초짜! 아니, **라피**! 너 제법이잖아!"

"아, 아뇨, 여러분이 대단했던 거지 전 별로……."

"겸손 떨지 마! 너 이 자식, 혹시 던전 오타쿠 아냐?! 딱딱 맞아떨어지는 소리만 하고 앉았고! 그래서 이렇게 어중간한 시기에 입학한 거지?! 그렇지?!"

"아, 아하하하……."

몇 번이나 웃으며 등을 퍽퍽 두드려대는 이글린에게 쓴웃음을 지었다.

사실은 현역 모험자니까, 크게 틀린 말은 아니라고 할 수 있을까?

"라피, 넌 행운의 토끼야! 오늘부터 내 호위수로 임명해 줄게!"

"고, 고맙습니다?"

"이예~이."

"이, 이예~이?"

크리스와 레기와도, 조금 이상한 웃음을 나누었다.

보기 드물게 신이 나 떠드는 『제3소대』에게, 나는 다시금 고마움을 표했다.

"고맙습니다 이글린 씨, 레기 씨, 크리스 씨. 절 믿어주셔서——."

"그냥 이글린이면 돼."

"네?"

"그냥 이글린이라고 불러! 존댓말도 필요 없고!"

"나도 그냥 편하게 불러줘! 오늘부터 넌 종자라고 쓰고 마음의 친구라고 읽는 사이니까!"

"나도 이름…… 줄게."

웃음을 짓는 이글린과 크리스, 레기에게 나는 어느샌가 활짝 웃음을 짓고 있었다.

신기하게도, 단숨에 거리가 좁아진 것 같았다.

동료와 공유할 수 있는 『성공체험』. 함께 괴로워했던 시간이 길수록 그때의 기쁨은 크다.

이것이 던전. 그리고 파티 플레이의 참맛.

의도치 않게 초심으로 돌아갔던 나도 마음이 들떠버릴 정도로 기뻤다.

"……니이나."

"……응!"

니이나와도 웃음을 나눈 나는, 마지막으로 말했다.

의도는 전해졌을 것이다.

고개를 끄덕여 대답한 니이나는 앞으로 나서며 진지한 표정으로 입을 열었다.

"있지, 얘들아. 난, 이게 바로 던전이라고 생각해. 다 같이 힘을 합치지 않으면, 분명 앞으로도 나아갈 수 없게 될 거야."

소대장의 말을 전혀 듣지 않았던 학생들이, 지금은 눈과 눈을 마주하고 귀를 기울인다.

"그러니까, 앞으로도 난 힘을 합치고 싶어. 이 소대가 『낙오자』 같은 말을 듣지 않도록. ……너희는, 어때?"

돌아온 것은 "……하는 수 없구만"이라는, 아직도 솔직해지지는 못한 대답이었다.

"내 꿈을 위해서라도 『학점』은 따야 하니까. ……그러니까, 힘을 빌려주지."

"나도 혼자서 싸우는 것보단 어쩐지 즐거웠으니까! 다음에도 해보자!"

"드워프도, 파룸도, 단순……. 하지만, 좋아."

돌아온 세 사람의 대답에 나는 안도하고, 니이나는 감개무량한 것처럼 조금 눈물을 글썽거렸다.

『드롭 아이템』을 내 백팩에 챙겨넣고 신중히 운반해 미궁을 떠났다.

지상으로 나오니 해가 꼴깍 저물고 있었다.

달성감도 맞물려, 저녁놀의 빛이 부드럽게, 그리고 따뜻하게 보였다.

웃음이 멈추질 않는『제3소대』는 그대로『학구』로 귀환하지 않고『길드 본부』로 발을 옮기고 있었다.

"……저기, 역시 관두는 게 어떨까?『마석』환전이라면『바벨』에서도 할 수 있는데……."

"오늘은 우리가『상층』을 돌파한 기념일이잖아! 개선하려면 작은 환전소는 어울리지 않아!『길드 본부』에서 가슴을 펴고 환전해야지!"

해머를 손에서 놓고 등에 짊어졌기 때문에『귀공자 이글린』이 된 드워프에게 내가 쓴웃음을 짓고 있으려니, 니이나가 어쩐지 흐린 표정을 지었다.

"하지만……."

"함께 발맞춰서 나가자고 한 건 니이나 너였잖아! 내가 좀 아는데, 이런 걸 분위기 파악 못 한다고 그러는 거야!"

이글린과 크리스의 말에 니이나는 한 마디도 반박하지 못한 채 입을 다물어버렸다.

나도 가능하다면 던전 탐색 전후에는 길드의 게시판에서 정보를 수집하곤 했으므로 찬성했지만 ——아는 사람을 만나는 게 좀 무섭긴 하지만—— 내키지 않아하는 그녀의 모습을 보고 의아하게 생각했다.

하지만 그 의문은 금세 사라지게 된다.

『길드 본부』에 도착한 후, 로비 한쪽에서 무사히 환전을 마쳤을 때——.

"……혹시 니이나?"

"!"

빠른 걸음으로 로비를 떠나려 하는 니이나의 어깨에 누군가의 목소리가 와닿았다.

그녀의 이름을 부른 사람은 다른 이도 아닌, 에이나 누나.

"……니이나 맞지? 나야, 에이나! 알아보겠어?!"

안경 너머에서, 자신과 같은 에메랄드색 눈을 크게 뜬 그녀에게 니이나는 흠칫 숨을 멈추었다.

그리고 시선을 돌린 채 뛰어나갔다.

"기, 기다려, 니이나!"

에이나 누나의 말을 뿌리치고 밖으로 나가버리고 말았다.

이글린과 크리스, 레기와 함께 아연실색했던 나는 상처 입은 표정을 지은 에이나 누나와 니이나가 떠나간 방향을 번갈아 바라보다가, 단장의 심정으로 후자에게 가기로 했다.

지금은 라피니까. 그런 말은 변명이 되지 않는다. 미안해요, 하고 마음속으로 사죄하며, 분위기가 이상했던 급우를 따라갔다.

"니이나, 기다려! 무슨 일이야?!"

"하아, 하아⋯⋯!"

저녁놀이 지는 대로를 달리고 인파 속을 누비며, 어떻게든 떨어지지 않고 거리를 유지하다가, 센트럴 파크에서 겨우 걸음을 멈춘 니이나에게 달려갔다.

광장 북서쪽, 물보라 소리가 울리는 분수 앞에 선 하프엘프 여자아이는 가슴을 꽉 누르고 있었다.

"⋯⋯미안해, 아무것도 아니야."

"하, 하지만⋯⋯."

"정말로, 괜찮으니까⋯⋯. 내가, 한심해서 그런 것뿐⋯⋯."

그렇게 말하고 고개를 숙인 니이나의 얼굴에는 내가 처음 보는 그늘이 있었다.

꼭두서니색 빛에 물든 그녀에게, 나는 추궁도, 멋들어진 말도 해줄 수 없었다.

"⋯⋯먼저『학구』로 돌아갈게. ⋯⋯미안해 라피."

그렇게 말하고, 니이나는 도시 남서쪽, 멜렌 항구로 통하는 메인 스트리트로 향해 인파 속으로 사라졌다.

『학구』의 배틀유니폼을 입은 내게 주위의 호기심 어린 시선이 모여들었지만, 남서쪽과 북서쪽 방향을 느릿느릿 번갈아 볼 수밖에 없었다.

"⋯⋯쓸데없는 짓일지도 모르지만⋯⋯."

분명 자매가 틀림없는 두 사람에게서 나는 계속 도움을 받았다.

그러니 결심했다.

왔던 길을 되돌아가, 다른 소대 멤버들에게 고개를 숙이고 백팩을 비롯한 짐을 맡긴 다음, 혼자 자유시간을 얻기로 했다.

⊡

"하아…….'

저녁놀이 완전히 모습을 감추고 하늘이 별에 묻힐 무렵.

한숨과 함께 『길드 본부』의 뒷문으로 나오는 그녀를 발견하고, 나는 말을 걸었다.

"에이나 누나.'

"어……? 베, 벨?'

미안하지만 그녀를 기다리고 있었던 나를 돌아보고, 에이나 누나는 눈을 동그랗게 떴다.

지금은 가발은 쓰고 있지 않다. 『학구』의 배틀유니폼도 벗고, 변장 세트는 미리 준비한 가방 속에 욱여넣었다.

소대 멤버들과 헤어진 후, 나는 몰래 북서쪽 메인 스트리트 『모험자 거리』의 뒷골목으로 향해, 아무도 보지 않는 것을 확인하고는 지하의 가게 『마녀의 아지트』로 향했다. 다이달로스 공방전이나 시르 씨와의 도주 데이트 때에도 들렀던 메이거스의 가게다.

【헤스티아 파밀리아】의 홈에 『학구』의 학생이 드나든다

는 소문이 돌면 안 되고…… 부탁할 곳이 여기밖에 떠오르질 않았던 나를, 가게 주인 레노아 씨는 "또 왔구먼"이라고 진저리를 치면서도 맞아주었다. 몇 번이나 고개를 숙이고, 소대 멤버들에게 나눠 받은 발리스 금화로 구입한 옷으로 갈아입은 후, 가게에서 나올 때는 라피가 아니라 벨로 돌아와 길드 본부까지 왔던 것이다.

"무, 무슨 일이야, 이런 곳에 있고? 게다가 어쩐지 평소보다 세련된 것 같은데……?"

"아, 아하하하……."

대충 산 옷이 세련됐다는 말을 들으니 내심 복잡한 기분이 들었지만, 말을 꺼냈다.

"사실은 저녁에 『길드 본부』에 들렀었는데, 에이나 누나가…… 에이나 누나랑 닮은 여자아이랑 있는 걸 봐서……."

거짓말을 섞어 말하는 데 죄책감을 느끼면서 거기까지 말하자 에이나 누나의 표정은 슬픔으로 물들었다. 내 죄책감도 조금 더 늘었다.

"그래서, 마음에 걸려서, 에이나 누나 일이 끝날 때까지 기다렸는데……. 혹시 괜찮으시면, 얘기를 들을 수 있을까 하고요."

두 사람의 사정에 발을 들이민다는 것을 자각하면서, 그래도 내버려 둘 수는 없었다.

니이나도, 에이나 누나도.

조금 망설이는 기색을 보이던 에이나 누나는 고개를 들

고는 살짝 끄덕였다.

"그 아이는 니이나라고 하는데…… 내 동생이야."

길드 직원 차림으로 모험자와 식사를 하는 것은 남들 보기에 좋지 않다는 이유로, 에이나 누나의 집에 한 번 들렀다가, 옷을 갈아입은 그녀와 함께 도시 북쪽 변두리의 세련된 레스토랑으로 왔다. 덧문은 없고 값비싼 유리창을 사용해, 모험자의 주점이라기보다는 상급 계급 사람들이 안전하게 이용할 수 있을 것 같은 가게였다.

테이블을 끼고 식사도 하면서, 에이나 누나는 띄엄띄엄 말을 이어나갔다.

"나이는 여섯 살 차이지만…… 사실은 나, 그 아이하고의 추억은 하나밖에 없어."

"네……? 그, 그게 무슨 말이에요?"

분명 나이는 꽤 많이 차이가 나는 것 같지만, 추억이 하나밖에 없다니……?

"그 아이가 태어난 직후, 난『학구』로 가버렸으니까."

"!"

"우리 어머니는 몸이 약해. 약이 필요해서, 아버지는 열심히 일하시지만…… 어린 마음에 어떻게든 하고 싶다고 생각했어. 사실은 당장 일을 할까도 생각했지만, 어머니가 그럴 거면 하다못해『학구』에 가달라고, 하셔서……."

처음으로 에이나 누나의 가정 사정을 듣고 적잖은 충격

을 받았다.

에이나 누나가 『학구』에 입학했던 것은 놀랍게도 겨우 6살 때. 막 태어난 니이나와 자리를 바꾸듯이, 혼자 학문의 정원으로 떠났다고 한다.

『학구』를 거쳐 직장으로 길드를 골랐던 것도, 처음에는 높은 급료를 원해서, 부모님께 생활비를 보내기 위해서였다고, 약간 자조하듯 말해주었다.

"고향에도 전혀 돌아가지 못했고, 니이나는 나에 대한 기억도 없을 거야. 오히려『언니가 있다』는 정보만 있을 뿐 생판 남 정도로 느끼지 않았을까."

"그, 그렇지는……!"

"……미안해, 이상한 소릴 해서. 하지만 우리는 그만큼 멀었어. 나도 갓난아기 무렵의 그 아이를 어렴풋하게만 기억할 정도고……. 겨우 고향에 돌아갔더니, 이번에는 니이나가 『학구』에 갔지 뭐야."

너무나도 거리와 시간이 벌어져 버린 자매의 이야기에 아연실색할 수밖에 없었다.

니이나도, 『학구』에 갔던 것은 분명 에이나 누나와 같은 목적이었을 것이다.

가족을 생각하고, 가족을 구하기 위해, 가족과 뿔뿔이 흩어져버렸다. 어쩌면 이 하계에서는 흔한 이야기일지도 모르지만 나는 도저히 견딜 수 없는 기분이었다.

"편지를, 보냈어. 어머니와 아버지는 물론, 『학구』에 간

니이나에게도. 당혹스러워할지 몰라도, 나는 네 언니니까, 뭔가 곤란한 일이 있으면 말해달라고. 답장이 왔을 때, 문장은 서먹서먹했지만, 엄청 기뻤어⋯⋯."

그때까지 미소를 짓고 있었던 에이나 누나는 갑자기 낯을 흐렸다.

"하지만 어느 순간부터 편지에 답장이 오질 않아서⋯⋯ 바쁜 걸까, 귀찮아진 걸까, 아니면⋯⋯ 만난 적도 없고 아무것도 해주지 않는 주제에, 언니 행세한다고 싫어진 걸까⋯⋯ 그런 생각이 들어서."

그래서 자신도 편지를 보내지 않게 되고 말았다는, 슬픈 고백을 듣고 말았다.

"어머니 아버지는 그렇지 않다고, 니이나는 널 소중히 생각한다고 말씀해주시지만⋯⋯ 나는 무서웠어. 그래서 올해 『학구』가 돌아왔을 때⋯⋯ 무조건 기뻐할 수는 없었어. 아니, 조금 무서웠던 거야. 그 배에는 니이나가 있으니까."

⋯⋯그랬구나.

『학구』이야기를 했을 때, 그리고 멜렌에서 언뜻 보았던 에이나 누나의 애절한 눈빛은 니이나를 생각했기 때문이었던 거야.

"⋯⋯그래서 있지, 오늘 만났을 때도, 오랜만이 아니라 처음으로 보는 기분이 더 강했을지도."

"어⋯⋯ 하, 하지만, 에이나 누나는 니이나⋯⋯ 여동생분이란 걸, 금방 알아봤잖아요? 먼저 말을 걸었으니까……."

"그야 알아보지. 『학구』의 유니폼을 입었고…… 엄마를, 빼닮았는걸."

저녁에 본 광경을 떠올리는지, 에이나 누나는 살짝 웃었다.

자신들의 어머니를 닮았다고 했지만…… 나는 에이나 누나와 니이나야말로 서로 닮았고, 누가 뭐라 해도 두 사람은 자매라고, 그렇게 생각했다.

"하지만 니이나는 나랑 만나고 싶지 않았나 봐……."

"……!"

"도망쳐버렸으니까……. 역시 나 미움받고 있나 봐."

마지막으로, 에이나 누나는 애써 너스레를 떨었다.

하지만, 그렇구나. 이제야 두 사람의 관계를 조금 알 것 같았다.

니이나도 무언가 『고민』을 품고 있다고…… 레온 선생님은 그렇게 말했다.

그것은 에이나 누나가 지금 말해주었던 것과 적지 않은 관계가 있을지도 모른다.

레온 선생님은 직접 그녀의 입으로 들어달라고 했는데…… 들을 수 있을까?

적어도 억지로 내뱉게 만들어서는 안 될 것 같았다.

에이나 누나보다도 니이나가 품은 마음이 더 복잡할 것 같은…… 그런 예감이 들었다.

자매의 문제일 텐데, 내가 끼어들어도 될지는 확실치 않다.

나 자신도 여러 가지 생각을 해야만 할 것이다.

그래도 지금은——.

"에이나 누나의 동생분은 아마도…… 아니, 틀림없이, 누나를 싫어하지 않을 거예요."

"어?"

"안 그러면 그렇게 괴로워하는 표정을, 싫어하는 사람에게 보이지는 않았을 테니까요."

아까 두 사람을 곁에서 보고 느꼈던 바를 그대로 전했다.

에이나 누나의 목소리를 듣고 말을 잃은 니이나의 옆얼굴도, 밖으로 뛰쳐나가 저녁놀에 물들었던 덧없는 표정도, 혐오 같은 것과는 거리가 멀었다.

지금은 크게 뜨고 있는, 니이나와 같은 에메랄드색의 눈동자를 똑바로 바라보며, 나는 힘차게 단언했다.

멍하니 있었던 에이나 누나는 움직임을 멈추고 있는가 했더니…… 두 눈을 촉촉이 적시며, 지금만큼은 슬픔을 잊고 미소를 지어주었다.

"고마워 벨……."

"어, 아, 아뇨…… 오히려, 남인데 참견해서…… 죄송해요."

"아냐, 그렇지 않아. 난…… 기뻤는걸."

흠칫 제정신을 차리고 나도 모르게 사과하자, 에이나 누나는 천천히 고개를 가로저었다.

뺨을 붉히고 조용히 웃는 연상의 여성에게, 바보 천치인 나는 나도 모르게 넋을 잃고 말았다.

견딜 수 없이 멋쩍어져 서툰 웃음을 짓자 에이나 누나도 입을 가리고 쿡쿡 웃었다.

마치 타이밍을 잰 것처럼, 혹은 흐뭇한 것을 보여준 서비스라는 양 종업원이 에이나 누나의 빈 잔에 예쁜 호박색 술을 따라주었다. 참고로 나는 『학구』에 돌아가야만 하니까 주스다.

둘이서 서로 고맙다는 말을 나누고, 다시 건배하기 위해 잔에 입을 가져갔을 때—— 쿵, 하고.

창가 자리에 있던 우리의 바로 옆에서, 무언가 둔탁한 소리가 들렸다.

아니 하지만 내 옆자리는, 바로 대로에 인접한 유리창밖에 없는데…… 하는 생각에 그쪽을 돌아보니.

『베 에 에 엘.』

『베 엘 니 임.』

유리창에 이마를 딱 붙인 채 빛이 없는 눈으로 입을 뻐끔거리는, 주신님과 릴리가 있었다.

"으아아아아아아아아아아아아아아아아아아아아아악?!"

"꺄아아아아아아아아아아아아아아아아아아아아악?!"

에이나 누나와 함께 의자에서 벌렁 나자빠질 정도로 충격을 받고 고함을 질러버렸다.

자세히 보니 주신님과 릴리의 뒤에는 벨프와 미코토 씨와 하루히메 씨와 류 씨까지, 아무튼【헤스티아 파밀리아】의 풀 멤버가 다 있어서 나는『왜?!』하고 마음속으로 외치고 말았다.

그러저러하는 사이에 창문에 밀착 박치기를 멈춘 주신님과 릴리가 파닥파닥 입구로 우회하더니, 비명을 지르는 종업원의 제지를 뿌리치고 가게 안으로 쳐들어왔다!

"뭐~~~~~얼 하고 있는 게냐 베에에에~~~~~~~~~~엘?!"

"주, 주신님?! 여긴 어쩐 일이세요?!"

"질문으로 대답하지 마세요 벨 니임.『퀘스트』나가셨던 거 아니었나요오오오?"

"리, 릴리, 아니 난 에이나 누나한테 볼일이 있어서, 잠깐 빠져나왔던 건데……!"

심연으로 끌려 들어갈 것 같은 중압에 떨림이 멈추질 않아, 켕기는 것은 하나도 없을 텐데 변명과도 같은 소리를 하고 있으려니—— 주신님과 릴리의 눈썹이 쭈왁! 하고 급각도로 올라갔다.

""누가 믿겠냐고오오오오오오오오오오오오오오오!!""

즉시 떨어지는 특대 벼락!! 내 귀가아아—?!

"이~~렇게 옷을 빼입은 걸 보니 널 유혹할 생각이 그득

하지 않으냐 이 어드바이저 군은!!"

"유, 유혹하지 않았습니다 신 헤스티아! 길드 제복 차림은 남들 보기 좋지 않기에 이 옷은 어쩔 수 없이……!"

"아~니에요 하셨어요~! 눈물을 그렁그렁하며 여자의 얼굴을 해선 잘만 하면 순수하고 무지한 벨 님을 포장해 데려가려고 노렸던 거였어요오오——!! 릴리는 다 알아요!"

"그런 표정 안 했어요 아데 씨!!"

얼굴을 새빨갛게 물들이는 에이나 누나에게까지 불똥이 튀어서 이젠 뭐가 뭔지 모르겠어!!

부탁이니 누가 이 상황을 좀 설명해줘어?!

"벨 공, 그게…… 시르 공의 밀서가, 얼어붙은 표정을 지은 회른 공의 손으로 저택에 도착해서……."

그러자 주신님과 릴리의 뒤를 따라 가게로 들어온【헤스티아 파밀리아】멤버들 중에서도 미코토 씨가 민망한 듯 입을 열었다.

"회그니 공께서 미행하시는 흰 토끼의 곁에 요부의 그림자가 있으니…… 서두르도록, 이라는 말씀이 약도와 함께."

"네에에?!"

"토끼에게 물러터진 에인헤랴르들은 벨 공을 놓칠 가능성이 있으니 저희에게……라기보다 헤스티아 님과 릴리에게 인선의 화살이 돌아간 듯합니다……."

미행하셨다고?! 회그니 씨가?! 어떻게?! 수상한 『시선』

은 전혀 못 느꼈는데?! 토끼를 겁주지 않는 방법을 숙지하고 있는 거야 그 사람?!

『학구』에 침입하기란 불가능할 테니…… 혹시 나 오라리오에 있는 동안에는 계속 감시당했던 거야?! 시르 씨 뭐 하시는 거예요—?!

"그 주점 아가씨는 풍요의 여주인에 사로잡혀 꼼짝달싹 못 하는 모양이니 말이다. 주신 명령을 마치곤 폭주하는 『여신의 수행원』을 붙들어놓느라 엄청 고생했다……. 쳐들어와선 주방에서 부엌칼을 꺼내 가려고 하는 바람에 기절시켜놨다만……."

"우우우우우…………?!"

미코토 씨에 이어, 약간 후줄근해진 벨프가 진저리를 치면서 설명해준 내용이 역대급이라 말문이 막혀버렸다. 온몸의 체온이 급격히 떨어지는 기분이었다.

현장을 보지도 않았는데 이미지가 머리에 뚜렷하게 떠올라!

회른 씨는 아직도 제 목숨 노리고 있나요?!

병든 것처럼 안색을 일곱 색깔로 격변시키는 나와 아직까지 주신님과 릴리와 왁짝 말다툼을 벌이는 에이나 누나를 번갈아 바라보며 하와와 갈팡질팡하는 하루히메 씨가 유일한 양심처럼 여겨져 견딜 수가 없었다.

사실은 무(無)의 표정으로 이쪽을 직시하는 류 씨가 제일 무서워!!

"홈을 떠난 후 오늘까지 사실은 이 여자 집 저 여자 집을 전전하며 지냈던 건 아니겠지, 베엘!"

"안했어요안했어요?! 공부 열심히 하고 있었어요!!"

"아~뇨 모르는 거예요 헤스티아 님! 헤르메스 님이 벨 님께 쓸데없는 걸 가르쳐줬을 가능성이 있어요!"

"믿어줘 릴리이?!"

"그보다도 벨, 저는 아직 고백의 대답을 듣지 못했습니다만."

"""*하아아아아아아아아아아아아아아아아아아아아아아아아아아아아아아아아아아아?!*"""

"끼에에에에에에에에에에에에에에에에에에에에에에에에에에에에에엑?!"

주신님 릴리 에이나 누나의 대절규에 이어 내 괴성이 폭발했다!!

왜 이 타이밍에 그런 소릴 하세요 류 씨이─────────?!

"베, 벨, 그게 사실이니?! 그녀에게 고백을 받았다는 게………… 아, 그러고 보니 워 게임 도중에 그런 대화가 있었던 것도……."

"아아, 분명 『신의 거울』로 온 오라리오에 중계되었으니까─── 아니 류 공?! 왜 갑자기 무릎을 꿇고 주저앉으시는 겁니까아?!"

"얼굴이 익을 대로 익어버린 딸기 같사옵니다?!"

"온 도시에………… 대중의 눈앞에서……… 사랑의 맹세……… 전부 들었다니………… 대대로 수치…………… 도와줘 알리제…………."

"불에다 기름 부어놓고 자폭하지 마 멍청아?!?!"

"이게 어떻게 된 노릇이냐 베에에에에엘——————————————————!!"

"이. 야. 기. 를!! 자. 세. 히!! 전부 불 때까지 돌려보내지 않겠어요 벨 니임! 홈으로 돌아가 주셔야겠어요 지금 당장!!"

"미안해 벨…… 역시 말릴 걸 그랬어……. 쓰레기라 미안해……."

힐문하다 무언가를 떠올린 것처럼 움직임을 멈춰버린 에이나 누나, 갑자기 쓰러져버린 엘프에게 경악하는 미코토 씨, 당장이라도 불타버릴 것 같은 요정의 새빨간 얼굴에 당황하는 하루히메 씨, 얼굴을 두 손으로 가린 채 약한 자여 그대의 이름은 정의라느니 그런 소리를 꺼낼 것 같은 류 씨, 벨프의 노성에 이어 주신님과 릴리의 포효가 터져 나왔다. 마지막으로 들린 회그니 씨의 사죄는 환청이었을까.

더 이상 수습이 되지 않는 혼돈 그 자체에 흰자위를 까뒤집으며 실신하고 싶은 충동에 사로잡혔다.

아무튼…… 민폐를 끼쳐버린 가게에는 전력으로 사죄하고, 두 번 다시 접근하지 말기로 하자.

"라피!"

넝마가 되어버릴 정도로 혼난 내가 『학구』로 돌아온 것은 날짜가 바뀌려 하는 한밤중이었다.

원래 같으면 이 시간은 도개교처럼 항구에 걸쳐진 컨트롤 레이어의 탑승교가 닫혀 있어야 하지만, 아직 열린 채였다. 그리고 그 앞에 서 있던 것은 불안한 표정의 니이나.

레노아 씨의 가게로 돌아가 가발과 배틀유니폼을 다시 입고 온 나는, 나를 향해 달려온 그녀에게 피로를 일단 감추고 한껏 쓴웃음을 지었다.

"어딜 갔던 거야?! 돌아오질 않아서 걱정했어!!"

"정말 미안…… 오라리오에서 좀, 일이 있어서……."

"……나 때문에? 내가 너한테 걱정을 끼친 탓에……."

"아, 아니야! 정말 아니야! 니이나 때문이 아니었어!"

화를 내는가 싶었더니 금세 괴로워하는 듯한 표정을 짓는 니이나에게 황급히 부정했다.

에이나 누나를 만나러 갔던 건 내가 멋대로 저지른 일이고, 오히려 몰래 사정을 캐는 짓을 했고, 그 후의 전개는 좀 너무 불가항력인 것도 같았지만 자업자득이고……!

아무튼 마음 아파할 필요는 요만큼도 없다고 전하고 싶었지만, 니이나는 무언가를 민감하게 느꼈는지,

"······거짓말쟁이."

그렇게 불쑥 중얼거렸다.

토라진 듯한, 책망하는 듯한, 그러면서도 어딘가 기뻐하는 듯한 그런 표정으로.

"······나도 라피랑 모두에게 폐를 끼쳐버렸으니까, 이걸로 비긴 거야."

"그, 그런가? 그렇지도 않은 것 같지만······ 그렇게 말해주면 다행인가?"

한 손으로 머리를 긁으며 나도 모르게 본심을 중얼거리자 니이나는 이번에야말로 후훗 하고 웃어주었다.

그 표정을 볼 수 있어서 나도 겨우 안도할 수 있었다.

"기숙사로 돌아가자. 내일 『던전 실습』은 쉬는 날이지만 훈련은 있으니까."

"아, 그거 말인데······ 내일 『인턴』에 다녀와도 될까, 니이나?"

오늘 밤 별별 일이 다 있었던 나는 헤스티아 님의 엄명으로 일단 【파밀리아】에 돌아오게 되었다.

『학구』에서는 오라리오의 『인턴』 자체는 자기신고식으로 이루어진다. 선생님들에게 정보를 공유하고 허가를 받으면 언제든 갈 수 있다.

『리크루트』에 앞서, 『전투기술학과』 이외의 학생들도 이미 몇 명 『인턴』을 나갔다고 들었고.

『제3소대』의 훈련에 함께 참가하지 못하는 건 마음이 아프지만, 딱히 부자연스러운 건 아니지만…… 그런 내 말에 —— 니이나는 분명한 동요를 보였다.

"라, 라피…… 벌써 진로, 정했어?"

"어? 아, 응. 일단은 모험자 지망이니까, 어렴풋하게는……."

"그래……."

레온 선생님이 준비해주신 설정을 얼른 끄집어내 얼버무리자…… 니이나는 눈을 내리깔고는 어두운 표정으로 중얼거렸다.

"……니이나?"

"……! 미, 미안해. 나, 멈춰버린 엘리베이터, 움직여달라고 하고 올게! 그리고 감독생 알리세 선배한테 많이 혼나!"

흠칫한 니이나는 얼른 웃음을 꾸미고는 콩콩 소리를 내며 탑승교를 올라갔다.

파도 소리가 어렴풋이 들려왔다.

커다란 기수호에 밀려드는 넓은 바다의 소리가.

컨트롤 레이어 안쪽으로 사라진 그녀의 뒷모습을, 나는 잠자코 바라보고 있을 수밖에 없었다.

"으음~ 청춘이네!"

"…………이둔 님?"

"달콤함도 쌉싸름함도 평생을 장식하는 물방울 무늬! 자아 다 함께~ 청춘~☆"

"…………처, 청추운~?"

탑승교 뒤에서 불쑥 모습을 나타내선 만면의 미소를 짓는 금발 여신님을 따라, 한 손을 밤하늘로 들어 올렸다.

분명 니이나와 나를 위해 발두르 님이 열어주신 탑승교로 내려오셨던 거겠지.

청춘이란 뭘까, 하고 나는 조금 진지하게 생각하면서, 여신님의 자비에 감사했다.

그리고 그 후, 몇 장이나 되는 반성문을 써야 했다…….

"1시 방향에서 와요!"

릴리의 날카로운 지시가 날아들었다.

나무껍질에 에워싸인 미궁에 울려 퍼지는 날개 소리를 듣고 파티 전체가 끊이질 않는 전의를 같은 방향으로 돌렸다.

"『건 리베룰라』는 내가. 벨프는『데들리 호넷』을 부탁해!"

"알았어!"

전열이 둘로 갈라져, 원거리 공격 기술을 가진 건 리베룰라 무리를 내가 대처하고, 레벨 부스트의 빛을 받은 벨프가 새로 나타난 데들리 호넷에게 맞섰다.

몸에 걸친 것은 배틀클로스에 《골라이아스 머플러》, 그리고 벨프의 최신작 갑옷.

『학생』이 아니라 오랜만의『모험자』무장이다.

『학구』의 배틀유니폼도 나쁘지 않았지만 역시 이쪽이 익숙하다.

몸 안쪽에서부터 약동하는 듯한 감각을 느끼며, 나는 Lv.5의【스테이터스】를 마음껏 해방했다.

파이어볼트를 사용하지도 않은 채, 즉시 육박해서는 허공에서 회전하는 팽이와도 같이 건 리베룰라의 무리를 단숨에 해체했다.

이제까지의 파티라면 원거리 공격을 하는 적의 후열 위치까지 무턱대고 나아가 릴리나 하루히메 씨에게 위험이 미칠 가능성이 있었지만——

"하루히메, 고개를 숙이세요."

"네, 네엣!"

지금은『절대적인 중견』으로 류 씨가 있다!

파티의 바로 측면에서 쳐들어온『매드 비틀』의 대군 앞을 바람처럼 스치고 지나가, 새로운 무기《알브스 유스티티아》로 한 차례 **쓰다듬는가** 싶자 고막이 이상해질 정도의 폭발과 재가 그 뒤를 잇달았다.

지금의 상황은 난전. 미처 알아차리지 못한 곳에서 몬스터가『마석』을 섭취하지 않도록 핵을 일격필살로 베어나가는 역전의 모험자는 나도 무심결에 눈을 크게 뜰 만큼 뛰어난『기술』을 보여주며『Lv.6』라는 숫자를 유감없이 발휘했다.

게다가 하루히메 씨에게 내렸던 지시를 회수하듯, 두 자루의 검 중에서 소태도를 한 차례 휘둘러, 투척.

고개를 숙인 골라이아스 로브의 바로 위를 스칠 듯이 날아간 칼날은 아무것도 없었던 공간을 가로질러 실투인가 생각했지만, 나무껍질에 균열을 일으키며 지금 막 출현한 몬스터의 가슴에 깊이 박혔다.

『키샤아악————— 꼐엑?!』

막 태어난 순간 재가 되어 허물어지는 『리저드맨』이 문자 그대로 『생사』라는 말을 선보이게 되었다.

던전에서 몬스터를 상대할 때 이상적인 대처법은 무엇일까?

【파밀리아】 내에서 그런 화제가 거론되었을 때, 저택을 청소하며 류 씨가 담담히 대답한 내용은

『벽에서 태어난 직후, 혹은 그 직전에 해치우는 것입니다.』

그런 것이었다.

분명 그럴 경우 몬스터는 아무것도 할 수 없다.

아무것도 못 하지만, 미궁벽에서 태어나려 하는 몬스터의 기적을 정확하게 감지하는 뛰어난 기술은 도저히 익힐 수 없을 것 같다. 적어도 지금의 우리에게는 무리다. 아마 스킬 【야타노 쿠로가라스】를 가진 미코토 씨나 간신히 실천할 수 있지 않을까.

그런 『스킬』과 동등한 감각과 직감을 가진 류 씨야말로 틀림없이 【헤스티아 파밀리아】에서 가장 강한 사람!

'류 씨 덕분에 파티의 안정감이 훨씬 늘었어!'

이 정도라면 후열의 릴리나 하루히메 씨에게 가해질 측면기습이나 후방습격을 봉쇄할 수 있다.

완벽한 수비가 가져오는 것은 공격력의 상승이다. 전열은 아무 근심도 없이 정면의 적에게 집중할 수 있어, 파티의 돌격이 낳는 파괴력은 이제까지와 확연히 다를 정도였다.

너무 든든해 류 씨를 쳐다보니, 마침 하늘색 눈과 딱 시선이 마주쳐, 그녀는 이내 고개를 숙여버렸다. 복면 위에서도 알아볼 수 있는 홍조가 가늘고 뾰족한 귀에까지 전염되었다. 나도 몸이 타들어 가는 듯한 부끄러움과 약간의 현기증을 느꼈다.

현재의 위치는 22계층 『거목미궁』.

예상대로 『인턴』 신청이 수리되어, 나는 『라피』에서 『벨』로 돌아와 『화덕관』으로 귀환해 아침부터 기다리고 있던 주신님에게 시시콜콜 심문을 받았다. 류 씨와 같이 꿇어앉은 채.

두 사람 모두 얼굴을 붉힌 채, 스스로도 뭐가 뭔지 알 수 없을 정도로 횡설수설하는 질의응답을 반복했고, 주신님은 "헥 헥…… 이 이야기는 밤에 다시!"라고 하더니 알바를 가버리셨다. 난 언제쯤 돼야 마음을 먹고 류 씨에게 답을 드릴 수 있을까…….

아무튼 의도하지는 않았지만 오늘 하루는 예정이 없으

므로, 그럼 하다못해, 라는 생각에 내가 없는 동안에도 연계를 확인하던 동료들의 미궁탐색에 동반한 것이다.

이 계층에 처음 발을 들인 지 이제 겨우 4개월이나 됐을까.

이미【헤스티아 파밀리아】는 단독으로 20계층 이하의 층역을 유유히 공략할 수 있을 만큼 성장했다.

"벨 님, 류 니임—! 지금 전투 중이에요, 집중해주세요! 어~디서 학생처럼 눈과 눈을 마주치며 새콤달콤 청춘 같은 짓을 하고 있는 거예요—!"

"죄, 죄송합니다!"

"미안!"

그렇게 우리의 분위기를 재빨리 감지한 릴리에게서 엄중한 주의. 청춘이란 거 유행하나?

Lv.5와 Lv.6가 꾸지람을 듣는 추태에 조금 눈물이 날 것 같지만 새로이 출현한 몬스터의 파도에 파티 전체로 대응했다.

"······?"

그때 문득.

나는 전투 중임에도 등 뒤를 보고 말았다.

"야, 벨. 어딜 보고 있는 거야!"

"······벨 공?"

곁에서 싸우던 벨프가 외치고, 거리를 둔 채 바로 뒤에 있던 미코토 씨가 의아하다는 표정을 지었다. 파티의 측면에서 적에게 맞서던 류 씨도 무언가를 깨달은 것처럼 이쪽으로 눈길을 주었다.

나는 즉시 "미안!"이라고 말하고 벨프와 함께 정면의 적에게 파고들었다.

숫사슴 몬스터『소드 스태그』를 양단하고, 안쪽에 서 있던 대형급『맘모스 풀』을 벨프와 함께 베어버리고, 막힘없이 전투를 종료했다.

"……저, 미코토 씨. 잠깐 괜찮으시겠어요?"

긴 전투가 끝나고 겨우 한숨을 돌리게 된 후.

동료들과 함께『마석』과『드롭 아이템』을 다 주운 나는 수통을 보급할 겸 미코토 씨에게 말을 걸었다.

"무슨 일이십니까 벨 공?"

"마지막 전투 말인데요. 류 씨가 중견에 남아주셨으니 미코토 씨도 전열로 나오셔도 되지 않았을까, 해서……."

연계, 혹은 포메이션의 확인과『갱신』을 하듯 나는 느꼈던 점을 전달했다.

"그 위치여도 좋겠지만, 만약 전열로 밀고 나와주시면 제가 더 앞으로 나가서, 정면에 있는 적의 주의를 전부 끌어올 수 있을 것 같았거든요. 그러면 결과적으로 파티의 안정성도 더 올라갈지 모른다는…… 그런 생각이."

"과연, 정말 그렇군요……. 죄송합니다, 거기까지는 생각이 미치지 못해서."

"아, 아뇨! 딱히 뭐라고 한 건 아니고요……! 저야말로 잘난 척해서 죄송합니다!"

류 씨가 더해지기 전에는 올라운더인 미코토 씨가 우리 【헤스티아 파밀리아】의 생명선이었다. 스킬 【쿠로노 야타가라스】의 힘도 병용해 후열의 릴리와 하루히메 씨를 지켜주셨으니, 의식이 수비에 치우친 것은 오히려 미코토 씨가 이제까지 헌신해주셨던 증거다. 조금 실례가 됐을지도 모르겠다.

한심한 기분이 들어 몇 번씩 사과했다.

이럴 때마다 난 역시 단장은 체질이 아니라는 걸 절절히 통감하고 있으려니…… 릴리가 날 향해 어리둥절한 표정을 짓는 것이 보였다.

"릴리……? 왜 그래?"

"……아뇨, 릴리가 하려던 말을 먼저 빼앗겨버려서 좀 넋이 나가 있었달까요……."

"에엑?! 미, 미안해!"

"별로 상관은 없어요. 게다가 적의 의식을 집중시킨다는 부분은, 전열을 경험한 적이 없는 릴리는 언급하기 어려운 부분이기도 하고요……."

그렇게 말하고, 릴리는 내 발끝부터 머리끝까지를 빤히 바라보았다.

"벨 님…… 왠지 똑똑해진 거 아닌가요?"

……?

뭔가 생각도 못 한 말을 들어서 나는 눈을 껌뻑거렸다.

"소녀도 그리 생각했나이다. 오늘의 벨 님은 어쩐지 지성이 느껴지신달까……."

"지, 지성……."

"하하, 제1급 모험자가 될 만했다는 소리지."

"그, 그런가……?"

하루히메 씨와 벨프의 말에도 영 수긍이 가질 않았다.

Lv.이 올라가 머리 회전이 빨라진다니…… 뭐, 그런 일도 있을지 모르지만…….

연신 고개를 꼬고 있으려니, 한 발 떨어진 곳에서 지켜보던 류 씨가 지적했다.

"『시야』가 넓어졌습니다."

조용한, 그러나 늠름한 목소리에 모두의 시선이 그녀에게 모였다.

"벨, 당신은 원래『개인』의『시야』는 거의 완성된 상태였습니다. 저와 함께『심층』에 떨어져, 적의 유도나 사각에서의 대처를 익혔을 때의 감각이 바로 그것입니다."

……자아도취한 것은 아니지만 그 지적에는 정말 그렇다고 고개가 끄덕여졌다.

아이즈 씨의 가르침과 류 씨의 가르침이 이어지면서 단숨에 보이는 범위가 넓어지던 그 감각.

그것이 류 씨가 말하는『시야』라고 한다면, 분명 벨 크라넬은 무기를 얻었다.

그런 의미에서라면『폴크방』에서 알프릭 씨 형제들에게

도 단련을 받은 덕에 사각에 대한 『시야』도 더욱 예민해진 것 같다.

류 씨는 그대로 말을 이었다.

"당신은 그 『시야』를 자신만이 아니라 파티로도 넓히고 있습니다."

"후열의 시점이라는 뜻입니까, 류 공?"

"자자, 잠깐만 기다려 보세요! 그럼 후열 지휘관인 릴리의 존재의의가……!"

"틀린 말은 아니지만 정확하게는 다릅니다. 그러니 안심하십시오, 릴리루카. 당신의 지휘와 그의 『시야』는 별개의 것입니다."

미코토 씨의 질문에 릴리가 당황하자, 류 씨는 마치 자매의 장녀인 것처럼 타일렀다.

"더 구체적으로 말한다면 『전술안』이라고나 할까요."

"『전술안』……"

"릴리루카와 같은 지휘관은 전장 전체를 부감하며 파티 전체를 이끌어나가는 반면, 벨은 전황에 따라 파티에 필요한 행동을 선택하거나 공유하는 것입니다."

정리하자면, 릴리의 시점은 전체적이고 나의 『시야』는 부분적이라는 걸까.

릴리 혼자서는 빠르게 대처할 수 없는 부분을 전열이나 중견끼리 보완할 수 있는 것이 강점이며, 지휘관의 부담을 줄여주고 더욱 긴밀한 연계를 신속히 취할 수 있다고——

류 씨는 그렇게 보충해주었다.

"섬멸효과와 대처속도가 올라가는 것은 파티에게 이익입니다. 포지션이 가까운 사람끼리 같은 경치를 공유한다는 것도 큰 도움이 되지요. 지휘관은 그 움직임을 후방에서 보며 더욱 전략을 넓힐 수 있습니다. 선택지가 늘어나는 것입니다."

설명을 듣고 벨프와 미코토 씨도 "오오" 하고 그제야 이해했다는 목소리를 냈다.

실제로, 이제까지는 전열공격수로서 가장 먼저 뛰어드는 것을 우선시했던 것 같다. 류 씨가 더해져 파티의 안정감이 훨씬 늘어난 덕에 『시야』에도 여유가 생긴 덕분이기도 할 것이다.

이건 짐작이지만 이 『시야』라는 개념은 【아스트레아 파밀리아】 당시의 류 씨도 길렀던 것이 아닐까? 중견의 지시나 후열의 지휘를 기다리지 않고 전열끼리만 생각할 수 있는 능력. 파티의 윤활유, 혹은 톱니바퀴가 되는 힘. 어쩌면 류 씨도 【아스트레아 파밀리아】의 누군가에게 배운 개념일지도 모른다.

"당신의 『시야확장』은 『학구』에 편입한 덕분에 생겼을 것입니다."

"!"

"저는 이번의 『학구』 출장이 마침 적절한 휴식이 되리라 생각했습니다만…… 당신은 그런 휴식조차 성장의 밑거름으로 바꾸어버린 것 같군요."

그렇게 말하며 류 씨는 미소를 지었다.

칭찬을 받아 멋쩍어지기는 했지만, 기쁘기도 했다.

『학구』에서 보내고 있는 시간도 결코 헛된 것이 아니다. 어쩌면 『제3소대』에게 사냥을 지시할 수 있었던 것도 서포터의 경험, 그리고 『무학』을 비롯한 수업의 산물인지도 모른다.

『학구』에서의 공부를 인정받은 것이 기뻐서, 무엇보다도 니이나나 소대 멤버들까지도 칭찬을 받은 것 같아서 자랑스러웠다.

"벨하고의 연계도 확인했으니 슬슬 귀환할까? 돌아가는 길도 기니까 말이지."

"네! 『마석』과 『드롭 아이템』도 듬뿍 얻었으니까요! 역시 행운의 토끼인 벨 님이 계시면 수입이 다르네요!"

"하하하……."

그로부터 몇 번의 전투를 거친 우리는 『거목미궁』을 떠나기로 했다.

주신님께서 귀가하시기 전까지는 홈에 돌아갔으면. 오늘은 놀랍게도 알프릭 씨 형제들이 집을 봐주셔서 ──하루히메 씨를 노리는 사람들의 불법침입도 경계할 겸── 조금 걱정이 된다. 밤이 되기 전에는 『학구』로 돌아가야 하고.

약간의 다망함이 따르는 학생과 모험자의 『이중생활』에

기분 좋은 피로감과 충족감을 느끼고 있으려니,

"이 자식들……! 『학구』의 애송이들이! 어디서 건방지게 기어올라!"

"그쪽이야말로 좀 품성 있게 행동할 수 없어? 역시 모험 자란 것들은 전부 무법자네!"

동굴 형태의 『암굴미궁』, 13계층에 접어들었을 때, 격렬한 말다툼 소리가 들려왔다.

그쪽을 보니 모험자의 무리와 『학구』의 『소대』 사이에서 일촉즉발의 분위기가 흐르고 있었다.

패스 퍼레이드가 일어났거나, 아니면 사냥감을 두고 다투는 걸까. 어쨌거나 평화로운 분위기는 아니었으며, 당장이라도 무기에 손을 뻗으려 하는 모험자들을 보고 내 발은 저절로 움직이고 있었다.

"저, 무슨 일 있었나요?"

"아앙?! 어디서 끼어들── 헉, 래, 【래빗 풋】?!"

"제1급 모험자?!"

으름장을 놓으려던 휴먼 모험자가 내 얼굴을 보자마자 몸을 벌렁 젖히듯 후퇴하고, 다른 모험자들도 『심층』의 몬스터라도 만난 것처럼 겁을 먹었다. 어, 이 반응, 은근히 상처 입는데…….

내 마음속 따위 알 수 없는 모험자 무리는 "아, 아무것도 아녀"라고 하며 재빨리 그 자리를 떠났다.

뻘쭘하게 남은 나와 멍하니 있던 『전투기술학과』의 학

생들.

아는 아이들은 아니지만 가슴의 문장은 하프와 책……【브라기 클래스】였던가?

"레코드 홀더!"

"벨 크라넬이다!『학구』에 침입했던 무법자!"

"우릴 구해줬다고 으스대는 거야?"

"하지만 구해준 건 사실이니까 고맙다는 말은 할게!"

"""""구해주셔서 고맙습니다! 퉷!"""""

4인 1조의 소대는 나란히 감사의 인사를 하는가 싶더니 일사불란하게 지면에 침을 뱉었다.

군대처럼 통솔된 동작으로 척척 걸어가 버리는 뒷모습을 보고, 나는 조금 눈물이 나려 했다. 역시 니이나랑 소대 멤버들한테는 절대 정체를 드러낼 수 없겠어…….

"『학구』애들이야? 너도 완전히 미움 샀나 보다."

"아니, 나 때문이니까…… 어쩔 수 없지."

"감사하는 건지 눈엣가시로 여기는 건지 모르겠네요……."

우리의 모습을 지켜보던 벨프와 릴리가 합류했다.

내가 어깨를 축 늘어뜨리고 있으려니 하루히메 씨가 입을 열었다.

"무언가 다툼이 있었던 것 같사오나…… 무슨 일이었을까요?"

"행실 바른 『학구』 학생들이, 대부분 무법자인 모험자들과 대립하는……『학구』가 귀항할 때면 자주 보이는 광경입니다. 그야말로 지상에서든 던전에서든 상관없이."

"『학구』가 가르치는 매너라든가 예절 따위 모험자들하고는 가장 거리가 먼 이야기니까요……."

"뭐, 자주 듣는 얘기긴 해."

류 씨, 릴리, 벨프가 마치 계절마다 찾아오는 풍물인 것처럼 대답했다.

오라리오에 온 지 얼마 안 되는 나와 미코토 씨, 그리고 유곽이라는 좁은 세계에서만 살았던 하루히메 씨는 헤에~ 하고 중얼거려 반응이 딱 둘로 나뉘었다.

하지만, 그렇구나.

이야기를 들어보면 난폭한 모험자들과 『학구』 학생들은 사이가 나쁜 모양이다…….

"건방진 꼬맹이들……! 어디 두고 보자."

모험자들이 떠나간 미로 너머로 시선을 돌렸다.

어딘가 마음에 걸리는 악의의 목소리가 들려온 것 같아, 나는 조금 불길한 예감이 들었다.

5장 나의 꿈

Christia Elvia

Islin Mars

Legi Gigi

Rapi Flemish

Nina Tulle

© Suzuhito Yasuda

"으~~음……."

니이나는 아침부터 복잡한 심경이 묻어나는 목소리를 내고 있었다.

사람도 얼마 없는 자습실에서, 책상 위에 펼쳐놓은 수많은 교과서와 참고서를 바라보며.

"안녕하세요, 니이나."

"아, 밀리 선배."

지나가던 세 살 연상의 엘프가 말을 걸었다.

니이나에게도 애칭을 부르도록 허락해준 그녀, 밀리리아는 【발두르 클래스】의 『제7소대』. 워스트 파티라 불리는 『제3소대』와는 달리 전투기술학과의 상위집단이다.

진짜 엘리트인 그녀는 하프엘프인 자신에게도 여러모로 신경을 써준다.

"웬일인가요? 우등생인 니이나가 책상 앞에 앉아 끙끙거리다니. 뭐 모르는 거라도 있나요?"

"아, 그게 아니고요. 라피를 위해 노트를 만들어주려고 하는데요."

"라피? 그 신입생?"

"네!"

어리둥절한 표정을 짓는 밀리리아에게 니이나는 활짝 웃음을 지었다.

"라피는 정말 대단해요! 전혀 지식이 없을 텐데도 수업을 따라오려고 엄청나게 노력하고요! 저하고 하는 공부에도 계속 따라와 주고…… 이런 사람은 처음이에요!"

"그, 그건 정말로 대단하네요……."

니이나는 자신의 학습법이 『질보다 양』이란 것을 잘 안다.

예를 들면 『학구』에 입학한 학생——『배우고자 하는 의지』가 있는 사람이라도 신음해버릴 정도의, 어떤 의미에서는 살인적인 『양』이다. 이제까지 니이나의 학습량을 따라온 학생은 아무도 없었으며, 『효율이 나쁘다』는 소릴 들은 적도 있다.

그런 가운데 우직하리만치 필사적으로 따라오는 신입생의 모습은 니이나에게는 놀랍고도 신선했으며, 무엇보다도 감동적이었다.

오히려 그는 니이나보다도 늦게 자고 일찍 일어나, 니이나 이상의 『양』을 소화해낼 때마저 있었다. 그 이야기를 들은 밀리리아는 니이나의 학습량을 알기에 얼굴에 경련을 일으키며 라피를 재평가하는 듯했다.

"그래서 저도, 라피를 응원하고 싶어졌거든요. 수업을 조금이라도 이해하기 쉽도록, 이렇게 노트를 만들어줄까 하고……."

요점을 간추린 이 예습복습 노트를 만든 것도 한두 번이 아니다.

자화자찬은 아니지만, 니이나가 준비한 이 노트 덕분에 라피가 어떻게든 수업에서 낙오되지 않았다는 실감이 있다.

처음에는 레온에게 부탁을 받아서, 그래서 돌봐주고 있

었다.

하지만 지금은 그의 인품을 알고, 그것이 마음에 들어 솔선해 어울리고 있었다.

'보통 친구들처럼 마음이 맞는…… 거랑은 좀 다른데……'

톱니바퀴끼리 딱 맞물리는 느낌이라고 하면 될까.

아무튼 니이나와 라피는 상성이 좋았다.

'그리고…… 아빠하고도 닮은 것 같아.'

긴 앞머리 탓에 눈은 잘 보이지 않지만, 부끄러워하며 웃는 분위기나, 황급히 누군가를 위해 손을 빌려주려 하는 모습은 니이나가 사랑하는 아버지를 쏙 닮았다.

그래서는 아니지만, 지나칠 정도로 선량하며 남 챙겨주기 좋아하는 니이나는 자기 자신의 의지로 라피를 응원해 주고 싶어졌다.

"밀리 선배는 라피를 어떻게 생각하세요?"

"어떻게? 글쎄요. 그와는 별로 교류가 없고, 아직 『학구』에 온 지 열흘도 안 됐으니까요."

"맞아요! 아직 **그것밖에** 안 됐어요! 그런데도 이미 『제3소대』를 단결시켰다니까요! 『제3소대』를?! 제가 늘 통솔을 못 해 화장실에서 혼자 울 것 같았던 바로 그 워스트 파티를요!"

"니, 니이나…… 그렇게까지 솔직히 말하는 건 좀 그렇지 않을까요?"

이글린 같은 멤버는 결코 인정하지 않겠지만, 이제 『제3

소대』의 정신적인 지주는 라피다.

던전 오타쿠라는 소릴 듣는 그는, 지하미궁에서는 깜짝 놀랄 정도의 판단력을 발휘한다. 소대장인 니이나조차 자꾸만 그의 의견을 참고해버릴 정도였다.

스스로는 결코 앞으로 나서려 하지 않고 지켜보기만 하는 때가 많지만, 그는 멤버들이 곤경에 처하면 반드시 지혜를 빌려준다. 덕분에 『제3소대』는 이미 수많은 소대 중에서도 높은 순위에서 학점 획득을 경쟁하고 있다.

라피 플레미슈.

그는 정말로 신비한 인물이었다.

내성적이고 부끄러움을 많이 타며, 쭈뼛거리기 일쑤고, 부탁을 받으면 거절하지 못하는 성격.

하지만 노력가고, 남에게 상냥함을 나누어줄 수 있으며, 강한 심지를 가졌다.

라피에 대해 말하는 에메랄드색 눈동자가 초롱초롱 빛을 낸다는 것을 니이나 스스로도 알 수 있었다.

그런 니이나를 바라보던 밀리리아는 갑자기 후훗 웃었다.

"니이나는 그 토끼에게 흠뻑 빠진 것 같네요."

"……어쩐지 이상한 의미도 담겨 있는 것 같은데요?"

"기분 탓이랍니다♪"

그런 니이나의 평가를 뒷받침하는 사건이 그날 방과 후에도 일어났다.

"이봐~ 전투기술학과! 잠깐 의견 좀 들어보자!"

레온에게서 각종 통달이 끝나고 전투기술학과 멤버들이 던전 실습 준비를 하고 있을 때.

『단야학과』의 휴먼 남학생 두 명이 검 한 자루를 들고 교실로 뛰어 들어왔다.

"【고브뉴 파밀리아】에 인턴으로 가 있는데, 또『실격』소릴 들었어! 뭘 만들어도 합격시켜주질 않아!"

"이대로는 입단할 수 없어! 지난번 기항 때도 떨어져 버렸는데~!"

반쯤 비명을 지르다시피 하며, 체격 좋은 소년들은 책상 위에 무기를 놓고 니이나와 급우들에게 도움을 청했다.

뭐야뭐야 하며 전투기술학과 학생들이 원을 그리고 모여들어,『학구』에서는 일상인 의견 교환이 시작되었다.

"내가 보기엔 잘 만든『장치무장』같은데……."

"응, 오히려 훌륭하지 않아? 내가 쓰고 싶다."

"흥, 내가 만드는 무기가 훨씬 더 질이 좋겠지만."

"시끄러워 이글린! 바보 괴짜 드워프는 조용히 해!"

금세 소란스러워진 교실 안에서 코웃음을 친 이글린이 검을 들고『마력의 칼날』을 출현시키자 "엑?!" 하며 놀란 소리를 내는 인물이 있었다. 라피였다.

"그, 그 검은, 뭐야……?"

"그냥『장치무장』인데……? 아, 그렇구나. 라피는 처음 보지?『제3소대』에서『장치』가 달린 무기를 쓰는 건 나 말곤 없고, 나도 던전에서는 안 썼으니까."

"연금, 그리고 단야 두 학과가 만들어낸 『학구』의 발명품이지. 사용자의 『마력』을 흡수해서 사정거리와 위력을 높여줘."

니이나의 옆에서 이글린이 검을 가볍게 휘두르며 설명했다.

검신 부분을 감싸듯 약 3C 정도의 마력광 칼날을 발생시키며, 마력만큼 출력을 증폭시켜주는 것이다.

처음 보는 『장치』에 라피는 아연실색했다.

"오라리오에는 『장치』가 들어간 무기가 없으니까 분명 가치가 있을 것 같은데! 던전의 몬스터한테도 충분히 통하고!"

"하지만 인정해주질 않아……. 고브뉴 님은 과묵해서 아무것도 안 가르쳐주고."

단야학과 학생들의 탄식에 전투기술학과도 저마다 의견을 말하기는 했지만, 이렇다 할 답은 나오질 않아 다들 끙끙 고민하고 있을 때.

"라피, 뭔가 하고 싶은 말 있어?"

"어?!"

"입을 꼼질거리고 있잖아. 그럼 말해버려! 넌 내 호위수니까 자신만만하게 굴면 돼!"

뭔가 말을 못 하고 있는 라피의 옆에서, 어째서인지 파룸 크리스가 가슴을 펴고 말했다.

온 교실의 시선이 일제히 집중되어 자기도 모르게 몸을 움츠린 소년은, 이윽고 쭈뼛거리며 입을 열었다.

"저기, 그……『장치』란 거, 아마도, **쉽게 망가지지** 않을까요……?"

"응? 야, 신입생. 그거 그냥 넘어갈 수 없는 소린데."

"강도는 선생님들도 보장해줬어. 올해의 던전 실습에서도 망가진『장치』는 아직 하나도 없거든?"

단야학과 학생들이 노려보듯 반론하자,

"아아, 아뇨, 그런 의미가 아니고……!"

다시 움츠러들면서도 어떻게든 생각을 정리하고, 단어를 골라 말을 잇기 시작했다.

"이『장치』란 건, 아마도『매직 아이템』이라든가『마석제품』같은 기구가 무기 안에 심어진 거겠죠……?"

"그래, 맞아. 평범한 무기하곤 애초에 구조가 달라."

"그럼 그 구조를 지키기 위해『내구성』이 떨어졌을 거라고 생각하면…… 맞을까요?"

"……평범한 무기하고 비교해서, 라는 의미라면, 그렇게 되지. 하지만 아주 약간인데?"

"네, 그럴 거라고 생각해요. 그렇지만…… 던전에서는 아마, 그 약간의 차이가, **무서우니까요.**"

어느샌가 진지한 표정을 짓고 듣던 단야학과 학생들에게 라피는 또박또박 말했다.

"던전에서 무기가 부서진다는 건 자신의 반신을 잃는 것과 같다……는 말을 들은 적이 있어요."

"……!!"

"탐색에 무기를 여러 개 가지고 가려고 해도 한계가 있고…… 오라리오의 모험자는 분명『오래 싸울 수 있는 무기』를 더 중요시할 거예요."

오라리오의 대장장이들은 하나같이 실력이 뛰어나고, 내구성을 비롯한 무기의 성능도 매우 우수하다.

그렇게 전제를 깔고,『장치를 설치하기 위한 내구성의 희생』은 미궁도시에서는 치명적이라고, 라피는 행간으로 말했다.

『학구』의『장치무장』은 분명 실전에 견딜 수 있을 만큼 뛰어난 수준으로 완성되었다.

하지만 던전에서는『약간의 차이』가 명암을 갈라, 분명 목숨을 위협하게 된다.

놀라움을 공유한 학생들 속에서, 눈을 크게 뜬 니이나 또한 그 사실을 깨달았다.

"근접전투를 별로 하지 않는 마도사 같은 분들은 이『장치』라는 장치가 맞을 것 같지만……『평범한 무기보다 잘 망가진다』는 건, 아무리 굉장한 무기라도, 모험자들은 택하길 꺼리지 않을, 까요………… 네."

마치 모험자의 생생한 목소리를 자주 듣는『당사자』처럼. 라피는 시간이 멈춰버린 학생들을 향해 쭈뼛쭈뼛 말을 마무리했다.

"……그렇구나. 오라리오의 모험자는『순간적인 전투력』이 아니라 지구력……『오래 싸울 수 있는 힘』을 중시하는

구나. 던전에서는 연속전투가 당연하니까!"

"실제로 깊은 계층에 내려가거나, 그야말로 『원정』을 하는 도중에는 만전의 정비가 어려워. 『장치무장』은 평범한 무기보다도 꼼꼼한 정비가 필요하고……."

"스미스를 억지로 동행시켜도 전용 설비가 없으면 어떻게도 안 되고."

"적어도 주무장으로는 선택하기 힘들어! 무기의 성능만이 아니라 사용자까지도 생각해야 한다는 거네!"

학생들은 금세 물을 만난 고기처럼 활발하게 의논을 재개했다.

특히 단야학과 두 사람은 "고마워! 희망이 보인 것 같아!"라며, 눈을 껌뻑이는 라피의 어깨를 몇 번이나 두드렸을 정도다.

소년의 의견에 따라 교실이 새로운 관점을 얻고 지적 흥분에 휩싸인 것이다.

"라피. 좀 더 자신 있게, 의견을 적극적으로 말해도 돼!"

"어…… 니, 니이나?"

"레온 선생님도 그러셨잖아? 의견 발언이 중요하다고! 라피 덕분에 우린 좀 더 똑똑해졌어! 굉장한 거야!"

그 광경에 니이나도 기뻐져 라피에게 다가가 호소했다.

『제3소대』 멤버들도 마찬가지였다.

"틀렸으면 얼마든지 정정해주지. 틀리는 걸 두려워하지 마!"

"응, 우린, 『학구』……."

"좋은걸 라피. 내 호위수가 될만해! 앞으로도 계속해서 더 똑똑해지자고!"

"으, 응!"

이글린에게, 레기에게, 크리스에게도 그런 말을 들어, 처음에는 어리둥절하던 소년도 기뻐하며 고개를 끄덕였다.

'라피는 역시 신기해…….'

아직도 흥분이 가시지 않는 가운데, 던전 실습을 위해 배틀유니폼으로 갈아입고자 교실을 나온 니이나는 웃음을 머금었다.

손이 많이 가는 남동생 같은데도, 믿음직한 오빠 같은 일면을 보여줄 때가 있다.

그것이 라피의 매력이었다.

그래서 니이나는 눈을 뗄 수 없었다.

요즘은 어느샌가 자기도 모르게 그의 모습을 찾고 있었으며, 발견하면 얼굴을 빛내며 금세 달려갈 정도였다.

'내가 라피의 누나인지 동생인지 잘 모르겠어.'

자신의 행동을 돌이켜보며 쓴웃음을 지었다.

'……진짜 언니하고는, 아무 말도 못 하는 주제에.'

그리고 그렇게 자학도 했다.

학교 건물을 나와 얼굴에 그늘을 드리우고 있으려니 친구들이 지나갔다.

"니이나~! 실습 나가?"

"아…… 응. 베티네는 공부?"

"맞아~! 이제부터 막판 시험공부~!"

라피도 만난 적이 있었던 시앙스로프, 라쿤, 그리고 카우즈 여학생들이었다.

본격적인 시험이 다가온 그녀들은 가슴에 책을 안고 피로감을 드러냈다.

그리고, 서로 흘끔흘끔 시선을 나누던 그녀들은 결심한 것처럼 물었다.

"니이나. 역시 길드 시험, 같이 보지 않을래?"

"……."

"그렇게 열심히 했는데 아깝잖아. 교양학과에 돌아와."

"……하지만 나, 길드 모의시험, C 판정이었는데……."

"성적은 내가 더 나쁜걸~! 5년 전에 Z 판정으로 길드에 붙었던 『플로트의 기적』도 있으니까 니이나라면 할 수 있어!"

시앙스로프, 카우즈, 라쿤 친구들이 각자 말했다.

눈을 내리깐 니이나는 어떻게든 웃음을 지으며 사죄했다.

"……미안해 얘들아. 이젠 포기했어. 게다가 지금의 난 전투기술학과니까……. 그럼 이만."

그렇게 말하고, 떠나갔다.

친구들의 서운해하는 시선을 등으로 느끼며, 금세 대로의 모퉁이 뒤로 돌아갔다.

그리고 아무도 없는 골목의 벽에 등을 기댄 채, 가슴에 도사린 『감정』과 필사적으로 싸웠다.

"……라피도 분명, 진로는 정했겠지……."

불쑥 그런 말을 중얼거렸다.

자신보다도 후배인 그는 이미 『목표』라든가, 혹은 『꿈』 같은 것을 가지고 있다.

그 사실이 지금은 견딜 수 없이 허무하고, 스스로가 비참하게 여겨졌다.

"……."

빨려 들어갈 것처럼 새파란 하늘을 올려다보았다.

아름다운 창공은 니이나에게 아무 답도 들려주지 않았다.

【헤스티아 파밀리아】에서 『학구』로 돌아온 후에도 나와 『제3소대』는 순조롭다고 할 만한 하루하루를 보내고 있었다.

던전의 고생과 달성감을 맛본 덕분에 모두의 의식이 높아져, 『학구』에 있는 동안에는 연계 훈련을 하고, 실습을 나가면 던전을 쑥쑥 답파해, 놀랍게도 이미 14계층까지 안전하게 도달할 수 있게 되었다. 레온 선생님께도 부탁받았던 니이나의 문제에는 별로 파고들지 못했지만, 지금은 『소대』를 위해 힘을 쏟기로 결심하고 멤버들과 함께 노력한다.

그리고『학구』의 생활을 시작한 지 열흘,『던전 실습』개시로부터 일주일 되는 날 아침.

"오늘에야말로 15계층에 가보자!"

『학구』가 규정한 던전 최심층역 답파에『제3소대』는 열의를 불태우고 있었다.

이글린의 호령에 아무도 이의를 제기하지 않았다. 우리는 거대 조선소에서 오버홀에 들어간『학구』의 정문 앞에 이른 아침부터 모여, 서로 고개를 끄덕이고 오라리오로 출발했다.

이제까지 했던 대로 도시의 남서문을 지나, 실습 수속을 위해 길드 본부로.

니이나는 길드 본부에는 들어가지 않고 바깥의 앞뜰에서 기다렸다. 이제는 아무도 그녀에게 사정을 물으려 하지 않는다. 언젠가 그녀가 스스로 말해주기를 기다리며, 오늘도 창구에서 실습 수속을 마쳤다. 로비를 찾아온『학구』학생들 속에서 누군가의 모습을 찾고 있는 에이나 누나를 발견하기는 했지만, 지금 말을 걸 수는 없다. 미안하게 생각하면서 나는 길드의 대형 게시판 앞으로 향했다.

"뭐 유용한 정보 있었어?"

내가 등에 진 백팩에 몸을 기대며 이글린이 물었다.

"아니, 대부분 퀘스트인 것 같아."

라피 플레미슈는 지금『제3소대』에서 서포터 겸 던전 오타쿠──『싸울 힘은 없지만 도움이 되는 지혜 주머니』라는 위치에 있다. 멋있게 말해도 된다면 릴리 같은 참모라고나 할까. 내가 릴리와 동격이란 소리는 입이 찢어져도 할 수 없지만.

아무튼 그런 던전 오타쿠가 정보수집에 여념이 없다는 것은 받아들여 주었는지, 동료들은 던전 출발을 채근하면서도 게시판 앞에서 보낼 시간을 주었다.

"……어라?"

탐색할 목적지 계층 이외에도 최소 상하 3계층 분량의 정보를 수집해둔다.

릴리가 스스로에게 부과하던 일과를『제3소대』의 서포터로서 흉내 내던 나는 어떤 정보를 보고 고개를 갸웃했다.

"왜 그래?"

"아니,『몬스터렉스』의 정보가 조금 마음에 걸려서……."

『중층』의 계층 터주『골라이아스』. 약 2주의 인터벌을 가진 계층 터주의 정보에 위화감이 들었다.

게시판에는 다음 출현이『이틀 후』라고 적혀 있지만…….

'워 게임이 끝나고 마지막 연회를 열었던 게 분명 **14일 전**…….'

그 후 보르스 씨 일행은 18계층으로 돌아갔다.

세이프티 포인트의 위치상『골라이아스』를 토벌하는 것은 대부분 리빌라의 주민들이며, 이번에도 보르스 씨 일행이 처리했을 것이다. 『파벌대전』 동안에는 거의 모든【파밀리아】가 던전을 나와 지상에 대기했으니, 17계층에서 태어난 『골라이아스』는 한동안 방치되었을 것이 분명하다.

그러므로 최근에 계층 터주를 물리친 것은 14일 전의 보르스 씨 일행이었을 테니, 지금 적혀있는 『12일 전에 골라이아스 토벌』이라는 정보는 이상하다는 생각이 들었다.

다음 계층 터주 출현이 『1일 후』라면 인터벌 관계상 오차 범위 내.

하지만 『이틀 후』라면 『중층』을 탐색하는 사람에게 방심을 초래할 수 있는 **절묘한** 경계선.

"왜 18계층에 나오는 계층 터주의 정보를 봐? 우리 목적지는 15계층이잖아? 아무리 그래도 그런 데까지 오진 않아."

"응, 그건 그런데……."

혹시 모르니——라는 나의 말은 내 등에서 떨어진 이글린에게는 닿지 않았다. 동료들은 멀어져가지만 나는 다시한번 대형 게시판에 시선을 돌렸다.

'리빌라의 주민들이 『골라이아스』를 쓰러뜨려 놓고도 귀찮아서 지상에 연락을 하지 않아 정보에 오차가 발생한다는 이야기도, 그야, 들어보긴 했지만……'

『골라이아스』가 18계층에 있을 거라 생각해 토벌하러 갔더니 3일 전에 리빌라 주민들이 잡아버렸다는 일도 종종 있다고 한다. 이번에도 『오차』——라기보다 내 생각도 그 사례에 속할지 모른다.

길드에서 보수를 받고 18계층과 지상을 왕복하며 정확한『골라이아스』토벌의 날짜를 알려주는『연락꾼』같은 일도 있다고 하고…….

'내 착각일지도 모르니…… 이『위화감』만은 잊지 말도록 해두자.'

"헹."

게시판 앞에서 흄 바니 학생이 떠나가는 것을 보며 비웃는 사내들이 있었다.

그들은 이번에『연락꾼』을 맡은 휴먼과 수인들이었다.

그들은 언젠가『학구』학생들과 다투었다가, 벨 크라넬에게 방해를 받아, 발산하지 못했던 울분을 품고 있었던 상급 모험자들이었다.

"그 무서운 하울링 듣고 오줌이나 지려봐라."

로비를 오가는 붉고 하얀 배틀유니폼 차림의『똑똑이』들을 깔보며, 모험자들은 조롱 섞인 웃음을 지었다.

『워우우우우우우우우우우우우우!!』

"니이나, 옆길에서『헬하운드』!"

"레기, 크리스, 부탁해! 브레스를 못 쏘게 해줘!"

"알았음." "맡겨만 줘~!"

니이나의 뒤에서 주의 깊게 적을 탐색하던 내가 경고하자 『제3소대』는 막힘없는 동작으로 흩어졌다.

3시 방향에서 헬하운드의 무리가 밀려오자, 벽과 천장을 박차고 튀어다니는 다크엘프 레기가 교란과 함께 강습해 빈틈을 만들어냈을 때, 지면에 스칠 듯이 육박한 파룸 크리스가 자신의 키만큼이나 큰 양손검을 수평으로 휘둘렀다.

몬스터를 한꺼번에 베어버리는 시원시원하고 상쾌한 소리가 울려 퍼진 것과 거의 동시에, 주요 전장인 통로에 남아있던 이글린이 니이나의 마검 지원을 받으며 돌격했다.

"으랏차아아아아아아아아아아아아아아아아아아!!"

『까아앙?!』

수직으로 내리꽂힌 해머가 수정의 몸을 가진 사마귀 몬스터《크리스탈 맨티스》세 마리를 한꺼번에 분쇄했다.

『전사 모드』로 돌변한 이글린의 포효가 『암굴미궁』에 울려 퍼지는 가운데, 별 어려움 없이 전투가 종료되었다.

"아자아! 15계층도 여유구만!"

"전리품, 수습. 빨리."

"라피, 『마석』 모으는 거 도와줄게."

"고마워 니이나."

해머를 높이 들고 들뜬 이글린을 내버려 둔 채, 불만을 제기한 레기가 크리스와 함께 재빨리 『드롭 아이템』을 모으고, 단검형『마검』을 허리에 꽂은 니이나가『마석』추출을 거들어주었다. 싸움의 뒤처리도 빈틈이 없다.

원래 개개인의 힘이 뛰어났던『제3소대』는 역시 대단했다.

그것이 15계층까지 도달한 나의 감상.

첫 사선――『퍼스트 라인』이라 불리는『중층』의 적을 어려움 없이 격파하고 앞으로 나아갈 수 있다.

아직『미노타우로스』같은 대형급과 조우하지는 않았지만, 이제는 내가 쓸데없는 소리를 하지 않아도 충분할 만큼『제3소대』는 파티 플레이의 수준이 높아졌다.

오늘은 어떤『소대』보다도 빨리, 깊이 던전에 진출할 수 있을 것 같다.

"오늘은 뭐든 다 할 수 있을 것 같구만! 이대로 18계층까지 가버리는 거 아냐?"

"가든가? 혼자서."

"나와 너희 덕분에『학점』은 앞으로 2점 남았으니까! 미노타우로스는 어디 있으려나!"

다들 좋은 반응을 느끼고 있다. 방심으로 이어지지 않을 정도의 자신감을 얻어 사기는 높았으며, 분명 이상적인 컨디션일 것이다. 지금의『제3소대』라면『암굴미궁』내에서는 적이 없을지도 모른다.

"…………."

"라피? 왜 그래?"

하지만.

파티의 컨디션과는 별개로, 나는 『마음에 걸리는 것』을 느끼고 있었다.

'오늘의 던전은 여느 때와 다르달까……『불길한 느낌』이 들어…….'

뭐가 불길하냐고 물어봐도 무언가라고밖에는 대답할 수 없는 자신이 답답했다.

니이나를 곤혹스럽게 만들 정도로 고개를 이리저리 돌리며 주위를 살피고 있을 때——.

『끼끼야아아아아아아아아아아아아아아아아아아악!』

"우왁?! 깜짝이야!"

몬스터의 찢어지는 울음소리가 울려 퍼졌다.

크리스가 펄쩍 뛰어오를 정도로 많은, 천장에서 태어난 『배드 배트』의 대군.

"————————."

『상층』에서도 싸웠던 박쥐 몬스터란 것을 알고 안도하는 『제3소대』. 하지만 내 머릿속에서 울려 퍼지는 『경종』은 최대급의 것이었다.

그리고.

『끼이아아아아아아아아————————!!』

『끼끼이이이이이이이이이이이이이이이이이익!!』

『이이아아아아아아아아아아아아아아아아아아!!』

마치 음정이 엇갈린 합창을 일으키듯, 온 계층에서 맹렬한『불협화음』이 발생했다.

"뭐, 뭐지?!"

"『배드 배트』, 울음소리, 잔뜩……!"

"설마 대량발생인가?!"

몇 겹으로 울려 퍼지는 괴물들의 찢어지는 목소리에 니이나와 레기는 귀를 막고 이글린은 주위를 둘러보았다.

박쥐 몬스터『배드 배트』의 주요 공격수단은 움직임을 저해하는『괴음파』.

잘못 알아들을 리 없는 그 규환은 지금 막 **수십 수백**에 이르는 박쥐의 대군이 온 던전 내에서『대량발생』했다는 것을 뜻했다.

'『위화감』의 정체는――『배드 배트』가 한 마리도 없었다는 것.'

답에 도달했다.

나는 오늘,『암굴미궁』의 어둠 속에 반드시라고 해도 좋을 정도로 숨어 있는『박쥐』의 모습을 단 한 번도 보지 못했다!

'――위험해!!'

위화감의 판명은 너무나도 늦은『위기감』으로 직결되었다.

모든 방향, 모든 장소에서 쩌렁쩌렁 울려 퍼지는 **암반이 터지는 듯한 소리.**

암반을 뚫고 나타나는 몬스터의 탄생.

던전이 『벽』이 아니라 『천장』 속에서 어마어마한 숫자의 『배드 배트』를 낳은 결과—— 15계층은 균형을 잃은 것처럼 **무너졌다.**

"앗?!"

"으, 으아아아아아아아아아아아아아아아아아아?!"

우리의 머리 위, 박쥐의 대군이 태어나 구멍투성이가 된 천장 또한 뚫려 떨어졌다.

그리고 시작되는 것은 흉악한 암석의 샤워!!

"크으윽!!"

제1급 모험자의 모든 신경이, Lv.5의 모든 능력이 포효를 터뜨렸다.

얼어붙은 레기와 이글린을 밀쳐내고, 니이나와 크리스의 몸을 각각 한 팔로 감아 들며 붕괴의 효과범위 밖으로 힘껏 뛰었다.

『암굴미궁』 전체가 무시무시한 진동에 휩싸인 가운데, 낙뢰 못지 않은 굉음을 연속으로 울리며 던전은 가공할 비명을 질렀다.

"헤스티아 니임—?!"

아무래도 센트럴 파크 방향이 소란스러운데.

감자돌이 노점에서 알바를 하던 헤스티아가 술렁임을

느끼고 있을 때, 릴리가 황급히 달려왔다.

"던전『중층』에서 붕괴가 있었대요! 엄청난 범위에서 발생해서,『학구』학생들도 말려들었다고⋯⋯!"

"붕괴?!"

알바 중인 것도 잊고 고함을 질러버린 헤스티아에게 릴리가 떨리는 목소리로 말했다.

"지금은【가네샤 파밀리아】와【로키 파밀리아】, 그리고『학구』측이 암반 철거를 서두르고 있지만⋯⋯ 결과는 아직 알 수 없다고 해요."

"벨은?! 그 아이는 지금 어디 있지?!"

여신의 불길한 예감을 긍정하듯, 권속은 낯을 일그러뜨렸다.

"지금, 류 님이 길드에 문의하러 가셨는데⋯⋯ 벨 님이 속한『제3소대』도, 15계층에서 던전 실습 중이었다고⋯⋯."

튕기듯 홱 몸을 돌려, 하늘을 찌르는 마천루의 아래에 펼쳐져 있을 던전 방향을 바라보았다.

『은혜』의 수는 줄지 않았다. 벨에게 만에 하나의 일은 일어나지 않았다.

하지만 헤스티아는 눈을 떨며 그 말을 하지 않을 수 없었다.

"15층에서 조난이라니, **또냐** 벨⋯⋯!"

강한『기시감』과 함께.

"틀렸어! 이쪽도 막혀버렸어!"

해머를 한 손에 든 이글린의 초조한 목소리가 울려 퍼졌다.

앞을 가로막은 토사의 무더기는 진로를 완전히 막고 있었다. 『흙의 백성』이라고도 불리는 드워프라도 두 손을 다 들 만한 상황에 니이나와 레기, 크리스의 얼굴에서 핏기가 가셨다.

현재 위치는 던전 제15계층.

살인적인 암석의 비에서 간신히 벗어날 수 있었던 『제3소대』는 멤버에 아무 피해도 없었던 대신 다른 고난을 맛보게 되었다.

대규모 붕괴에 의한, 귀환 경로 차단.

'이 우회 루트도 막혔어…….'

길드에서 구입한 『중층』의 계층 지도를 보았다. 그리고 마찬가지로 자비를 들여 구입해두었던 아스피 씨의 매직 아이템 『블러드 페더』로 빨간색 ×표를 했다.

우리, 라기보다 『학구』의 전교생이 던전을 오갈 때 이용하고 있을 지도의 모든 계층 정규 루트가 붕괴로 막혀버렸다. 가느다란 혈관처럼 파생된 샛길도 전부 못 쓰게 되었다. 15계층에서 14계층으로 돌아가기 위한 통로가 모조리 봉쇄된 것이다.

그중에는 무너져버린 암반 때문에 지형까지 변모된 에어리어도 존재해, 자리에 머물며 동태를 살피는 것조차 위험했을 정도였다.

'아마 지상으로 탈출하는 루트는 존재하지 않을 거야……'

적어도 지금은.

지상에서 전용 장비로 모험자들이 암반을 철거해주지 않는 한, 귀환할 방법은 절망적이라 해도 좋을 것이다. 아무리 내가 제1급 모험자가 됐다 해도, 무작정 차지를 거쳐 대포격을 쏘아 암반을 파괴하면 충격이 2차 재해를 낳아 한층 상황을 악화시키리란 것은 상상하기 어렵지 않았다.

전문 지식이 없고 그저 부수는 것밖에 못 하는 나는 이 궁지를 타개할 수 없다.

15계층에 때마침『학구』의 선생님이 있어서 때마침 합류할 수 있었다는, 그런『행운』을 기대하는 것은 가장 안 좋은 방법이리라.

'우리 이외에도 갇혀버린 사람들이 있다면 걱정되니, 가능하다면 돕고 싶지만…… 지친 동료들을 이 상황에서 끌고 다니는 건…… 안 돼.'

그런 짓을 했다간 제일 먼저『제3소대』가 힘이 빠져버릴 것이다.

어디에 있을지도 알 수 없는 조난자를 찾아 돌아다니려면 최소한 동료들을『안전지대』에 보낸 다음에 해야 한다.

"라피, 다른 루트는 없어?!"

"……남서쪽에 딱 하나 가느다란 통로가 있지만, 여기가 안 된다면 거기도 막혀버렸을 거야. 이동하면 그만큼 체력을 잃으니까 확인하러 가는 건 추천하고 싶지 않아……."

"그럴 수가……."

동료들에게서 희망을 빼앗는 꼴이 되었지만 나는 이글린의 물음에 솔직하게 대답했다.

지금의 상황을 정확하게 공유하는 쪽을 택했다.

퇴로는 없고, 사방이 꽉 막힌 고립무원이라고.

'분해…… 그리고 미안해.'

내가 『배드 배트』의 위화감을 더 일찍 깨달았더라면.

『이상사태』의 조짐을 알아차릴 수만 있었다면 동료들이 이런 꼴을 겪게 하지 않았을 텐데.

역시 아직 멀었다.

분명 아이즈 씨나 류 씨, 핀 씨나 마스터라면 불온한 기척을 가장 먼저 느끼고 파티를 안전권으로 피신시켰을 것이다. 제1급 모험자가 되었어도 벨 크라넬은 아직 경험이 부족한 『미숙자』라는 것을 통감했다.

더 신중해져야만 한다. 더 공부해야만 한다. 더 신경을 날카롭게 가다듬어야만 한다. 나 자신도, 동료도 지키기 위해서는.

후회와 반성을 마음에 새기고 즉시 생각을 바꿔먹은 내가 고개를 든 그때.

무거운 침묵이 지배하던 소대 내에서 레기가 입을 열었다.

"니이나…… 어떻게 해?"

"어……?"

"방침, 정해줘."

파티의 목표를 어디로 설정할지.

적확하게, 그리고 숫제 잔혹할 정도로 레기는 부대를 맡은 대장에게 요구했다.

니이나는 숨을 삼킨 채 말문이 막혔다.

"……냉정하게 생각해보면 택할 수 있는 건 두 가지. 정규 루트에 자리를 잡고 지상에서 올 구조대를 기다리거나……."

"아니면 라피가 말했던 남은 루트에 희망을 걸어보거나, 겠지. 나는, 응, 구조대를 기다리는 게 좋겠어! 딱히 행동했다가 절망하는 게 싫어서 그러는 건 아니야! 응!"

이글린과 크리스가 선택지를 제시했다. 크리스는 속마음을 솔직히 들려주었다.

니이나는 호흡과 입술을 떨면서 내 쪽을 돌아보았다.

"라피…… 물이랑, 식량…… 그리고 아이템, 얼마나 있어……?"

"……모두에게 제대로 분배한다면, 식량은 한나절도 못 버틸 거야. 아이템은 포션이 넷, 매직 포션이 셋, 하이포션이 둘……."

백팩에서 모두가 볼 수 있도록 전부 꺼내 지면에 늘어놓았다.

예비 무기는 레기와 크리스가 쓸 쇼트 소드가 두 자루.

동료들도 각자 마련해놓은 아이템을 보여주었다.

자신들의 장비를 즉시 확인하는 니이나의 상황판단은 옳다. 우등생이란 별명대로 만점이라고 생각한다. 그렇기에 우리의 목을 우리 스스로 조이는 것처럼 여겨지기도 했다.

소지품을 확인한다는 것은 수명을 수치화한다는 것과 같은 뜻이다.

냉정함을 잃어버리면 냉혹한 숫자에 항상 희롱당하게 된다. 나도 그런 **기억이 있다.**

그런 나는 어떤가 하면, 『상황은 썩 괜찮다』고 생각하고 있었다. 그렇게 느껴버린 것은 『심층』의 결사행을 경험했기 때문일까.

이 상황에서는 도움이 안 되는 참고사항을 걷어차 버리면서, 아이템을 백팩에 다시 넣고 니이나를 흘끔 보았다.

땀을 엄청나게 흘리고 있다. 호흡이 가빠졌다. 중압을 느끼는 것이 분명하다.

동료의 시선이 모여드는 가운데 파티의 목숨을 좌우할 중대한 결단에 사로잡혀 있다.

그 모습에, 나는 불건전하지만—— 6개월 전의 『옛 자신』을 겹쳐 보고 말았다.

'릴리도 이런 기분이었을까…….'

벨프가 부상을 입어 나는 혼란에 빠진 채 무턱대고 이동만 하며 굵은 땀을 뻘뻘 흘렸다.

그런 절망적인 상황 속에서 누구보다도 약한 서포터는 누구보다도 냉정했다.

이곳에 릴리는 없다.

그러므로 이번에는 릴리에게 도움을 받았던 내가 동료들을 도울 차례다.

"잠깐 정리하자."

예전에 릴리가 했던 말을 따라했다.

흠칫 어깨를 떤 모두의 시선이 모여드는 가운데, 나는 우선 니이나에게 다가갔다.

"니이나, 숨 쉬자."

"어……?"

"깊이 들이마시고, 천천히 내뱉고. 스읍― 하아― 스읍― 하아―― ……이렇게."

과장되게 심호흡을 하며 웃음을 지은 후, 조금 생각한 다음, 니이나의 새끼손가락을 쥐어주었다.

『심층』에서 류 씨가 걸어주었던 주문.

한번은 흠칫 떨었던 손에서 금방 힘이 빠져나간다.

나와 시선을 마주하고 단단히 손가락을 얽은 니이나는 조용히 숨을 들이마셨다가 내뱉기를 반복해 호흡을 안정시켰다.

이글린에게도 다가가 손을 내밀자 "됐어!" 하고 당장이라도 혀를 내밀 것 같은 얼굴로 쳐내버렸다. 레기도 두 손을 허리 뒤로 감추며 "패스"라고 했다.

크리스는 "난 할래!"라며 두 손을 내밀어주었으므로 그래그래 끄덕이며 잡아주었다.

이상한 분위기가 되기는 했지만 아까보다는 훨씬 나았다. 모두의 어깨에서 힘이 빠져나갔다.

"파티의 방침 말인데, 아까의 두 가지 말고도 한 가지가 더 있을 것 같아."

내가 말하자 니이나의 얼굴에 놀라움이 퍼졌다.

주위에 몬스터의 기척은 없다. 한동안은 습격에 긴장할 필요는 없다.

그러므로 나는 서두르지 않고, 이번에도 릴리가 했던 말을 떠올리며 그 내용을 제안했다.

"지금 위쪽 계층으로 귀환하는 건 절망적일 거야. 그러니까 일부러 아래 계층…… 18계층으로 피난하는 방법이 있어."

충격을 받은 나머지 동료들은 말을 잃어버렸다.

"18계층은 몬스터가 태어나지 않는 세이프티 포인트야. 모험자들의 역참도 있으니까 그곳에 도착하면 우선 안전은 확보할 수 있어."

당연히 소대원들은 반론과 의문을 제기했다.

"라피, 잠깐만! 여긴 15계층인걸? 3계층이나 내려가다니 슈퍼 대단한 나도 지쳐버릴 거야!"

"『수직굴』이 있어. 『중층』에 수없이 뚫린 수직굴을 찾아서 뛰어들면 하부 계층으로 한달음에 이동할 수 있어."

"계층 터주…… 어떡해? 괴물, 소굴, 17계층……."

"오늘 길드 게시판에 실린 정보대로라면…… 앞으로 이틀은 인터벌에 유예가 있을 거야."

"라, 라피, 지도는 있어……?"

"응. **18계층까지는 준비해뒀어.**"

크리스의 호소에, 레기의 물음에, 니이나의 확인에 막힘없이 대답했다.

길드 본부에서 게시판을 확인했던 나를 떠올렸는지 이글린은 아연실색한 얼굴로 물어보았다.

"너, 설마 이렇게 될 줄 알았던 거야……?"

"알았던 건 아니야. 하지만 무슨 일이 일어나도 대처할 수 있도록 준비는 해두려고 했어. ……내가 알고 있는 제일 대단한 서포터는 그런 사람이었어."

쓴웃음으로 대답하며, 선 채로 16계층과 17계층의 지도를 펼쳐 보여주었다.

우리 모험자를 위해 릴리는 빵빵하게 부푼 백팩을 짊어지고 면밀한 준비를 게을리하지 않았다.

『제3소대』의 서포터를 맡기로 결정이 되었을 때, 나는 그런 릴리를 참고했다.

정말로, 그냥 그뿐이었다.

그러므로 나는 가슴을 펴고 제일 대단한 서포터를 자랑했다.

동료들이 흠칫 숨을 삼키는 가운데, 니이나에게 눈을 돌렸다.

"니이나, 뭘 선택해도 괜찮아."

"어……?"

"『제3소대』는 강하니까. 그러니까 무슨 길을 선택해도, 분명 지상으로 돌아갈 수 있어."

내가 웃음을 지어주자, 니이나는 에메랄드색 눈을 크게 떴다.

조금만 등을 밀어주고, 나는 선택 그 자체를 니이나와 『제3소대』에게 맡겼다.

지금 내가 선택해서는 안 될 것 같았다.

그것은 『라피』의 역할이 아닌 것 같았다.

내가 이곳에 있는 의미. 【파밀리아】의 단장도, 제1급 모험자도 아닌 『라피 플레미슈』로서 이곳에 서 있는 의의.

남을 이끌어줄 만한 그릇이라고는 절대 생각하지 않는다.

하지만 아마도 Lv.5가 된 나는 이제까지 했던 것처럼 계속 자신을 위해 달리기만 해서는 안 될 것 같았다.

류 씨가 말했던 『시야』.

공유와 파급.

혹은 희망이라는 이름의 빛을 전파하는 것.

헤르메스 님, 그리고 발두르 님이나 레온 선생님은 『학구』를 통해 내가 그런 것들을 배웠으면 하셨던 게 아닐까?

지금은 그런 생각이 들었다.

"……큭."

긴 갈색 머리카락이 찰랑거렸다. 고귀한 핏줄을 나타내는 듯한 한 다발의 에메랄드색 머리카락도.

끌어안듯 두 손으로 로드를 꽉 쥐었던 니이나는 힘차게 고개를 들었다.

"나아가자."

다른 동료들은 놀라움을, 나는 웃음을 보였다.

"멈춰버리면…… 그건 이미 우리 『제3소대』가 아니라고 생각해!"

그 선언에, 이번에야말로 이글린도, 크리스도 웃음을 지었다.

마스크 밑에서 뺨을 들어 올린 레기도 분명 그랬을 것이다.

"좋았어! 가주자고, 18계층! 바보 취급했던 놈들이 전부 기겁하게 만들어주자! 『워스트 파티』 따위의 오명은 만회해버리자!"

"나의 무용담이 한층 화려하게 장식되겠는걸! 그리고 이블린, 오명은 만회하는 게 아니라 반납하는 거야!"

"크리스, 웬일로, 딴죽을……. 분명 앞날, 밝을 거야."

여전히 삼인삼색의 반응. 하지만 의지는 한 곳으로 모은 동료들을 보며 이블린은 활짝 웃고 내 쪽으로 시선을 향했다. 나도 고개를 끄덕였다.

방침은 모험. 전진이다.

『제3소대』는 18계층을 향해 출발했다.

"야, 이거 야단났잖아……. 돌아왔던 놈들이 15계층 아래로 못 가겠다던데……."

"탐색에 익숙한 모험자라면 18계층으로 가겠지…… 분명 『학구』의 애송이 놈들도. 우, 우리가 계층 터주 정보를 속인 탓에, 얼마나 많은 놈들이 위험한 꼴을 당할지……!"

"나, 난 몰라! 겁 좀 주려고 했던 것뿐이고 이런 일이 일어날 줄은 몰랐다고!"

모험자들의 그런 대화가 들려왔지만, 이제 와서는 의미가 없는 일이라고 상대도 하지 않은 채 레온은 정면에 우뚝 솟은 『바벨』을 바라보았다.

"설마 이런 상황에서 학생들이 던전에 갇혀버릴 줄은."

천지가 뒤집힌 듯한 소란에 휩싸인 센트럴 파크. 온갖 【파밀리아】의 모험자와 『학구』의 교사들이 분주히 뛰어다니는 가운데, 그는 상반신을 은백색 갑옷으로 감싸고 있었다.

등에 짊어진 것은 『대형 장검』.

하필이면 오늘, 던전의 감시관에서 제외되었던 최악의 타이밍을 탄식하며 백색 거탑을 향해 발을 돌렸다.

"이것도 청춘~……이라고는 암만 그래도 말 못 하겠네. 부탁해 레온. 청춘을 구가해야 하는 아이들을 구해줘~!"

"예단(豫斷)이 허락되지 않는 상황에 쉽게 장담할 수는 없습니다. 그러나 최선을 다하겠습니다, 이둔 님."

온몸으로 탄식한 여신은 『기사』와도 같이 맹세하는 **절대 강자**에게 신뢰의 웃음을 건네고, 현재 확정된 정보를 전달했다.

"학생 중에 던전에 남아있는 건【발두르 클래스】의 『제7소대』, 그리고 『제3소대』야. 엘리트 부대는 괜찮을 거라 생각하지만 『워스트 파티』가 걱정이네……."

이둔은 『싸움』의 신도 아니거니와 『운명』의 여신도 아니다.

불안을 감추지 못하는 그녀의 마음에—— 그리고 『공연한 걱정』에, 레온은 웃음을 드리웠다.

"그 점에 관해서는 단언할 수 있습니다. 걱정하실 것 없습니다."

"호에?"

그리고 그 직후, 누구보다도 빠르게 달려나가는 준마와도 같이 다리에 힘을 모으며 말했다.

"『제3소대』에는 『그』가 있으니까요."

차세대의 영웅이.

『오오오오오오오오오오오오오오오!』

"저리 비켜어어어어어어어어어어어어어어어어어어
어어어!"

앞을 가로막는 대형급 몬스터 『라이거 팽』을 이글린의
해머가 정면에서 받아냈다.

그 뒤를 이은 『알미라지』를 다크엘프의 쌍검이, 뚫려 있
던 바닥에서 솟아오른 『던전 웜』을 파룸의 양손검이 날카
로운 참격과 함께 몇 번이나 베어 날려버렸다.

"다들 힘내!!"

그 광경을 향해 『마검』으로 바람의 참격파를 쏘아낸 니
이나는 즉시 회복마법을 시전했다.

후열의 지원 덕에 세 겹의 전열이 숨통을 틔웠다.

이제는 지휘도 맡게 된 니이나의 판단은 적확했다. 체력
도 마인드도 낭비할 수 없는 상황에서 아슬아슬한 선을 가
늠하며 마법을 발동해 세 동료의 전선을 계속 지탱했다.
12계층에서의 뼈아픈 경험을 통해 『마검』까지 장비하게 된
그녀는, 힐러는 물론이고 리더로서도 급속도로 소질을 꽃
피우고 있었다.

'수직굴로 16계층에 내려오면서 몬스터의 압력이 늘었
어! 중견인 레기도 전열로 나오게 했으니 이제는 더 물러
나지 못해!'

그렇기에 이곳이 고비였으며 『곤경』이기도 하다고, 니이
나는 똑바로 이해하고 있었다.

『학구』를 출발하기 전에 예정했던 미궁 탐색 시간은 이

미 넘어섰다. 연속 전투 횟수를 잇달아 갱신하는 『제3소대』는 그야말로 한계 도전을 반복했으며, 많은 상급 모험자가 그러했듯『던전의 세례』를 온몸으로 받아냈다.

스태미나 저하. 마법으로 치유할 체력의 문제가 아니라, 연속전투에서 오는 두뇌의 혹사로 인한 집중력 감퇴. 하나의 사고가 전선의 와해를 초래한다는 극한상태가, 과일 껍질을 꼼꼼히 벗겨나가듯 학생들의 여유를 깎아내고 있었다. 여기에 가차 없는 몬스터의 파도가 밀려들면『학구』에서도 경험한 적이 없었던『악전고투』가 형성되었다.

상처를 입은 이글린의 이마에, 소매를 찢겨 드러난 레기의 갈색 아래팔에, 몬스터의 피를 뒤집어쓴 크리스의 목덜미에 몇 줄기나 되는 땀이 흘렀다. 니이나는 더 심했다. 누구보다도 마법을 썼던 탓에 마인드가 압박을 받아 굵은 땀이 몇 차례나 피부 위를 흘러내렸다.

바로 뒤에 있는 라피가 완벽한 타이밍에 매직 포션을 보급해주지 않았다면 지금쯤 마인드 다운에 빠졌을 것이다.

'나아가고 있어. 줄타기를 하면서도 전진하고 있어! 라피도 도와주고, 여기만 돌파하면 분명 넘어설 수 있어! 앞으로 한 번이라도 좋으니까 휴식을 취하면 우리는 18계층에 도달할 수 있어!'

퍼플 모스의 독 인분을 비롯해, 지참해온 아이템을 구사해가며 지원해주는 라피를 포함해『제3소대』는 한 덩어리가 되어 싸우고 있다. 지금 이 소대는 엄청난 힘을 발휘하고 있다.

'그러니 제발, 부탁이니 이대로……!'

눈앞의 적이라면 어떻게든 할 수 있다.

정면에서 오는 적이라면 전열 세 사람과 자신의 지원으로 돌파할 수 있다.

한 방향이라면 대응할 수 있다.

그러니 이대로 아무 일도 일어나지 않기를.

──그런 니이나의 기도를 비웃듯 미궁은 죽음의 낫을 불러냈다.

"니이나, 뒤!!"

전열에서 싸우던 크리스가 퍼뜩 튕겨지듯 돌아보았다.

거의 들어보지 못했을 정도로 여유를 잃어버린 파룸의 고함이 그 이름을 불렀다.

"『미노타우로스』야!!"

무서운 하울링이 등을 두들겨 니이나의 호흡이 한순간 멎었다.

간신히 돌아본 에메랄드색 눈동자에 들어온 것은 세 마리의 맹우였다.

『쿠워어어어어어어어어어어어어어어어어어어어어어어어어어어어어어어어어어어어어어어!!』

강제정지에 빠져버릴 것만 같은 하울링을 뿌리며, 하필이면 이런 타이밍에 처음으로 맞닥뜨린 대형급 몬스터『미노타우로스』세 마리가 무시무시한 기세로 돌격했다.

니이나는 전율에서 반쯤 헤어나지 못한 채『마검』을 내질렀다.

거기서 끝이 났다.

사용한계를 맞던 녹색 칼날이 균열에 뒤덮이더니 소리를 내며 깨져버렸다.

"＿＿＿＿＿＿."

니이나는 얼어붙었다. 크리스도 이글린도 레기도 목소리를 잃었다.

마치 타이밍을 잰 것 같은 최악의『협공』.

동료들은 눈앞에서 상대하고 있는 몬스터의 무리만도 벅차다. 구조는 죽음을 의미한다.

그렇기에 맹우들의 첫 먹잇감이 될 것은 최후열에 있는 서포터.

싸울 힘 따위 없는 무력한 수인 소년.

"아＿＿＿＿＿."

절망이 주둥이를 벌린다.

미궁이 홍소를 터뜨린다.

이글린도, 레기도, 크리스도『좌절』의 순간에 마음이 꺾여버리려 하는 가운데, 니이나는 목이 찢어져라 고함을 지르고 있었다.

"＿＿도망쳐 라피!!"

그 비명에 대한 소년의 대답은,

"괜찮아."

백팩의 어깨띠에서 두 팔을 빼내는 것이었다.

"어떻게든 할게."

대형 백팩이 쿵 소리와 함께 땅에 떨어졌다.

소년의 두 팔이 예비 쇼트 소드 두 자루를 막힘없이 뽑았다.

그리고 바람이 되었다.

"_____."

한계까지 압축된 시간 속에서 니이나는 보았다.

적에게 접촉한 순간, 『미노타우로스』가 사냥감을 향해 굵은 팔을 내리치려던, 그 직전.

소년의 모습이 잔상을 일으켰다.

찰나, 착각이라고밖에는 여겨지지 않을 만한 **순간이동**으로 맹우의 품속에 출현하더니, 오른손을 은색 섬광으로 바꾸었다.

콰앙!!

귀를 의심할 만한 충격.

그야말로 『대포』와도 같은 찌르기의 소리가 『미노타우로스』의 가슴 한복판에서 발생해, 폭쇄.

그림자는 멈추지 않는다.

솟아나는 재의 비를 추월하는 기세로 가속.

동료를 잃고 굳어버린 두 번째 맹우에게 육박해, 이번에는 스치고 지나가며 왼쪽의 은광을 번뜩였다.

꿰뚫리는 가슴, 꿰뚫는 검, 다시 폭쇄.

『워어어어어어어어어어어어어어어어어어어어어어어어어어어어어억?!』

마지막 한 마리는 겁을 먹은 것처럼 비명을 지르며 손에 든 네이처 웨폰인 돌도끼를 높은 상단으로 들어 내리쳤다.

지면이 폭발하고 흙먼지가 솟아났다. 그러나 처형수와도 같은 토끼는 그곳에 없었다.

목숨을 돌보지 않는 회피행동으로 도끼를 아슬아슬하게 피하고, 등 뒤를 차지하더니 모든 것을 끝내버렸던 것이다.

등 뒤에서 『마석』을 꿰뚫린 『미노타우로스』는 자신의 운명을 이해하지 못한 채 대량의 잿가루가 되어 사라졌다.

"..........어?"

순식간이었다.

너무 순식간이라, 압도적이었는지 어떤지도 알 수 없었다.

얼마나 강한지조차 잘 알 수 없었다.

홍소를 터뜨리던 미궁이 입을 다문 것처럼 침묵했다.

니이나도, 이글린도, 레기도, 크리스도, 다른 몬스터도 마찬가지였다. 하프엘프의 입술에서 중얼거림의 단편이 굴러떨어지는 가운데, 제일 먼저 재기동한 다크엘프 소녀가 황급히 남은 몬스터를 베어버렸다.

이번에야말로 전투가 끝났다.

"에……에에에에에에에에에에에에에에에에에
에에에에에엥?!"

금세 이글린이 고함을 지르며 흄 바니 소년에게 달려왔다.

"너, 지금 그거 뭐였어?!"

"어……『마석』을 노리고 일격필살을, 시험해본 건
데……."

"움직임, Lv.1, 전혀 아니야……!!"

"그, 그건…… 사실은 최근에, 【랭크 업】을 해서……."

"왜 말 안 했어?!"

"미, 미안해."

레기와 크리스도 더해져 세 방향에서 힐문을 받은 라피
는 ——정체가 탄로 나지 않도록 조절하기는 했지만 스킬
【옥스 슬레이어】 때문에 모든 능력이 폭등해 상정했던 것
이상의 무시무시한 처형을 선보이고 말았던 소년은——
헛웃음과 사죄를 되풀이했다.

아연실색 서 있었던 니이나도 흠칫 제정신을 차리고, 달
려와, 안길 듯한 기세로 라피의 몸을 여기저기 촉진하기
시작했다.

"괘, 괜찮아 라피?! 다친 덴 없어?! 정말 괜찮아?!"

"괘, 괜찮아 니이나. 그, 그보다도 휴식하자!"

"어?"

"회복을 마치고 나아가야지! 몬스터의 습격이 끊어진 이
틈에!"

라피의 말에『제3소대』는 영 떨떠름한 표정을 짓기는 했지만, 지금은 비상사태. 소년의 말이 지극히 옳은 데다, 피로 때문에 판단력이 떨어지기도 했으므로 추궁을 그만두고 서둘러 잠깐의 휴식을 취했다.

　아이템을 사용하고 회복을 마친 후, 즉시 출발했다.

　척후의 능력과 지위를 확립하기 시작한 크리스가 선두에 서서 신중히, 그리고 최고속도로 전진했다. 운 좋게『수직굴』을 곧바로 발견하기도 해서『제3소대』는 17계층에 도달했다.

　"어쩐지 영 떨떠름한 일뿐이지만…… 이거라면 18계층까지 갈 수 있겠어! 라피도 싸울 수 있다면 이젠 뒤를 걱정하지 않아도 되고!"

　"몬스터하고도 거의 안 만났고! 운명의 여신님들이 미소 지어주고 있는 거야!"

　무엇보다, 의도한 것은 아니지만 라피의 활약이『제3소대』에 불을 붙였다.

　역경의 상황에 순풍이 불어 사기가 올랐다. 산발적으로 조우하는 두세 마리 정도의 몬스터도 속도를 늦추지 않고 베어버리고, 계속해서 나아가, 17계층의 메인 통로라 불리는『대통로』로 나왔다.

　"라피, 길!"

　"……이젠 길을 따라가기만 하면 돼. 이대로 17계층 안쪽까지 갈 수 있어."

길안내를 원하는 레기의 목소리에, 지도를 두 손에 든 라피가 단적으로 말했다.

『제3소대』의 얼굴에 희망이 번져나가고, 니이나는 로드를 꼭 쥐었다.

"갈 수 있어……! 이거라면!"

'응, 이거라면 갈 수 있어. 갈 수 있지만…….'

니이나의 목소리를 들으며 나는 주위를 둘러보았다.

옆으로 폭이 넓고 머리 위로도 하염없이 높은 대통로. 거인이 지나갈 수 있을 정도의 거대한 길에서는 이제 몬스터는 그림자조차 볼 수 없게 되었다.

조용하다.

지나칠 정도로 조용하다.

15계층 일대가 말려들었던 대붕괴에 의해 던전이 조성의 재생을 우선시해 몬스터를 새로이 만들어내지 않는다고 가정해도, 귀를 꿰뚫는 듯한 정적이 주위 일대를 지배하고 있었다.

그리고 그 『조용함』을 나는 알고 있다.

"……웃?"

부자연스러운 상황을 다른 동료들도 알아차렸다.

달리면서 불안스레 주위를 둘러보고, 니이나도 이글린도 레기도 크리스도, 뒤에 있는 나를 바라보았다.

파티의 최후열에 있던 나는 그래도 『나아갈 수밖에 없

다』고 고개를 끄덕여 대답했다.

강한 우려에 지배당하면서도 다시 앞을 보고, 발소리를 울리며 걸어갔다.

몬스터는 나타나지 않는다. 나오지 않는 것이다.

마치 무언가를 기다리는 것처럼── 혹은 **무언가의 탄생**을 두려워하는 것처럼.

'이건 역시…… 길드 게시판의 정보는…….'

지독한 『기시감』이 뒤통수 언저리에서 욱신욱신 둔통을 일으켰다.

낯을 찡그린 나는 그래도 『제3소대』와 함께 나아갔다.

소리가 모조리 끊겨 버린 탓에 동료들의 숨소리가 공연히 크게 울렸다. 부츠가 걷어찬 돌멩이가 소리를 내며 튀어 올라 고요한 어둠 속으로 빨려 들어갔다.

오한이 아무것도 모르는 소대 전체를 침식한다.

선두에 선 크리스가 불온한 공기에 굴하지 않으려는 것처럼 달리는 속도를 올렸다. 다른 동료들도 이에 맞춰 가속했다. 반년 전에 이곳을 지나갔던 신인 모험자들처럼, 이 정적이 살아있는 동안에는 아직 늦지 않았다고, 자신들을 타이르는 것처럼.

그리고.

"!!"

"이곳이 『통곡의 대벽』……!"

무시무시한 규모의 거대 룸에 도달했다.

벽도 천장도 우툴두툴하고 거대한 암석으로 형성된 가운데, 왼쪽의 벽면만이 다른 구조여서 레기와 이글린이 말을 잃었다. 표면에 한 점의 요철도 없는 아름다운 그 벽면이 바로 모험자들에게는 『통곡』 그 자체였다.

"크리스, 멈추지 마! 앞으로——."

거기서 혼자 파티에게 호소하던 나를, 이번에야말로 짓밟아버리려는 것처럼.

쩌적.

"웃——."

울리고 말았다.

그 소리가.

동료들이 옆을 홱 쳐다보자.

거대한 균열이 대벽 위에서 아래를 향해 번개 같은 모양으로 달려나갔다.

"——뛰어!!"

내 고함에 등을 떠밀린 것처럼 동료들은 일제히 땅을 박찼다.

거대한 룸을 쭉쭉 가로질러 나아간다. 그래도 잔혹한 균열이 연주하는 『산성』이 더 빨랐다.

쩌적쩌적, 균열을 일으키는 소리가 가속하듯 늘어났다. 고막을 두들기는 음색이 동료들의 얼굴에서 색깔이란 색깔을 모조리 앗아가 파멸의 진동에까지 이르렀다.

다음 순간.

한층 거대한 파쇄음과 함께 그것이 태어나고 말았다.

『워어어어어어어어어어어어어어어어어어어어
어어어어어어어어어어어어어어어!!』

『몬스터렉스』── 골라이아스!!

막 태어난 거대하기 그지없는 갓난아기는 눈 아래에서
새파랗게 질린 학생들을 보자마자 귀를 찢을 듯한 대포효
를 터뜨렸다.

『──────────────────────
──────!!!』

그 외침과 함께 달려나오는 거인.

거목과도 같은 다리를 디딜 때마다 땅을 가르고 굉연히
진동시켰다.

"서, 서둘러어어어어어어어어어어어어어어어?!"

비명과 함께 이글린의 비명이 터졌다.

땀을 뿜어내는 온몸에서 마지막 힘을 긁어모아, 동료들
이 전속력으로 달려나갔다.

『골라이아스』의 맹추격!

약 6개월 전, 처음으로 맛보았던『결사행』의 재연!!

── 하지만 머릿속만은 냉정했다.

정석대로 무조건 도망쳐야 한다. 반격 따위 있을 수 없
다. 파티의 안전이 최우선이다.

정체를 숨겨야 한다는 제약이 아니더라도, 이 상황에서 계층 터주와 싸우는 것은 무조건 피해야 한다. 상대보다도 나의 Lv.이 높겠지만 통상 몬스터와의 전투와 계층 터주 전투는 **다르다**. 사고는 얼마든지 일어날 수 있다. 설령 여기서 내가 미끼 노릇을 맡는다고 하더라도 나를 잃은 『제3소대』가 앞으로 위험에 빠져서는 아무 의미도 없다. 위험성은 철저하게 배제한다. 지금은 『모험』을 할 때가 아니다.

최후열에서 이쪽을 노려보는 거인과의 거리를 가늠하며, 계속해서 줄어드는 목숨의 유예를 계산하고 또 계산했다.

달린다. 달린다. 달린다.

밀려드는 거대한 압력과 살기로부터 동료들이 말 그대로 미친 듯이, 사력을 다해 멀어져간다.

피로도 생각도 공포도 깡그리 내팽개친 채 시선은 출구를 향해.

하지만 그때, 진동에 발이 꼬이면서 한 파룸이 넘어지고 말았다.

"아윽!"

"""*크리스?!*"""

크리스의 얼굴이 공포로 굳었다.

동료들의 얼굴에 절망이 깃들었다.

나는 망설임 없이 백팩을 벗어던졌다.

"흐악?!"

"다들 뛰어!"

"""!!"""

파티의 최후열 위치에서 속도를 늦추지 않은 채 그 조그만 몸을 안아들었다.

크리스를 옆으로 안아 들고, 한순간 멈춰 섰던 동료들을 큰 목소리로 떠밀었다.

경악에서 헤어나지 못한 채『제3소대』는 다시 앞을 보고 혼신의 힘을 쥐어짜냈다.

얼굴을 새빨갛게 물들인 크리스를 안은 채 나도 바위로 된 지면을 박찼다.

"뛰어, 뛰어, 뛰어어어어어어어어어어어어어어어어어어어어어어!!"

이글린의 절규가 거인의 거대한 음성에 휩쓸리는 한편, 가장 뒤에 있던 나는 잔혹한 판단을 내려야만 했다.

——이미 늦었어.

——아까의 정지가 치명적이었어.

——연결로에 뛰어들기 전에 골라이아스의 공격이 터질 거야.

두 팔은 가로막혔다. 이미 파이어볼트도 쏠 수 없다. 이것은 나의 잘못이다.

『오오오━━━━━━.』

후방에서 커다란 바람이 움직였다. 거대한 팔을 머리 위로 드는 기척. 모든 것을 분쇄하는 일격이 온다.

이제는 뒤를 돌아보지도 못하는 니이나, 이글린, 레기의 절망에 찬 숨소리가 들려왔다.

크리스가 참지 못하고 눈을 질끈 감으며 내 배틀유니폼을 꼭 쥐었다.

그러므로 나는, 누구도 감지하지 못하는 그 한순간의 공백을 이용해『종』을 울렸다.

1초 분량의 차지.

오른발에 부여된 순백색 빛의 입자.

아득한 머리 위에서 날아들던 파괴의 철퇴가 우리를 죽이기 전에, 오른발을, 지면에 내리찍었다.

"뛰어!!"

폭쇄한다.

동료들이 발을 내디디며, 연결로까지 모자랐던 거리를, 지면을 부수며 초가속한 내가『포탄』이 되어 메워주었다.

이글린의 등에 몸받기를 하듯, 다른 동료들을 한꺼번에 떠민 순간——— 파괴의 일격이 바로 뒤에서 작렬했다.

『워어어어어어어어어어어어어어어어어어어어어어어어어어어어어어어어어어어!!』

파괴의 여파, 폭력적이기까지 한 풍압, 그런 것들에게도 얻어맞은 것처럼 거대 룸의 가장 안쪽에 있는 연결로를 향해 뛰어들었다.

아니, 날려가버렸다.

별로 생각하고 싶지 않았던 좁은 동굴 내의 격돌을 그때처럼 되풀이했다.

"꺄아아아아아아아아아아아아아아아아악?! 라피이이이이이이이이이이이이이이이이이이이이이!"

여자아이 같은 비명을 지르는 크리스를 가슴에 꼭 끌어안으며 세상이 두 바퀴 세 바퀴, 니이나도 이글린도 레기도 한꺼번에 날아올랐다가 구르면서 동굴 안쪽으로 안쪽으로.

충격이 모든 각도에서 날아들었지만, 이번만큼은 의식을 유지하고 있으려니 완만한 내리막길을 엉망진창의 기세로 굴러 내려가고, 이윽고——.

""우악——?!""

촤아악————!!

연결로 출구에서 산탄과도 같이 뿜어져 나와, 『제3소대』는 지면에 내동댕이쳐졌다.

낙하의 충격에 이어, 지면을 깎고, 겨우 멈추었다.

벌렁 드러누운 자세로 눈에 눈물을 머금은 니이나, 엎어진 채 지면에 포옹과 입맞춤을 나누고 있는 이글린, 충격으로 마스크를 잃고 가련한 얼굴을 드러낸 채 넋이 나간 레기.

마지막으로, 가장 요란하게 날아올랐던 나는 욱신거리는 등에 한쪽 눈을 찡그리며 포옹을 풀었다.

릴리보다도 조그만 파룸은 흰자위를 까뒤집은 채 기절한 상태였다.

'……『낮』이구나.'

머리 위에서 내리쬐이는 『빛』에 눈을 가늘게 뜨며 계층의 시간대를 판단했다.

몸을 기대듯 일어난 나는 시야에 펼쳐진 녹색 나무들과 까마득한 천장에 피어난 크리스탈 국화를 바라보며 중얼거렸다.

"언더 리조트……."

쓰러진 채 꼼짝도 하지 않는 『제3소대』가 비실비실 움직이기 시작한 것은, 내가 마지막 포션을 나눠주고 나서 꼬박 10분이 지난 후였다.

"여관에 묵을 수 없다는 게 무슨 소리야?!"

『귀공자 모드』인 이글린의 노성이 목재와 수정의 마을에 울려 퍼졌다.

학생이라고는 하지만 우락부락하게 생긴 드워프의 험악한 기세에 주눅 들지도 않는 상대는 왼쪽 눈에 안대를 한, 이 역참 마을의 두령이었다.

"숙박비를 못 내는 손님을 재워줄 여관이 어디 있냐? 아앙?"

"그 숙박비가 너무 비싸잖아! 50만 발리스가 말이 돼?!"

"리빌라는 고급 여관이거든~. 지상의 싸구려 여인숙 따위 빛이 바래버릴 정도의 낙원이라 이거지. 마음에 안 들면 돌아가라고, 『학구』의 어리광쟁이들."

"크으윽······?!"

새끼손가락으로 귀를 후비며 되는 대로 주워섬겨대는 보르스 씨에게, 이글린은 혈관이 불거질 정도로 화를 냈다. 그의 뒤에 있던 레기와 크리스가 "우~! 우~!" 하고 떠들어대는 가운데, 해머를 등에 짊어지고 있던 나는 몰래 쓴웃음을 지었다.

온몸의 힘이 풀린 것처럼 넋이 나가 한동안 움직이지 못했던 『제3소대』가 비실비실 계층 남쪽의 연결로를 통해 계층 서쪽, 호수와 단애절벽 위에 세워진 『리빌라 마을』에 겨우 도달한 것은 『밤』이 찾아올 무렵이었다.

천장의 국화가 뿜어내는 빛이 흐려지기 시작해 어스름에 싸여가는 가운데, 심신 모두 너덜너덜해진 『제3소대』는 숙소를 찾으려 했지만 상황은 보다시피. 아무래도 보르스 씨——라기보다 『리빌라 마을』의 주민 대부분이 『학구』의 학생들을 싫어하는 듯했다. 제대로 상대도 해주려 하지 않았다.

뭐, 상대해줬더라도 바가지요금을 청구했겠지만.

"네놈들의 무기, 그리고 몸에 걸친 방어구랑 옷을 넘겨주면 하룻밤은 묵게 해주지."

"크윽……! 웃기지 마! 우린 곧 던전에서 돌아가야만 한단 말이다! 무기도 방어구도 넘겨줄 수 없어!"

이글린은 침을 튀겨가며 소리를 질러 대답하고 보르스 씨에게 등을 돌렸다.

다른 동료들도 난감한 표정을 지으며, 일말의 희망을 걸고 다른 숙소를 찾으러 갔다.

무법자들의 세례라고 하기에는…… 조금 지나쳤다. 상황과도 맞물려서.

나는 『제3소대』가 보이지 않게 된 것을 확인하고, 무기 손질을 시작한 보르스 씨에게 얼굴을 가까이 가져갔다.

"저, 보르스 씨."

"아앙? 어디서 사람 이름을 막 부르냐, 『학구』 꼬맹이. 이 몸께서는 네놈들처럼 세상 물정 모르는 애송이들이 제일── 어라?"

이어지려는 말을 가로막기 위해, 눈을 가리고 있던 앞머리를 좌우로 치워주었다.

"넌【래빗 풋】?! 그런 꼴로 뭐 하고 있는 거야?!"

"쉿─! 들키면 안 돼요……! 애들한테 들리지 않게……!"

목소리를 죽이며 애원하자, 눈을 껌뻑거리던 보르스 씨는 이내 느물느물 웃었다.

카운터 너머의 가게 안쪽으로 안내해주었다.

"또 귀찮은 일에 말려들었구만?"

"귀찮은 일이라고 할 것까진……. 그냥 좀 사정이 있어서요."

"애송이들 돌봐주는 일을 맡은 시점에서 어지간한 퀘스트보다 귀찮은 일이구만 뭘."

커다란 손바닥으로 내 어깨를 펑펑 두드리는 바람에 나는 한층 짙은 쓴웃음을 머금었다.

다른 아이들에게도 이 정도로 싹싹하게 대해주면 좋겠는데…….

"그래서? 무슨 일이냐?"

"네. 돈은 제가 나중에 드릴 테니까 숙소를 빌려주실 수 없을까요?"

"그게 말야. 저 애송이들한테는 그렇게 말했다만, 사실은 방이 빈 여관이 하나도 없어. 너희도 붕괴 때문에 여기까지 피난했지? 위에서 온 녀석들, 아래쪽 탐색하러 갔다가 돌아가지 못하는 녀석들이 전부 방을 잡아버려서 지금은 꽉 찼거든."

그, 그랬구나……. 듣고 보니 이해가 갔다.

15계층의 참상 때문에 어렴풋이 눈치는 챘지만, 지상의 귀환 루트가 차단되어 모험자들은 이 18계층으로 피난할 수밖에 없었을 것이다.

"그럼 야영 도구가 있으면 팔아주시겠어요? 안전한 장소를 찾으면 저희가 알아서 야영할 테니……."

"오, 그거라면 좋지. 너한테는 빚을 엄청 졌으니까 팍팍 깎아줄게!"

손가락으로 동그라미를 그리는 보르스 씨를 보며, 그래도 『조금』 깎아주는 정도겠지 하고 나도 모르게 웃고, 한 가지 마음에 걸렸던 것을 물어보았다.

"보르스 씨, 17계층에 태어났던 『골라이아스』는 어떻게 됐나요? 그밖에도 여기로 도망친 사람이 있을 테니까 토벌하는 게 좋을 것 같은데……."

"너도 사람이 착해빠졌달까, 정말 일 열심히 한다. 그래도 그건 걱정할 거 없어. 이미 17계층에서 진동도 뭣도 들려오지 않는 걸 보면 틀림없이 잡혔을 테니까. 도망쳐왔던 몰드 녀석 말로는 『학구』 애들이 상대했다던데……."

"아, 몰드 씨도 왔나요?"

『리빌라 마을』에 오기까지 ──피로에 찌들었던 『제3소대』를 이 『안전지대』로 데려올 때까지── 상당히 시간이 걸렸으므로 17계층으로 돌아갈 시간이 없긴 했지만, 몰드 씨가 왔다는 말을 듣고 일단은 안심했다. 18계층에는 우리가 먼저 왔을 테니, 이곳으로 오는 동안 몰드 씨 일행이 추월했던 거겠지. 서쪽 호반을 직진하는 최단 루트가 아니라, 먼저 계층 중앙의 대초원지대로 나갔다가 안전한 루트로 왔으니까.

동료들을 잠시 보르스 씨에게 맡기고 싸우러 갈까 했는데…….

"그보다도 골라이아스가 요란하게 날뛰는 바람에 연결로가 막혀버렸거든. 부하들한테 뚫으라고 시키긴 했는데 동굴 전체가 무너지는 바람에, 개통에 시간이 걸릴 거야."

"그렇다면…… 18계층에는 한동안 체류해야겠네요."

"그래. 야영할 거면 이 리빌라 아래의 호수 근처를 추천할게. 몬스터는 식량이 있는 대삼림으로 가니까 습격당할 걱정은 별로 없어. 얼른 식량을 확보하고 싶다면【로키 파밀리아】녀석들처럼 숲속에 진을 치는 것도 좋겠지만……."

"아하하…… 먹을 것도 여기서 살게요."

"좋아, 교섭 성립! 뭐, 네놈이 있으면 어디서 야영해도 문제는 없겠지!"

다시 친근하게 등을 펑펑 두드려주는 보르스 씨에게, 나는 다시 한번 쓴웃음으로 대답하고 야영 도구와 식량을 구입했다.【파밀리아】의 증표도 받지 않은 것은 떼어먹지 않으리라고 신뢰하기 때문일까?

보르스 씨가 물건을 가지러 창고로 사라진 후…… **역시 가봐야 할까**, 하고 위쪽 계층을 생각하며 천장을 올려다보고 있으려니.

『정말로 소동에 잘 말려드는구나, 벨 크라넬.』

"우와앗?!"

갑자기 허공에서 들려온 목소리에 간담이 철렁해졌다.

근데 이 목소리는, 설마…….

"……혹시 펠즈 씨예요?『투명』해진 건가요……?"

『응. 우라노스의 지시로 동태를 살피러 왔어. 이번의 이 상사태는 역시 규모가 규모다 보니. 그리고 어째서인지 레코드 홀더랑 닮은 학생이 보이기에 여기까지 온 거야.』

아마 매직 아이템으로『투명』해진 펠즈 씨가 눈앞에 있는 모양이다.

펠즈 씨가 한 수 위어서 그렇겠지만 기척조차 알아차리지 못했다.

안전지대에 오면서 조금 정신이 해이해졌는지도 모른다.

"하지만 여긴 어떻게 오셨어요? 15계층 아래쪽은 길이 완전히 막혀버렸을 텐데……."

『크노소스를 경유하면 되지.』

아…… 잊어버렸다.

하지만『열쇠』를 가진 펠즈 씨가 있다면 우리도 크노소스를 이용해서…….

"……지금의 자세한 상황은 파악하셨나요?"

『암굴미궁에 갇혀버렸던 학생들은 레온이나 다른 교사들이 거의 구출했어. 일부 모험자들도. 잠재운 채로 내가 크노소스에 보호하고 있고. 학생들의 안부 확인도 네가 마지막이지. 그러니까 이젠 네가 움직일 필요는 없어, 벨 크라넬.』

펠즈 씨는 다시 던전으로 돌아갈까 생각했던 내 속내를 정확히 꿰뚫어 보고 공연한 걱정이라고 말해준 것이다. 나도 모르게 말문이 막혀 윽 소리를 냈다.

『17계층과 18계층의 연결로만 뚫리면 던전의 루트는 전부 복구돼. 그때까지 이 낙원에서 천천히 쉬면 돼. 너 혼자라면 지상으로 돌려보내도 되겠지만, 아무것도 모르는 『학구』의 학생들을 크노소스에 들일 수는 없으니까. 좀 미안하긴 해도.』

"아뇨, 괜찮아요. 고맙습니다, 펠즈 씨."

감사 인사를 한 직후, 보르스 씨가 돌아와 "오래 기다렸지!" 하고 말했다.

『그러면 실례할게.』

펠즈 씨의 작은 목소리와 함께 기척이 멀어져가고, 나도 보르스 씨에게서 야영 도구와 식량을 받아 가게를 떠났다.

낙원에서 천천히, 라……

아무튼 일단은 동료들과 합류하자.

"라피, 정말 괜찮은 거야……? 이런 야영설비를 준비해주다니……."

"괜찮아. 차근차근 얘기했더니 빌려주셨어."

보르스 씨의 충고대로 호수 기슭에 간이 천막을 두 개 설치한 ──지난 『원정』 때에도 야영은 했으니 잘 설치할 수 있었다── 나는 걱정하는 니이나에게 웃으며 얼버무렸다.

머리 위쪽은 완전히 어두워지고, 별이 아닌 수정의 광채가 반짝거리고 있었다.

환상적인 던전의 『야경』을 바라보며 한숨 돌리고 있으려니, 니이나는 시선을 발치로 떨구었다.

"정말로 그랬다면 괜찮지만………… 우리, 라피한테 도움만 받고 있네."

밝지 못한 얼굴의 니이나에게 거짓말을 간파당한 것 같은 기분이 들어 내심 철렁했을 때.

"니이나~! 라피~! 나의 슈퍼 딜리셔스 캠프밥이 다 됐어~~~~!"

취사를 담당했던 크리스가 고함을 질렀다.

니이나에게는 미안하지만 마침 잘 됐다고 모닥불 방향으로 향했다.

우리가 선택한 야영지는 호수 북쪽이었으며, 초승달처럼 파인 호반이었다. 천막을 기슭과 초원의 경계, 모닥불을 호수 쪽에 설치하고, 모닥불 쪽에 크리스와 이글린, 레기가 기다리고 있었다.

"하지만…… 넌 정말 대단해 라피."

"어, 뭐, 뭐야? 갑자기?"

보르스 씨에게 받은 식량으로 간단한 리조토와 따뜻한 달걀 수프를 만들고, 여기에 블록 형태의 휴대용 식량으로 배를 채우고 있으려니, 이글린이 진지한 표정으로 그런 말을 했다.

모닥불을 에워싼 형태로 동그랗게 앉은 가운데 어째서인지 나에게 시선이 모였다.

"우리도 야외조사나 전투임무 때문에 야영에는 익숙한

데…… 너도 요령이 좋은 데다, 무엇보다도 그 아니꼬운 모험자한테서 물자를 빌려왔잖아."

"응. 대단해……."

"교섭의 요령 같은 거라도 있어?!"

"어…… 몇 번씩 부탁하는 거?"

레기도 고개를 끄덕이고 크리스도 몸을 내미는 가운데, 어떻게 얼버무릴까 고민하다 결국은 궁색한 변명을 했다. 이글린은 그게 뭐냐고 어이없어했고, 크리스는 라피답다며 웃음을 터뜨렸다.

이윽고 식사를 전부 마치자, 본론으로 들어가자는 것처럼 이글린이 물었다.

"넌 모험자 지망이라고 했지? 진로는 이미 결정했어?"

"그, 그건 왜?"

"신경이 쓰이게 됐단 말이야. 네가. 열 받지만. 서포터 주제에 너무 대단해서…… 알고 싶어졌어."

조금 당황하면서도, 똑바로 나를 바라보는 이글린의 시선에 말문이 막혀버렸다.

이글린이 이런 걸 물어보게 되다니…….

진짜 파티의 일원으로 인정을 받았다는 뜻일까.

하지만…… 모험자 지망생이 아니라 현역 모험자인데……. 『만약 학생이었다면』하고 가정을 해보고, 대답한다면 【헤스티아 파밀리아】가 되겠지만, 정체를 들킬 수는 없으니까…… 나는 한참 고민한 끝에, 그다음으로 입단해

보고 싶었던 파벌의 이름을 말했다.

"어, 【로키 파밀리아】 아닐까……?"

니이나의 귀가 흠칫 떨린 것 같았지만 이글린은 알아차리지 못하고 말을 이었다.

"모험자 지망이라면 그렇게 되겠네. 입단 경쟁률이 엄청 높다고 하는데, 난 라피라면 붙을 거 같아. 떨어지면 【로키 파밀리아】는 눈이 삔 거야."

"고, 고마워……?"

깜짝 놀랄 정도로 칭찬해주는 바람에 뺨이 조금 뜨거워지고 말았다.

시선을 한데 고정하지 못할 것 같아, 나는 얼버무리듯 그에게 화제를 돌렸다.

"어, 그럼 이글린은? 진로는 결정했어?"

"난 대장장이."

"에엥?!『전투기술학과』면서?!"

목소리를 높여버린 나에게, 이글린은 어딘가 자랑스러워하듯 말했다.

"지금 하계에서 제일 뛰어난 대장장이는 바로 츠바키 콜브랜드야. 그 마스터 스미스가 그랬다더라.『무기를 시험하기 위해 심층에도 내려갈 수 있을 정도가 되기 전까진 아무것도 못한다』고 말야. 그래서 나도 대장장이 실력과 함께 사용자의 시점도 배우면서 마스터 스미스를 목표로 삼고 있단 말씀!"

츠바키 씨, 자기 발언에 책임 좀 져주세요……!

"으으음…… 그럼, 레기는?"

"난, 암살자."

"으으으으응?!"

뭐라 대응해야 좋을지 알 수 없어 다른 사람에게 화제를 돌렸더니 더더욱 무슨 표정을 지어야 좋을지 알 수 없는 대답이 돌아왔어!

"나, 하이엘프…… 기다려. 다크 쪽. 언젠가 화이트, 멸망, 굉장한 하이엘프."

"어, 어?"

"그러니까, 친구놀이 시간, 없어. 혼자만의, 힘, 필요했어. 하지만, 던전, 못 이겼어."

"!"

"혼자보다, 많이, 강한 거, 당연. 깨달았어. 그러니까…… 고마워, 라피, 얘들아."

"레기……."

"지금, 난…… 병사, 단련해보고 싶어."

회그니 씨와의 교류에서 함양된 번역 직감을 믿는다면, 레기는 아마도 다크엘프의 하이엘프가 복권하기를 고대하는 부족이고, 숫자에서도 압도적으로 우세한 화이트엘프에게 이기기 위해 암살자를 지망했던 것 같다.

『학구』에 입학했던 경위는 모르겠지만, 혼자서 싸울 수 있는 힘을 원했던 그녀는, 이번 던전 실습을 통해 혼자서 싸우는 것이 얼마나 취약한지를 알았다.

그래서 병사를 단련시킬 수 있는 교관이 되고 싶다고…… 그렇게 생각하게 됐다고, 그런 말을 하려던 것 같았다.

"난 말야, 제국의 기사! 커맥이라는 이름도 알스터의 긍지도 잃고 식민지 지배만 하는 부패한 나라를 안쪽부터 바꿔나갈 거야!"

물어보지도 않았는데 자신만만하게 말한 크리스가 어쩐지 제일 착실하달까, 장대한 목표를 가지고 있어서, 실례일지도 모르지만 놀라버렸다.

"일족의 자긍심인 기사단의 이름을 되찾겠어! 난【브레이버】보다도 굉장한 일을 해낼 거라고!"

"피, 핀 씨보다도? 아무리 그래도 그건……."

"할 수 있어! 뭐니 뭐니 해도 난 파룸인데 Lv.2가 됐으니까 말야!! 뭐,【브레이버】가 애원한다면【로키 파밀리아】에 들어가도 되겠지만! 라피랑 같이 있을 수도 있고, 앞으로도 내 호위수로 삼아줄게!"

만났을 때와 완전히 똑같이, 두 눈을 감고 가슴을 펴는 크리스에게 쿡쿡 웃었다.

그리고 마지막으로, 모두의 시선이 그녀에게 모였다.

"그러고 보니 들어본 적이 없었네. 니이나, 넌 목표가 뭐야?"

"……."

아직 남아있는, 손에 들린 수프를 내려다보던 니나의 대답은, 침묵.

시간이 지나, 고개를 든 그녀는, 어딘가 쓸쓸한 듯이 웃었다.

"난, 아무것도 없나 봐……."

"…………."

소대원들 사이에서 침묵이 흘렀다.

우리 속에서 그녀만이 길을 잃어버린 미아 같았다.

정확히 10분.

딱 10분 전까지 이글린과 보초를 서다, 교대라는 말에 쪽잠을 잤다.

『심층』에서의 5분 휴식에 비하면 평온한 18계층의 10분 간은 극상이라 해도 좋을 정도였다. 머릿속을 흐르던 탁한 습지의 물이 맑은 계곡물로 바뀐 것처럼 생각이 선명해졌다. 몸은 원래부터 그렇게까지 지치지 않았다. Lv.5란 **그런 것**임을 이해했다.

코를 골던 이글린을 깨우지 않도록 천막을 빠져나오자…… 모닥불 앞에 등을 조그맣게 웅크린 여자아이가 혼자 앉아 있었다.

"니이나."

"라피……? 보초, 아까 막 교대하지 않았어?"

"잠이 잘 안 와서. ……크리스는?"

"우리 텐트에. 졸린지 자꾸 눈을 깜빡여서 자도 된다고 했어."

두 개의 텐트는 남성용과 여성용으로 나눠 놓았는데…… 뭐, 크리스라면 괜찮겠지.

나를 돌아본 갈색 장발이 찰랑이더니, 다시 정면의 호수로 시선이 돌아갔다.

나는 양해를 구하고, 약간의 거리를 둔 채 니이나의 옆에 앉았다.

"니이나…… 무슨 일 있었어?"

"……."

"아까…… 기운이 없어 보여서."

니이나는 아무 말도 하지 않았다. 『학구』에서는 그렇게나 밝고 태양처럼 누구에게나 상냥하게 대했는데, 지금은 계속 바라보고 있는 호수처럼 조용하고 차갑고, 추워 보였다.

"뭔가 고민이 있다면…… 듣고 싶어. 난, 오늘까지 니이나에게 도움을 받았으니까."

용기를 내 파고들어 보았다. 은혜를 갚고 싶다고, 그렇게도 말하며.

꼼짝도 하지 않던 니이나는 고개를 푹 숙였다.

자신의 무릎 사이에 얼굴을 묻고 있는가 싶더니, 한 다발만 에메랄드색으로 물들인 앞머리를 찰랑이며 천천히 시선을 들었다.

"난 있지⋯⋯『꿈』을 찾을 수가 없어."

응? 하며 돌아보자, 니이나는 앞을 본 채 미소를 지었다.

당장이라도 허물어져 사라져버릴 것 같은, 그런 덧없는 미소였다.

"난『학구』에 입학하는 사람은 전부 무언가『불안』을 품고 있는 사람들이라고 생각해. 무엇이 될 수 있을지 몰라서, 자신의 장래를 몰라서⋯⋯ 하지만 그런 학생에게『학구』는 많은『꿈』을 보여줘."

"⋯⋯『꿈』?"

"응. 수많은 나라의 풍경을, 문화를, 일을, 학문과 연구를⋯⋯ 세계의 모습을 보여줘. 그리고 학생들은 '이걸 하고 싶다!'는 목표를 찾아내서, 하나둘씩 떠나가는 거야."

되풀이되는『꿈』이라는 단어가 귀에 남은 가운데 니이나는 조그맣게 중얼거렸다.

"그러니까⋯⋯ '왠지 그냥'으로 들어온 사람은 힘들지도 몰라."

그때 니이나의 얼굴에 떠 있던 웃음은 자조로 보였다.

"나 있지, 언니가 있어."

"⋯⋯길드 본부에 있던 사람?"

"응. 에이나라고 하는데, 내 자랑스러운 언니."

안다.

하지만 지금은 모르는 척했다.

"아니…… 모두의 자랑스러운 언니, 라고 해야 하려나."

그리고 니이나는 이번에는 정말로 어딘가 그늘이 느껴지는 웃음을 지었다.

"내가 철이 들 무렵에는 이미 언니는『학구』에 입학한 후였어. 난 언니 얼굴도 목소리도 몰랐어. 그래서 길드에서 만났던 그때가 나의『처음 뵙겠습니다』."

"……."

"하지만 언니가 대단하다는 건 알고 있었어. 고향 사람들이 다들 늘 그랬거든. 언니는 똑똑했다, 언니는 우수했다. 그런 이야기를 듣고, 난 언제나 내 일처럼 자랑스러웠어. 엄마도 아빠도…… 에이나 언니를 자랑스러운 딸이라고 생각해."

지금 그녀는 자신이 어떤 표정을 짓고 있는지 알까?

자신의 얼굴을 비추는 수면을 들여다볼 용기는 있을까.

"우리 엄마는 몸이 약해. 엄마랑, 엄마를 위해 일하는 아빠를 위해, 언니는『학구』에 갔어. 좋은 일자리를 얻기 위해. 언니는『꿈』은 없었을지 몰라도, 확실한『목적』을 가지고 있었어."

그리고 그런 것을, 자신은 가지고 있지 않았다며──

"내가『학구』에 온 이유는, **언니가 그랬으니까. 언니가 진학했으니까, 그럼 나도 같은 길을 가면 되겠지** 하고…… 그런 가벼운 마음으로『학구』의 시험을 쳤어."

나는 눈을 크게 뜨고 있었다.

자신은 에이나 누나가 걸었던 길을 따라갈 뿐이라고.

니이나는 그렇게 고백한 것이다.

"그런 가벼운 마음으로 와서, 입학해서, 여기까지 끌려 와서…… 후회하고 있어."

니이나가 사용한 후회라는 말에 충격을 받았다.

그렇게 공부를 열심히 하고 노력가인데, 니이나는 『학구』의 생활을 고통스럽게 여기고 있는 걸까?

"내가 전공한 첫 수업, 라피는 알아?"

"……미안, 모르겠어."

"『종합신학』."

"!!"

흠칫했다.

그것은 『이수과목』을 결정할 때 니이나가 은근히 말렸던 과목이었다.

"언니가 합격했다고, 다들 칭찬했거든. 그래서 나도 해 봤어. 분명 할 수 있을 거라고 생각해서."

"……."

"하지만 아니었어. 그렇지 않았어. **하나도 모르겠던걸.** 난 언니처럼 【히에로글리프】를 읽을 수 있게 되진 못했어."

니이나는 몸을 칼로 저미듯, 지금도 고통스러운 듯, 자신의 과거를 계속해서 토로했다.

──별로 추천은 안 해…….

——합격률이 1할도 안 된다고 하고, 【히에로글리프】를 실제로 해독할 수 있게 되는 사람은 더 적어.

내게 들려주었던 충고는 남에게 전해들은 것이 아니라 니이나 자신의 이야기였던 것이다.

"길드의 모의고사도 봤어. 또 언니의 등을 쫓아서. 하지만 아무리 공부해도 좋은 판정을 받을 순 없었어. 언니의 발밑에도 미치지 못했어. 그래서 『종합신학』 때처럼 또 도망쳤어."

"……."

"언니는 『학구』를 졸업한 후에도 많은 사람이 기억하고 있을 정도로 굉장한 사람이었어. 우리 고향에서도 그랬고. 그래서 나도, 언니 흉내만 내고, 계속 같은 길을 가고…… 똑같이는 되지 못했어. 나 같은 것보다도 언니가 훨씬 굉장했어."

눈동자가 천천히 샘물의 기적을 띠기 시작했다.

더는 멈추지 않게 된 마음과 말과는 달리, 일렁이는 에메랄드색이 눈물방울을 맺었다.

"나, 언니가 어렸을 때 했던 건 전부 할 수 있어. 그래서 언니의 뒤를 따라갔던 거야. 그게 편할 거라고 생각해서. 하지만…… 그렇지 않았어."

"……."

"언니 흉내만 내고, 스스로는 아무것도 결정하지 못하고…… 난, 너무 한심했어."

……아니야.

아마 니이나는 착각을 하고 있을 것이다.

발두르 님을 비롯한『학구』의 신들이 면접을 보고, 입학 희망자의 마음을 듣고,『거짓』이 없는지 확인해 합격과 불합격을 가늠하고 있다면.

니이나가『학구』에 들어왔던 이유는, 분명…….

"게다가 난 원래『교양학과』였지만……『전투기술학과』로 옮겨왔어."

"뭐?"

"우연히…… 정말로 우연히,『마법학』을 공부하던 날 보고, 레온 선생님이 말을 걸어주셨거든. ……『이 지팡이를 들고 영창을 해보렴』하고. 그리고 난『마법』을 발현시킬 수 있었어. 운동도, 스스로 생각했던 것 이상으로 할 수 있었어. ……그래서 많은 사람에게 칭찬을 받았어."

"……그래서『전투기술학과』에?"

"응……. 언니가 운동은 못 했다는 말을 듣고…… 나, 깊이 빠져들었어.『꿈』이라든가『좋아하는 것』이 아니라, 그저 내 자리를 보전하기 위해 무예를 익혔어."

아마 그것이 니이나에게는 가장 큰『죄책감』일 것이다.

에이나 누나의『목표』나 다른 소대 동료들 같은『꿈』도 없이, 그저『도피』를 위해『전투기술학과』에 계속 있었던 자신을, 누구보다도 부끄럽게 여기고 있다.

분명 그것은 전부 자신의 존재의의를 지키기 위한 것.

그래서 그녀는 우리가 『진로』 이야기를 할 때마다 뒤처지는 듯한 마음이 들었을 것이다.

"『학구』에 배달된 언니의 편지에, 처음에는 답장을 했는데…… 이런저런 일이 있어서, 쓰지 못하게 됐어."

"…………."

"언니 흉내만 내는 내가 꼴사나워서, 언니가 못하는 일을 필사적으로 하면서 스스로를 지탱하려고 하는 자신이…… 너무너무 싫어서, 견딜 수가 없어서……!"

"…………."

"상냥한 언니의 문장에, 아무 대답도 할 수가, 없어서……!"

마침내 그녀의 입에서 오열이 새어 나오기 시작했다.

눈꼬리에서 흘러넘친 투명한 물방울이 수없이 뺨을 타고 내려와 가녀린 다리 위에 떨어졌다.

얼굴을 무릎 사이에 묻고 어깨를 떤다. 손가락이 팔에 꽉 파고든다.

지금까지 참아왔던 것을 토해내고, 우등생도 무엇도 아닌 한 명의 여자아이는 그저 울고 또 울었다.

나는 아무 말도 해줄 수 없었다.

곁에 다가가 어깨를 안아줄 수도, 눈물을 닦아줄 수도 없었다.

나에게는 형제가 없다. 가족은 할아버지뿐이었다.

동정이나 연민은 고사하고, 그녀의 고민과 괴로움에 대

해서는 분명 한 점도 이해해줄 수 없을 것이다.

하지만——.

"아……."

겉옷을 벗어, 조금 후줄근해진 배틀유니폼을 그녀의 어깨에 걸쳐주었다.

호면이 흔들렸다. 마치 바람이 불고 있는 것처럼. 어딘가 기온도 조금 추워진 듯했다.

그래서 그녀가 이 이상 추워지지 않도록.

아주 조금만, 아주 약간만 다가가서 곁에 앉았다.

"니이나……. 니이나가 만약 자신을 싫어한다 해도……."

오늘까지『학구』에서 배웠던 하루하루를 돌이켜보며.

아무 꾸밈도 없는『솔직한 마음』을 입에 담았다.

"난 니이나 덕분에 즐거웠어."

"!!"

"니이나 덕분에『배우는 즐거움』을 알았어. 네 덕분에……또 새로운『목표』가 생겼어."

옆은 절대 보지 않고, 책상다리로 앉은 채, 호면만을 바라보며 마음을 계속 전했다.

"이 실습에서 다른 소대 멤버들도 니이나에게 많은 도움을 받았어."

"……!!"

"네 언니처럼…… 누군가를 위해 상냥해질 수 있는 니이나에게, 많은 사람이 구원을 받고 있을 거야."

하늘에서 별이 떨어지듯 반짝거리는 것이 떨어졌다.

계층 천장에서 떨어진 수정 조각이 호면에 파문을 퍼뜨렸다.

조그만 파문을 수없이, 수없이.

아름다운 눈물처럼.

다시 고개를 숙이고 떨리는 숨을 내쉬던 니이나는……천천히 얼굴을 들고 이쪽을 보았다.

그 얼굴에는 조그만, 하지만 분명한 미소가 피어나 있었다.

"라피는…… 여자애를 울리네."

"……미안."

"아냐…… 그냥 조금, 의외였어."

"……미안."

"후후, 왜 사과해?"

"……잘 모르겠지만, 미안."

"사과하지 마. 난…… 기뻤는걸."

──고마워 라피.

아직 마르지 않은 눈물 자국을 남긴 채 얼굴에 웃음을 활짝 피운 니이나에게, 나는 입을 꾹 다물고만 있었다.

눈은 계속 앞을 향한 채. 하지만 얼굴은 완전히 달아올라서.

니이나도 그것을 알아차리고 쿡쿡 웃으며 어깨를 떨었다.

아주 조금, 그녀가 옆으로 다가왔다.

나도 조금 비껴나 거리를 벌리려 했다.

하지만 뻗어온 그녀의 손가락에 붙잡혔다. 나는 포기했다.

아직도 창피해서 얼굴이 붉다. 겉옷을 빌려주어 상반신은 소매 없는 이너웨어 한 겹밖에 없는데도 공연히 덥다.

이둔 님께서 달려와 어떻게든 해주시지 않으려나 하는 바보 같은 생각을 하며, 둘이서 파랗게 빛나는 호수를 바라보고만 있었다.

"나, 그런 생각이 들어."

갑자기, 조금 전과는 다른 음색으로 니이나가 말을 이었다.

"하고 싶은 일을 찾을 수 있었던 사람은 행복한 거라고."

"응······?"

"싫어하는 일이 많이 일어나서, 좋아하는 일이 괴로워지는 일도 있을 거야. 하지만 그건 분명 누구나 마찬가지."

고개를 돌려 니이나의 옆얼굴을 보았다.

그녀는 호면에서 머리 위로 시선을 들고, 밤하늘이 아닌 크리스탈의 바다를 바라보고 있었다.

"대충 걸어와서, 대충 결정해야만 하고, 대충 선택하고······ 그런 만연하던 길을 나아가는 것보다는, 똑바로 걸어온 사람이 훨씬 멋있어. 나 같은 아이보다 라피나 다른 소대 멤버들이 훨씬 대단해."

"······."

"『꿈』이 없는 반쪽짜리가 말하는, 그냥 아는 척일지도 모르지만."

꿈을 좇는 데 익숙하지 않은 여자아이는 가짜 하늘을 올려다본 채 살짝 웃었다.

"그래도『꿈』을 가진 사람은 행복하고…… 멋지다고, 난 그렇게 생각해."

그것이 나에게는 조금 슬프게…… 아니, 허무하게 보였다.

"……."

그녀와 마찬가지로 머리 위를 올려다보며, 가짜라 해도 아름다운 수정의 하늘에 눈을 가늘게 떴다.

다음 날 아침.

계층 천장에 펼쳐진 청수정이 조금씩 빛을 머금기 시작해 지상의 새벽처럼 희뿌옇게 밝아왔다. 니이나가 고개를 꾸벅거리기 시작하고, 내 허벅지에 얼굴을 얹은 채 잠들어버린 후로도 나는 혼자 보초를 섰다.

모닥불이 꺼지지 않도록, 그녀의 몸이 식지 않도록.

"……청춘~★"

"……청춘~☆"

천막에서 레기가 나와선 우리 쪽으로 다가오더니 무표

정하게 이둔 님 언어로 말했다.

나도 먼 곳을 보는 표정으로 일단은 인사를 받아주었다.

"……저, 레기. 오늘 이따가 살짝『모험』을 할 수 있다면, 레기는 혹시 해볼 생각 있어?"

질문의 의도를 파악하지 못한 레기는 고개를 갸웃거렸지만, 마스크의 위치를 고치며 수긍했다.

"언더 리조트…… 기왕…… 신선…… 보고 싶어…… 다들, 같이."

나는 웃음을 머금으며 고맙다고 대답했다.

니이나를 깨우지 않도록 주의하며 그녀를 니이나에게 맡기고, 나는『리빌라 마을』로 향했다.

"너도 진짜 괴짜다."

나의『부탁』을 다 들은 보르스 씨는 반쯤 어이없다는 표정으로 말했다.

"안 될까요……?"

쓴웃음을 지으며 슬쩍 올려다보는 나에게, 리빌라의 두령은 씨이익 웃음을 지었다.

"어차피 오늘 안으로는 계층 연결로도 뚫릴 일 없어. 하루 종일 심심할 테니까 같이 놀아주지! 몇 번이나 말하는 거다만 너한테는 다 갚지 못할 빚이 있으니까!"

그렇게 말하며 보르스 씨는 내 목에 굵은 팔을 감고 손가락으로 동그라미를 만들어 보였다.

"받을 건 다 받을 거다! 확실하게 퀘스트로 수령해서 『호위』해주마!"

목을 감은 굵은 팔에 손을 가져다 대며 감사했다.

지상으로 돌아가면 열심히 벌어서 내 돈으로 갚도록 하자.

⊡

"""『수학여행』?!"""

리빌라에서 돌아온 내가 그렇게 말하자, 동료들은 놀란 표정을 지었다.

"응. 기왕 18계층까지 왔으니까, 아래쪽 계층도 한번 보지 않을래?"

"그 마음은 이해 못 할 것도 없지만…… 이 아래쪽은 미궁도 확 달라지잖아?!"

"사고로 18계층까지 내려갔던 소대는 있었어도, 이 아래까지 탐험했던 학생은 없었다잖아! 으음?! 그렇다면 내가 전인미답의 한 걸음을 남길 기회?!"

"모험, 하고 싶다고, 했어…… 하지만, 위험?"

"마, 맞아, 라피. 여기 오는 것만도 힘들었는데……."

모두의 반응은 거의 반대.

하지만 크리스와 레기처럼, 안전하다면 조금 가보고 싶

다는 마음이 적잖이 있는 것 같았다. 그러므로…….

"리빌라 마을에 가봤더니, 상급 모험자 사람들이 아래 계층에 간다고 했어. 일을 도와준다면 데려가 주겠다고 그러더라고."

""……!""

"게다가 그 왜, 전리품을 가지고 돌아가면『학점』도 얻을 수 있을지도……."

""……!""

내 설명에 흠칫한 니이나와 크리스, 이글린과 레기.

내가 말하긴 했지만, 정말 막무가내라는 생각은 든다.

에이나 누나가 알면 크게 혼나겠지.

하지만 동시에, 안전하다는 생각도 있었다.

원래 같으면 아무리 Lv.에 여유를 두더라도 처음 가보는 계층은 위험하지만, 탐색에 익숙한 보르스 씨 같은 제2급 모험자가 호위해주면 더 깊은 계층에도 갈 수 있다는 확신이 있었다.

제1급 모험자인 나도 서포트에 집중하면 동료들에게『미지의 경치』를 보여줄 수 있을지 모른다.

"이봐~! 우리 왔다~!"

"모험자들이 가려는 것 같은데…… 어떻게 할래?"

손을 흔들며 야영지로 다가오는 상급 모험자의 수는 20명 미만.

그 광경에 서로 얼굴을 마주 보던『제3소대』는, 고민에 고민을 거듭한 끝에 동행을 결심했다.

☙

"이, 이 무기…… 굉장해! 아까부터 저렇게 난폭하게 막 다루는데도…… 날 하나 빠지질 않아!"

힘도 들이지 않고 『맘모스 풀』을 상대하는 리빌라의 주민들을 보며, 해머를 손에 든 이글린이 경탄했다. 그가 특히 주목했던 것은 모험자들의 무기였다.

"오라리오의 무기를 우습게 보면 안 된다고. 너희 『학구』가 개발한 고상한 무기보다 훨씬 튼튼하니까!"

"예리함보다도 내구력을 올린 거야? 아니, 그래도 위력은 충분한데……!"

수인의 무기를 몇 번이나 확인하게 해달라고 부탁하던 이글린은 벌써부터 『수학(修學)』에 열을 올리고 있었다.

대장장이를 지망하는 몸으로서 가만있을 수 없었을 것이다.

이글린 외에, 크리스나 레기도 모험자들의 소지품이나 전법에 몇 번이나 감탄사를 발하고 있었다.

"이 포션, 『조합학과』가 지급했던 것보다 효과가 훨씬 좋아! 엄청 맛없지만!"

"잠깐…… 지금 저건, 무엇?"

"마물이 모아두었던 불에 인화시켰던 것뿐이야. 무기도

아이템도 쓰기 나름이란 거지."

　무법자들이라고 우습게 보았던 모험자들의 『지식』과 『지혜』에 세 사람 모두 놀라기만 했다.

　학생을 싫어하는 보르스 씨도, 일단은 퀘스트가 되니 난폭한 짓은 하지 않고 『제3소대』를 에워싸듯 철저히 호위해 주고 있었다. 『관광버스』라고까지 할 마음은 없지만 아직까진 분위기가 괜찮다.

　"저기, 라피! 저건 뭐야?! 집보다도 큰 버섯이 있어!"

　"독버섯이래. 【내성】 어빌리티가 높으면 먹을 수 있다고 들은 것 같은데……."

　"먹을 수 있어?!"

　니이나도 던전의 새로운 광경을 볼 때마다 목소리를 높였다.

　『학구』의 수업에서 배울 수 있는 던전의 정보는 『암굴미궁』까지. 지금의 니이나에게 『던전의 미지』란 신비로 가득해 흥미를 자극하는 존재일 것이다.

　던전 탐색 하나만 봐도 수많은 직업, 수많은 사람이 얽혀 있다.

　미궁의 풍경 하나만 봐도 수많은 신비와 여러 가지 환상이 잠들어 있다.

　그것을 알았으면 했다.

　조금 오만한 나의 아집일지도 모르지만, 동료들이, 특히 니이나가 무언가 관심을 가져주었으면 했다.

레온 선생님이 말씀하셨던『수학여행』이란 분명 그런 것 아닐까.

그런 계기가 무언가『목표』나『꿈』을 가져다줄지도 모른다.

"저기, 니이나. 니이나는 어제 언니의 흉내만 냈을 뿐『목표』가 하나도 없다는 말을 했지만…… 난 그렇지 않다고 생각해."

"어?!"

장소는 24계층.

중층 영역에서도 제일 깊은 곳인 만큼, 동료들이 긴장을 감추지 못하는 가운데, 살짝 푸른 빛을 내는 동굴을 따라 내려가던 나는 바로 뒤의 니이나에게 말했다.

"아마 니이나는…… 언니 이외의 **무언가**가 되고 싶었던 거 아닐까."

"!"

앞을 보며 걷던 내 뒤에서 흠칫 숨을 삼키는 기척이 느껴졌다.

분명 니이나는 어렸을 때부터 에이나 누나와 **비교되었**을 것이다.

얼굴도 목소리도 모르는 우수한 언니와 항상 무언가를.

어렸을 때는 섬세하고, 어른들이 생각하는 것 이상으로 예리한 면도 있는 것 같다.

다른 아이들보다도 더 똑똑했을 어린 니이나는, 어른들

에게는 그럴 의도가 없었더라도, 『비교』된다는 데에 민감하게 반응해 무의식중에 스트레스를 느끼고 있었던 것 아닐까?

어른들에게 악의는 없었을 것이다. 하지만 무슨 일이 있을 때마다 비교당하고, 자신도 이해할 수 없을 정도로 불안해져, 부모님의 말도 들리지 않을 정도로 조바심이 난 니이나는 『학구』에 왔다.

하지만 니이나는 아마 여기서 한 가지 착각을 했을 것이다.

성실한 그녀는 에이나 누나와 같은 길을 따라가고 있었던 것은 『꿈』이 없는 자신의 나쁜 버릇이라고 생각했겠지만── 분명 사실은 에이나 누나보다도 대단한 자신을 봐주었으면, 인정해주었으면 하는 마음에 필사적이었을 것이다.

에이나 누나에 대한 대항의식, 선망, 그리고 동경.

실패와 좌절을 몇 번이나 맛보면서도, 니이나는 그것을 손에서 놓지 않았다.

"그러니까 자신을 싫어할 필요는 없어."

에이나 누나보다도 좋은 점수, 훌륭한 성과를 남기면, 『에이나』가 아니라 『니이나』는 대단하다고, 그런 말을 들을 거라 믿었던 것이다.

자신은 니이나 튤이라고, 분명 그렇게 외치고 싶었을 것이다.

"잘하는 건 잘하는 거라고, 가슴을 펴고 자랑하자. 니이나는 언니 못지않게 굉장한 여자아이니까."

"아―――."

동굴 끝에 접어들어 내가 뒤를 돌아보자, 니이나는 멍하니 서 있었다.

꼼짝도 하지 않는 그녀와 걸음을 멈춘『제3소대』. 선두에서 걷던 보르스 씨 일행도 의아하다는 표정으로 돌아보고 있었다.

"가자. 도망치기만 했다고 지레짐작하면서 열심히 노력했던 너이기에 여기까지 올 수 있었던 거야."

잠시 후.

시간을 들여, 쭈뼛거리며, 천천히 내민 그녀의 손을 잡고 동굴 너머로 데리고 갔다.

"―――――――."

우리의 시야에 나타난 것은 던전 최대의 대폭포―― 그레이트 폴.

"굉장해에에에에에에에에에에에에에에에에에에에에!!"

"엄청나아아아아아아아아아아아아아아아아아아아아아아아!!"

"⋯⋯어버버."

이글린이, 크리스가, 레기가 흥분에 몸을 맡기고 있었다.

니이나 또한 눈을 한껏 크게 뜬 채 그 장대한 광경에 시간을 빼앗겨버렸다.

에메랄드 블루의 폭포가 마치 세계를 뒤덮을 것처럼 계층을 꿰뚫고 있다. 끊임없이 솟아나는 무한한 물보라는 무수한 수정에 난반사되어 신화 속에 존재하는 대해의 풍경을 자아내고 있는 듯했다.

푸르게, 부서지고, 반짝이며.

아름답고, 잔혹하며, 웅대한.

까마득한 지하에 펼쳐진 신세계—— 물의 미궁도시.

"굉장해⋯⋯."

대폭포에 한참 눈길을 빼앗긴 후, 미궁부로 이동하면서도 동료들의 감탄은 끊이질 않았다.

18계층의 것과도 다른, 대해에서 깎아낸 것처럼 새파란 수정의 클러스터. 하얀 물뱀이나 자매 같은 인어가 헤엄치는 영원한 물줄기, 싱그러운 산호와 푸른 벚꽃은 환상의 단편 같아 심장 고동을 미친 듯이 뛰게 만들었다. 접하는 모든 것이 『미지』의 빛이었으며 학생들의 가슴을 노크했다.

그들을 호위하는 제2급 모험자들도 빈틈은 없었다. 『경험』에서 오는 행동으로 혼전이 되기 전에 몬스터를 격퇴했다. 무엇보다도 이번에는 마석이나 드롭 아이템을 노리는

『탐색』이 아니라, 여러 가지 경치를 견학시키는『수학여행』. 최단거리를 선택해 앞으로 앞으로 나아가며 이제까지와는 다른 세계를 들여다본다. 운 좋게 몬스터와의 조우도 적어서 놀랄 만큼 빠르게 25계층의『용소』에 도달했다.

"아름다워……."

계층 상부의 연결로 앞에서 내려다보는 그레이트 폴도 장대했지만, 용소에서 올려다보는 대폭포도 압권이었다.

온 하계를 돌아다니는『학구』라 해도 이 정도의 광경을 본 적은 없었다.

항상 죽음과 인접한 던전에 왜 모험자들이 매료되는지, 니이나는 이해할 것 같았다.

"니이나, 어때?"

"라피…… 이건……."

"포상, 일까?"

"어……?"

"니이나와, 그리고 동료들이 노력했던 데 대한 포상."

평소에는 동생 같던 소년은 앞머리로 눈을 가린 채 오빠 같은 웃음을 머금고 있었다.

"울음을 터뜨릴 정도로 많은 일을 열심히 해왔고, 특기를 찾아낼 수 있었고…… 그래도『꿈』을 찾지 못했다고 하는 너한테, 내가 준비할 수 있는 약간의 선물."

"……!"

"『제3소대』에 들어와서 강해진 니이나니까, 세상이 네게

줄 수 있었던 거야."

그것은『성장』의 증거라고.

설령『성공』은 손에 넣지 못하고 계속 실패했다 하더라도, 너 자신이 강해졌기에 이 새로운 세상에 데려올 수 있었다고, 길 안내를 맡은 토끼 소년은 말했다.

"니이나. 나는 어떤 게『꿈』이 되고 뭘 해야『목표』가 되는지, 잘난 척 말해줄 수는 없어. 하지만……『감동』할 수 있는 무언가가 있다면 그 사람은 보답을 받는다고 생각해."

"감동……?"

"응. 설레거나, 기쁘거나, 가슴이 찡해지거나, 눈물이 날 것 같을 때…… 좀 더 열심히 해봐야겠다고, 고개를 들 수 있겠다고, 그런 기분이 들거든."

마치 자신의 체험을 돌이켜보며 하나하나 곱씹듯 말을 자아낸다.

"이 포상이 니이나에게 조금이라도 용기를 줄 수 있었다면…… 기쁘겠어."

"라피……."

마지막으로, 소년은 서툴게 웃었다.

머리카락에 가려져 있어도 서툴다는 것을 알 수 있을 정도로 약간 한심해 보이는 웃음.

니이나의 가슴이 시큰거렸다. 어젯밤에는 그렇게 슬펐는데, 지금은 이렇게나 따뜻하다.

입술이 잘 움직여주질 않아 오른쪽 가슴을 꼬옥 움켜쥐

었다.

"──오! 네놈들 운이 좋구만.『블루 드래곤』이다!"

그때, 계단형을 이루며 흘러 떨어지는 대폭포를 용소 쪽
에서 쳐다보던 보르스가 목소리를 높였다.

돌아본『제3소대』도 한순간, 까마득한 아래쪽, 제26계층
너머에서『가늘고 긴 무언가』가 하늘을 헤엄치며 솟아오르
는 것을 보았다.

"숨어!"

보르스의 지시에, 당황한『제3소대』와 황급히 뛰어나오
는 모험자들을 따라 바위처럼 놓인 수정 클러스터의 뒤로
돌아 들어갔다.

곧 25계층의 용소까지 올라와 더더욱 위로 올라가는 그
『용』을 보며 니이나도 라피도 말을 잃었다.

"저건…… **오로라**?!"

『장룡(長龍)』이라고 할 만한 긴 체구. 전체는 10M쯤 될
것 같았다.

푸른색과 흰색의 매끄러운 비늘을 가졌으며, 긴 지느러
미를 날개처럼 천천히 움직여 허공을 마치 바닷속처럼 헤
엄쳐간다.

무엇보다도 눈길을 끄는 것은 그『용』이 지나가는 길에
태어나는 붉은색이며 녹백색, 자청색으로 반짝이는『빛의
벽』이었다.

"『블루 드래곤』……!『하층』의 레어 몬스터!"

"그렇고말고. 별명은 극광룡.『카벙클』과 맞먹을 정도로, 어지간해서는 보기 힘든 용이지."

라피도 지식은 있었지만 보는 것은 처음이라 경악을 감추지 못했다. 함께 수정 클러스터 뒤에 숨어 있던 보르스가 입가를 틀어 올렸다.

니이나와『제3소대』는 물론, 다른 상급 모험자들도 머리 위에 눈이 못박혀버렸다.

웅대한 그레이트 폴과 나란히 그려지는 오로라의 광채는 이 세상의 어떤 경치보다도 아름답다는 생각마저 들었다. 수많은 물보라와 극광의 파편이 교차해, 마치 정령이 노니는 것처럼 보였다.

"던전에서 오로라라니, 믿어지지 않아……."

"저 용은 궁둥이에서 똥처럼『마력』을 줄줄 흘린다고 하거든. 그게 이 계층의 수정빛을 반사해서 저렇게 근사하게 보인단 말씀."

"설명, 최악……."

"그래도 역시 보다가 넋이 나갈 정도로 아름다워!"

어안이 벙벙해진 이글린의 옆에서 수인 상급 모험자가 설명하고, 그 설명에 레기의 텐션이 단숨에 떨어지고, 마지막으로 크리스가 얼굴을 빛내며 작은 목소리로 갈채하는 요령 좋은 모습을 보였다.

중력에서 해방된 것처럼 허공에 긴 몸을 띄운 모습은 27계층의 레어 몬스터『볼티메리아』와도 흡사하지만 우아함은 비교가 되지 않았다. 동그란 눈동자는 한없이 맑았으며, 모험자와 학생들을 비추는 오로라를 끊임없이 만들어 냈다.

『감동』하는, 순간……'

머리 위를 계속 올려다보던 니이나는 두 손을 가슴에 가져다 댔다.

심장 소리가, 조금 전 라피가 했던 말과 이어지며 형용하기 힘든 열기를 낳았다.

니이나는 지금 자신의 마음이 점점 답을 이끌어내고 있다는 것을 알지 못한 채, 이 세상의 것이라고는 여겨지지 않을 정도로 아름다운 광경을 그저 눈에 새기고 있었다.

『──크슈아!』

"어, 으아아아?! 몬스터다, 위험해!"

그때.

구경에 정신이 팔렸던 『제3소대』의 배후에서 살금살금 다가온 『블루 크랩』 한 마리가 힘차게 뛰쳐나왔다.

당하기 직전에 감지한 이글린이 황급히 돌아보고 손에 든 해머를 내리쳤다.

지면에 내리 찍혔어도 분쇄되지 않는 단단한 껍데기에 또 한 번, 그리고 다시 한 번.

콰앙! 콰앙!! 울려 퍼지는 작열의 소리.

그제야 움직이지 않게 된 블루 크랩.

그리고 어리둥절해 내려다보는 용의 눈.

"""""""아. """""""

수정 뒤에 숨어있던 모험자들과 학생들을 똑똑히 포착한 순간, 동그랗고 투명하던 두 눈이 날카롭고 새빨간 공격색으로 변모하고, 무수한 이빨이 돋아난 큰 입을 쩌억 벌렸다.

""""""야단났다!!""""""

제일 먼저 수정 뒤에서 뛰어나온 것은 보르스를 비롯한 모험자들.

다음으로 움직인 것은 한순간 얼이 빠져버렸던 라피. 아연실색해 몸이 굳어버렸던 니이나와 『제3소대』를 수정 뒤에서 밀쳐냈다.

그 직후, 용의 입에서 눈부신 『극광의 소용돌이』가 뿜어져 나왔다.

『―――――――――아아아아!!』

무시무시한 기세로 쏟아져 나온 빛의 소용돌이가 1초 전까지 그들이 있었던 수정 클러스터를 집어삼키고 푸식푸식 **부식시켰다.**

"에엥?!"

"수정이 썩어버렸어?! 여, 열선?!"

"아니야! 마력의 『브레스』다!! 저 용이 갈기는 빛은 독이나 마비 같은 『상태이상』의 덩어리야!"

이글린과 크리스가 놀라 외치자, 지금도 도망치고 있는 보르스가 침을 튀기며 대꾸했다.

보는 이를 매료시키는 오로라의 잔혹한 정체는 수많은 상태이상을 일으켜 사냥감을 부식시키고 허물어뜨리는 『빛의 침식』.

『미스트』를 뿜어내는 계층 터주『암피스바에나』와 마찬가지로, 특이한 브레스를 가진 것은 이곳『물의 미궁도시』에 서식하는 몬스터의 특징이기도 하다.

던전이 가져다주는 아름다운 신비의 독에『제3소대』는 말을 잇지 못했다.

『아아아아아아아아아아아아아아아!!』

까마득한 상공에 뜬『블루 드래곤』은 마음대로 공격을 퍼부어댔다.

20M 이상의 높은 위치에서 브레스를 몇 번이나 뿜어, 이리저리 도망치는 사냥감들을 유유히 저격했다.

썩어 문드러지는 수정은 물론 수면까지도 으스스한 색깔로 변해 악취의 연기를 뿜기 시작했다.

"도, 도망치자! 여기 있으면 표적이 될 뿐이야! 미궁 안으로——!!"

"안 돼!! 여기서 해치워!"

"네?!"

빛의 소용돌이를 회피하는 라피가 말했지만 보르스는 즉시 기각했다.

"저 용의 몸은 가늘고 길어! 암피스바에나하고는 달리 어떤 좁은 길로도 파고들어서 쫓아온다고!"

"……!"

"좁은 미궁에서 브레스를 연사하면 그게 더 무서워! 여기서 싸우는 게 그나마 나아!"

지식은 있어도 전투경험은 없는 라피의 얕은 견식을 지적한 보르스와 리빌라의 주민들은 일제히 엄지를 들었다.

"""*그러니까 뒷일 부탁한다!*"""

"네에?! 가, 같이 싸워주시는 거 아니에요?!"

"""*아니 하지만 활이나 마검도 없고.*"""

"이건 퀘스트 범주 밖이야! 그러니까 네놈이 알아서 해, 의뢰인!"

"너무해―?!"

숫제 시원시원할 정도로 내팽개쳐버린 데다 착실하게 미궁부 입구의 안전지대까지 피난한 보르스 일당에게 라피는 설마 하는 비명을 질렀다.

그리고 그러는 동안에도 오로라의 브레스는 쏟아져, 라피는 몇 번이나 땅을 박차야만 했다.

'상공에서 내려올 기미가 없어……! 벽을 박차고 뛰어오르는 건 막무가내고, 정말로『마법』을 쓸 수밖에 없을 것 같지만……!'

보르스 일당의 예측은 옳다. 저만한 고도를 유지하는『블루 드래곤』을 직접 베는 것은 거의 불가능하며, 쓰러뜨리려면 활이나『마법』같은 원거리 공격을 쓸 수밖에 없다.

그리고 라피의『정체』를 아는 보르스 일당의 요구는 빨

리 파이어로 볼트해버려! 라고 하는, 너무나도 당연한 것이었다.

발두르나 레온과의 계약이 머리를 스쳐 망설이던 라피는 이내 그것을 내팽개쳤다.

오른팔을 내밀고 포문을 용에게 조준했다.

"부.【불타버려라, 외법의 업】!"

최후의 저항처럼 가짜 주문을 영창하면서 불꽃의 창을 사출했다.

하지만 붉은 염뢰는 구물텅거리는 긴 몸에 맞지 않고 허공을 가로질렀다.

'큭……!! 움직임이 세이렌이나 하피보다 빨라!'

그대로 연사해봤지만 모조리 피했다.

애초에 상대는 몬스터 최강의 종족이라 불리는『용종』. 퍼텐셜이나 비행능력은 같은 계층의 유익종과는 비교도 되지 않았다.

무엇보다도 적과의 거리는 벨에게 불리한 간격.

【파이어볼트】는 이제까지 던전 내에서도 난전을 제압하기 위한『근거리』, 혹은 기껏해야『중거리』에서 자주 쓰였다. 『원거리』는 벨이 가장 힘들어하는 부류. 까마득한 상공에서 재빠르게 움직이는 표적이라면 난이도도 확 올라간다.

헤딘 같은『초정밀저격』을『속공마법』으로 대체하는 것은, 적어도 순수한 마도사나 마법검사가 아닌 벨에게는 어려웠다.

이럴 때 과제를 발견하다니——!!

그런 자신에 대한 통렬한 비판을 가슴속으로 터뜨렸던, 그때.

"으아아아아아아아아아아?!"

"——읏?! 이글린!"

피난이 늦었던 드워프에게 밀려드는 죽음의 극광.

수정 지면을 부술 듯이 박찬 라피는 동료의 거구를 떠밀고—— 거기까지였다.

자신의 몸을 광대한 효과범위에서 피신시키지 못한 채 『빛의 침식』에 휩쓸리고 말았다.

"크으윽————?!"

팔을 교차해, 막는다.

손에 든 쇼트 소드가 순식간에 부스러졌다.

눈을 크게 뜨고 즉시 탈출하려 했지만, 이번에는 바닥까지 부식되기 시작했다.

'……?! 발판이, 늪처럼!'

사냥감을 포착해 출력을 올린 극광이 무시무시한 속도로 라피와 그 주위를 썩게 만들었다.

제대로 지면을 박차지도 못하고, 심지어 땅속으로 묻혀가는 발을 보며 라피는 낯을 찡그렸다.

'몸은, 버틸 수 있어……! 그보다도 장비가……!'

고평가의 【내성】 어빌리티를 갖춘 제1급 모험자의 몸은 용이 짜증을 낼 정도로 오로라를 견뎌내고 있었다. 피부가 팽팽하게 조여들며 찌릿거리는 정도. 하지만 이미 쇼트 소드 한 자루는 물론이고 몸에 걸친 배틀유니폼까지 벌레 먹은 것처럼 너덜너덜하게 부스러지기 시작했다.

생각도 못했던『하층』에서의 고전.

역시 던전은,『미지』는, 아무리 Lv.이 올라가더라도 모험자들을, 벨을 위협한다.

"라피?!"

한편, 니이나는 빛의 소용돌이 속에 삼켜져 제대로 볼 수도 없는 실루엣을 향해 비명을 지르고 있었다.

엉덩방아를 찧은 채 낯이 창백하게 물든 이글린, 얼굴에서 색이 사라져버린 레기와 크리스에게서 다짜고짜 뛰어나가려 했지만 굵은 팔에 손목을 붙들렸다.

"기다려, 가면 안 돼! 래비……라피인지 하는 저 꼬맹이라면 괜찮으니까!"

"괜찮을 리가 없어요! 놓으세요, 이거 놓으세요!"

니이나를 제지하고『제3소대』를 감싸는 보르스 일당.

『학생을 호위한다』는 퀘스트 내용만은 지킨 무법자들은 날뛰는 소녀를 어떻게든 붙잡아놓으려 했다.

보르스 일당은 이미 잘 알고 있었다.

『제1급 모험자』의 목적. 이것은『인내심 대결』임을.

하지만 니이나는 그러지 못했다. 당연하다. 니이나는 보르스 일당도 인정하는『제1급 모험자』가 아니니까.

그녀가 아는 것은 마음 착하고 자신을 이곳까지 이끌어준, 남동생 같기도 오빠 같기도 한 새하얀 소년뿐이다.

"──【바람의 자장가, 꽃의 요람】."

그러므로, 노래했다.

"……!! 너, 너 인마! 뭐 하려는 거야?!"

놀란 보르스 일당에게는 눈길조차 주지 않고, 자신에게 허락된 고귀한 노래를.

"【장려한 과거, 웅대한 옛 모습. 어미를 지킨 하얀 도시, 꽃들의 언덕 위】."

마력집중을 위해 감은 눈에 떠오른 것은 한 하프엘프의 근원.

성벽이 없는, 아득한 고원을 보유한, 수많은 작은 꽃이 흔들리며 순백색 꽃잎이 창공에 춤을 추고 맑은 대기로 충만한 소녀의 고향.

과거에 뛰쳐나온 후 수많은 좌절 속에서 수없이 그리워했고, 하지만 그 무엇에도 이르지 못했던 지금의 자신은 돌아갈 수 없다고 비탄에 잠겨, 베갯잇을 적시는 망향의 눈물이 발현시켰던, 니이나의 오점이자 원점.

"【꽃이여 피어라. 움트지 않는 나를 대신하여. 빛이여 노래하라. 존엄한 나그네를 비추기 위해】."

자신의 미래를 그릴 수 없는 소녀는 꿈을 좇는 여행자를 부러워하고, 동경해, 하다못해 그들의 앞길이 행복하기를 기도하게 되었다.

몸에 흐르는 고귀한 피에 등을 돌리지 않도록, 타인에 대한 헌신을 저버리지 않았다.

발견할 수 없는 꿈, 이루어질 수 없는 자신의 미칠 듯한 마음을 타인에게 맡긴 채, 무의식중에 의지하려던 얄팍한 소녀의 비원이자, 어리석을 정도로 마음 착한 요정의 노래.

"【푸름이여 높게. 하양이여 맑게. 탁기를 걷어내고 화관을 여기에】."

그리하여, 그런 얄팍하고도 어리석었던 헌신 너머에서 그와 만났다.

꿈을 좇는 여행자는 될 수 없는 자신의 여정은 결코 얄팍하지도 어리석지도 않았다고, 굉장한 것이었다고, 그렇게 말해준 저 소년에게.

'나는 라피에게 많은 것들을 받았어!'

소년은 그녀가 자신을 도와주었다고 말했다. 그렇지 않다. 그것은 반대다.

니이나가 그에게 훨씬 더 많은 도움을 받고 있었다.

'나는 라피에게 아직 아무것도 갚아주지 못했어!'

그러므로 니이나는 앞으로 계속 소년을 도와주어야만 한다.

저 소년의 곁에 있고 싶다. 더 많은 것들을 가르쳐주고, 많은 것들을 배우고 싶다.

그것이 지금 니이나의 바람.

"우오오오오?!"

"니이나?!"

드높아진 마력에 ──이그니스 파투스를 우려하며── 보르스가 니이나의 팔을 엉겁결에 놓았다.

로드를 든, 지금까지 본 적이 없을 정도로 늠름하고 고결한 소녀의 모습에 크리스가 놀랐다.

다음 순간, 니이나는 달려나가고 있었다.

"【흐드러져라 제2의 영봉──】."

갓 배운 『병행영창』의 흉내와 함께, 지금도 소년을 잠식하는 극광을 향해.

『구하고 싶다』는, 오직 그 하나의 마음만을 품고 『모험』에 나섰다.

빛의 소용돌이 속으로 뛰어들기 직전, 니이나는 마지막 한 소절을 외쳤다.

"──【나의 이름은 알브】!!"

한 다발의 에메랄드색 머리카락이 『마력』의 광채를 띠며 그 『마법』을 해방했다.

"【라그리엘 크리스헤임】!!"

사위스러운 극광을 날려버리는 『백화(白花)의 영역』.

경악한 용의 시선 너머에서, 함께 눈을 크게 뜬 소년을 등 뒤로 감싸며, 하얀 깃털이, 혹은 순백색의 꽃잎이 춤을 추는 빛의 영역을 만들어냈다.

"저, 저게 뭐야아?!"

"『정화마법』! **뭐든지 해독하는** 니이나의 결계야!"

© Suzuhito Yasuda

보르스가 놀라 외치고, 크리스와 동료들이 몸을 내밀었다.

【라그리엘 크리스헤임】.

힐러인 니이나가 가진 레어 매직.

동료들이 외친 것처럼, 그 힘은 『모든 이상의 정화』.

독이나 마비를 비롯한 『상태이상』은 물론, 커스나 정신 공격까지도 막아주고 치유하는 중규모의 결계──『요정의 성역』을 형성한다.

병에 걸린 사랑하는 어머니를 원형으로 둔, 언젠가 구하고 싶다고 바라왔던 소녀의 심상이 크게 영향을 미친, 왕의 숲을 대신하는 새하얀 화원이었다.

"니이나……!"

경악한 라피의 몸은 이미 완전히 회복된 후였다.

해독은 물론이고 영역 내에 있는 자에게 『지속치유』까지도 부여하는 정화의 빛은 부정을 구석구석까지 씻어냈다. 퍼텐셜이 까마득히 높은 『블루 드래곤』의 『극광』조차 예외가 아니었다.

"우우우우우……!!"

무릎이 덜덜 떨렸다. 뿜어져 나오는 극광이 새하얀 영토를 침범해 니이나의 수호를 돌파하려 했다.

하지만 지지 않았다. 질 거란 생각이 들지 않았다. 왜냐하면 지금 니이나는 살아오면서 처음으로 이렇게나 사명감에 불타고 있으니까. 『목표』를 가지고 있으니까. 다시 말해 『소중한 사람을 지켜낸다』는 마음을.

결코 물러나지 않는 순백의 화원에, 용은 마침내 인내심의 한계에 달했다.

오로라의 숨결을 중단하고 송곳니로 직접 물어뜯고자 급강하한 것이다.

니이나의 눈이 크게 뜨였다. 직접적인 공격이나 마법은 『장벽』이 아닌 【라그리엘 크리스헤임】으로는 막을 수 없다.

에메랄드색 눈을 질끈 감으려던 순간.

"고마워── 니이나."

뒤로 기울어졌던 니이나의 등을, 가느다란 팔이 지탱해주었다.

자신이 걸었던 『인내심 싸움』을 대신 해주었던 하프엘프 소녀에게 감사를 표하고, 이번에는 자신이 앞으로 나선다. 허리에서 뽑은 것은── 한시도 떼어놓지 않고 있었던 『칠흑의 나이프』.

『오오오오오오오오오오오오오오오오오오오오오오!!』

"흐읍!!"

송곳니가 눈앞까지 밀려온 순간 처절한 참격으로 튕겨내고, 지켜내고, 눈을 크게 뜬 니이나의 코앞에서 소년은 용의 거대한 몸에 달라붙었다.

다시 급상승하는 극광룡을 놓지 않은 채, 지느러미를 붙잡고 자신도 까마득히 높은 곳으로 올라간다.

"───."

니이나의 눈에는 그 광경이 단단히 새겨졌다.

무섭고도 아름다운 오로라를 그리면서, 용과 함께 폭포와 수정의 공간을 올라가는 소년의 모습이.

　그 환상적이고도 신비하며 마치 영웅담과도 같은『모험의 광경』에 가슴이 두근거렸다.

　『니이나. 우리는 너의 갈등에 답을 제시해줄 수는 없단다.』

　전에 레온에게 들은 말이 있었다.

　『학구』라는 환경에 속수무책으로 쫓긴 끝에『전투기술학과』를 추천받았을 때, 레온이 했던 말은『끊임없이 자문하라』는 것이었다.

　레온과 발두르는 결코『이렇게 해라』,『저것을 목표로 삼아라』라는 말은 해주지 않았다. 그렇게 말하면 니이나는 감정을 죽인 채 맹목적으로 열심히 따를 수 있었을 텐데도.

　『학구』의 지도자들은 니이나를『인형』으로는 만들어주지 않았다.

　『구태여 조언을 한다면―― 니이나, 그때가 오면 솔직해지렴.』

　다만, 언젠가 만나게 될 것을 기도하듯 그 말만을 들려주었다.

　『견딜 수 없을 정도로 마음이 떨리는 그때―― 그것이 바로 네가 꿈과 만나는 순간일 거다.』

『꿈』이, 용맹한 『불꽃』을 머금었다.

"【파이어볼트】!"

몸을 뒤튼 용에게서 튕겨 나가듯 머리 위로 도약한 라피가 칠흑의 나이프에 붉은색의 불꽃을 쏘았다.

그 직후 울려 퍼지는 종소리.

하얀빛의 입자와 함께 수렴한 막대한 불꽃의 갑옷을 신의 칼날에 장착한다.

높아지는 열과 빛에 용이 겁을 먹고 마지막 극광을 뿜어내고자 입의 포문을 해방한다.

4초 분량의 차지.

자연낙하에 몸을 맡긴 채 밀착거리에서 뿜어져 나가는 용의 숨결과 정면으로 대치하며, 『모험자』는 그 일격을 펼쳤다.

"아르고 베스타!!"

붉은 참격.

『ㅡㅡㅡㅡㅡㅡㅡㅡㅡㅡㅡㅡㅡㅡㅡㅡㅡㅡㅡㅡㅡ

ㅡㅡㅡㅡㅡㅡㅡ아아아아아아아아아?!』

수렴된 성화의 참격이 극광을 집어삼키며 용을 폭쇄의 저편으로 소멸시켰다.

올려다보던 『제3소대』가 자기도 모르게 눈을 감을 정도의 불꽃과 빛과 폭풍.

계층이 뒤흔들리며 그레이트 폴조차 전율에 떨었다.

살랑살랑 쏟아지는 재의 비.

용의 주검이 무수한 잿가루로 변하는 가운데——.

터엉!

무사히 용소 기슭에 착지한 소년을 보고, 어깨를 떨던 니이나는 달려왔다.

"아자아!"

환호성과 함께 보르스 일당과 다른 소대 멤버들도 모여들었다.

"라피!"

"니이나…… 괜찮아?"

얼굴을 닦으며, 옷이 너덜너덜해진 채, 그래도 남을 먼저 걱정하는 소년에게 니이나는 사실 화를 내야만 했다.

하지만 지금만은 멈추질 않는 가슴의 고양감에 따랐다.

그 미소에.

그 상냥함에.

그 『꿈』에.

니이나는 분명히 가슴이 떨려와, 그 말을 하고 있었다.

"나, 모험자가 되고 싶어."

놀라는 소년의 앞에서 그렇게 외치고 있었다.

"네 곁에서 많은 경치를 보고 싶어!"

그렇게 말하고 말았다.

"에."

"""""""""에?"""""""

라피만이 아니라 『제3소대』, 보르스 일당까지 굳어버린 채 하프엘프 소녀를 응시했다.

하지만 지금 한 말의 의미를 소녀 자신이 깨닫고 얼굴을 새빨갛게 물들이는—— 그런 일은 없었다.

용의 극광에 의해 **장비도 옷도, 매직 아이템도** 너덜너덜해진 소년의 머리에서, 주르륵, 하고.

소리를 내며 가발이 흘러 떨어졌기 때문이다.

"아."

"""""""""아.""""""""

이번에는 소년과 자리를 바꾸어 소녀가 눈을 동그랗게 뜰 차례였다.

계속 앞머리에 가려져 있었던 루벨라이트가 드러났다.

긴 토끼귀도 사라지고, 첫눈처럼 새하얀 머리카락이 폭포의 물보라를 받아 반짝반짝 빛났다.

라피가—— 아니, 벨이 굳어버렸다.

『제3소대』가 어중간한 자세로 멈춰버렸다.

보르스와 리빌라의 주민들이 어깨를 으쓱하는 가운데, 다음 순간 커다란 고함이 솟아났다.

““““““아————————————————————앗?!””””””

■ 에필로그 그래서 나는 달리기 시작한다

© Suzuhito Yasuda

아직 태양이 얼굴을 드러내지 않은 이른 아침.

오랫동안 던전에 있느라 약간 시차 적응이 되지 않은 나는『교장실』에 불려 나와 있었다.

"『던전 실습』수고했어요."

브레이다블리크의 최상층. 커다란 물푸레나무 책상 건너편에 앉은 발두르 님의 치하하는 목소리에 나는 죄송스러운 표정을 지었다.

"결국 마지막에는 정체가 탄로 나고 말았어요……."

"네, 들었습니다. 하지만 신기하게도『제3소대』는 25계층에 나타났던『제1급 모험자』에 대해서는 아무 말도 하지 않더군요. 이래서는 소문이 퍼질 일도 없겠지요."

뻔뻔하다, 고 말해도 될지는 모르겠지만 그런 말씀을 하시는 빛을 관장하는 신님에게 나는 헛웃음을 짓고 말았다.

25계층에서 내 정체가 탄로 난 직후, 18계층 및『암굴미궁』의 암반이 완전히 철거되어『제3소대』는 지상으로 귀환할 수 있었다. 오는 길에는 아무도 말을 걸어주지 않아 나는 이만저만 민망한 것이 아니었지만…… 정체를 숨기고 있었던『라피』를 책망하는 사람도 없었다.

그저, 어떻게 대해야 좋을지 알 수 없다는 그런 분위기가 우리 사이에 있었던 것 같았다.

"던전에서 조난된 와중에『수학여행』이라니…… 용케 그런 생각을 했군. 오라리오의 모험자라 그런지, 아니면 너여서 그런지."

우리 외에 교장실에 있었던 마지막 한 사람, 레온 선생님은 보고서를 읽으며 쓴웃음을 지었다.

이 분이 누구보다도 힘을 다해 많은 조난자를 구조했다는 말은 들었다. 다른 사람들도 포함해 18계층까지 마중을 나와주었던 것은 다름 아닌 레온 선생님이었다.

"니이나의 시야도, 전망까지도 네가 넓혀주었어. 예상대로야."

"예상대로라고요?"

"그래. 예상대로, **기대를 넘어섰지.**"

눈을 크게 떠버린 내게 레온 선생님은 이제까지와는 다른, 그야말로 장난꾸러기처럼 한쪽 눈을 찡긋하는 웃음을 지어주었다.

레온 선생님은⋯⋯ 나를 그만큼 평가해주셨던 걸까?

그것은 내가 제1급 모험자여서? 아니면 레코드 홀더라 불리고 있어서?

진위는 알 수 없었다.

하지만 마지막으로 레온 선생님은 나에게 말했다.

"다음에는 『내가』 너와 모험을 하고 싶구나, **벨.**"

그렇게, 『약속』을 나누듯.

"그런데 그 후로 니이나와는 이야기를 해봤나요?"

"아, 그건⋯⋯ 민망하기도 해서, 별로 대단한 얘기는 없었지만요⋯⋯."

발두르 님의 질문에 조금 말을 흐렸다.

그래도 '다만'이라고 덧붙이며 웃음을 지었다.

"『언니를 만나고 올게』라고…… 분명 그렇게 말했어요."

창밖을 보았다.

희뿌옇게 밝아오는 하늘, 그리고 겨우 자매가 재회할 수 있게 된 미궁도시의 방향을.

가을은 지나고 이제 계절은 겨울.

많은 사람이 침대에서 나오느라 고생하고 있는지 아무도 없는 공원을 혼자 빠져나와,『길드 본부』에 출근한 에이나는 하얀 입김을 토해냈다.

이젠 머플러와 장갑을 빼놓을 수 없는 시기가 되고 말았다.

지금부터 한기가 사라지고 봄이 찾아올 무렵에는 소중한 가족과 자매처럼 만날 날이 과연 올까, 그런 생각을 하고 있으려니──.

"언니."

"!"

생각보다도 빠르게 그 시기가 찾아왔다.

이 공원은『길드 본부』로 통하는 지름길. 출근하는 많은 직원이 이용한다는 사실은 조사하면 금방 알 수 있다. 에이나가 오기를 기다리던 니이나는『학구』교복을 입은 채 천천히 다가왔다.

좌우로 늘어선, 잎이 거의 다 떨어져 가는 가로수가 두 하프엘프를 지켜보고 있었다.

언니와 여동생은 가로수 한복판에 멈춰 서서 서로를 바라보았다.

"……에이나, 언니."

"……응."

"……미안해. 나, 역시 하나도 기억이 안 나."

눈을 살짝 내리깔면서 솔직히 털어놓은 여동생은, 그래도 시선을 마주하고 어색하게 웃었다.

"그러니까……『처음 뵙겠습니다』. 당신의 여동생인 니이나예요."

겨우 그 한 마디에, 에이나는 같은 색의 눈을 적시면서도 용케 웃음을 지었다.

"난 갓난아기 때의 널 알고 있으니까, 『오랜만이야』라고 할게. 네 언니 에이나야."

피가 섞인 자매인데도 두 사람의 재회는 마치 타인 같은 인사로부터 시작되었다.

그러나 나이 차이는 있더라도 서로를 쏙 닮은 두 사람은 거울을 마주한 것처럼 웃음을 나누었다.

"언니, 미안해. 편지에 답장 못 해서. 사실은 정말 기뻤어. 하지만 답장하기가 무서웠어."

"그랬어?"

"응. 나, 계속 언니 흉내만 내고 있었는걸. 계속 언니 뒤만 쫓으면서, 멋대로 토라지고 괴로워했어."

조용한 미소를 머금은 채 말을 들어주는 언니에게 활짝 웃으며 니이나는 이제까지 있었던 일을 들려주었다.

에이나의 흉내만 냈던 것.

공부는 좋아했지만 언니처럼 요령이 좋지는 않았다는 것.

몇 번이나 좌절을 맛보았다는 것.

사실은 운동을 잘한다는 것.

자신은 결코 『에이나 튤』은 될 수 없었다는 것.

그리고 지금은 『니이나 튤』로서 『꿈』을 품을 수 있게 됐다는 것.

쓰지 못하고 답하지 못했던 편지를 대신해, 니이나는 몇 번이나 말했다.

몇 장이나 되는 편지지로도 결코 다 쓸 수 없을 말 하나하나가 가슴속에서 넘쳐났다.

어째서인지 눈꼬리에 눈물이 고여, 그것을 지켜보던 에이나도 눈물을 머금게 되었다.

"그래서 있지, 던전 실습을 통해 많은 걸 깨달았어! 소중한 사람에게, 소중한 걸 많이 배웠어!"

"그래…… 좋은 만남이 있었구나. 네 소중한 사람이란 『학구』의 동급생이야?"

"아니, 벨 크라넬 씨!"

"————에에에에엑?!"

그리고 『폭탄』이 투하되었다.

내내 온화했던 시간이 산산이 박살 나고 음정이 엇나간 에이나의 목소리가 터져 나왔다.

니이나는 고개를 갸웃거렸지만, 어떻게든 친언니가 들어주었으면 하는 마음에 추위와는 상관없이 뺨을 발그레 물들이며 열변을 시작했다.

"벨 크라넬 씨, 아니, 벨 선배는 어엄청난 모험자였어! 이게 제1급 모험자구나 싶을 정도로 몇 번이나 우릴 구해 주고……!"

"저, 저기, 니이나? 혹시 너, 벨을……?!"

"응, 결심했어! 언니, 나 【헤스티아 파밀리아】 입단을 목표로 삼을래!"

"뭐어어어어어어어어어어어어어어어어————?!"

언니가 갈팡질팡하는 것도 알아차리지 못할 정도로 자신의 세계에 몰입되어 청춘공간을 자아낸 니이나는 만면의 웃음과 함께 손을 붕붕 흔들었다.

"그러니까 언니! 언젠가 꼭, 내 모험자 등록을 해줘! 약속한 거야!"

"자, 잠깐만 니이나! 부탁이니까 잠깐만?! 벨은 발렌슈타인 씨를 동경하고 나도 그게 저래서 이러니까, 아무튼 목표로 하지 않는 편이……?!"

"나, 그 사람 곁에서 많은 경치를 보러 갈 거야!"

"니이나————————————?!"

언니의 비명은 결국 닿지 않은 채, 아직 아무것도 모르는 여동생은 등을 돌리고 달려나갔다.

하얀 입김을 토해내고 뺨을 발그레 물들인 채, 가로막을 것 따위 하나도 없는, 쭉 뻗은 길을 따라, 『꿈』의 저편으로.

찬란하기만 하지는 않은, 고난도 좌절도 기다리고 있을, 그러나 그 무엇과도 바꿀 수 없는 보물이 묻혀 있을, 그 『모험』의 저편으로.

"될 거야————!! 굉장한 모험자가!"

『꿈을 좇는 이』가 된 소녀는, 달리기 시작했다.

후기

새 챕터에 돌입한 제19권은 작가가 되어 한 번은 써보고 싶었던 학원물입니다.

이번 내용은 본래 시리즈물의 1권에서 해야 하는 거 아닌가 하고, 집필하면서 느꼈습니다.

소위 말하는 『힘숨주』가 학원에 편입해, 학우들과 만나고, 모르는 곳에서 지탱해주며, 마지막에는 힘을 발휘해 신나게 날뛰는 이야기. 왕도의 전개이며, 어떤 의미에서는 널리 쓰인 클리셰이기도 합니다. 하지만 『보통은 1권에서 할 내용』을 『19권』에서 하니 다른 의미가 되기도 하고 독특한 인상이 생겨나기도 하는구나 싶네요.

독자 여러분께서 지켜보시는 가운데 달려왔던 주인공이 이렇게나 강해졌습니다. 수많은 모험과 동료들의 조언 덕분에, 그렇게나 한심했던 남자아이가 이렇게나 성장했구나, 하고, 이제까지의 이야기를 떠올리면서 그렇게 느껴주셨다면 기쁘겠습니다.

이건 다른 이야기지만, 스토리를 쓸 때 등장인물의 심장이나 사상에는 될 수 있는 대로 저의 현재 생각을 반영시키거나 저 자신을 투영시키지 않도록 주의합니다.

그러므로 이번 권의 내용을 쓸지 말지 한참 고민하고,

결국 쓰지 않았던 내용이 있습니다. 저의 아집이라고나 할까요, 독자 여러분께는 공연한 참견일지도 모르지만 이 자리를 빌어 들려드리고 싶습니다.

이번 권의 종반에 『꿈』이나 『목표』라는 단어가 몇 번이나 등장하는데요, 굳이 없더라도 상관없다고 생각합니다. 있다면 좋겠지만, 필수는 아니라는 거죠.

만연히 살아가는 데에 불안을 품은 사람은, 안심하시기 바랍니다.

불안을 가졌다는 것은 앞으로 나아가기 위한 첫걸음이라고 저는 생각합니다.

그렇습니다, "마감이 다가왔어. 글을 써야 해……!"라고 허둥대는 라이트노벨 작가처럼요.

불안 따위 전혀 품지 않는 둔감한 상태가 어쩌면 가장 위험할지도 모르겠다고, 그렇게도 생각합니다.

만약 새로운 진로를 선택할 때 이것저것 고민이 되거나 불안을 느끼는 분이 계시다면, '그냥 막연히' 시작하셔도 괜찮습니다. 공부도 서클활동도 일도. 스포츠나 아르바이트 같은 것도.

무책임한 소리 하지 말라고 생각하시는 분도 계실 테니, 매우 창피하지만, 저의 역사 이야기라는 이름의 작은 근거를 살짝 소개해드리겠습니다.

이번 이야기를 쓰면서 학생 시절의 자료나 추억을 이것

저것 찾아보았습니다. 그때 초등학교 시절의 작문을 발견했는데요, 장래의 꿈은 '학교 선생님'이었습니다. 그걸 본 저는 "장난해?" 싶었습니다.

왜냐하면 학생 시절, 저는 공부를 정말 못했거든요. 아니, 싫어했던 것 같습니다.

이건 실화지만, 시험 순위는 끝에서 두 번째 성적이었던 적이 있습니다. 저는 순위표를 부모님께 보여드리지 않고 몰래 책상 안 깊은 곳에 숨겼습니다. 심지어 가장 싫어했던 숙제는 독서감상문이었죠.

그런 못난 학생이었던 저도 어느 샌가 라이트노벨이라는 일에 관여하고 있습니다. 국어도 고전도 괴멸적으로 못했던 제가요.

전부 '그냥 막연히' 시작했던 일입니다.

물론 관심은 있었지만, 시작은 역시 '그냥 막연히'였습니다.

그러므로 『꿈』이니 『목표』처럼 반짝반짝하는 것들을 가지고 있지 않더라도, 어깨에서 힘을 빼고, '그냥 막연히' 시작해 보세요.

관심을 가졌다면 용기를 내 뛰어들어 보세요.

성공할지는 알 수 없지만, 열심히 했던 만큼 반드시 성장합니다.

부끄러운 경험이나 쓸쓸한 경험은 괴롭고 견디기 힘들지만, 그것조차도 재산이라 불리는 것이 됩니다. 분한 마음을 품었다면 그건 성장의 증거입니다. 누군가를 원망하거나 질투하거나, 환경 탓으로 돌려버릴지는 그 사람에게 달렸지만, 노력이란 것으로 바꿀 수 있다면 최고지요.

달려들어 보고, 조금 참아보고, 역시 아니다 싶으면 또 다른 무언가를 찾으러 가보세요. 찾는 것 자체에도 지치면 누군가와 이야기를 해보세요. 가족이든, 친구든, 모르는 누군가가 됐든 괜찮습니다. 그리고 맑은 하늘을 보세요. 아마 조금은 마음이 편해질 겁니다. 모든 것이 잘 풀리는 일은 좀처럼 없지만, 행동에 옮겼던 만큼 레벨업한다는 것을 부디 잊지 마세요.

라고 장황하게 이야기했지만, 부디 여러분, 한 귀로 듣고 한 귀로 흘려버리시기 바랍니다.

어차피 저 개인의 경험담이니까요. 저 한 사람이 다 이야기할 수 있을 만큼 사람의 인생이란 단순하지 않을 겁니다.

다만 매우 불안해졌을 때, 용기가 필요할 때, 바보 같은 작가가 이런 말을 했지, 하고 어렴풋이 떠올려주실 수 있다면 좋겠습니다.

그러면 감사의 말씀을.

담당 우사미 님, 일러스트 야스다 스즈히토 선생님, 드라마 CD 특전을 포함해 힘을 빌려주셨던 관계자 여러분, 깊은 감사의 말씀을 드립니다. 여러분 덕분에 12개월 연속

간행을 넘어설 수 있었습니다. 진심으로 감사합니다. 이 책을 포함해 수많은 이야기를 읽어주신 독자 여러분께도 최대급의 감사를.

이번 권에서(회수할 수 있을지 불안해질 정도로) 복선을 뿌려놓았으니 아마도 다음 권에서 『학구편』은 끝이 나지 않을까 합니다. 이어지는 이야기도 읽어주시면 기쁘겠습니다.

여기까지 봐 주셔서 감사합니다. 실례합니다.

오모리 후지노

【라피 플레미슈】

소속:【발두르 클래스】
종족: 홈 바니
직업: 학생
도달계층: 제25계층
무기: 단야학과에서 지급한《스쿨 나이프》
소지금: 40,000발리스

《라피의 학생증》

- 발두르가 서둘러 수배해준 것.
- 완벽하게 위장된 정보 덕에, 이로써 어딘가의 "흰 토끼"도 완전히 「학구」의 학생.
- 【스테이터스】의 내용은 발두르가 대충 쓴 것. 이쪽은 대외비이며 신들과 일부의 교직원만이 확인할 수 있다.
- 그러나 도달계층과 능력치의 격차 때문에 레온은 "아무리 그래도 무리가 있지 않나요?"라고 딴죽을 걸었다고 한다.
- 일시적인 위장 조치인 줄 알았지만, 어엿한 한 명의 학생으로 등록되어, 언제든 벨을 학생으로서 다시 맞이할 준비가 갖추어져 있다.

스테이터스

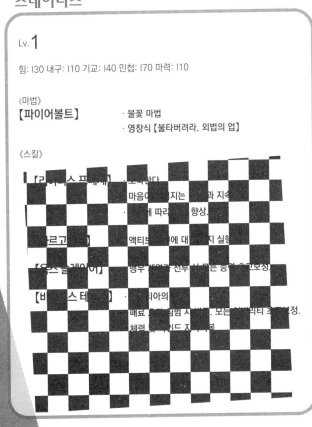

Lv. **1**

힘: I30 내구: I10 기교: I40 민첩: I70 마력: I10

《마법》
【파이어볼트】　　　· 불꽃 마법
　　　　　　　　　　· 영창식【불타버려라, 외법의 업】

《스킬》

【리□□스프□□□】　· □□□한다
　　　　　　　　　　마음에□□□지는 □□□과 지속
　　　　　　　　　· □□에 따라□□향상.

【□르고□□□】　　· 액티브□□에 대□□지 실행

【□□□플레이어】　· 맹우 □영□ 신부 시□는 등□□□모상.

【비□□스테□□】　· □타아의
　　　　　　　　　　매료 □□□임□ 시□□□. 모든 어□□티 크□□정.
　　　　　　　　　　체력 □□가□드 지□□□

던전에서 만남을 추구하면 안 되는 걸까 19

2023년 12월 15일 1판 1쇄 발행

저　　　자	오모리 후지노
일 러 스 트	야스다 스즈히토
옮 긴 이	김민재
발 행 인	유재옥
이　　　사	조병권
본 부 장	박광운
담당편집	정영길
편 집 1 팀	박광운
편 집 2 팀	정영길 조찬희 박치우 정지원
편 집 3 팀	오준영 이해빈 이소의
미　　　술	김보라 박민솔
라이츠담당	김정미 맹미영 이윤서
디 지 털	박상섭 김지연 윤희진
발 행 처	㈜소미미디어
제 작 처	코리아피앤피
등　　　록	제2015-000008호
주　　　소	서울시 마포구 토정로 222, 403호 (신수동, 한국출판콘텐츠센터)
판　　　매	㈜소미미디어
마 케 팅	최원석 박수진 박소연
경영지원	최정연
전　　　화	편집부 (070)4164-3962, 3963 기획실 (02)567-3388
	판매 및 마케팅 (070)4165-6888, Fax (02)322-7665

ISBN 979-11-384-2370-0 (04830)
　　　 979-11-950162-0-4 (세트)

그만해, 로이먼의 HP는 이미 0이야

【헤스티아 파밀리아】 랭크 B(S).

길드 상층부, 그리고 극히 일부의 직원에게만 통달된 서류에는 그렇게 기재되어 있었다.

그리고 그런 극히 일부의 직원 중 한 사람인 에이나는 그 한 문장을 뚫어져라 응시한 후, 한동안 생각을 포기했다.

집무실 한복판에서 얼어붙어 있던 그녀를, 화려한 책상 너머에서 길드장 로이먼이 씁쓸한 표정으로 노려보고 있었다. 위장약 병을 꼭 쥔 채.

"저기, 이건⋯⋯."

"그럼 어쩌라구."

"저기⋯⋯."

"그럼 어쩌라구우우!!"

말투가 붕괴된 로이먼을 보며 에이나는 땀 한 방울을 흘렸다.

당장이라도 으득뿌득 이를 갈 것 같은 길드장은 역정을 내듯 고함을 질러댔다.

"이런 결정은 이례라고 하고 싶겠지! 응, 그렇겠지?! 이런 어린애 같고 바보 같은 랭크는 본 적도 없다고!!"

"아, 아뇨, 그렇게까진……."

"하지만 그럼 어쩌라구! 상층부 내에서도 몇 번이나 얘기해봤지만, 결과는 똑같았어! 신 프레이야가 종속신이면 그렇게 판단할 수밖에 없잖아……!!"

여전히 말투도 표정도 붕괴된 로이먼의 고함에, 에이나는 부조리함을 느끼기 이전에 큰 동정심을 품고 말았다. 담당 모험자의【랭크 업】과정── 성장모델을 제출할 때마다 이렇게 자포자기하고 싶어지는, 머리를 쥐어뜯고 싶어지는 삼성을 몇 번이나 맛보았으니까.

길드장도 동료구나! 방긋! 하지만 전혀 기쁘지 않다.

표면상, 아니, 공식 정보로는 B지만 길드 상층부에서는 S로 취급한다는 결정에 다시금 시선을 떨군 에이나는, 그래도 벨에 관한 이야기이기 때문에 질문을 했다.

"……길드의 납세액은 어느 쪽으로 처리하나요?"

"나도 악마는 아니야! 그건 B로 할 거야! 실제로 종속신이라고 해도 신 헤스티아가 프레이야 일파를 조종하는 미래는 전혀 보이질 않아……!"

그건 그렇지~.

어쩔 수 없지~.

"진짜 뭐냐구 그 파밀리아는……! 전대미문이야……!【프레이야 파밀리아】건은 둘째 치더라도, 평범한 약소 파벌이 하는 짓마다 도시를 뒤흔들어대잖아……! 애초에 제1

급 모험자가 중간에 들어온다는 게 말이 돼?!? 파벌의 위도 아래도 다른 곳과 실력 차이가 너무 크고……!"

한쪽은 Lv.5와 Lv.6, 반대쪽은 Lv.2 서포터에 스미스 등등.

로이먼이 하려는 말도 충분히 이해가 가지만, 아래쪽이 (모든 단원이) Lv.2가 되었다는 것만 봐도 【파밀리아】로서는 파격적이다. 심지어 모험자도 아닌 서포터니 요술사, 스미스 등 소위 지원직들이 【랭크 업】을 해서 아쉬운 부분이 거의 없다.

쉽게 말해, 대응과 판단이 곤란했다. 길드가.

"특례를 몇 개나 만들어야 하는 거야아……!! 위장약이 필요해……!!"

"…………."

그거야 레코드 홀더 시절부터 그랬잖아요.

에이나는 그 말만은 하지 않았다. 먼 곳을 바라보는 눈을 하면서.

책상 위에 엎어져 부들부들 떨며 위장약 병을 꼭 쥐고 있는 로이먼의 앓는 소리가 집무실에서 끊임없이 새어 나오고 있었다.

위대한 여신은 말했다. 『청춘☆』하라고.

　"【스테이터스】 갱신? 응, 자유롭게 할 수 있는 건 아니야. 전에도 말했을지 모르지만, 전투직을 지망하는 전투기술학과는 우대를 받아서 『팔나』 갱신은 소대별로, 정기적으로 하거든. 다만, 만약 개인적으로 하고 싶을 때는 전용 서류로 신청을 해야만 하니 주의해. 일찌감치 신청하지 못하면 계속 뒤로 밀려서 한 달 후에나 가능할 때도 있으니까."

　"그, 그렇구나……. 아무리 신님이 여러 분씩 계셔도 학생의 수가 엄청 많으니."

　『학구』에 입학(위장)한 지도 꽤 됐지만, 나는 지금도 의문으로 떠오른 것을 니이나에게 물어보는 하루하루를 보내고 있다. 선생님처럼 많은 것들을 가르쳐주는 그녀에게 감사하며—— 수첩에 일단 메모를 해두었다.

　그리고 그때. 걸음을 서두르던 학생이 근처를 지나가다 니이나의 등에 부딪히고 말았다.

　"와앗?!"

　"니이나!"

　튕겨 날아간 그녀의 정면으로 돌아가 단단히 받아주었다.

　다친 데도 없어 안심한 것도 찰나. 내 가슴에 얼굴을 묻고 있는 니이나는 슬금슬금 귀를 붉게 물들였다. 나도 부드러운 몸의 감촉에 새삼 부끄러움을 느끼며 얼굴을 붉혔다. 가발 안쪽에 숨겨진 귀도 이미 뜨거웠다. 니이나의 어깨에 손을 얹어 황급히 몸을 떼어냈다.

"괘, 괜찮아, 니이나?"

"으, 응...... 괜찮긴, 한데......."

"......저기, 니이나 씨~?"

니이나는 우물쭈물 부끄러워하는 듯하면서도 내 머리 위를 빤~히 응시했다.

그리고는 허리 언저리도 흘끔 쳐다본다.

그리고는 어깨를 축 늘어뜨리며 실망한다. 뭐, 뭐지? 뭐지?

"나, 난 레온 선생님이 부르셨으니까, 그만 갈게?! 미안!"

어쩐지 민망해진 나는 멋쩍음을 얼버무리듯 그 자리에서 도망쳤다.

"하아~......."

라피가 떠난 후, 니이나는 어울리지 않게 한숨을 쉬었다.

그런 그녀를 시야에 담은 휴먼 소녀가 말을 걸었다.

"왜 그래 니이나? 우등생인 네가 사랑에 고민하는 것 같은 한숨을 다 쉬고."

"사, 사랑......?! 아니에요 알리사 선배! ......아마, 아닐 거예요......."

자신보다도 연상인, 안경을 낀 【발두르 클래스】의 『감독생』이 지적하자 얼굴을 새빨갛게 물들이며 부정하는 니이나. 하지만 목소리는 이내 꺼져 들어갈 것처럼 작아졌다. 알리사라 불린 소녀는 안경을 척 밀어 올리며 웃음을 지었다.

"레온 선생님 팬클럽 회장도 맡은 나한테 연애의 향기는 숨길 수 없어! 자아, 다 털어놓아 봐!"

슬금슬금 다가오는 선배에게 밀려, 니이나는 얼굴을 붉게 물들인 채 우물쭈물 말하기 시작했다.

"그게요…… 아까도 그렇고, 던전 같은 데서도, 몸이 닿는 일이 꽤 많은데…… 라피는 **귀도 꼬리도 전혀 반응을 하질 않는구나**, 싶어서……."

라피 플레미슈는 수인이다. 그리고 수인은 감정이나 마음의 움직임이 금세 귀와 꼬리에 나타난다.

그런데도 그는 겉으로는 부끄러워하면서 귀는 까딱거리지 않고 꼬리도 붕붕 흔들리지 않는다. 이든이 고문을 맡은 청춘부 학생들 사이에서는 『수인을 노릴 때, 귀와 꼬리가 꼼짝도 하지 않는다면 깔끔하게 포기해라』라는 훈시가 나돌 정도다.

이 심장의 고동이 사랑인지는 확실치 않지만, 신경이 쓰이는 남학생이 자신에게 조금도 두근거려주지 않으니, 아무리 니이나라 해도 '나한텐 매력이 없는 걸까?' 하는 생각이 들어 풀이 죽고 말았다.

멋쩍은 척을 하는 그는 어쩌면 여성의 마음을 희롱하는 플레이보이가 아닐까? 하는 생각도 들었다.

"아아, 그 신입생 말이구나. 성실하고 품행도 바르지만, 정말 어딘가 신비한 느낌이 들긴 하지."

턱에 손가락을 가져다댄 감독생은 "다만"이라고 덧붙이더니 후배에게 짓궂은 행동을 하는 선배의 웃음을 머금었다.

"걔는 분명 레온 선생님보다도 공략하기 어려울 거야. 여자의 감이지만 그런 생각이 들어!"

황혼의 애가

"오라버니이~?! 어디 있어냐~~~~~~!!"

자신을 찾아 헤매는 여동생 아냐의 목소리를 아래층에서 들은 아렌은 진심에서 우러나는 한숨을 토했다.

역시 워 게임에서 져선 안 되는 것이었다. 내장이 부글부글 끓는 심정으로 그렇게 생각했다.

"배신한 날파리 놈들을 제아무리 쳐서 깔아뭉개도 속이 풀리질 않아……."

그 『파벌대전』을 거쳐 시르를 되찾고 아렌의 진의까지 알아버렸던 바보 동생의 열정은 그칠 줄을 몰랐다. 홈을 잃고 『풍요의 여주인』 별채에서 회른 일행과 함께 살게 된 시르의 호위를 위해 주점을 감시하던 아렌을 찾아내선,

"오라버니랑 사이좋게 지내고 싶어냥! 같이 일광욕하면서 데굴거리고 싶어냥~!"

그런 소리를 하며 달려들기까지 했다. 아렌에게는 그것이 불쾌해서 견딜 수가 없었다. 그런 자신을 보며 """"오라버니♡"""" 하고 놀려대는 썩을 4형제도 불쾌함의 극치였다. 해치워버릴까 하고 충돌했다가 "시, 시르 씨와 주점에 폐가 되잖아……!"라며 중재하는 회그니를 몇 번이나 눈물짓게 만들었는지 알 수 없다. 가장 화가 나는 것은 썩을 근

육쟁이에게 침묵과 함께 진압당할 때다.

살벌한 은창을 든 채 혀를 차며 가벼운 몸놀림으로 주점 지붕까지 이동했다.

거대한 시벽 너머로 저녁 해가 사라지려 했다.

도시를 물들인 저녁놀의 빛에 아렌은 두 눈을 가늘게 떴다.

"오라버니랑 옛날 사이로 돌아가고 싶어냥~~~!"

"……네놈하고 내 사이는 어렸을 때부터 험악했어."

아냐가 주점 밖으로 뛰쳐나와, 보이지 않는 오빠에게 훌쩍거리고 있었다.

아렌은 그 모습을 내려다보며 가증스럽다는 듯 중얼거렸다.

여신이 거두어주기 전, 아렌은 아냐를 몇 번이나 때리려 했다.

굼벵이 여동생을 몇 번이나 버리려 했다. 미수로 그쳤지만 전부 사실이다.

그러므로 그런 자신이 이제 와서 『남매 놀이』 따위를 하다니, 말도 안 되는 것이다.

워 게임이 끝난 후로 아렌은 아냐와 제대로 대화를 나누지 않았다. 나눌 마음도 없었다. 앞으로는 호위를 병행하며 던전에서 자신을 단련시키고 『검은 종말』을 대비해 달려나갈 것이다. 이미 보금자리를 가진 여동생에게 전차인 자신은 필요가 없는 것이다. 불필요해야만 하는 것이다.

그렇지 않으면 저 굼벵이는 전차의 한쪽을 지탱하는 바퀴가 되어 아렌을 따라올 것이다. 그렇게 만들지 않기 위해서라도 아렌은 아냐를 내치기로 결심하고 있었다.

——그렇게 결심했는데, 시르가 "언젠가는 솔직해졌으면 좋겠어요" 하고 웃으며 지켜보고 있는 것이 아니꼬워 견딜 수가 없었다.

모든 것을 꿰뚫어 보는 것 같아 속이 뒤집혔다.

"이렇게 되면 오라버니하고의 추억을 노래로 부르겠다냥! 오라버니, 냐 여기 있어냥~!"

"잠까, 바보야, 관둬어어어어?!"

"주위 일대가 죽음의 거리로——『길 잃은 길 잃은 새끼 고양이이이이이이이이이이이이이이이이이이이이이이이이이이이이이이이이이이이~~~!!!!』——우냐아아아아아아아아아아아아아아아악?!"

그런 생각을 하고 있으려니, 주점 앞 서쪽 메인 스트리트에서 아냐의 재해 음치 리사이틀이 시작되었다. 말리려다 한발 늦었던 루노아와 클로에가 절규하며 고통에 빠지고, 길을 오가던 사람들이며 말이 풀썩풀썩 쓰러졌다. 아렌은 눈언저리를 실룩거리며 머리 위의 고양이귀를 늪혔다.

귀에 거슬리는 노래는 언제까지고 울려 퍼졌다.

불쾌할 정도로. 언짢을 정도로. 속이 뒤집힐 정도로.

오빠의 마음 따위 알지도 못한 채, 여동생은 언제까지고 노래하고 또 노래했다.

"············."

아렌은 등을 돌렸다.

굼벵이 여동생에게 들키지 않도록 지붕 한복판으로 이동해, 창을 오른쪽 어깨에 걸치며 앉았다.

앞머리에 가려진 눈은 아마 언짢은 눈빛을 하고 있을 것이다.

입술에 머금은 아주 작은 웃음은 황혼의 빛이 만들어낸 환영이었을 것이다.

옛날에도 그랬듯, 고양이는 여동생의 노래에 등을 돌린 채 귀를 기울이고만 있었다.

연적 프렌즈

짜악!

뺨을 후려치는 날카로운 소리가 울렸다.

진지하게 고개를 숙이고 사죄하는 사람의 얼굴을 진심으로 때린다는, 엘프답지 않은 행위를 저지른 에이나는, 그래도 후회하지 않았다.

에메랄드색 눈동자와 함께 버들잎처럼 고운 눈썹을 곤두세우며 그『아가씨』를 노려보았다.

회색 머리카락을 찰랑이며, 뺨을 붉게 물들인 채, 시르는 에이나를 다시 바라보았다.

"그걸로 되겠나요?"

"괜찮으시겠습니까? 제가 더 손을 올려도?"

"오히려 이걸로 끝나버리면 비웃어버릴지도?"

── 당신의 벨 씨에 대한 마음은 그 정도였냐고.

그 말을 들은 순간, 짜악!! 하고.

에이나는 다시 한 번 시르의 뺨을 때리고 있었다.

그리고 이내 낯을 일그러뜨렸다. **때리도록 만들었다**. 그런 생각이 들었기 때문이다.

적확하고도 정확하고도 정밀하게 신경을 거슬러, 무엇보다도 자애로움을 품고. 에이나가 마음 깊은 곳에 담아놓

은 채 어떻게도 쫓아낼 수 없었던 끈적끈적한 응어리를 토
해내도록 만들었다. 벨에게, 다른 이들에게, 자신에게 그
런 지독한 짓을 했던 주제에. 여자로서 패배한 기분이 들
었다.

온 오라리오를 『매료』시키고 왜곡시켜 수많은 이들의 마
음을 한껏 짓밟았던 시르는 지금 곳곳을 돌아다니며 사죄
해 『매듭』을 짓고 있었다.

지금, 아무도 없는 조그만 공원에서, 에이나가 그녀와
마주하고 있는 것도 그 일환.

담당 모험자의 기억을 비틀어놓고, 심지어 그에 대해 쓴
일지를 무단으로 열람해 이용한 시르는 에이나에게 사죄
했다. "미안해요"라고. 진심에서 우러난 사죄였다. 그래도
에이나는 폭발했다. 조금 전처럼, 시르에게 손을 댔다. 상
대는 신, 데우스데아라는 것도 잊고.

신에 대한 무례, 혹은 모독에 지금도 심장이 벌컥벌컥
요동치지만 그래도 감정의 진폭이 더 컸다. 이 자리에 미
샤나 벨이 있었다면 졸도했을지도 모른다. 그만큼 두 사람
의 사이에는 농담이 개입할 여지가 없었으며, 공기가 찌릿
거릴 정도로 긴장감이 돌았다. 소위 『수라장』이라는 것이
었다.

"큭……."

에이나는 다시 한번 얼굴을 씁쓸함으로 물들였다.

주점 제복의 소매에서 엿보이는 시르의 손가락과 손목

에는 붕대가 감겨 있음을 겨우 알아차렸다.

옷을 벗기면 더 애절한 부상의 흔적이 있을지도 모른다. 그녀는 결코 자신의 속죄를 위해 에이나나 다른 이들을 이용하려는 것이 아니라, 그들의 감정이 갈 곳을 제대로 제시해주고 있을 것이다. 신이기에 체벌을 가할 수 없는 하계 주민들의 마음을 지키기 위해.

가증스러울 정도로 『여신』다운 행동이었다. 모든 것을 잃고서도 그녀는 그야말로 당당한 『여왕』이었다. 에이나는 그런 그녀가 정말로 싫어졌다.

"……신 프레이야."

"시르라 불러주시겠어요? 부탁할 수 있는 처지는 아니니 무시하셔도 상관없지만…… 저는 이제부터 그냥 시르로 있고 싶어요."

"……시르 씨."

투명한 시선을 향하는 회색 눈동자에, 에이나는 결국 항복하고 말았다.

하지만 에이나가 다음으로 한 말은 가차 없었다.

"당신은 나를…… **질투**하고 있죠?"

회색 눈동자가 처음으로 크게 뜨였다.

"벨에게 먼저 『연심』을 품던 나를…… 그 일지를 읽고, 질투했죠. 안 그런가요?"

그것은 여자의 감이었다. 그녀는 에이나에게 **반드시** 맞고자 했다.

그것은 앙갚음이었다. 모든 것을 마음대로 하려는 『아가씨』에 대한 반역이었다.

　그것은 미소였다. 움직임을 멈춘 시르를 향해, 에이나는 손을 내밀었다.

　"시르 씨. 우리, **친구가 되지 않겠어요**?"

　"…………기꺼이요. 에이나 씨."

　웃음을 나누고 조용히 손을 마주 잡는다. 서로의 감정을, 온기를, 서로의 손바닥으로 나누면서 녹였다.

　그 광경을 목격해버린 동료 미샤는 예상했던 데로 너무나 큰 공포에 졸도하고 말았다.